Um passo de sorte

Um passo de sorte

Jojo Moyes

Tradução de
Sofia Soter

intrínseca

Copyright © 2023 by Jojo's Mojo Ltd
Esta obra não pode ser exportada para Portugal.

TÍTULO ORIGINAL
Someone Else's Shoes

COPIDESQUE
Ilana Goldfeld

REVISÃO
Juliana Souza
Lara Freitas
Theo Araújo

DIAGRAMAÇÃO
Ilustrarte Design e Produção Editorial

DESIGN DE CAPA
Lee Motley / MJ

IMAGENS DE CAPA
© Shutterstock

CIP-BRASIL. CATALOGAÇÃO NA PUBLICAÇÃO
SINDICATO NACIONAL DOS EDITORES DE LIVROS, RJ

M899p

    Moyes, Jojo, 1969-
        Um passo de sorte / Jojo Moyes ; tradução Sofia Soter. - 1. ed. - Rio de Janeiro :Intrínseca, 2023.
        Tradução de: Someone else's shoes
        ISBN 978-65-5560-741-3

        1. Romance inglês. I. Soter, Sofia. II. Título.

23-83820   CDD: 823
                           CDU: 82-31(410.1)

Meri Gleice Rodrigues de Souza - Bibliotecária - CRB-7/6439

[2023]
Todos os direitos desta edição reservados à
EDITORA INTRÍNSECA LTDA.
Rua Marquês de São Vicente, 99, 6º andar
22451-041 – Gávea
Rio de Janeiro – RJ
Tel./Fax: (21) 3206-7400
www.intrinseca.com.br

Para JWH

1

Sam olha para o teto, que vai clareando devagar, e respira fundo, seguindo os conselhos médicos, para tentar impedir que os pensamentos que lhe vêm às cinco da manhã se aglutinem em uma nuvem escura e imensa acima de sua cabeça.

Inspire contando até seis, segure enquanto conta até três, expire contando até sete.

Tenho saúde, repete, em silêncio. *Minha família tem saúde. Meu cachorro parou com aquilo de fazer xixi no corredor. Tem comida na geladeira, e ainda tenho meu emprego.* Ela se arrepende um pouco de incluir o *ainda*, porque pensar no emprego lhe dá mais um aperto no estômago.

Inspire contando até seis, segure enquanto conta até três, expire contando até sete.

Os pais dela ainda estão vivos. Porém, ela admite que é difícil justificar a inclusão disso naquele exercício de gratidão. Ah, meu Deus. Sua mãe vai dar alguma alfinetada nela domingo sobre eles sempre visitarem a mãe do Phil, não vai? Será em algum momento entre a tacinha de xerez e a sobremesa pesada, um comentário tão inevitável quanto a morte, os impostos e aqueles pelos aleatórios no queixo. Ela se imagina se defendendo com um sorriso educado: *Bom, mãe, Nancy acabou de perder o marido com quem foi casada por cinquenta anos. Ela anda um pouco solitária.*

Mas vocês visitavam muito quando ele ainda era vivo, não?, ouve a réplica da mãe.

É, mas o marido dela estava prestes a morrer. Phil queria ver o pai o máximo de vezes possível antes de ele passar dessa pra melhor. A gente não estava lá curtindo.

Ela nota que está tendo mais uma discussão mental com a mãe e se contém, tentando guardar aquele pensamento em uma caixinha na sua cabeça, como aprendeu em um artigo, e fechá-la com uma tampa imaginária. A tampa se recusa terminantemente a encaixar. Ela anda discutindo muito na sua mente nos últimos tempos: com Simon, do trabalho, com a mãe, com aquela mulher que furou a fila do mercado na véspera. Nenhuma das discussões chega a seus lábios no mundo real. Ela só range os dentes. E tenta respirar.

Inspire contando até seis, segure enquanto conta até três, expire contando até sete.

Não vivo em uma zona de guerra, pensa. Tem água limpa e encanada, comida na despensa. Nada de explosões, nem de armas. Nada de fome. Isso deve valer de alguma coisa. Mas pensar nas crianças que vivem em zonas de guerra faz os olhos dela marejarem. Os olhos dela vivem marejados. Cat insiste que ela deveria fazer terapia de reposição hormonal, mas Sam ainda fica menstruada e às vezes tem até espinhas por conta dos hormônios (não é injusto?). Além disso, nem tem tempo para uma consulta médica. Da última vez que telefonou para a clínica, só tinham horário para dali a duas semanas. *E se eu estivesse morrendo?*, pensara. Em seguida, teve uma discussão mental com a recepcionista.

No mundo real, ela dissera apenas:

— Ah, essa data ainda está longe. Devo melhorar logo. Obrigada, de qualquer modo.

Ela olha para a direita. Phil está dormindo, e mesmo em repouso sua expressão demonstra preocupação. Ela quer fazer cafuné nele, mas, ultimamente, quando faz isso, ele desperta de sobressalto, chateado e assustado, como se ela tivesse lhe feito alguma crueldade.

Ela cruza as mãos sobre a barriga e tenta adotar uma postura tranquila, equilibrada. Uma vez, lhe disseram que descanso dá na mesma que sono. É só evitar ter qualquer pensamento, deixar o corpo relaxar. Deixar os membros liberarem a tensão, começando pelos dedos dos pés. Deixar os pés pesarem. Deixar a sensação subir pelos tornozelos, pelos joelhos, pelo quadril, pela barri...

Ah, foda-se, diz um pensamento. São quinze para as seis. É melhor levantar logo.

— Acabou o leite — diz Cat.

Ela está olhando a geladeira com um quê de acusação, como se esperasse que leite fosse surgir de forma espontânea.

— Que tal ir ao mercado?

— Não tenho *tempo* — rebate Cat. — Preciso arrumar o cabelo.

— Bom, infelizmente também não tenho tempo.

— Por quê?

— Porque vou usar aquele cupom que você me deu para a academia e o spa. Bodyworks. A validade acaba amanhã.

— Mas comprei esse seu cupom há um ano! E você só vai aproveitar umas duas horas lá, já que tem que ir para o trabalho.

— Combinei de chegar no escritório um pouco mais tarde. Pelo menos é lá pertinho. É que não tive tempo antes.

Ela nunca tem tempo. É o que repete como mantra, junto de "Estou exausta". Mas ninguém tem tempo. Está todo mundo exausto.

Cat arqueia as sobrancelhas. Para ela, o autocuidado é uma necessidade que vem antes de outras mais prosaicas, como dinheiro, moradia e alimentação.

— Eu vivo dizendo, mãe: é agora ou nunca — diz Cat, observando com pavor maldisfarçado a diferença cada vez menor entre a circunferência do quadril e a da cintura da mãe, e fecha a geladeira. — Argh. Não sei por que o papai não pode nem comprar leite.

— Deixe um bilhete — instrui Sam, pegando o que vai precisar para o dia. — Talvez hoje ele se sinta melhor.

— E talvez macacos saiam voando da minha bunda.

Cat sai da cozinha marchando, daquele jeito peculiar de garotas de dezenove anos. Alguns segundos depois, Sam escuta o rugido furioso do secador de cabelo e sabe que o aparelho ficará no quarto de Cat até que ela o busque.

— Achei que você nem bebesse mais leite de vaca — grita para a escada.

O secador para por um instante.

— Agora você só está querendo encher meu saco — responde a filha.

Ela pega o maiô no fundo da gaveta e o enfia na bolsa esportiva preta.

Ela está tirando o maiô molhado quando chegam as mães gostosas. Penteadas e esbeltas, elas logo a cercam, conversando alto e uma por cima da outra, preenchendo o silêncio abafado do vestiário, sem notar sua presença. Sam sente o breve equilíbrio que adquiriu ao nadar vinte voltas na piscina evaporar como névoa. Levou uma hora para lembrar que odeia esses lugares: a opressão de corpos sarados, os cantos onde ela e as outras pessoas rechonchudas tentam se esconder. Ela já tinha passado por ali um milhão de vezes, se perguntando se devia entrar. Percebe que essas mulheres a fazem se sentir pior do que se nem tivesse vindo.

— Vai ter tempo para um café depois, Nina? Pensei que a gente podia ir naquele cafezinho simpático que abriu atrás do Space NK. O dos *poke*.

— Eu ia amar. Mas tenho que ir embora às onze. Vou levar Leonie ao dentista.

— Ems?

— Ai, nossa, vamos. Preciso de um tempo com as migas!

Essas mulheres usam roupa de ginástica de grife, têm cortes de cabelo perfeitos e tempo para tomar café. Essas mulheres têm bolsas de academia com marcas chiques, em vez da Marc Jacobs falsificada dela, e maridos de nome Rupe ou Tris, que jogam distraidamente envelopes contendo bônus caprichados na reluzente mesa da cozinha, também de marca. Essas mulheres dirigem carros imensos, 4x4, que nunca ficam enlameados. Estacionam sempre em fila dupla e exigem de funcionários exaustos versões infantis de capuccinos para dar a crianças birrentas, reclamando quando não são feitos com precisão de acordo com seus pedidos. Elas não ficam acordadas até as quatro da manhã, preocupadas com a conta de luz, nem ficam enjoadas quando cumprimentam o novo chefe, com seu terno brilhante e desdém maldisfarçado.

Elas não têm maridos que ficam até meio-dia de pijama e fazem cara assustada quando as esposas mencionam que talvez seja hora de procurar emprego outra vez.

Sam está naquela idade, a idade em que todas as coisas erradas parecem ficar (a gordura, a ruga entre as sobrancelhas, a ansiedade), enquanto todo o resto (a segurança profissional, a felicidade conjugal, os sonhos) se esvai sem o menor esforço.

— Você nem imagina como subiu o preço do Le Méridien esse ano — comenta uma das mulheres.

Ela está curvada, secando com a toalha o cabelo que custou uma fortuna para pintar. Sam precisa se esticar para o lado para evitar encostar nela.

— Pois é! Tentei fazer reserva para as Ilhas Maurício no Natal, e nosso bangalô de sempre está quarenta por cento mais caro.

— Um escândalo.

Um escândalo mesmo. Que horror para vocês. Ela pensa no furgão de camping que Phil comprou para reformar dois anos atrás. "Podemos passar uns fins de semana no litoral", explicara ele, alegre, olhando a van imensa que agora bloqueia parcialmente a saída de casa, com um girassol gigante pintado na lataria. Ele nunca fez nada além de trocar o para-choque traseiro. Desde seu Ano de Carnificina, o veículo permanece estacionado na frente da casa, um lembrete cotidiano e incômodo do que perderam.

Sam se contorce para vestir a calcinha, tentando esconder a pele pálida debaixo da toalha. Hoje ela tem quatro reuniões com clientes importantes. Daqui a meia hora, vai encontrar Ted e Joel, dos departamentos de impressão e transporte, e eles tentarão fechar negócios vitais para a empresa. E ela tentará salvar o próprio emprego. Talvez o de todos.

Sem pressão.

— Acho que esse ano vamos às Maldivas. Sabe, antes que acabem afundando.

— Ah, boa ideia. A gente adorou lá. Que pena, essa história de estarem afundando.

Outra mulher passa por Sam e abre o armário. Ela, como Sam, tem cabelo escuro, e talvez seja uns poucos anos mais jovem, mas seu corpo é tonificado como o de alguém que todos os dias pratica exercícios intensos e esfolia e hidrata a pele. O cheiro dela é caro, como se emanasse dinheiro de seus poros.

Sam aperta mais a toalha ao redor da pele pálida e das celulites e se vira para secar o cabelo em outro corredor. Quando volta, todas já foram embora. Ela suspira, aliviada, e se larga no banco úmido de madeira. Pensa em se deitar em uma das camas de mármore aquecidas do canto, descansar por meia hora. Só de pensar, é tomada por um prazer repentino: meia hora deitada ali, em um silêncio delicioso.

O celular vibra na jaqueta dela, pendurada no armário às suas costas. Ela tira o aparelho do bolso.

Pronta? Estamos aqui.

Ela digita:

Como assim? A reunião da Framptons é só à tarde.

Simon não falou? Mudaram para 10. Vem, temos que sair.

Ela continua olhando o celular, horrorizada. Pelo visto, precisa chegar à primeira reunião dali a vinte e três minutos. Geme de frustração, veste a calça com dificuldade, pega a bolsa preta do banco e vai batendo os pés até o estacionamento.

A van branca suja, com as palavras GRÁFICA GRAYSIDE na lateral, aguarda diante da porta dos fundos, com o motor ligado. Ela corre, ainda de chinelos da academia. Voltará para devolvê-los no dia seguinte, mas já se sente culpada, como se tivesse cometido uma transgressão enorme. Está um pouco ofegante e de cabelo ainda úmido.

— Acho que Simon está armando para cima de você, querida — diz Ted, quando ela entra na van.

Ele abre espaço para ela no banco da frente. Ted cheira a cigarro e desodorante Old Spice.

— Acha mesmo?

— É bom você ficar de olho. Confirme todos os horários de reunião com a Genevieve — aconselha Joel, virando o volante.

Joel prendeu os dreads em um rabo de cavalo arrumado, como se por respeito ao dia que têm pela frente.

— As coisas mudaram desde que eles assumiram, né? — observa Ted, quando entram na estrada principal. — Parece que a gente passa o dia pisando em ovos.

Há dois sacos de papel vazios e melados de açúcar no painel, e Ted entrega para ela um terceiro saco, com um donut enorme, ainda quentinho e recheado de geleia.

— Aqui — oferece ele. — Café da manhã dos campeões.

Ela não deveria comer. O donut tem no mínimo o dobro de calorias que ela queimou nadando. Dá para ouvir o suspiro de decepção de Cat à distância. Mesmo assim, ela hesita, mas por fim mete o doce na boca e fecha os olhos de satisfação com o conforto quente e adocicado. Nos últimos tempos, Sam tem aceitado os prazeres de onde dá.

— Genevieve o ouviu falando de demissões de novo numa ligação — informa-lhes Joel. — Disse que, quando ela entrou no escritório, ele mudou de assunto.

Sempre que ouve "demissão", uma palavra que agora se debate pelo escritório que nem uma mariposa presa, ela sente um aperto na barriga. Sam não sabe o que será de sua família se ela também perder o emprego. Phil se recusa a tomar o antidepressivo que a médica receitou. Diz que o remédio dá sono, como se já não dormisse até as onze todo dia de qualquer modo.

— Não vai chegar a tanto — declara Ted, sem convencer ninguém. — Sam vai conseguir uns clientes novos hoje, né?

Ela nota que os dois a encaram.

— Vou — diz. — Vou! — repete, mais animada.

Ela passa maquiagem se olhando no espelhinho de bolso, e, toda vez que Joel passa por um quebra-molas, Sam solta um palavrão baixinho e limpa o que borrou com um dedo babado. Ajeita o cabelo, que, dentro das circunstâncias, não secou tão mal. Dá uma conferida nos documentos da pasta, confirmando que está com todos os dados à mão. Lembra vagamente de quando sentia confiança naquilo, de quando conseguia entrar em uma sala e saber que era boa no trabalho. *Vamos lá, Sam, tente ser essa pessoa de novo*, ordena em silêncio. Então, tira os chinelos e abre a bolsa de ginástica.

— Cinco minutos — avisa Joel.

É apenas então que ela percebe que, apesar de a bolsa ser igual à dela, não é a sua. A bolsa não contém seus sapatos pretos de salto confortável, adequados para andar muito visitando clientes e negociando contratos de gráfica. Naquela bolsa, há um par de escarpins vertiginosos, vermelhos, de pele de crocodilo e tira no tornozelo, da Christian Louboutin.

Ela tira um pé do sapato da bolsa e o olha, deixando o peso estranho pender da tira.

— Vixe! — exclama Ted. — Nossa reunião é no Stringfellows?

Sam se abaixa e revira a bolsa, tirando de lá o outro pé do sapato, uma calça jeans e uma jaqueta clara da Chanel, dobrada de forma meticulosa.

— Nossa senhora! — exclama ela. — Isso não é meu. Peguei a bolsa errada. Temos que voltar.

— Não dá tempo — rebate Joel, estudando a rua. — Já estamos em cima da hora.

— Mas preciso da minha bolsa.

— Foi mal, Sam. Depois a gente volta. Pode usar o que usou na academia?

— Não posso ir a uma reunião de chinelo.

— E esse sapatos aí?

— Está de brincadeira?

Ted pega os sapatos da mão dela.

— Ela está certa, Joel. Esses sapatos não são... a praia dela.

— Por quê? Qual é a minha praia?

— Bem... Simples. Você gosta de coisas simples — responde ele, e hesita. — Coisas práticas.

— Sabe o que dizem de sapatos desse tipo aí — comenta Joel.
— O quê?
— Não são para usar de pé.

Eles dão cotoveladinhas um no outro, rindo.

Sam pega os sapatos de volta. São um número menor que o seu. Ela os calça e afivela a tira.

— Ótimo — diz, sua atenção concentrada no pé. — Vou para a reunião da Frampton com cara de garota de programa.

— Pelo menos é uma garota de programa de luxo — consola Ted.

— Como assim?

—Ah, diferente das desdentadas que pagam boquete por cinco pilas...

Sam espera Joel parar de gargalhar.

— Nossa, obrigada, Ted — solta ela, olhando pela janela. — Agora, sim, estou me sentindo melhor.

A reunião não é no escritório, como ela esperava. Houve um problema no departamento de transporte, e eles vão precisar se apresentar na área de carregamentos, onde Michael Frampton precisa verificar um defeito no sistema hidráulico. Sam tenta andar naqueles saltos e sente o ar frio nos pés. Queria ter feito pedicure, pelo menos em algum momento desde a última vez, em 2009. Os tornozelos dela não param de bambolear, como se fossem feitos de borracha, e ela se pergunta como é possível alguém caminhar normalmente com um sapato daqueles. Joel estava certo. Não é sapato para usar de pé.

— Tudo bem? — pergunta Ted, quando se aproximam do grupo de homens.

— Não — resmunga. — Parece que estou me equilibrando em palitinhos.

Uma empilhadeira passa na frente deles, carregando um pacote imenso de papel, e os obriga a desviar de repente, fazendo-a tropeçar, o apito de alerta quase ensurdecedor no espaço cavernoso. Ela vê todos os homens ao redor do caminhão se virarem para olhá-la. E depois para os sapatos em seus pés.

—Achei que vocês não viessem.

Michael Frampton é um homem azedo de Yorkshire, o tipo que, em qualquer conversa, não deixa dúvidas de como ele sofreu e, ao mesmo tempo, deixa implícito que você não sofreu o suficiente.

Sam força um sorriso.

— Mil desculpas — diz, alegre. — Tivemos outra reunião que...

— Foi o engarrafamento — explica Joel, ao mesmo tempo, e eles se entreolham, desajeitados.

— Sam Kemp. Nos conhecemos em...

— Eu lembro — interrompe ele, e olha para baixo.

Ele passa dois minutos constrangedores discutindo as anotações de uma prancheta com um jovem de macacão, e Sam fica congelada, sem saber o que fazer, atenta aos olhares curiosos dos homens que o cercam. Aqueles sapatos inadequados brilham como faróis radioativos em seus pés.

— Certo — retoma Michael, quando enfim acaba o que estava fazendo. — Tenho que avisar, antes de começar, que a Printex nos ofereceu condições muito atrativas.

— Bem, nós... — começa Sam.

— E disseram que vocês não vão ter tanta flexibilidade, agora que a Grayside foi engolida por uma empresa maior.

— Bem, isso não é totalmente verdade. O que temos agora é volume, qualidade e... segurança.

Ela se sente um pouco boba ao falar, como se todo mundo a estivesse olhando, como se fosse óbvio que ela é uma mulher de meia-idade usando os sapatos de outra pessoa. Ela gagueja a reunião toda, se embananando nas respostas, enrubescendo, sentindo que todos olham para seus pés.

Por fim, tira a pasta da bolsa. Contém o orçamento que passou horas refinando e esmiuçando. Ela dá um passo para entregar o documento a Michael, mas o salto fica preso em alguma coisa. Sam tropeça e vira o tornozelo, sentindo uma pontada aguda de dor na perna, porém transforma a careta em um sorriso e entrega a pasta. Ele folheia o documento e não se dirige a ela, que decide se afastar lentamente, tentando não cambalear.

Por fim, Michael volta a encará-la.

— Planejamos um volume significativo nesse pedido, então precisamos escolher uma empresa que dê resultados, que isso fique acima de qualquer dúvida.

— Já fizemos isso para sua empresa antes, sr. Frampton. E, mês passado, entregamos para a Greenlight um pedido de catálogos semelhantes. Eles ficaram muito impressionados com a qualidade.

Ele está de rosto franzido.

— Posso dar uma olhada no que fizeram para eles?
— Com certeza.

Ela folheia a pasta e lembra, de repente, que o catálogo da Greenlight ficou na pasta azul em cima do painel da van, com os materiais que achou que não seriam necessários. Para ir lá pegá-la, precisaria sair da área de carregamentos e atravessar o estacionamento a pé, à vista de todos os homens. Ela olha para Joel, transmitindo a intenção.

— Quer que eu busque? — oferece Joel.

— Que outras amostras vocês têm na van? — pergunta Frampton.

— Bom, fizemos um trabalho parecido para a papelaria Clarks. Na verdade, temos vários catálogos do mês passado. Joel, pode…

— Nah. Eu mesmo vou lá olhar — diz Frampton, já andando.

Ou seja, ela também precisa andar. Começa a avançar ao lado dele, a passos mais firmes.

— Precisamos — começa ele, enfiando as mãos nos bolsos — de uma gráfica ágil, flexível. De pés ligeiros, digamos.

Ele está andando rápido demais. É então que ela vira o tornozelo de novo, tropeçando no chão irregular, e solta um gritinho. Joel estica o braço bem quando os joelhos dela cedem, e ela é obrigada a se segurar nele para manter-se de pé. Abre um sorriso sem graça quando Frampton se vira para eles, com uma expressão indecifrável.

Mais tarde, ela lembrará, com as orelhas ardendo de vergonha, as palavras que ele murmurou para Joel. As últimas palavras que dirigiu à Gráfica Grayside.

Ela está bêbada?

2

Nisha Cantor corre, furiosa, em uma esteira. Música vibra em seus ouvidos, e as pernas batem no aparelho como se bombeasse pistões. Ela sempre corre furiosamente. O primeiro terço da corrida, mais ou menos um quilômetro e meio, é o pior, movido por uma mistura colérica de ressentimento e ácido lático; o segundo lhe dá muita, muita raiva; e o terceiro é quando a cabeça enfim desanuvia e, de repente, ela sente o corpo lubrificado, sente que poderia correr para sempre e volta a ficar com raiva porque precisa parar e fazer outra coisa bem quando começou a se divertir. Ela odeia correr, mas precisa correr para se manter sã. Odeia visitar essa porcaria de cidade, onde tem gente abarrotando as calçadas, andando devagar, e o único lugar em que pode correr direito é nessa academia tosca, para a qual o hotel mandou os hóspedes enquanto parece que a academia dele, melhor, está em reforma.

A máquina informa que é hora de desacelerar, e Nisha a desliga de forma abrupta, se recusando a receber ordens de uma droga de máquina. *Não vou desacelerar, não*, pensa. Quando tira um dos fones de ouvido, percebe que seu celular está tocando e o pega. É Carl.

— Meu bem...

— Licença.

Nisha se vira.

— A senhora precisa desligar o telefone — declara uma moça. — É uma área de silêncio.

— Então pare de falar comigo. Você está fazendo muito barulho. E, por favor, se afaste um pouco. Assim, vou acabar absorvendo gotículas do seu suor.

A mulher fica um pouco boquiaberta, e Nisha leva o celular à orelha.

— Nisha, meu bem. O que você está fazendo?

— Estou na academia, amor. Ainda vamos almoçar juntos?

A voz de Carl, suave que nem manteiga, uma das coisas que ela sempre amou nele.

— Vamos, mas talvez seja melhor comermos no hotel. Preciso passar lá para buscar uns documentos.

— Claro — diz Nisha, de forma automática. — O que quer que eu peça para você?

— Ah, tanto faz.

Ela congela. Carl nunca diz "tanto faz".

— Quer a omelete de trufas brancas especial de Michel? Ou o atum selado?

— Claro. Está ótimo.

Nisha engole em seco. Tenta manter a voz firme.

— Que horas?

Carl hesita, e ela ouve um som abafado. Ele está falando com mais alguém. O coração dela está a mil.

— Meio-dia seria perfeito. Mas fique tranquila. Não quero apressar você.

— Pode deixar. Te amo.

— Também, meu bem — responde Carl, e desliga.

Nisha permanece imóvel, sente a pulsação do sangue forte nos ouvidos, de um jeito que não tem ligação alguma com a corrida. Por um momento, acha que a cabeça talvez exploda. Respira fundo duas vezes. Em seguida, digita um número. Cai direto na caixa postal. Ela xinga a diferença de fuso horário para Nova York.

— Magda? — diz, passando a mão pelo cabelo suado. — Aqui é a sra. Cantor. Você precisa entrar em contato com aquele seu homem, AGORA.

Quando ela levanta a cabeça, um funcionário da academia aparece, de camisa polo e bermuda de tecido vagabundo.

— Com licença, a senhora não pode usar o celular aqui. É proibido...

— Largue do meu pé — rebate Nisha. — Vá limpar um chão, sei lá. Esse lugar é uma imundície.

Ela o empurra a caminho do vestiário e pega uma toalha da mão de outro funcionário no caminho.

O vestiário está lotado, mas ela não vê ninguém. Repassa o telefonema mentalmente, de novo e de novo, com o coração acelerado. Então é isso. Ela precisa ficar lúcida, estar pronta para responder, mas o corpo entrou em uma estranha imobilidade, e nada funciona como deveria. Ela fica sentada no banco por um momento, olhando para a frente sem prestar atenção em nada. *Eu consigo*, pensa, notando as mãos trêmulas. *Já sobrevivi a coisa pior*. Ela afunda o rosto na toalha, respirando fundo até controlar o tremor, então se empertiga, endireitando os ombros.

Por fim, se levanta e abre o armário, de onde tira a bolsa de academia Marc Jacobs. Alguém deixou a bolsa no banco perto do armário dela, e ela empurra essa outra bolsa para o chão e troca pela própria. Banho. Ela precisa tomar banho antes de fazer qualquer coisa. Aparência é tudo. Até que o celular toca de novo. Duas mulheres a encaram, mas ela as ignora e pega o aparelho no banco. Raymond.

— Mãe? Viu a foto das minhas sobrancelhas?

— Como assim, meu bem?

— Minhas sobrancelhas. Mandei uma foto. Você viu?

Nisha afasta o celular do rosto e passa pelas mensagens até encontrar a foto que ele mandou.

— Você tem sobrancelhas lindas, querido — volta a falar no aparelho, tranquilizadora.

— Estão horríveis. Estou me sentindo péssimo. Vi um programa sobre, tipo, tráfico de golfinhos, e tinha um monte de golfinhos que eram forçados a fazer truques e tal, e morri de culpa porque a gente foi naquele lugar para nadar com esses golfinhos no México, lembra? Estava tão mal que não consegui nem sair do quarto, aí achei uma boa ideia fazer as sobrancelhas, e foi um desastre, porque agora estou parecendo a Madonna nos anos 1990.

Uma mulher começou a secar o cabelo ali perto, e Nisha considera por um momento arrancar o secador da mão dela e matá-la a pancadas.

— Querido, não dá para escutar direito aqui. Um segundo.

Ela vai para o corredor. Respira fundo.

— Estão perfeitas — diz, no silêncio abafado. — Lindas. E a Madonna tinha um look ótimo nos anos 1990.

Ela o imagina de pernas cruzadas na cama em Westchester, como se senta desde que era pequeno.

— Não estão lindas, mãe. Está um *desastre*.

Uma mulher sai do vestiário e passa por ela, arrastando os chinelos, de cabeça abaixada, às pressas e usando uma jaqueta barata. Por que as mulheres não mantêm a postura? Essa mulher anda de ombros curvados, com a cabeça encolhida que nem uma tartaruga, e Nisha se irrita na hora. Se você tem cara de vítima, por que se surpreende quando as pessoas a tratam mal?

— Então quando você voltar para casa a gente marca uma sessão de *microblading*.

— Então estão *mesmo* horríveis.

— Não! Não, você está lindo. Mas, querido, preciso desligar. Estou ocupada. Ligo depois.

— Não pode ligar antes das três, no meu fuso. Tenho que dormir, e aí a gente é obrigado a seguir uma rotina de autocuidado. É uma besteirada só. Temos que fazer um monte de coisa de *mindfulness*. Só que foi justamente por causa da minha cabeça que vim parar aqui.

— Eu sei, meu bem. Ligo depois disso. Te amo.

Nisha desliga e faz outra ligação.

— Magda? Magda? Recebeu meu recado? Me ligue assim que ouvir. Ok?

Ela está desligando quando a porta se abre. Um funcionário da academia aparece e a vê com o celular na mão.

— Senhora, com licença, mas…

— Nem. Comece — rosna, e ele se cala.

Há algumas vantagens em ser uma mulher dos Estados Unidos de mais de quarenta anos que ligou o foda-se para tudo, e o funcionário percebe isso. É a primeira coisa que a deixa feliz a semana toda.

Nisha toma banho, hidrata o corpo com os produtos baratos da academia (ela vai passar o dia cheirando a banheiro de trem), prende o cabelo molhado em um coque e então, com os pés apoiados em segurança em uma toalha (o chão dos vestiários lhe dá náuseas… as células de pele morta das pessoas! As verrugas!), confere o celular pela décima oitava vez, para ver se Magda respondeu.

Está ficando mais difícil ignorar a bola gigantesca de fúria e ansiedade que se expande em seu peito. Ela tira a blusa de seda do cabide e a sente grudar na pele quente e úmida quando a veste. *Pelo amor de Deus, cadê a Magda?* Ela se senta e checa o celular de novo, tateando distraidamente a bolsa em busca do sapato e da calça. Por fim, tira de lá um sapato muito gasto e feio, preto, de salto quadrado. Ela se vira e pisca por um momento antes de largar o calçado com uma exclamação de pavor. Limpa os dedos e, usando uma ponta da toalha para proteger a mão, abre a bolsa devagar e examina lá dentro. Leva um momento para entender o que vê. Aquela bolsa não é a dela. É de couro falso, o plástico já está descascando na costura, e o que deveria ser uma placa de bronze dizendo "Marc Jacobs" desbotou em um tom de prata fosco.

Nisha olha embaixo do banco. Depois, para trás. A maioria das mulheres irritantes já foi embora, e não há outras bolsas, apenas alguns armários abertos. Não há outras bolsas. Aquela bolsa parece a bolsa dela em tamanho, cor e alça, mas com certeza não lhe pertence.

— Quem pegou minha bolsa? — diz em voz alta, sem se dirigir a ninguém em específico. — *Quem pegou minha bolsa, caramba?*

As poucas mulheres no vestiário a olham de relance, sem entender.

— Não. *Não, não, não, não, não.* Hoje, não. Agora, não.

A moça da recepção nem esboça reação.

— Cadê as câmeras?

— Senhora, não temos câmeras no vestiário feminino. Seria crime.

— Então como vou saber quem roubou minha bolsa?

— Não acho que foi roubo, senhora. Pelo que disse, parece que foi uma troca sem querer, se as bolsas eram parecidas assim...

— Acha mesmo que alguém "acidentalmente" pegaria minha jaqueta Chanel e meus sapatos de salto Louboutin feitos sob medida para mim pelo próprio Christian, sendo que essa mesma pessoa em geral se veste com... — fala, olhando a bolsa, e faz uma careta. — Com roupas da *Primark*?

O rosto da recepcionista permanece imóvel.

— Podemos analisar a gravação das câmeras da entrada, mas para isso preciso de liberação da central.

— Não tenho tempo. Quem foi a última pessoa a sair daqui?

— Não temos registro disso, senhora. É tudo automatizado. Se aguardar, posso ligar para o gerente.

— Até que enfim! Cadê ele?

— Em um treinamento de equipe em Pinner.

—Ah, pelo amor de Deus. Me arranje um par de tênis. Vocês têm tênis aqui? Só preciso andar até o carro — diz Nisha, e olha pela janela. — Cadê meu carro? Cadê o carro?

Ela vira de costas para a recepção e digita um número no celular. Sem resposta. A recepcionista pega uma embalagem plástica de baixo da bancada. Ela demonstra tanto tédio quanto se estivesse escutando um seminário de duas horas sobre tinta secando. Larga o pacote no balcão.

— Temos chinelos.

Nisha olha para a moça, olha para os sapatos e olha para a moça de novo. A cara da outra não transmite qualquer emoção. Por fim, Nisha pega os chinelos do balcão e, soltando um grunhido de frustração, enfia-os nos pés. Ao se afastar, ouve um resmungo de *"Essas americanas!"*.

3

— Deixa pra lá, querida. E vamos para a próxima que ainda temos três — consola Ted, gentil.

Eles foram em silêncio até a próxima reunião. Sam passou vinte minutos na van sob uma nuvem de tristeza esmagadora, a culpa se infiltrando em cada célula que um dia conteve o resquício de sua confiança. O que devem ter pensado dela? Ela ainda sente os olhares incrédulos nela, os sorrisos mal contidos quando voltou à van, cambaleando. Joel tinha dado um tapinha no ombro dela, dito que Frampton era um filho da mãe e que todo mundo sabia que ele dava calotes, então era melhor assim, mas, enquanto o colega falava, ela só imaginava a boca torcida de Simon quando ela precisasse contar que tinha perdido um contrato valioso.

Inspire contando até seis, segure enquanto conta até três, expire contando até sete.

Joel para no estacionamento e desliga o carro. Eles ficam sentados por um instante, ouvindo o motor se aquietar e observando a fachada reluzente do prédio. O estômago dela está lá no chão.

— Seria muito grave ir a essa reunião de chinelo? — pergunta, finalmente.

— Seria — dizem Ted e Joel ao mesmo tempo.

— Mas...

— Querida — começa Joel, se debruçando no volante e se virando para ela. — Para usar esses sapatos, você tem que entrar na onda.

— Como assim?

— Bem, é que lá você pareceu... envergonhada. Ainda está parecendo. Você tem que dar a entender que é dona deles.

— Mas eu não sou.

— Tem que transmitir confiança. Parecer que calçou eles com a maior naturalidade, sabe, enquanto pensava em todos os contratos caríssimos que já assinou hoje.

Ted contrai a boca em uma linha e concorda com a cabeça. Ele a cutuca com o braço grande.

— Ele está certo. Vamos lá, querida. Queixo pra cima, peito pra fora, sorriso no rosto. Você consegue.

Sam pega a bolsa.

— Você não diria isso para o Simon.

Ted dá de ombros.

— Se ele estivesse usando esses sapatos aí, diria, sim.

— Então, o menor valor que podemos oferecer para esse trabalho é... quarenta e dois mil. Mas se mudar o número de páginas e trocar a folha de rosto para uma cor só, podemos dar um desconto de oitocentos.

Ela está descrevendo a estratégia de impressão quando nota que o gerente não está escutando. Por um minuto, sente o rubor da vergonha de novo e balbucia o resto da fala.

— Então... o que acha desses valores?

Ele não diz nada. Massageia a testa e faz um barulho distraído de *humm*, igual ao que ela fazia quando Cat era pequena e mal escutava a filha tagarelar.

Ai, nossa, estou perdendo ele. Ela para de olhar as anotações e nota que o gerente está focando nos pés dela. Morta de vergonha, quase perde o fio da meada. Porém, olha outra vez e registra a expressão atordoada do homem: quem está distraído é ele.

— E, é claro, podemos oferecer o prazo de oito dias, como discutimos — conclui.

— Ótimo! — exclama ele, como se arrancado de um devaneio. — Sim. Ótimo.

Ele ainda está fitando os pés dela. Ela observa, inclina o pé um pouco para a esquerda e estica o tornozelo. Ele continua concentrado, fascinado. Ela vira o rosto para Joel e Ted, que se entreolham do outro lado da mesa.

— Então esses termos são aceitáveis?

O gerente cruza os dedos, encontra o olhar dela por um momento. Ela sorri, incentivando-o.

— Hum... são. Parece uma boa.

Ele não consegue parar de olhar. Desce o olhar pelo rosto dela, volta ao sapato.

Ela retira um contrato da pasta. Inclina o sapato e deixa a tira do tornozelo escorregar devagar pelo calcanhar.

— Então, vamos fechar?

— Com certeza.

Ele pega a caneta e assina o documento sem nem ler.

— Nem comenta — diz a Ted, olhando para a frente, quando saem da recepção.

— Não vou comentar. Se arranjar outro acordo desses, pode andar por aí até de pé de pato, se quiser.

Na reunião seguinte, ela deixa os pés bem visíveis o tempo todo. Apesar de John Edgmont não ficar olhando, ela nota que o mero detalhe dos sapatos o faz reavaliar quem ela é. Por mais estranho que pareça, também a faz se reavaliar. Ela entra no escritório de cabeça erguida. É encantadora. Firme nos termos do acordo. Fecha mais um contrato.

— Você está arrasando, Sam — elogia Joel, quando entram de novo na van.

Eles param para almoçar de verdade (algo que não ousam fazer desde que Simon entrou na chefia) e se sentam no pátio de um café. O sol aparece. Joel conta que, na semana anterior, saiu com uma mulher que perguntou o que ele achava da foto de um vestido de noiva que ela tinha recortado de uma revista.

— Ela disse: "Não se preocupe, só mostro para pessoas de quem gostei muito."

Ted engasga a ponto de sair café pelo nariz, e ela gargalha até a barriga doer. Repara que não faz ideia da última vez que tinha rido.

De chinelo e com o roupão por cima da blusa, Nisha anda de um lado para outro da calçada gelada diante da academia. Ela deixou nove recados na caixa postal de Peter, e ele não atende. Não é um bom sinal. Não mesmo.

— Peter? Peter? Cadê você? Falei para você chegar aqui às onze e quinze! Preciso que você chegue *agora*!

Ela tenta ligar mais uma vez e uma voz metálica e automática diz que o número está fora de área. Ela olha a hora, solta um palavrão e olha para a chave do quarto do hotel. Volta batendo os pés para a academia.

A bolsa ainda está no banco, em frente ao armário que ela usou. Óbvio. Quem é que ia querer aquilo? Ela revira o conteúdo, fazendo uma careta só de pensar em mexer em roupas que não são dela. Tira um maiô úmido em um saco plástico, estremece e o larga no banco. Em seguida, tateia com cuidado os bolsos laterais e tira de lá três notas úmidas de dez libras. Não se lembra quando foi a última vez que mexeu em dinheiro vivo. É a coisa mais imunda que existe, pior que escovas de vaso sanitário, de acordo com um artigo que ela leu. Ela estremece e guarda o dinheiro no bolso. Puxa um saco plástico do distribuidor automático acima do secador de roupa e o usa para embrulhar a mão. Assim, pega a bolsa pelas alças e passa pela recepção.

— Licença, a senhora não pode levar o roupão...

— É, bem, esse país é um gelo e vocês perderam minhas roupas.

Nisha aperta mais o roupão, amarra o cinto, e sai.

Por mais que fiquem falando sem parar que o Uber arruinou a vida deles, não só um, mas seis taxistas ignoram uma mulher de roupão tentando chamar um táxi até um deles por fim parar. Ele abre a janela e abre a boca para perguntar algo a respeito da roupa dela, mas ela levanta a mão.

— Hotel Bentley — pede. — E não comece. Obrigada.

A corrida custa 9,80 libras, apesar de mal levar cinco minutos. Ela entra no hotel sem nem reagir ao olhar perplexo do porteiro e atravessa o saguão até o elevador, ignorando os demais hóspedes que se viram para observá-la. Um casal de meia-idade, ele de paletó e calça social, ela de vestido malfeito revelando dobrinhas de gordura nas axilas (os dois provavelmente de algum lugar provinciano, ali para uma "extravagância"), já estão no elevador quando ela mete o braço na porta e a impede de se fechar. Ela entra, para diante deles e se vira para ficar de frente para as portas. Nada acontece. Ela olha para trás.

— Cobertura — diz.

Quando eles a olham, ela agita a mão. Agita de novo.

— Cobertura. O botão — insiste. — Por favor — por fim acrescenta, e a mulher aperta o botão, hesitante.

O elevador sobe, vibrando, e Nisha sente a tensão agarrar seu estômago. *Vamos lá, Nisha*, pensa. *Você vai dar um jeito.* Até que o elevador estremece, para, e as portas se abrem.

Ela está prestes a sair para a suíte da cobertura, mas colide com um peito largo. Três homens bloqueiam sua passagem. Ela se encolhe, incrédula. Ari, no meio, estende um envelope tamanho A5.

— O que... — começa, tentando passar por ele, que se move para o lado e a impede.

— Fui instruído a não deixá-la entrar.

— Não seja ridículo, Ari — diz, dando um tapa nele. — Preciso pegar minhas roupas.

Ela nunca o tinha visto com aquela expressão.

— O sr. Cantor disse que a senhora não pode entrar.

Ela tenta sorrir.

— Não seja bobo. Preciso das minhas coisas. Olha só para mim.

O rosto dele é o de um desconhecido. Nada em seu rosto indica que ele a conhece, que a protege há quinze anos. É um homem com quem ela já fez piadas. Pelo amor de Deus, ela até lembrava de perguntar pela esposa irritante dele às vezes.

— Perdão.

Ele se abaixa, põe o envelope no chão do elevador atrás dela e recua para apertar o botão e fazê-la descer. Nisha sente o mundo sair dos eixos e se pergunta se vai desmaiar.

— Ari! Ari! Você não pode fazer isso. Ari! Que loucura é essa? O que eu vou fazer?

As portas do elevador começam a se fechar. Ela vê Ari se virar e olhar para o homem que o acompanha. Está com uma expressão que ele nunca se permitiu usar na frente dela, uma que conhece da vida inteira: *Essas mulheres...*

— Só me dê minha bolsa... pelo amor de Deus! — berra, quando as portas se fecham.

— *Impossível* arrasar mais do que você, gata — diz Joel, batendo no volante para dar ênfase. — Foi incrível. Você entrou lá toda *chefona*. Edgmont estava pronto para assinar antes mesmo de você sentar.

— Ele não parava de secar suas pernas — acrescenta Ted, tomando Coca-Cola de canudinho, antes de arrotar discretamente. — Não ouviu nem uma palavra do que falei sobre o volume de produção.

— Ele teria entregado a esposa no contrato, se você pedisse — continua Joel, balançando a cabeça. — O filho primogênito. Qualquer coisa.

— Sabe, eu jurava que você tinha dito que ia fazer esse trabalho por oitenta e dois — comenta Ted.

— Tinha mesmo — confirma Sam. — Mas, quando vi como as coisas estavam indo bem, tive uma vontade repentina de aumentar para noventa.

— E ele só concordou! — exclama Joel. — Só concordou! Nem conferiu o documento! Espera só até Simon ver isso aí!

— Faz meses que Brenda fala de comprar um Peugeot novo. Se fecharmos esse próximo, vou dar entrada na concessionária.

Ted toma um último gole da lata e a esmaga com a mão.

— Sam vai fechar. Ela está *en fuego*, cara.

— É o quê?

— Pegando fogo.

— Isso é verdade. Quem é agora? — diz Ted, consultando a pasta. — Ah. É o novo. Um… um sr. Price. É o peixe grande, querida. A fortuna. O novo 205 da minha esposa.

Sam retoca a maquiagem. Faz biquinho no espelho e pensa um minuto. Abre a bolsa e de lá tira, com cuidado, a jaqueta Chanel. Ela a levanta, admirando a lã creme, o forro de seda impecável, inspirando fundo o vestígio do cheiro de um perfume caro. Então, após se soltar por um momento do cinto de segurança, veste a peça. Fica um pouco apertada, mas o peso e o toque são uma delícia. Quem diria que roupas caras teriam outra sensação no corpo? Ela ajeita o espelho para ver o caimento nos ombros, a gola estruturada emoldurando o pescoço.

— Exagero? — pergunta, se virando para os homens.

Joel olha de relance.

— Não existe exagero. Você está toda-toda. Está linda, Sam.

— Ele nem vai saber o que rolou — diz Ted. — Faz aquilo de deixar o sapato pendurado de novo. Eles perdem a cabeça total quando você faz isso.

Sam olha o próprio reflexo e se empertiga um pouco. É uma sensação desconhecida, e ela está gostando. Parece alguém que nem reconhece. Até que, de forma abrupta, para e se vira para os outros, perdendo o sorriso de repente.

— Será que eu estou… decepcionando as feministas?

— Como assim?

— Mandando bem na negociação com um bando de homens de terno? — pergunta Ted.

— Usando sexo como arma. Esses sapatos são sexo, basicamente, né?

— Minha irmã diz que está com cólica para interromper reuniões muito longas. Diz que os homens saem correndo na mesma hora.

— Minha esposa uma vez mostrou o sutiã para o segurança para entrar em uma festa — acrescenta Ted. — Fiquei até orgulhoso.

Joel dá de ombros.

— Para mim, a gente tem que usar as armas que tiver à disposição.

— Deixe a sororidade para lá — diz Ted. — Pense no meu carro novo.

Eles chegaram. Sam desce da van, um passo de cada vez. Se empertiga um pouco. Está mais confiante no passo, descobriu como andar com mais cuidado, para o tornozelo não vacilar. Confere o cabelo no retrovisor. Por fim, olha os pés.

— Estou bem?

Os dois homens sorriem para ela, radiantes. Ted dá uma piscadela.

— Toda chefona. O sr. Price não tem a menor chance.

Sam gosta do clique-claque ágil dos saltos no chão de mármore a caminho da recepção. Ela vê a moça sentada ali examinar seus sapatos e sua jaqueta e nota que ela inclina um pouco a cabeça, como se estivesse prestes a ser um tantinho mais receptiva a tudo que Sam quiser. *Imagine ser o tipo de mulher que usa esses sapatos todo dia*, pensa. Imagine ter o tipo de vida em que só se anda distâncias curtas em chão de mármore. Imagine não ter preocupação alguma além de combinar o esmalte dos pés com a cor dos sapatos caros.

— Olá — diz, e percebe por alto que a voz tem outro tom, uma tranquilidade confiante com a qual não contava no início do dia. — Gráfica Grayside, para a reunião com o sr. M. Price. Obrigada.

Ela está com tudo. Vai arrasar.

A recepcionista consulta a tela. Digita alguma coisa e logo põe três crachás em invólucros plastificados transparentes e lhes entrega.

— Podem esperar ali, por favor. Vou ligar avisando.

— Fico muito agradecida.

Fico muito agradecida. Como se ela fosse da realeza ou algo assim. Sam se senta com cuidado no sofá do saguão, de tornozelos juntos, e dá uma conferida no batom e no cabelo. Vai fechar aquele contrato, consegue sentir. Joel e Ted sorriem atrás dela.

Ela ouve passos no mármore. Ao erguer o rosto, vê uma mulher pequena, de pele marrom e uns cinquenta anos, se aproximar do sofá. O cabelo preto está em um corte chanel bem-arrumado, e ela usa um terno azul-marinho de ótimo caimento, nada extravagante, com camiseta creme de seda e sapatilhas sem salto. Sam olha para cima e para trás da mulher, que lhe estende a mão.

— Olá... Gráfica Grayside? Meu nome é Miriam Price. Vamos subir?

Demora um segundo para Sam perceber seu erro. Olha para Ted e Joel, cujas expressões estão paralisadas. Por fim, todos se levantam de forma brusca, sorrindo e soltando cumprimentos embolados. Assim, seguem Miriam Price até o elevador no fim do saguão.

Leva dez minutos para descobrir que Miriam Price é linha-dura, e uma hora para descobrir direitinho quão dura é a linha. Se aceitarem os termos dela, a margem de lucro vai ficar quase insignificante. Miriam é pequena, serena e implacável. Sam sente a esperança se esvair, e Joel e Ted ficam encolhidos nas cadeiras.

— Se quiser o prazo de catorze dias, não posso passar de seis e sessenta — diz Miriam, de novo. — O custo de transporte aumenta conforme nos aproximamos do prazo.

— Já expliquei por que seis e sessenta dificulta muito o nosso lado. Se quiser o acabamento com verniz brilhante, demora mais, porque temos que usar impressoras separadas.

— Se vocês têm ou não as impressoras, não é problema meu.

— Não é problema algum. É só questão de logística.

Miriam Price sorri sempre que insiste. É um sorriso pequeno, e até amigável. Porém, indica que está no controle completo da negociação.

— E, como eu já disse, nosso esquema de logística exige um transporte mais caro por causa do tempo reduzido. Olha, se esse trabalho for um problema para vocês, prefiro saber logo, a tempo de encontrar outros fornecedores.

— Não é um problema. Estou apenas explicando que processos de impressão dessa ordem de grandeza demandam um intervalo mais longo de tempo.

— E estou apenas explicando por que preciso que isso seja refletido no preço.

Parece impossível. Chegaram a um impasse. Sam sua dentro da jaqueta Chanel e sente uma leve ansiedade de que vai deixar marcas no forro claro e lindo.

— Só preciso dar uma palavrinha com minha equipe — diz, se levantando da mesa.

— À vontade — cede Miriam, se recostando na cadeira, e sorri.

* * *

Ted acendeu um cigarro, e fuma em baforadas curtas e vorazes. Sam cruza os braços, descruza e cruza de novo, encarando uma van que não para de dar ré, inutilmente, em uma vaga pequena demais.

— Se eu fechar com essa margem minúscula, Simon vai surtar — comenta ela.

Ted apaga a guimba com o calcanhar.

— Se não fechar o negócio de forma alguma, Simon vai surtar — retruca.

— É impossível resolver essa situação — reclama Sam, mudando o peso de pé. — Ai, esses sapatos estão me matando.

Eles ficam em silêncio por um instante. Ninguém parece saber o que dizer. Ninguém quer se responsabilizar pela decisão. Por fim o motor da van é desligado, e eles veem o motorista descobrir que não tem espaço para abrir a porta.

— Preciso fazer xixi — diz Sam, finalmente. — Encontro vocês aqui, já volto.

No banheiro, Sam se senta no cubículo e pega o celular. Manda mensagem:

Oi, amor. Como vai seu dia? Já saiu?

Ela espera, e a resposta chega após um momento.

Ainda não. Meio cansado. Bj

Ela o imagina de camiseta e calça de moletom, mal se levantando do sofá para pegar o celular. Às vezes, por mais que ela odeie admitir, é quase um alívio quando ele não está em casa, como se alguém tivesse aberto as cortinas todas de repente e deixado entrar a luz.

Ela se limpa, dá descarga e ajeita as roupas, sentindo-se boba de repente por estar usando aqueles sapatos e a jaqueta. Será que pode ser processada por usar roupas de outra pessoa? Ela lava as mãos e olha seu reflexo. Toda a confiança recém-adquirida parece ter ido embora. Sam vê uma mulher de quarenta e cinco anos, a tristeza, a ansiedade e a insônia do último ano marcadas no rosto. *Vamos lá, minha velha*, pensa, depois de um minuto. *Vá em frente.* Ela se pergunta quando começou a se chamar de *minha velha*.

A porta de um dos cubículos se abre, e Miriam Price sai dele. Elas se cumprimentam com educação pelo reflexo enquanto lavam as mãos, e

Sam tenta não revelar o constrangimento repentino. Miriam Price afasta fios de cabelo imaginários do rosto, e Sam retoca o batom, apenas para ter o que fazer. Ela tenta pensar no que dizer, algo que convença Miriam Price a trabalhar com eles, palavras mágicas que indiquem casualmente como a empresa deles é ótima e profissional e que aumentem aquelas margens de lucro minúsculas. Miriam sorri, aquele sorrisinho sereno. É óbvio que ela não está pensando no que dizer. Sam se pergunta se já se sentiu tão inadequada num banheiro feminino antes.

Até que Miriam Price olha para baixo.

— Ai, meu Deus, amei seu sapato! — exclama.

Sam acompanha o olhar de Miriam até seus pés.

— São lindíssimos — continua.

— Na verdade, n... — diz Sam, e se interrompe. — São bonitos, né?

— Posso ver?

Miriam aponta. Sam tira o sapato e entrega para ela, que aproxima o objeto da luz e o examina por todos os ângulos, com a reverência que alguém dedicaria a uma obra de arte ou a uma boa garrafa de vinho.

— Louboutin, né? — pergunta Miriam.

— I... isso.

— É vintage? Ele não faz nada assim há uns cinco anos. Na verdade, não sei se já vi um desses antes.

— Hum... hum, é. É, sim.

Miriam passa o dedo pelo salto.

— Ele é um verdadeiro artesão. Sabia que uma vez passei quatro horas na fila para comprar um par de sapatos dele? Que loucura, né?

— Ah... não é loucura nenhuma — diz Sam. — Não para mim.

Miriam sente o peso nas mãos, examina o sapato mais um segundo e o devolve, quase relutante.

— Sempre dá para reconhecer um bom sapato. Minha filha não acredita em mim, mas dá para conhecer muito das pessoas a partir do que usam nos pés. Sempre me visto de baixo para cima. Esses aqui são velhos, da Prada. Achei que precisava de um dia mais pé no chão, por isso escolhi as sapatilhas, mas, para ser sincera, vendo isso aí, estou com inveja do salto.

— Digo a exata mesma coisa para a minha filha!

As palavras saem da boca de Sam antes que se dê conta.

— A minha só usa tênis para tudo. Acho que não entendem o poder totêmico dos sapatos.

— Ah, a minha é igual. Usa umas botas enormes Dr. Martens. E não entendem mesmo — concorda Sam, que não sabe se entende o significado de "totêmico".

— Vamos fazer o seguinte, Sam. Posso chamar você de Sam? Odeio negociar assim. Vamos conversar semana que vem? Nós duas podemos nos resolver, longe dos meninos. Tenho certeza de que somos capazes de chegar a um acordo que funcione para nós duas.

— Seria ótimo — diz Sam, calçando o sapato de novo, e respira fundo.

— Então… podemos dizer que temos um acordo, inicialmente?

— Ah, acho que sim — responde Miriam, com um sorriso caloroso, conspirador. — Preciso perguntar… essa jaqueta é Chanel?

4

Com o celular na orelha, Nisha afunda em um sofá cor-de-rosa felpudo no saguão do hotel, ao lado de um arranjo imenso de estrelítzias em um vaso do tamanho do tronco dela. Ao seu redor, alguns dos hóspedes olham de relance para a mulher de roupão quando sua voz se destaca em meio ao burburinho.

— Carl, isso é ridículo. Estou no saguão. Desça para conversarmos.

Acaba o recado. Ela liga de novo imediatamente.

— Carl, vou continuar ligando até você atender. Não é assim que se trata uma esposa com quem se está casado há dezoito anos.

Acaba o recado. Ela liga de novo.

— Nisha?

— Carl! Eu... Charlotte? Charlotte? Nã acredito, ele está redirecionando a chamada. Quero falar com o Carl. Por favor, passe para ele.

— Perdão, mas não posso, Nisha.

A voz de Charlotte é tão calma quanto a gravação de um app de meditação. Há algo de novo no tom dela que irrita Nisha, um ar distante de superioridade. É então que percebe: *Meu Deus do céu, ela me chamou de Nisha.*

— O sr. Cantor está em reunião e deu instruções diretas para que não fosse incomodado.

— Não. Tire ele da reunião. Não me interessa se ele não quer ser incomodado. Sou a *esposa* dele. Me ouviu? Charlotte? Charlotte?

Silêncio. A garota desligou na cara dela.

Quando ela ergue o rosto, as pessoas nos sofás mais próximos a encaram. Ela encara de volta, até virarem a cabeça, em um alvoroço de murmúrios e sobrancelhas arqueadas. De repente, o corpo dela é inundado de cortisol, e ela talvez queira matar alguém, correr para algum lugar, ou berrar. Não sabe bem qual opção. Nisha olha para baixo e nota que não pode sobreviver a isso de roupão barato e chinelo. Pensa nas roupas lá na cobertura e sente uma ansiedade quase maternal por não poder reavê-las. *As roupas dela.*

Ela olha ao redor e vê uma lojinha do outro lado do saguão. Enfia o celular no bolso e vai até lá. As roupas são, como era de se prever, horrendas e ridiculamente caras. Nisha passa apressada pelas araras, tirando a jaqueta e os sapatos menos cafonas que encontra, e tenta ignorar a música genérica e horrível que soa no ambiente. Estuda os sapatos nas caixas marcadas por tamanho e escolhe um par de saltos bege simples tamanho 38. Ela os põe no balcão, onde uma mulher jovem a observa com ar de leve tensão.

— Bote na conta da cobertura, por favor — diz.

— Certo, sra. Cantor — concorda a moça, e começa a passar as compras.

— Preciso experimentar os sapatos. Com meias. Meias novas.

— Vou só ver se temos... — Ela para de forma abrupta.

Nisha se concentra nela, acompanha o olhar da menina e se vira. Frederik, o gerente do hotel, entrou na loja. Ele sorri para ela e para a vários metros.

— Perdão, sra. Cantor. Temos instruções de não colocar nada na conta do sr. Cantor.

— Como assim?

— O sr. Cantor disse que a senhora não tem mais autorização de usar a conta dele.

— Nossa conta — retruca ela, gélida. — É *nossa* conta.

— Perdão.

Frederik fica completamente imóvel e não para de fitá-la. Seus modos são inabaláveis, seu tom, completamente implacável. Parece que tudo desmorona ao redor dela. Um pânico desconhecido cresce em seu peito.

— Você sabe que somos casados. Portanto, a conta dele é a minha conta.

Ele não diz nada.

— Frederik, há quanto tempo eu frequento este hotel? — pergunta, dá dois passos à frente, resiste à vontade de agarrar a manga do paletó dele.
— É evidente que meu marido está sofrendo alguma crise. Ele nem me deixa pegar minhas roupas. Minhas roupas! Olha pra mim! O mínimo que pode fazer é me deixar comprar algo para vestir, sem dúvida.

A expressão do gerente se abranda minimamente. Há uma leve tensão no rosto quando fala, como se doesse fazer aquilo.

— Ele deu instruções muito... enfáticas. Sinto muitíssimo. Não depende de mim.

Nisha leva as mãos ao rosto.

— Não acredito que isso está acontecendo.

— E temo que... — continua ele. — Eu também precise pedir para a senhora ir embora. O roupão, é... Os outros hóspedes estão...

Eles se encaram. Nisha percebe pela visão periférica que a vendedora aproveita o momento para tirar tudo do balcão, apressada.

— Dezoito anos, Frederik — declara Nisha, devagar. — Nós nos conhecemos há dezoito anos.

Faz-se um silêncio demorado. É a primeira vez que ele demonstra vergonha de verdade.

— Veja bem — diz ele, enfim. — Vou arranjar um carro para a senhora. Para onde quer ir?

Nisha olha para ele, abre um pouco a boca e balança a cabeça de leve. De repente, se sente inundada por uma sensação desconhecida, forte, sombria e sinistra, como areia movediça puxando seus pés.

— Eu não... não tenho *para onde* ir.

Então o momento passa. Ela não vai aceitar. Não vai tolerar aquilo. Cruza os braços e se senta, firme, em uma cadeira de palha perto da área dos sapatos.

— Não, Frederik. Não vou a lugar algum. Tenho certeza de que você entenderá, então vou ficar aqui sentada até Carl descer para falar comigo. Por favor, vá buscá-lo. Isso tudo é ridículo.

Ninguém fala nada.

— Vou passar a noite aqui, se necessário. Por favor, vá chamá-lo, vamos resolver isso e aí decidir para onde vou, ou *se* vou.

Frederik olha para ela por um momento e solta um suspiro. Ele se vira para trás e, em resposta, dois seguranças entram na loja e param, à espera. Todos a observam.

— Prefiro não causar um escândalo, sra. Cantor.

Nisha olha para ele. Os dois seguranças avançam. Cada um dá um passo. A coreografia é quase impressionante.

— Como eu falei — continua Frederik —, o sr. Cantor foi muito enfático.

5

— Mandaram bem hoje — elogia Marina, levantando a mão para cumprimentá-los quando passam pelo corredor. — Joel falou que foi uma goleada.

Sam voltou a calçar o chinelo na van, porque seus dedos estavam ficando dormentes, e a planta do pé dói tanto que ela sabe que amanhã vai mancar de tênis. Ainda assim, ela está flutuando de alegria, e um sorriso que lhe é desconhecido repuxa os cantos da boca a cada conversa. Ela sente uma mistura estranha de invencibilidade e alívio meio murcho. *Consegui. Fechei negócio. Talvez seja este o ponto de virada. Talvez agora fique tudo bem.* Ela cumprimenta Marina, batendo na mão dela de um jeito apenas meio envergonhado. Normalmente, não é o tipo de pessoa que cumprimenta os outros assim.

— Ted disse que todo mundo vai sair para beber mais tarde. Falou que não fechamos tantos contratos numa tacada só desde que ele ainda usava calça tamanho G. Você vai, né?

— Hum... claro! Por que não? Só preciso ligar para casa antes. Vamos no White Horse, né?

Sam vai para seu cubículo e telefona para casa. Ouve tocar seis vezes até Phil atender, apesar de ela saber que o aparelho está na mesinha de centro, bem na frente dele.

— Como vai, amor?

— Tudo certo.

Ela torcia para, pelo menos uma vez, não ouvir aquele tom derrotado e resignado. Sam força um sorriso.

— Escuta, tive um dia ótimo hoje. Fechei muitos acordos. Um pessoal aqui vai comemorar no pub depois do trabalho, e achei que talvez você quisesse vir encontrar com a gente. Ted vai. Você gosta do Ted. E da Marina. Vocês fizeram aquela versão para maiores de dezoito de "Islands in the Stream" no karaokê, lembra?

Faz-se um breve silêncio do outro lado, como se ele estivesse pensando a respeito.

— Você poderia ficar só um pouquinho? Faz séculos que a gente não sai, né? Seria bom ter o que comemorar, para variar.

Diz que sim, suplica, silenciosa. Cat diz que o pai parece passar o tempo todo vegetando. Sam vive pensando que alguma coisa vai fazê-lo engrenar a marcha, uma saída com amigos ou algum acontecimento que de repente lhe dê alguma motivação.

— Estou meio cansado, amor. Acho que vou ficar em casa.

Mas você nem fez nada!

Sam fecha os olhos. Tenta disfarçar o som do suspiro.

— Ok. Vou para casa quando fechar esses números.

Menos de um minuto depois de desligar, o telefone toca de novo. É Cat.

— E aí, como foi?

Ela sente uma onda de amor pela filha, que lembrou como aquele dia era importante.

— Foi muito bom, obrigada, meu bem. Fechei três contratos de quatro, e são bem importantes.

— Uau! Que legal, mãe. Parabéns! Deve ter sido por causa do dia na academia! — diz, e abaixa a voz. — O que o papai falou?

— Ah, convidei ele para ir ao pub, mas ele não está no clima. Vou passar no mercado na volta e chego em casa umas... sete e quinze? Antes tenho que dar um pulo na academia para devolver uma coisa.

— Por que você já vai voltar?

— Para fazer o jantar?

— Mãe. Vai pro pub. Você acabou de fechar um acordo enorme e faz meses que não sai. Você acha o quê, que é uma personagem de *Mulheres Perfeitas*?

— Não sei. Não gosto de deixar seu pai...

— Vai. Relaxa um pouco. Você não precisa cuidar de tudo.

Ela insiste com a mãe que tem, sim, certeza, está, sim, tudo bem, e pode, sim, garantir que o pai vai comer alguma coisa. Ela tem dezenove anos, não doze. O pai é mais que capaz de fazer torrada com feijão! As mulheres não precisam carregar toda a responsabilidade emocional!, diz isso com ênfase, com a certeza de alguém que nunca precisou carregar nenhuma responsabilidade emocional. Sam desliga o telefone e pensa, de repente, que pode ser bem gostoso passar uma noite em algum lugar que não seja sua sala de estar, ao lado do marido que olha para o vazio.

Finaliza os documentos, insere os valores no sistema e soma tudo com satisfação. Faz uma cara engraçada, franzindo o nariz e balançando a cabeça. E logo a coisa se transforma em uma dancinha, quicando na cadeira. *Ah, isso aí. Noventa e dois nessa coluna. Some o total. Lá vai mais um zero. E outro. E outro.*

— Vou ao pub. Ao pub. Ao pub. Uooou, ié — cantarola.

Ela se vira para pegar uma caneta e solta um gritinho. Simon está parado na entrada do cubículo. Ela não sabe há quanto tempo ele está ali, mas, pelo desdém em sua expressão, deve ter visto a dança da vitória na cadeira.

— Simon — diz, ao se recompor —, estava só registrando no sistema os valores de hoje.

— Uhum — murmura ele, encarando-a, impassível. — Soube que fechamos com a Piltons e a Bettacare.

Ela sorri de novo. Não consegue se conter.

— E também com Harlon e Lewis. É — emenda, se virando para ficar de frente para ele. — E a margem foi melhor que da última vez.

É só enquanto ela fala que percebe que ele usou o verbo no plural. Como se tivesse tido algum envolvimento naquilo. *Engula esse sapo*, pensa consigo mesma. Todo mundo sabe quem fechou esses contratos. E os números não mentem.

— Também consegui prorrogar o prazo do...

— O que aconteceu com a Framptons?

— Perdão?

— Por que não fechamos com a Framptons?

Ela acabou de fechar quase um quarto de milhão de libras, e ele quer falar do acordo menor que não deu certo?

Ela se sente sem fôlego, se embanana com as palavras, e ele se recosta na porta. Suspira.

— Acho que precisamos conversar.

— Como assim? Por quê?

— Porque recebi um telefonema do escritório de Michael Frampton. Ele disse que você apareceu bêbada na reunião.

Ela o olha, incrédula.

— Está falando sério? Ah, pelo amor de Deus.

Simon bota as mãos nos bolsos e inclina a virilha um pouco para a frente. Ele sempre faz isso quando fala com mulheres.

— Nossa senhora, esse homem... Eu não estava nada bêbada. Teve uma confusão antes do trabalho e precisei usar sapatos de salto que não eram meus, a superfície na garagem era irregular, e...

— O que é isso aí? — interrompe ele, apontando para os pés dela. — O que é isso nos seus pés?

Ela acompanha o dedo dele.

— Ah... chinelos?

— Espero que não tenha usado isso na reunião. Não são nada profissionais.

Ela repara que ele está usando sapatos sociais de cadarço, todos reluzentes. Com a ponta um pouco fina, para indicar que seu dono é uma pessoa com estilo. Ela pensa no que Miriam Price disse: algo nos sapatos de Simon lhe diz tudo que ela precisa saber sobre ele.

— Lógico que não, Simon. Acabei de falar que...

— Quer dizer, se você representa nossa empresa, e devo lembrar que é muito diferente agora que também representa a Uberprint, precisa adotar a postura mais profissional possível. A todo momento. Não é para se arrastar por aí nesses chinelos horrorosos.

— Simon, se me deixar falar, acabei de dizer que...

— Não tenho tempo para isso, Sam. Não é mais só a Grayside. Espero que você possa se portar de modo mais profissional no futuro. Não posso mais me preocupar com a chance de receber mais telefonemas de clientes reclamando por você estar bêbada ou do que decidiu meter nos pés. Você me deixou em uma posição muito desagradável hoje.

— Mas eu... eu não... — começa Sam, mas ele já deu meia-volta e foi embora.

Sam olha para onde ele estava, boquiaberta.

Por fim, fecha a boca bruscamente. Conhecendo Simon, é possível que ele apareça e a acuse de estar com uma expressão facial inadequada.

— Ele é o maior babaca — diz Ted, balançando a cabeça. — Um zero à esquerda.

De tão perturbada com a conversa, ela quase tinha ido para casa. Mas precisava parar na academia. Porém, Marina passou pelo cubículo de Sam bem quando ela estava guardando a jaqueta Chanel na bolsa, e disse que não ia deixá-la ir embora de jeito nenhum. Era ela quem tinha arranjado o dinheiro todo. Podia devolver a bolsa de manhã.

— Não deixe aquele escroto estragar seu dia. Não dê a ele o que ele quer. Vamos lá, Sam. Fica só um pouquinho no pub!

Assim, ela se juntou aos colegas que conhecia há mais de uma década, uma espécie de família, e foi ao pub perto do escritório, o White Horse. Ela sabe o nome dos parceiros e dos filhos de todos integrantes da equipe, dos vários bichos de estimação de quem não têm filhos e, cada vez mais nos últimos tempos, das doenças de todo mundo. Antigamente, costumava fazer um bolo de aniversário para os colegas e levava para o escritório. No entanto, da primeira vez que fez isso depois da aquisição da Uberprint, Simon entrou na sala de descanso onde eles se reuniram para cantar "Parabéns para você" e disse que não acreditava que achavam ter tempo para aquilo. O que era aquele lugar? Uma creche?

— Como vai o Phil? — pergunta Marina, botando mais uma taça de vinho branco na mesa e se instalando. — Já encontrou outro emprego?

— Ainda não! — solta, alegre, sugerindo que tem confiança total de que é uma situação temporária.

Ela não quer falar de Phil, então muda logo de assunto.

— Ei, você nem imagina o que me aconteceu hoje.

Marina se mostra curiosa.

— Me conta! — pede, e Sam começa.

Sam pega a bolsa de ginástica que deixou debaixo do banco, abre o zíper e mostra um dos sapatos.

— Eu precisava mesmo ter devolvido em vez de vir para cá. Tenho que levar lá amanhã.

Marina mal está ouvindo.

— Meu Deus do céu. Você passou o dia todo em cima disso? Eu não aguentaria dar nem cinco passos.

— Pois é, eu mal aguentei. Mas, Marina, no fim do dia eu estava *arrasando*. Juro que foi por causa desses sapatos que consegui os contratos.

— Bom, então o que você está fazendo?

Sam fita a amiga, sem entender.

— Não vai comemorar com esses chinelos horrendos! Coloque os saltos! Quero ver!

Marina está elogiando a beleza dos sapatos ("Aposto que devem ser do valor da minha casa!") quando Lenny, do financeiro, pergunta do que estão falando. E, antes que ela perceba, Joel conta a história para o outro lado da mesa, e todos exigem que ela desfile com os calçados. Ela já tomou três taças de vinho e, apesar da azia que lhe avisa que se arrependerá disso, ainda mais por estar de barriga vazia, acaba desfilando exageradamente, fingindo estar numa passarela, enquanto os colegas aplaudem e comemoram.

— Você deveria usar salto todo dia! — diz Ted.

— É, só se os homens também usarem — provoca Marina e joga um amendoim nele.

Alguém botou música, e o pub está lotado de gente disputando espaço no quadradinho da pista de dança, funcionários dos escritórios da região celebrando a sobrevivência por mais uma semana: aqueles discretamente apaixonados por colegas procurando no álcool uma ajuda para conseguir uma abertura e aqueles sem disposição para aceitar as responsabilidades e os silêncios temidos do fim de semana em casa. Marina pega a mão de Sam, e de repente elas estão na muvuca, os braços para o alto, batendo palmas no ritmo da música, dançando daquele jeito de pessoas de meia-idade, ou seja, mal, porém com a confiança que vem do fato de não estarem nem aí, de que às vezes o mero ato de dançar, de se soltar em uma sala cheia de gente enquanto a batida vibra por suas veias, é uma forma de rebelião contra a escuridão, contra as dificuldades inevitáveis do amanhã. Sam dança, fecha os olhos e desfruta da tensão nas coxas, do baque dos saltos no piso duro. Ela se sente poderosa, ousada, sensual. Dança até o cabelo grudar no rosto e o suor escorrer pela lombar. Sente a mão de Joel na cintura, e ele pega a mão dela e a levanta, para girá-la.

— Hoje você estava linda de morrer com esse sapato — murmura ele ao pé do ouvido de Sam, enquanto ela gira.

Ela ri e fica ruborizada.

Acabou de se sentar, ainda corada e alegre, quando aparece o homem.

— Caramba, você está fazendo sucesso, hein — murmura Marina, quando ele para diante dela.

É um homem alto e musculoso, com um uniforme escuro que mostra que é uma pessoa que se leva mesmo muito a sério. Ele a olha de cima a baixo.

— Hum... oi? — diz ela, meio rindo, diante do silêncio dele.

Por um momento, ela se pergunta se os sapatos lhe deram algum tipo de novo poder sexual.

— É isso que você quer — diz ele e entrega a ela um envelope pardo.

Antes que Sam possa dizer qualquer coisa, ele dá meia-volta e vai embora, engolido pelo alvoroço de corpos suados que giram em danças extravagantes.

6

O problema de ter mais de uma casa é que, quando você quer alguma coisa, quase sempre está em outro lugar. Assim como o problema de ter apenas amigos ricos é que sempre estão no país errado. Nisha tem três amigas que moram em Londres (se é que pode chamá-las de amigas): Olivia está na casa das Bermudas, e Karin está nos Estados Unidos, visitando a família. Ela liga para as duas, mas cai na caixa postal. É o problema do fuso horário. Ela pede, no tom mais tranquilo de que é capaz, para retornarem a ligação quando receberem o recado. Quando desliga, nota que não sabe direito o que dirá para elas se telefonarem.

Angeline Mercer se divorciou duas vezes, na segunda porque pegou o marido transando com a babá. Ela pode no mínimo entender a situação de Nisha. Angeline a cumprimenta com simpatia, escuta Nisha explicar, indiferente, que houve uma pequena questão com Carl (tudo meio constrangedor) e perguntar se ela poderia fazer o favor de transferir um pequeno valor enquanto ela se resolve. A voz de Angeline é igualmente tranquila ao dizer que, sim, Carl explicou a situação para James, e que ela sente muito, mas não acha bom se envolverem.

— Não queremos tomar partido — comenta, doce, deixando bem óbvio que partido tomaram.

Nisha quer perguntar qual foi a situação que Carl descreveu, mas um resquício de orgulho a impede.

— Entendo perfeitamente. Perdão por incomodar — responde, calma.

Em seguida, solta três palavrões tão escandalosos que teriam feito a avó correr para buscar a Bíblia com urgência.

Ela não liga para mais ninguém. Nisha não tem muitas amigas. A escola causou nela uma desconfiança profunda das dinâmicas sutilmente voláteis formadas quando meninas se reúnem. Amizades femininas eram febris e tendiam a pequenas explosões, fazendo Nisha sentir com frequência que o chão estava cedendo sob seus pés de modos que ela não concebia muito bem. Depois de sair de casa e começar a nova vida na cidade, tinha medo demais de desabafar sinceramente com alguém. Juliana foi a exceção. E ela não pensa mais em Juliana. Algumas coisas doem demais. Não, para mulheres, elogios ou problemas são uma espécie de moeda de troca. Mulheres sorriem, compreensivas, diante de suas confidências, e depois as usam como armas. Nisha acha homens previsíveis, e gosta de previsibilidade. Se ela se comporta de certo modo, homens reagem de forma *maleável*. Ela entende as regras do jogo.

E também, é evidente, como a esposa de qualquer homem rico sabe, que outras mulheres se tornam concorrência, ameaças a um status quo obtido a muito custo. Assim que se casou com Carl, passou a encontrar mulheres que a olhavam com desdém (*time da Carol*), que não acreditavam que Carl podia ser tão previsível, tão decepcionante, tão óbvio. Mas Nisha não pisou em falso uma vez sequer como esposa de Carl. Ela aprendeu de forma tão completa sobre o mundo dele que não restou nenhuma fresta para expor fraqueza. Viu os casamentos dos amigos de Carl implodirem aos poucos, assim como o primeiro casamento de Nisha, e logo entendeu o que acontecia com as novas esposas, as expressões vazias e cautelosas e as palavras adocicadas, todas fiéis apenas ao marido e à própria posição.

Isso tinha servido muito bem a ela, até chegar aos quarenta e descobrir que havia uma nova ameaça pela frente: as mulheres mais novas. As que sentiam o cheiro da data de validade chegando e decidiam atacar o alvo, que nem um míssil. Com seus corpinhos jovens, dispostas a agradar, agradáveis por estarem dispostas, sem nada a perder, ainda livres do peso da decepção, da raiva ou da pura exaustão de tentar ser tudo o tempo inteiro. Nisha, em resposta, aprendeu a melhorar. Era uma mulher bonita, de cabelo sedoso, e a pele recebia constantemente todos os cremes e tratamentos mais caros do mercado, a ponto de, com frequência, passar-se por dez anos mais nova. Malhava todo dia, fazia as unhas toda semana, se depilava de quinze em quinze dias, trocava o aplique do cabelo todo mês, injetava Botox de três em três meses. Lá estava ela, pronta para ele, de lingerie La Perla, flores frescas no quarto, o vinho preferido dele na adega. Ria das piadas dele, aplaudia os discursos, elogiava os colegas e enfatizava sua superioridade e virilidade de formas sutis e infinitas, em público e particular. Trocava as camisas e calças dele, marcava hora para ele no barbeiro antes mesmo de a assistente achar que era hora, garantia que todos os imóveis estariam prontos para a chegada dele, abastecidos com as comidas e os vinhos preferidos. Não deixava nenhum estresse doméstico ser um obstáculo ao marido. Não deixava a peteca cair. Entendia direitinho aquele negócio de ser mulher.

E, no fim, nem essa merda toda bastava.

Nisha foi a quatro caixas eletrônicos na vizinhança, e todos engoliram seus cartões ou os cuspiram, dizendo, em termos digitais explícitos, para ela procurar os funcionários do banco. Mas não precisa procurar funcionário algum para saber o que está acontecendo. Ela andou até a Mangal, a butique exclusiva que frequenta há cinco anos sempre que está em Londres, e, antes mesmo de experimentar o casaco pesado Alexander McQueen, Nigella, a gerente, apareceu para explicar que sentia muito, mas o sr. Cantor tinha fechado a conta deles pela manhã e que, sem cartão de crédito, não poderia ajudá-la. A gerente tinha lançado um olhar discreto para o roupão de banho ao falar aquilo, como se tentasse avaliar se era alguma nova tendência da moda que ela ainda não conhecia.

Sentada num café, e ignorando os olhares de curiosidade dos outros clientes, Nisha tenta pensar. Ela precisa de roupas, de um lugar para ficar e de um advogado. Sem dinheiro, não tem acesso a nada disso. Poderia pedir para Ray transferir um pouco, mas aí tudo iria a público, irreversivelmente, e ela não quer arrastar o filho para aquilo. Ainda não. Não com todo o resto que ele enfrentou esse ano.

— Alô? — diz ela, atendendo o telefone.

— Sou eu. Desculpa, sra. Cantor — diz Magda, cochichando. — Precisei usar o celular do meu marido, porque o meu foi bloqueado.

— Falou com nosso cara?

— Falei. Ele conseguiu. Vai me ligar logo e dizer onde encontrar a senhora. Ele não quis ligar direto para a senhora… por via das dúvidas. Por isso demorei tanto para retornar sua ligação.

O pedido de desculpas soa sincero.

— Quando ele vai ligar? Preciso mesmo de ajuda, Magda. Não tenho nada.

— Ele diz que vai ser na próxima hora, mais ou menos.

— Estou literalmente de roupão. Carl não me deixa pegar minhas coisas. Pode me mandar algumas roupas? E vou precisar que mande pelo FedEx minhas joias e um pouco de dinheiro. Ah, e meu computador…

— Essa é a outra coisa, sra. Cantor — interrompe Magda, fungando, e Nisha estremece de leve. — O sr. Cantor me demitiu. Não fiz nada, e me disseram que ele me demitiu.

Nisha sabe que deveria consolá-la, mas só consegue pensar *merda merda merda*.

— A governanta me trancou para fora de casa, e disseram que ele pagou minha rescisão e a demissão é imediata. Não sei o que vamos fazer, porque os gastos médicos de Laney...

— Não consegue nem entrar na casa?

— Não! Precisei ir de metrô até o trabalho do Jano para usar o celular dele, porque interceptaram meu celular antes de eu ir embora. Cheguei às sete, como sempre, e me expulsaram às sete e quinze. Por sorte, eu sei o número da senhora de cor, por isso consegui ligar.

Ela precisa anotar todos os números na agenda, pensa, de repente. Ele vai bloquear o celular dela também, assim que se lembrar disso.

— Preciso de dinheiro, Magda. Preciso de um advogado.

Magda começa a chorar.

— Me desculpa, sra. Cantor. Não consegui pegar nenhuma joia sua, nem as fotos, nem nada. Disseram que iam chamar a polícia se eu tentasse sair com qualquer coisa, que seria roubo e que envolveriam o departamento de imigração. Literalmente me empurraram porta afora! Tentei pegar seu...

— Certo, certo. Olha, me liga assim que tiver notícias. Preciso saber onde encontrar ele. É muito importante.

— Pode deixar, sra. Cantor. Mil desculpas.

Ela está soluçando. Um apito começa a soar na cabeça de Nisha. Ela precisa desligar.

— Não se preocupe. Está bem? Não se preocupe. Vamos dar um jeito nisso, e aí vou contratar você de novo. Combinado?

Ela não faz ideia se isso é possível, mas Magda para de chorar. Ela desliga com as exclamações agradecidas de Magda ainda ecoando na linha.

Os olhares das pessoas a seu redor estão ficando insuportáveis. Nisha está acostumada a ser o centro das atenções (sempre atraiu olhares), mas por ser gostosa, bonita e privilegiada. Os olhares de agora, percebe, são de pena, desconfiança ou até repulsa. *O que essa louca está fazendo de roupão por aí?* Ela precisa arranjar umas roupas.

Pelo tempo todo que passou ali, bebericando o café com leite de soja, evitou olhar a loja do outro lado da rua, mas sabe que não tem opção. Ela se levanta, guarda o celular no bolso do roupão e atravessa a rua até o brechó beneficente da Fundação Internacional de Gatos.

O cheiro. Deus do céu, o cheiro. O ar da loja é um perfume velho de sobrevivência, falta de beleza e desespero. Ela entra, dá meia-volta e sai na mesma hora, parando na calçada para respirar fundo o ar relativamente fresco da Brompton Road. Espera um minuto, se recompõe, se vira e volta a entrar.

— São só poucas horas — murmura baixinho.

Ela só precisa de algo que a permita suportar as horas seguintes.

A mulher atarracada de cabelo turquesa a olha quando ela entra, e Nisha ignora o "Olá" ligeiramente desafiador. Tudo ali tem aspecto de coisa barata. Ela nem quer encostar nas blusas nas araras, nas camisas de náilon e nos suéteres de feirinha. A duas araras daquela, há uma senhora idosa analisando os sapatos, com o rosto repuxado de concentração enquanto examina o tamanho e o estado dos calçados. Ela vai precisar usar o tipo de roupa que uma mulher *daquelas* compra.

Só por algumas horas, pensa. *Você consegue.*

Usa a ponta das unhas para estudar as roupas penduradas até encontrar uma jaqueta que parece quase nova e um par de calças que parecem ser tamanho 38. A jaqueta custa 7,50 libras, e a calça, onze.

— Ficou trancada para fora de casa, é?

Ela não quer falar com a mulher de cabelo azul, mas força um meio sorriso.

— Tipo isso.

— Quer experimentar?

— Não — responde, seca.

Não, não quero experimentar. Não, não quero entrar nesse cubículo horrível e fedido. Não quero estar nem no mesmo estado dessas roupas baratas e com cheiro de guardadas que foram vestidas por sabe-se lá quem, mas meu marido está tendo uma crise de meia-idade e tentando me destruir para conseguir o divórcio, e não vou conseguir brigar com ele de roupão.

— Quer preencher um formulário de incentivo fiscal?

— Como assim?

— É para a organização beneficente pedir o reembolso. Só precisa botar nome e endereço.

— Eu... não tenho endereço no momento.

A verdade a atinge como um soco. Ela se recompõe.

— Na verdade, tenho, sim — diz. — Meu endereço é em Nova York. Na Quinta Avenida.

— Está bem, então.

A mulher solta uma risada baixinha.

Nisha paga pelas roupas e dispensa o troco, mas muda de ideia e pede o dinheiro, o que faz a assistente bufar audivelmente. Em seguida, ela tira as etiquetas das roupas, veste a calça, pega a jaqueta do balcão e sai, largando o roupão no chão da loja.

Magda reserva um hotel para ela e avisa que não é longe do Bentley. Se chama Tower Primavera.

— Falei que a senhora não podia dar um cartão de crédito para a caução, porque roubaram sua bolsa, e eles acabaram aceitando.

— Ah, graças a Deus.

O cheiro de roupas usadas parece ter ficado preso na garganta dela, e ela acha que vai começar a pinicar de alergia. Uma vez, leu que, ao sentir o cheiro de algo, a gente absorve as moléculas daquilo. Pensar na hipótese lhe dá náusea. Ela não para de puxar o tecido da manga, tentando impedir que toque a pele.

— Mas, infelizmente, disseram que, sem cartão, a senhora não pode usar o minibar.

— Não importa. Só preciso tomar banho e fazer umas ligações.

Há uma pausa demorada.

— Eu... preciso dizer outra coisa, sra. Cantor.

Nisha consulta o mapa no celular e começa a andar.

— O que foi?

— Não é... o tipo de hotel com o qual a senhora e o sr. Cantor estão habituados.

Magda fala e fala sem parar, pede mil desculpas, diz que não tinham limite no cartão de crédito deles, por causa do plano de saúde e blá-blá-
-blá.

— Foi cento e quarenta dólares. Mas tem chaleira no quarto, para a senhora beber alguma coisa. E talvez tenha biscoito. Pedi biscoitos a mais para a senhora. Imaginei que devia estar com fome.

Ela está distraída demais para sentir raiva. Dane-se. Agradece a Magda e desliga, pensando que pelo menos agora Magda vai conseguir falar com ela se (ou quando) ele cancelar o telefone.

* * *

A caminhada é interminável. Fica óbvio que Magda é péssima em avaliar distâncias num mapa. Nisha se arrasta pelo asfalto cinzento, com aqueles chinelos grandes demais, enquanto o céu escurece e, por fim, as nuvens começam a cuspir aquele tipo de chuva gelada e maligna que só existe em Londres. Nisha para por um instante e, admitindo a derrota, pega os sapatos na bolsa. Pelo menos há um par de meias limpas lá dentro. Ela calça as meias e, com uma careta, os sapatos pretos e gastos. Cabem relativamente bem, apesar das marcas incômodas do uso a longo prazo de outra pessoa. *Não vou pensar neles*, decide. *Não é isso que vai me definir.* Ela sente o tecido barato da jaqueta grudar nos ombros e afasta os sentimentos que ameaçam sufocá-la. Em vez de caminhar, começa a bater os pés, pois os saltos baixos e desconhecidos mudam a forma como seus quadris se movimentam. Sempre havia um carro à espera, que nem uma sombra, diante de qualquer prédio em que ela entrasse, e andar por aí sem isso, em uma cidade que de repente se tornou desconhecida, faz Nisha se sentir desconectada, como se estivesse flutuando à deriva na atmosfera.

— Se recomponha — resmunga baixinho, e segue em frente, fazendo cara feia para quem tiver a temeridade de olhar para ela.

Ela vai pegar o que precisa e voltar à cobertura nessa noite mesmo. Ou ir a outra cobertura. De qualquer forma, Carl vai pagar por isso.

O hotel é um prédio moderno e baixo de tijolo bordô barato, com uma placa luminosa de plástico acima da porta de correr, e, quando finalmente chega à rua, ela hesita e confere se o nome está certo. Quando vira para a porta, vê um homem de camisa de time de futebol sair, com uma lata de cerveja na mão. Ele para e grita alguma coisa para a companheira, que come de um saco de batata chips quase na altura do nariz, que nem um porco na gamela. Os dois vão embora gritando que precisam de um Big Mac.

A recepcionista tem uma anotação referente ao quarto dela e repete diversas vezes que não poderá permitir acesso ao minibar, sinto muito, devido à falta do cartão de crédito.

— Em geral, nem aceitaríamos a reserva — informa. — Mas hoje não estamos tão cheios, e sua amiga foi muito fofa, preocupada com a senhora. Sinto muito pela bolsa roubada.

— Obrigada. Não vou ficar aqui muito tempo.

Ela hesita antes de apertar o botão do elevador para subir ao quarto andar, porque não quer encostar no painel. Pressiona o botão uma vez, duas porque da primeira não acende, e limpa o dedo várias vezes na roupa. Quando chega ao quarto 414, depois de atravessar uma área comprida de carpete colorido com estampa de espirais, projetado por alguém que evidentemente queria que todos os clientes desmaiassem de enjoo, ela abre a porta e para. O quarto é pequeno, com uma cama de casal diante de um aparador gasto de madeira falsa, onde fica uma televisão de tela plana. O carpete e as cortinas são turquesa e marrons. Cheira a cigarro e aromatizador de ambientes sintético, com toques de alguma coisa azeda e de água sanitária no fundo, como os resquícios de limpeza de uma cena de crime. Que atrocidade aconteceu ali? O banheiro, apesar de parecer limpo, disponibiliza o xampu e o condicionador em frascos presos à parede, como se não confiassem nos clientes nem em relação a isso.

Ela tira a jaqueta, a larga na cama e lava o rosto e os braços de forma vigorosa com o sabonete barato. Confere as toalhas finas e um pouco ásperas (aparentemente lavadas) e se seca com elas. Observa o próprio reflexo no espelho, o cabelo ainda preso no rabo de cavalo depois do banho na academia, o rosto sem maquiagem. Parece dez anos mais velha, furiosa, exausta. Senta-se na beira da cama (colchas de hotel lhe dão calafrios. Vocês já *viram* o que aparece se jogar uma luz ultravioleta?) e espera Magda ligar.

— Ele pediu para ser um lugar discreto e movimentado, para não chamar atenção. Está com medo de Ari descobrir. Quer marcar em um pub.

— Um pub. Certo — diz, e se lembra do pub diante do qual parou para prender os sapatos horrendos. — O White Horse. Peça para ele me encontrar no White Horse. Como vou saber quem é?

— Ele sabe quem a senhora é. Vai encontrá-la. Disse que a senhora precisa estar lá a partir das oito.

— Oito da noite? É daqui a quatro horas. Ele não pode chegar mais cedo?

— Ele disse oito. Vai estar lá, com o que a senhora quer. Espere dentro do bar. Ele vai encontrá-la.

Nisha fita o carpete. Sua voz sai menos confiante.

— Posso confiar nele, Magda? Sabemos o que ele tem?

Faz-se um breve silêncio.

— Ele disse que estará lá, sra. Cantor. Só estou repetindo o que ele me disse.

São necessários dezesseis passos para dar uma volta completa ao redor da cama daquele quarto. Ela dá 1.348 passos antes de finalmente parar. O coração está a toda, uma roleta de pensamentos girando enquanto registra o que Carl fez, o que tentou fazer com ela. Ela já testemunhou várias vezes a crueldade de Carl diante dos inimigos profissionais — ele guilhotinaria até relacionamentos de longa data sem se abalar. Em um minuto, a pessoa fazia parte de seu círculo íntimo, almoçava com ele na maior elegância, Carl emprestava o motorista, ou ficavam conversando até de madrugada, entre doses de conhaque, piadas e bom humor; no seguinte, era simplesmente apagada. Ele se aproximava e se afastava das pessoas conforme sua necessidade, e era como se mal lembrasse o nome delas depois. Carl nunca se incomodava com multas de trânsito, problemas jurídicos, tampouco processos trabalhistas. Sempre diz que é para isso que tem funcionários, para resolver as "bagunças" da vida.

Nisha percebe que ela, sua esposa, de repente virou uma dessas bagunças.

O nó em seu estômago só aperta, como se alguém puxasse uma corda ao redor de sua cintura. Sempre que ela para de andar, sente que não consegue mais respirar, como se o ar não chegasse ao fundo dos pulmões. Precisa beber alguma coisa, mas não quer tomar aquela água (o que pode estar escondido naqueles canos?) nem sair do quarto atrás de uma garrafa d'água, porque Magda pode ligar, então reflete e por fim prepara uma xícara de café instantâneo, fervendo a água na chaleira três vezes antes de sentir que pode beber com segurança. (Uma vez, ela viu uma notícia na televisão dizendo que alguns hóspedes usavam as chaleiras para *lavar as calcinhas na água fervendo*. Chegou a ter pesadelos com isso.)

E o que ia dizer a Ray? Ia chegar uma hora em que ele precisaria saber, óbvio. Iam preparar uma declaração besta sobre como as pessoas mudam e que não era mais possível viverem juntos, mas que mamãe e papai ainda se amavam muito, blá-blá-blá. É provável que Carl peça a um advogado que escreva a própria versão. E ela terá que fazer cara de forte, fingir que também queria isso. Fingir que tudo estava leve e tranquilo, para Ray suportar.

Quem foi? É essa a pergunta, a que ressoa como um tambor nos recônditos da mente dela, longe de todos os outros pensamentos. Ela repassa a lista mental de mulheres disponíveis que a tinham deixado desconfiada nos últimos meses: um pouco de atenção demais, um toque discreto no braço em um jantar beneficente, uma piada cochichada por lábios brilhantes. Sempre havia alguma mulher, e ela sempre as observava com cautela, sempre monitorava de perto as vibrações no ambiente. Sabia que tinha alguma coisa estranha, mas não imaginava quem estaria por trás daquilo. Também tinha notado que Carl, consistentemente — às vezes até irritantemente — libidinoso, de repente passou a se mostrar sempre cansado. Ela não gostava propriamente de ser obrigada a dar aquela atenção matinal ao marido, mas ficou preocupada quando aquilo parou. Ela nunca perguntou o que estava acontecendo (não era do tipo *carente*), mas comprou lingerie nova e ousada, e tomou as rédeas da situação quando ele voltou da última viagem, usando truques que sabia serem irresistíveis. Ele ficou menos cansado. Óbvio. Mas, mesmo no suado momento após, abraçada a ele, havia algo de diferente, uma nota dissonante vibrando no fundo. Ela sabia, *ah, ela sabia*, e era por isso que tinha enfim sido persuadida a tomar uma medida de segurança.

Bem, graças a Deus.

Ela está com fome. Não é atípico: Nisha passou a vida adulta toda com fome (e dá para manter um corpo daqueles sem fome?). Porém, ela pensa e nota, de repente, que não comeu nada hoje. Vai até a bandeja da chaleira, onde há dois pacotes coloridos de biscoitos baratos com algum recheio cremoso impossível de identificar. Ela analisa um dos pacotes, desconfiada. Carboidratos são seu inimigo há décadas, então precisa de uma abstração imensa para se convencer de que, nesse instante, precisa de um pouco deles. Mas, nossa, o que ela quer mesmo é um cigarro. Faz cinco anos que não sente falta de cigarro, mas mataria por um no momento.

Para se distrair, ela ferve a chaleira três vezes de novo, faz um chá preto e bebe. E, enfim, quando não suporta mais as pontadas da dor, rasga o pacote e põe um biscoito na boca. A massa pálida consegue ser ao mesmo tempo seca e pegajosa. Mas talvez seja uma das coisas mais deliciosas que ela já comeu. Deus, como é bom. É um lixo e muito gostoso. Nisha fecha os olhos e saboreia cada bocado dos dois biscoitinhos, soltando ruídos de prazer. Em seguida, come o segundo pacote. Sacode bem para deixar cair o farelo na mão, rasga a embalagem e lambe por dentro. Finalmente, quando não resta mais nada, as joga na lixeira.

Então se senta, olha o relógio.

E espera.

Ela já esteve em um pub inglês uma vez, em Cotswolds, com um dos sócios de Carl, que era dono de um terreno vasto para caça e achou que seria divertido se eles participassem da tradição inglesa de tomar um *pint*. O estabelecimento parecia saído de um livro de ficção, cheio de vigas, com teto torto, cheiro de lenha queimada, porta cercada de rosas e um letreiro bonito, antigo e pintado a mão. O proprietário conhecia todo mundo pelo nome e permitia até a entrada de cachorros — que se deitavam aos pés de homens de tweed com dentes estragados e vozes que pareciam relinchos —, e o estacionamento era uma mistura de carros 4x4 velhos e enlameados com os Porsches e Mercedes impecáveis dos turistas.

Uma garçonete serviu pratinhos de queijo em cubos (você devia ver o resultado de um exame de bactérias em pratos compartilhados, eca) e tortinhas marrons recheadas de uma carne estranha, que Nisha precisou fingir comer. A garrafa d'água era morna. Ela riu das piadas grosseiras e quis ter ficado em casa. Mas tornou-se um hábito estar sempre ao lado de Carl.

Esse pub não é que nem aquele. É que nem os bares de beira de estrada, a vários quilômetros da região onde ela cresceu, onde as moças usam regatas e shortinhos e os homens querem estar em um bar de striptease e agem como tal. Ela entra no White Horse e, na mesma hora, é envolta pelo mar de corpos e barulho, por grupos de pessoas com bafo de cerveja berrando mais alto que a música vibrante, a alguns decibéis acima do limite. Ela abre caminho pela multidão, tentando se encolher para evitar os homens que se arrastam a esmo, pelo visto já bêbados às sete e meia da noite.

Esperava arranjar um cantinho discreto para se sentar, mas todos os lugares estão ocupados, e as pessoas se acotovelam para pegar as mesas vazias assim que vagam, como em uma dança das cadeiras mais atlética. Ela espera, então, em uma área externa perto da porta, como se pensasse em sair para fumar, e balança a cabeça em negativa para todos os caras que perguntam se ela tem um cigarro sobrando. Enquanto isso, observa a muvuca, esperando pelo homem que a reconhecerá e cumprimentará.

Chegou a ele através de um amigo de um amigo do marido de Magda, que conhece essa gente e tem contatos em todos os países. Ela organizou tudo por meio de um celular pré-pago há seis semanas, para envolver Magda o mínimo possível. (Ela havia suplicado para ficar de fora daquilo: "É melhor se eu não souber de nada, sra. Cantor, não quero me meter em encrenca.") E, quando o cara deu notícias semana passada, falou que a vigilância tinha sido vergonhosa de tão fácil, e que ela "não se decepcionaria". Nisha tinha mandado dinheiro vivo e um relógio Patek Philippe que Carl tinha decidido que precisava comprar há dois anos no aeroporto de Dubai, bêbado demais para se lembrar depois de tê-lo comprado.

Não adiantava tentar identificar o cara pela aparência. Esses capangas são todos iguais, de corte reto e pescoço grosso. Ela o reconheceria porque ele seria o único homem ali que não estaria bêbado e cuspindo perdigotos pelo salão.

— Tem um cigarro, meu bem?

Um jovem aparece na frente dela. Usa camisa polo branca e calça de moletom cujo gancho vai até o joelho, e o rosto está corado de um jeito que indica que já está bebendo faz um tempo.

— Não — responde ela.

— Está esperando alguém, é?

Ela o olha de cima a baixo.

— É. Esperando você ir embora.

— *Uooooooooou!*

Ela vê então que ele está acompanhado de um grupo de outros jovens, todos bêbados, se cutucando e uivando de rir.

— Que abusada. Adoro uma mulher abusada — comenta ele, e levanta a sobrancelha de forma sugestiva, como se ela fosse se sentir lisonjeada.

— É americana, é?

Ela o ignora e se mexe um pouco, para dar as costas a eles.

— Aah, para de besteira, vai. Deixa eu pagar uma bebida pra você, gata. O que você quer? Vodca com tônica?

— Deixa ele comprar uma bebida, ianque — diz outro dos rapazes.

Ela continua de rosto virado. Sente o cheiro da loção pós-barba dele, barata e forte.

— Não quero nada. Por favor, vá aproveitar sua noite.

— Não vou aproveitar sem você... Vamos lá, gata. Deixa eu pagar uma bebida. Você está toda so...

Ele toca o braço dela, e ela se vira bruscamente e sibila:

— Vai se foder e me deixa em paz.

Dessa vez, o *uooooou* dos amigos sai um pouco mais áspero. Estão enchendo a paciência. Ela precisa se concentrar para não correr o risco de perder o cara que está esperando.

O jovem fica mais vermelho, e a expressão se endurece em um olhar seco.

— Não precisa de grosseria — diz.

— Parece que precisa, sim — responde ela.

Assim, eles voltam para o salão, arrastando os pés, com alguns olhares sutis para trás, e ela anda até um homem parrudo de meia-idade, de jaqueta amarrotada, que conversa com um amigo encostado em uma janela.

— Licença, você por acaso tem um cigarro sobrando?

Ela sorri com simpatia para o homem, e ele desarma na mesma hora. Nem fala, apenas se apressa para pegar o maço. Ele acende o cigarro dela, como um cavalheiro, sem encostar nela, e Nisha retribui o gesto com mais um sorriso.

— Na verdade, pode me dar mais uns dois, para mais tarde? Esqueci meu maço em casa.

Ele dá o maço inteiro para ela, insiste que ela aceite, que ele pode comprar mais.

— Você é um anjo — diz ela, e ele cora até as orelhas.

Ela fuma o cigarro em baforadas curtas e furiosas, se deliciando com o gosto acre da fumaça, a oportunidade de fazer alguma coisa por alguns minutos. Caramba, cadê ele? Ela esmaga a guimba com o salto. *Vem logo*, pensa, apressando o sujeito. Ela não se lembra da última vez que esteve sozinha à noite em um bar. Em geral, vive isolada desse tipo de gente. Aquele moleque metido nem teria chegado perto dela se ela estivesse com as roupas de sempre. Passou a vida toda se afastando desse tipo de coisa.

Ela olha o relógio, mete as mãos nos bolsos e depois as puxa rápido de volta, com um gemido audível, ao se lembrar do que está vestindo.

Às nove e quinze, ela dá a terceira volta no pub, abrindo caminho por entre os grupos de clientes cada vez mais agitados, abaixando e levantando a cabeça na tentativa de identificar quem está lá. Uma jovem descalça oferece um cigarro e diz que o cabelo dela é lindo. Ela agradece com simpatia porque quer o cigarro. Desconfia que amanhã vá ficar com dor de cabeça por causa da nicotina.

Nisha vê as horas passarem e o bar assumir ares de bacanal a seu redor, as vozes ficando mais altas, os copos derramando álcool sempre que passam por ela. Um grupo de colegas de trabalho começa a dançar na pista minúscula e grudenta, e ela olha, maravilhada com a disposição que as pessoas têm para a humilhação. A porta lateral é trancada às quinze para as onze, e as pessoas começam a sair pela porta da frente, rindo, tropeçando, parando para fumar, dar beijos melequentos ou esperar o táxi. Ele não chega.

— Já vai fechar? — pergunta a um jovem homem asiático, parte do grupo de colegas de trabalho.

— Vai, gata — responde ele, com um cumprimento. — São quase onze, né?

Ele passa o braço pelos ombros de um homem ruivo de camiseta larga, e eles se vão, cantando.

Ela não acredita. Vira-se e olha lá para dentro: o lugar está se esvaziando, e os funcionários limpam as mesas, empilham cadeiras. Seria possível ela ter perdido ele? Ele não poderia ter aparecido lá sem ela saber. Não é possível. Nisha solta um palavrão e se prepara para voltar ao hotel.

Ela está a poucos minutos do pub quando os ouve logo atrás, gritando e assobiando, os passos ecoando no cimento molhado. *Ei! Ianque!* Ela se vira e o reconhece de imediato, ganhando impulso e irrompendo do grupinho que nem uma bolha pustulenta. *Ah, que ótimo.*

Ela aperta o passo, mas eles também, e ela sabe que logo vão alcançá-la. Seu coração ecoa nos ouvidos, com uma onda repentina de adrenalina. Repassa as observações que toda mulher sabe de cor: essa rua está muito escura; não tem mais gente por perto; a rua principal, com trânsito e boa iluminação, ainda fica a cem, duzentos passos dali. Ela não tem Ari, não tem alarme, nem está com chaves para encaixar entre os dedos. Ele está vindo. Ela sabe, por instinto.

Três passos largos, dois. Ela o ouve se aproximar, sente o bafo quente no pescoço. Bem quando os braços dele a cercam em um abraço desajeitado, Nisha se agacha abruptamente, muda o peso para o pé de trás, gira e bate com o braço direito entre as pernas dele, com força. Igualzinho a como o instrutor de Krav Maga ensinou. Ela ouve o grito agudo quando ele desaba na calçada atrás dela, as exclamações chocadas dos amigos que vêm acudir. Os palavrões. Os *Que porra...*

Mas eles estão bêbados e, antes de entenderem direito o que aconteceu, ela corre com tudo pela rua escura e pequena, os pés carregando a força de mil sessões de esteira entediantes e diárias, de repente agradecida por, pelo menos hoje, não estar usando um par de saltos altos lindamente fabricados a mão por um artesão de alta costura, e sim um par de sapatos baratos, imundos e gloriosamente baixos.

Ela está quase na porta do hotel, com o cérebro ainda atordoado, quando descobre que, durante a confusão, o celular caiu do bolso raso demais da jaqueta de segunda mão.

Xinga, dá meia-volta e corre pela rota que tomou, ignorando os bêbados que cambaleiam pela rua. Olha a calçada, mas não dá em nada. Lógico. Quanto tempo um celular dura em uma rua do centro da cidade? Nisha para sob uma lâmpada oscilante, fecha os olhos e se pergunta se tem como o dia piorar.

— Magda! Tem seis pubs chamados White Horse em Londres! Por que você não me disse? Acabei de pesquisar! Ele deve ter ido a outro!

Ela pegou emprestado o telefone do homem nigeriano de voz tranquila na recepção e, quando Magda atende, ela está parada no canto da máquina de lanches, ignorando os olhares ansiosos que ele lhe dirige.

— Como assim? Mas ele me ligou!

— Como assim, ligou?

— Ele disse que entregou o pacote para a senhora há duas horas. Teve um contratempo, então se atrasou e me ligou.

— Ele não me entregou nada. Ele foi ao bar errado!

— Não. Não, sra. Cantor. Ele foi ao White Horse. Falei para ele o que a senhora estaria vestindo. Sabia que seria a roupa de sexta-feira, porque organizei tudo na planilha. Ele disse que reconheceu a senhora pelos sapatos.

— Como assim?

— O par de Louboutin. Ele disse que há mulheres demais da sua idade com cabelo castanho e 1,67m. Então falei que seria o melhor jeito de reconhecer. Porque só tem um par no mundo, né? Sapatos muito exclusivos. Mandei até uma foto para ele, por garantia. Sabia que estaria usando o sapato, porque a senhora disse que sexta-feira ia ao cabeleireiro depois da academia e, depois, direto para o jantar em Hakkasan, e o sr. Cantor queria que a senhora usasse os saltos.

— Mas... meus sapatos foram roubados. Foram roubados de manhã.
Faz-se silêncio do outro lado.
— ... A senhora não estava usando os sapatos?
Nisha se empertiga e aperta o telefone com força ao entender o que Magda quer dizer.
— Meu Deus do céu. Para quem ele entregou esse negócio?

7

Há algo particularmente vingativo no tipo de ressaca que ocorre na casa dos quarenta, como se o corpo, não satisfeito em agir como se estivesse envenenado, também decidisse mandar sinais furiosos para todas as terminações nervosas: *Que idade você acha que tem? Acha mesmo que foi uma ideia sensata? É? Acha que ainda tem idade para farra? VAMOS VER.* Fechando os olhos com força para se proteger da luz e dos ruídos assustadores de tão altos da cozinha, Sam nota que está envolvida em discussões imaginárias com seu sistema nervoso. Ela sabe que precisará encarar o dia. Ou no mínimo esbarrar nele de leve com a ponta dos dedos e quem sabe chorar um pouco.

— A noite foi boa, é?

Cat aparece na frente dela, de jaqueta bomber de cetim e botas pretas grossas e imensas, e põe uma xícara de café na mesa com o que parece um entusiasmo quase malicioso.

— É… acho que foi.

— Senta direito. Senão vai escorrer pelo queixo.

Sam se obriga a se endireitar, gemendo baixo diante da dor de cabeça.

— Cadê seu pai?

— Dormindo.

— Que horas são?

— Nove e meia.

— Ai, nossa, o cachorro…

— Já passeei com ele. E comprei mais leite. E lavei as coisas de ontem do papai. Posso pegar emprestado seus brinquinhos de ouro? Depois do trabalho vou a um protesto contra o uso de peles de animais em roupas, e tenho medo de arrancarem minhas argolas se houver confusão.

Sam olha de soslaio para a filha.

— Os brincos que eu falei que não emprestaria em hipótese alguma? E espera aí. "Arrancarem"? Como assim?

— É que ouro falso me dá coceira. Toma. Bebe seu café.

Sam toma um gole. Tem gosto de salvação.

— Boa tática. Ataque em um momento de vulnerabilidade.

— Aprendi com a melhor — diz Cat, radiante. — Valeu, mãe. Prometo tomar cuidado.

Sam de repente se lembra de Joel, as mãos pesadas na cintura dela, sorrindo daquele jeito. Da voz de Marina em seu ouvido: *Ele gosta de você*. Ela cora, e não sabe se o calor no rosto é do álcool, da vergonha ou pelos hormônios. De qualquer modo, ela se levanta do sofá.

— Divirta-se no... Espera aí, você falou *protesto*? O que... o que você vai fazer?

— Protestar! Só provocar um pouco a polícia! Tenha um bom dia, mãe!

— Espera... isso aí é uma tatuagem?

Ela ouve a porta bater, e a filha já foi embora.

Phil está enroscado no edredom que nem um enroladinho de salsicha humano e nem se mexe quando ela entra no quarto. O ar ali é especialmente carregado e parado, como se pesasse mais que o normal. Ela empaca por um momento e o observa: a testa franzida mesmo dormindo e a mão perto do queixo, como se adotasse uma pose defensiva, ainda que inconsciente. Às vezes, ela tem vontade de gritar com ele: *Acha que eu também não quero passar o dia na cama e deixar outra pessoa se virar? Deixar outra pessoa se preocupar com as contas, com o chefe horrível, com o passeio do cachorro, com as compras da casa, com a limpeza daquele canto da escada que sempre fica cheio de pelo? Acha que eu não gostaria de abdicar das responsabilidades por tudo?* Outras vezes, sente uma tristeza terrível por ele, por seu marido que um dia foi alegre e motivado, que cantava desafinado no chuveiro e a beijava quando ela menos esperava, e que agora passa o dia todo encolhido e acuado, atordoado pelo choque duplo de perder o emprego amado e o pai mais amado ainda no mesmo semestre. *Não consegui ajudá-lo, Sam*, dizia ele ao chegar em casa, branco que nem giz, noite após noite. Algumas semanas antes, ele disse que ter aquela idade era que nem andar entre atiradores, que as pessoas de que ele gostava iam sendo derrubadas, e que não podia fazer nada, nem saber quem seria o próximo.

— É uma perspectiva meio deprimente — tinha comentado ela.

Havia parecido bobo mesmo ao sair da boca, e ele não respondeu nada.

Diferente da casa de Sam, diante da qual o furgão que enferruja cada vez mais vem se tornando lar de uma fortaleza crescente de mato e espinhos, e abrigo de uma coleção de embalagens de comida jogadas dos carros que passam por ali, a fachada da casinha antiga de Andrea está sempre impecável. Não cresce nenhum matinho no muro de pedras, e a fileira de vasos de terracota é tratada com cuidado, cheia de flores coloridas que variam de acordo com a estação, alimentadas e regadas todos os dias com uma dedicação quase materna.

Sam bate na porta (a batida especial que indica a Andrea que não se trata de um doido invasor, nem de um vendedor de vidraças) e, depois de um instante, ela é aberta.

— Ai, você está com uma cara horrível — comenta Andrea, alegre, e Sam arqueia as sobrancelhas, um contraponto às sobrancelhas inexistentes de Andrea e à palidez fantasmagórica de sua pele. — Vem, vem. Você vai precisar fazer o café. Por algum motivo, leite tem me dado vontade de vomitar.

Elas se sentam com os joelhos para cima, cada uma em uma ponta do sofá, sempre coberto por uma seleção de mantas de crochê e cobertas macias, porque Andrea é friorenta. As cores são vivas, pois ela gosta que tudo seja alegre e animado, e, assim que elas se sentam, Mugs, o querido gato laranja velhinho de Andrea, sobe entre as duas e começa a amassar pãozinho em uma almofada, em êxtase, ronronando de prazer.

— E aí, o que aconteceu com você? — pergunta Andrea, com a cabeça coberta por um lenço macio, que combina com os olhos azuis. — Me conte as fofocas.

— Fechei três contratos enormes, fui acusada de estar bêbada pelo meu chefe e aí enchi muito a cara.

— Excelente. Aprontou alguma?

Ela pensa em Joel e afasta a lembrança.

— Não. O que fiz foi dançar tanto de salto que acordei hoje com os pés parecendo massa de pão crua.

— Argh. Eu sonho em aprontar alguma. Às vezes, sonho que saio e me acabo, e fico quase decepcionada quando acordo e não estou de ressaca.

— Pode ficar com a minha. Juro. De presente.

Elas se conheceram na escola, no primeiro dia do segundo segmento do fundamental, e Andrea fingiu ser uma laranja para Sam (contorceu a cara toda, e foi estranhamente convincente) e exibiu o chupão que ganhara do filho do professor de educação física. Nos anos todos de amizade, Sam só se lembrava de uma briga, por causa de uma viagem de férias que

Andrea fez sem ela aos dezoito anos, depois da qual tinham concordado implicitamente em nunca mais brigar. Andrea a conhece por completo. Todas as suas paixões, todas as suas tristezas, todas as ideias que passam pela cabeça de Sam: ela é uma conversa constante percorrendo sua vida, e sempre que Sam se despede dela, se sente restaurada de um jeito que nunca entende direito.

— Phil já acordou?

— Ainda não.

— Você voltou a falar do remédio com ele?

Sam resmunga.

— Ele se recusa. Parece que decidiu que, assim que começar a tomar antidepressivos, vai virar oficialmente doente.

— É só depressão, Sam. É ridículo. Todo mundo precisa de ajuda de vez em quando. É que nem... que nem isso. Mas no cérebro, em vez de nos peitos.

Andrea é a única pessoa com a qual se sente à vontade para falar da doença de Phil. Falar que às vezes o odeia. Que tem medo de ele nunca melhorar. Que tem medo de um dia ele melhorar, e ela o odiar tanto que não vai mais voltar a sentir o que sentia antes. Que o que aconteceu com ele — e com Andrea — a fez sentir que o chão pode sumir do nada, e que nada no mundo, nenhuma felicidade, é uma certeza.

— Como você está se sentindo? — pergunta Sam, mudando de assunto.

— Ah, mais cansada. Vi tudo de *Plantão Médico* essa semana em um desses canais de streaming, só porque me sinto melhor quando alguém morre e não sou eu.

— Mas o último exame ainda foi bom, né? Você está melhorando?

— Estou. Só mais um até poder respirar aliviada. E, ah... meu cabelo começou a crescer.

Ela tira o lenço da cabeça e revela os fios curtos e finos. Sam se estica para passar a mão ali.

— Legal. Parece a Furiosa de *Mad Max*.

— Bom, *vivem* me confundindo com a Charlize Theron mesmo.

Faz-se um breve silêncio na salinha. Mugs pegou no sono, com as patas de trás para o ar que nem as de um coelho, e elas aproveitam para fazer carinho nele.

— Ah, e eu fui demitida — acrescenta Andrea, sem desviar o olhar do gato.

Sam leva um instante para registrar o que ela disse.

— É o quê?

— Não tem nada a ver com *isso*, óbvio, só reestruturaram o departamento para meu cargo não existir mais.

— Não podem fazer isso! Não depois do que você passou!

— Bom, mas fizeram. Pelo menos ganhei um dinheirinho pela rescisão.

— Mas... mas como você vai se sustentar?

Andrea dá de ombros.

— Não faço ideia. Pensei em vender o corpo — diz, com um sorriso fraco. — Semana que vem vou conferir quanto posso ganhar. Estar quase morta deveria me render *alguma* coisa, né?

— Para. Nem brinque com isso.

Ela pega a mão de Andrea e aperta de leve.

— Vai ficar tudo bem — diz Andrea. — Alguma coisa vai acontecer.

— Eu vou ajudar você.

— Tenho dinheiro guardado.

— Você me falou que já gastou quase tudo.

— Sua memória é boa até demais — reclama Andrea. — Enfim, você está tão dura quanto eu.

— Sério, tem algo que eu possa fazer? Podemos processar eles? Arranjar um advogado?

— É uma empresa imensa com departamentos jurídicos inteiros dedicados a esmagar pessoas... e, sinceramente? Não tenho energia para lutar contra mais nada agora.

Andrea fala sem desviar o olhar do gato, e, pelo visto, a conversa terminou. Elas ficam em silêncio por um tempo, as duas perdidas em pensamento, ainda fazendo carinho em Mugs até ele decidir que cansou de contato humano e sair do sofá.

— Ah! Tenho uma coisa divertida para contar.

Andrea levanta a cabeça.

— Finalmente, Sam. Jesus amado. Você passou meia hora aqui à toa e só *agora* tem uma coisa boa para contar?

Ela narra a história dos sapatos Louboutin, de Frampton a Miriam Price, e depois a história do homem bonito com o envelope.

— E cadê? O negócio que esse cara deu para você?

— Hum... acho que deixei na bolsa?

Ela a revira e tira o envelope. Lá dentro há um pequeno pen drive.

— O que você está fazendo? Pode ser alguma coisa emocionante. Acesso a contas na Suíça. Senhas do Pentágono que posso usar para bombardear o departamento de RH. Riquezas de uma família real nigeriana distante. Deixa eu dar uma olhada. Vem.

Andrea se levanta do sofá e se estica para pegar o notebook na mesa.

— E se tiver vírus ou alguma coisa assim? Não quero dar problema no seu computador.

Andrea revira os olhos.

— Olha pra mim, parece que estou preocupada em ter problemas no computador?

Ela pega o pen-drive e o encaixa no notebook. Elas se sentam lado a lado, para ficarem de frente para a tela.

— Se forem senhas do Pentágono, vou começar pela minha ex-sogra — decide Andrea, alegre. — Só um missilzinho. Talvez radioativo. Nada exagerado.

A tela se acende, e as duas se calam. Andrea é a primeira a falar, depois de alguns segundos diante dos dois corpos granulados se remexendo furiosamente.

— Hum… Sam? Não sei o que é isso, mas tenho certeza absoluta de que é… ilegal.

— Pelo menos deveria ser.

Elas passam mais alguns instantes em silêncio, hipnotizadas e horrorizadas, sem conseguir parar de olhar. Ficam boquiabertas.

— Ele não deveria… Ah, não. Ah, não, não, não.

— Esse… esse é o cara que deu o pen drive para você?

— Não! Ele era muito mais novo. E não era… Eca.

— O que ela está *fazendo* com ele? Desliga. Desliga! Estou enjoada.

Elas fecham o notebook com força e ficam um momento em silêncio. Andrea olha para Sam e balança a cabeça.

— Isso agora é moda? Se estiver a fim de alguém, em vez de mandar foto do pau, é para entregar pornô de nicho em um envelope? — pergunta Andrea, estremecendo. — Nossa senhora. Que bom que estou doente demais para namorar.

Poucas pessoas usam ternos escuros e elegantes nesse bairro residencial decadente, mas é uma parte de Londres descrita como "animada" ou "cheia de potencial" por corretores imobiliários, um lugar onde não seria incomum ver um homem vestido de cabra ou um integrante de um grupo Hare Krishna de vestes laranja sacudindo um tamborim, então as poucas pessoas que passam por Ari Peretz não lhe dão muita atenção. Ele não teria notado, de qualquer forma: está concentrado no celular, cuja tela mostra um pontinho azul pulsante, cada vez mais perto do pontinho vermelho em movimento. Ele para em uma caixa de correio, avança um passo e olha para os pés, como se procurasse alguma coisa. Ele se agacha, olha por baixo de uma sebe e depois por cima de uma mureta de tijolos, ainda atento ao celular. Então se ajoelha e força a vista para enxergar embaixo de um carro estacionado, usando a lanterna do celular. Chega mais perto, enfia o braço debaixo do automóvel e pega outro celular, que limpa com a mão. Quando se levanta, espana as mãos na calça e olha ao redor. Solta um suspiro pesado, o tipo que se emite quando se sabe que está prestes a fazer uma ligação ruim. Por fim, ele disca.

— Encontrei. Mas ela não está em lugar nenhum. Talvez a gente tenha um problema.

8

A ideia surgiu de madrugada: a casa em Chelsea. Carl tinha comprado e vendido propriedades de maneira compulsiva durante o casamento deles, e, já que aquela estava sempre em reforma, não tinham chegado a ocupá-la. No caos da véspera, ela havia se esquecido da existência desse imóvel. Porém, precisa de uma base de operações enquanto tudo se resolve, e, por mais inacabada que esteja a obra, vai ser melhor que o Tower Primavera. A lembrança repentina, às 2h14, quase a fez rir de alívio.

Ela não tem chave, mas, se o empreiteiro ainda estiver trabalhando, vai deixá-la entrar. E, se não estiver, é só ela arrombar a porta. Nenhum policial do mundo vai prender uma proprietária por invadir a própria casa. Nisha fica acordada, planejando o próximo passo. Se instalar na casa, arranjar um advogado, recuperar a bolsa e acabar com Carl. É esse pensamento que a consola até cair em um sono conturbado. Ela acorda às sete, toma um banho, veste as roupas da véspera e desce para o salão de jantar, para comer o café incluso na hospedagem.

— Como assim, não tem à la carte?

Nisha fita o garçom, que pisca os olhos e lhe dá as costas. Há um milhão de motivos para ela não ter comido em bufê de café da manhã há décadas: a comida é sempre das mais baratas — ovos gordurosos sob uma luz quente, linguiças pálidas escorregando por bandejas de metal —, além de desconhecidos se debruçarem sobre os recipientes de inox, soltando células epiteliais e fios de cabelo. Sempre foi seu pior pesadelo.

Até ela sentir fome.

Não é a fome costumeira de Nisha, leve e constante, mas uma nova variedade, que a deixa trêmula e um pouco fraca, sem conseguir pensar em nada além de comida. Ela para no meio do salão agitado do café, um auditório amarelo cafona cujas cadeiras são cobertas de plástico e as paredes são estampadas com "Bom dia!" traduzido para umas doze línguas. Apesar da repulsa, sente a barriga roncar, reclamando, como um animal querendo se soltar.

Ela pega dois tomates, algo que poderia ser descrito como ovo mexido e um pouco de batata rosti. Acrescenta uma banana (pelo menos nessas nada entra) e guarda alguns pedaços de queijo selado no bolso. Um homem à direita lhe lança um olhar de censura, e ela o encara até ele corar um pouco e ir embora. Ela carrega o prato até o canto oposto da sala, se senta e dá uma olhada em um dos jornais gratuitos, apesar de mal processar o que lê.

Enquanto come, repassa o plano. Após assegurar a base de operações, precisará de dinheiro. Vai ter que pegar emprestado, até um advogado aparecer. Ela se pergunta quem lhe emprestaria dinheiro. Com um incômodo crescente, lembra que basicamente todos os amigos que tem hoje em dia são amigos de Carl. Ela logo pensa em Juliana, mas elas não se falam há mais de quinze anos, e Juliana nunca teve dinheiro. E agora o homem com quem Magda falou, que deveria lhe dar segurança, sumiu.

Enquanto bebe o café, começa a sentir um pânico cada vez maior. *Como vim parar aqui?* Se força a fechar os olhos e respirar fundo. Pensa no rosto de Carl, inchado e satisfeito consigo mesmo. Neste instante, ele deve estar comendo ovos beneditinos na suíte. Ela pensa em como será virar o jogo contra ele. Já sobreviveu a coisa pior, pensa, murmurando baixinho. Vai sobreviver àquilo.

Quando abre os olhos de novo, há uma funcionária entediada da cozinha ao lado da mesa.

— Precisa jogar o resto na lixeira quando acabar.

Nisha fita a mulher por três segundos inteiros, e um debate interno e furioso se revela em sua fisionomia. Ela respira fundo, pega a bandeja e anda, de costas eretas, até a lixeira atrás da mulher.

Com o resto dos trocados, Nisha pega um ônibus. Se senta na frente, se recusando a ficar ciente dos poucos passageiros ao redor. Salta em Chelsea Bridge e caminha os dez minutos até a pracinha. Parece aceitável: prédios de estuque branco, butiques simpáticas e cafés decentes. Um florista vende buquês extraordinários de hortênsias azuis, e ela os imagina como decoração da sala de jantar e planeja marcar horário no salão de beleza mais próximo. Ela mataria por uma massagem. Mas tudo bem. Vai sobreviver ali pelo futuro próximo. Por fim, entra na praça, satisfeita com a paz evidente, as babás caminhando com as crianças bem-vestidas, a senhora idosa com seu dachshund. Pelo menos é um lugar em que entende como as coisas funcionam, a mil quilômetros da gordura, do ruído e da agitação do hotel.

Lá está. Número 57. Ela para diante do portão e ergue a cabeça, lembrando-se de forma vaga da fachada que vira nos documentos imobiliários. É uma casa relativamente modesta, para os padrões de Carl, mas ele a escolheu pela localização, e ela se lembra de concordar, sorrir e dizer que era linda, como fazia em relação a tudo que ele comprava. Ele tem sono leve e insiste em morar em ruas sem trânsito, ou, de preferência, cercado por hectares de terreno próprio. A reforma acabou, pensa, satisfeita, ao notar a cortina neutra, as rosas bem cuidadas no jardim.

Ela está tentando lembrar o nome da construtora (Barrington? Ballingham?) quando a porta da casa se abre, e de lá sai uma mulher. Deve ser a decoradora, pensa Nisha, e dá um passo, mas, quase de imediato, saem atrás da mulher duas crianças pequenas. A mulher vê Nisha parada diante do portão e espera. As duas se fitam por um momento, com sorrisos confusos e vazios.

A mulher é a primeira a falar.

— Posso ajudar? — pergunta, pois Nisha não se mexe.

Ela é magérrima, o cabelo, uma cortina lisa castanho-clara e loira natural, e veste as roupas casuais e caras de uma mãe rica que não trabalha.

Nisha se choca com aquele atrevimento.

— Hum... pode começar me dizendo o que está fazendo na minha casa.

A mulher pisca. Ri de leve.

— Essa é... a minha casa?

— Não é, não. Compramos esta casa há três anos. Tenho os documentos que provam.

A mulher se enrijece.

— Compramos há quatro meses. Também tenho os e-mails do advogado para comprovar.

Elas se encaram. As crianças arregalam os olhos e se voltam para a mãe.

— Isso é ridículo — comenta a mulher, que puxa as crianças para trás de si como se lidasse com uma louca. — A senhora deve estar com o endereço errado. Por favor, nos deixe em paz.

— Número cinquenta e sete — diz Nisha. — É a minha casa.

— Não é a sua casa.

— É, sim.

As duas mulheres riem um pouco, sem achar graça, como se notassem o absurdo da conversa. Nisha vê a outra analisar suas roupas baratas, o sapato de má qualidade, e percebe a mudança na expressão, como se Nisha fosse perigosa, talvez recém-liberada de um hospital psiquiátrico.

— Quem é você? — pergunta a mulher, tensa.

— Meu nome é Nisha Cantor.

— Ah! — exclama a mulher, de repente aliviada. — Cantor! Claro! Compramos de vocês!

— Mas… nós não vendemos. Ele precisaria da minha assinatura…

Em choque, ela percebe o que Carl fez.

— Ah, meu Deus…

A rua começa a girar.

— A senhora… a senhora está bem? — pergunta a mulher, cuja postura se abrandou um pouco.

Ela avança um passo e faz menção de encostar no braço de Nisha, que recua na mesma hora. De modo geral não gosta que ninguém toque nela, muito menos alguém que demonstra *pena* visível.

— Quatro meses — repete, balançando a cabeça. — É óbvio.

— Olha, acho melhor falar com seu advogado. Mas esta casa com certeza é nossa. Tenho os documentos do advogado e a escritura. Posso pegar lá dentro, se…

— Ah. Não. Eu… eu acredito — diz Nisha.

Ela ficou sem fôlego. Ele devia estar planejando aquilo havia meses. Ela solta um barulhinho, que talvez seja um gemido, e tenta se equilibrar antes de se endireitar.

— Está tudo bem? Quer que eu…

Ela se vira antes que a mulher possa dizer mais qualquer coisa e aperta o passo em direção ao ponto de ônibus, sentindo três pares de olhos cravados nela até sumir de vista.

— Mãe? Por que está ligando tão cedo? E a cobrar?

— Sabia que você estaria acordado, meu bem. Sei que prefere trocar o dia pela noite. Como você está?

— Tudo legal.

Ela faz uma careta. Em língua adolescente, "legal" pode significar de eufórico a "Passando por dezenas de vídeos do YouTube que ensinam a pessoa a se matar".

— Como foi seu dia?
— Legal.
Ela hesita. Mas isso não pode esperar.
— Amor, tenho um favorzinho para pedir.
Ela escuta um barulho eletrônico no fundo. Ele deve estar jogando um daqueles videogames on-line que envolvem usar fone de ouvido e gritar com companheiros de time distantes.
— Preciso que você me transfira um dinheiro.
— Como assim? — pergunta ele, duas vezes, nitidamente perplexo.
— Eu... eu quero comprar um presente de aniversário para o papai, e não quero que ele veja a movimentação na conta conjunta — responde, tranquila. — Você sabe como ele é atento à questão financeira.
— Não pode usar seu cartão?
Ele soa distraído. Nisha escuta o ruído distante de explosões e tiros.
— Eu... Minha bolsa foi roubada ontem. Perdi o celular e todos os meus cartões.
—Ah, não! Que bolsa? — diz Ray, de repente distraído do jogo. — Não foi a Bottega Veneta, né?
— Não, não. Só... uma bolsa velha. Nem sei se você sabe qual é.
— Ah. Saquei. Está bem... como eu faço isso? Não sei fazer transferência. Sasha! Atirador! À esquerda!
Ela explica o processo e, ainda ao telefone, ele faz a transferência on-line. Ele parece achar a ideia de fazer uma transferência para ela quase uma aventura, e, com um toque de culpa, ela repara que é raro pedirem a ele que faça qualquer coisa prática. Ele transfere quinhentos dólares, o máximo que Nisha sente que pode pedir sem gerar suspeita.
— O que você vai comprar?
Ela leva um segundo para responder.
— Para o papai? Eu... não sei. Estou... hum... vendo as opções.
— Não, que *bolsa*. Para substituir a sua — explica ele, e abaixa a voz. — A YSL nova, da coleção outono-inverno, é linda. Média, cruzada, com acolchoado meio diagonal. Está na *Vogue* nova, página quarenta e seis. Ia ficar ótima em você, mãe.
Ela sorri, feliz com aquele ânimo repentino dele.
— Vou dar uma olhada, meu bem. Deve ser fabulosa. Obrigada. E devolvo o dinheiro assim que me resolver aqui.
Faz-se outro silêncio breve.

— Então... quando você volta para casa?

— Em breve, meu bem, em breve.

— Sasha vai embora no dia 8. Não vou conseguir continuar aqui depois que ele for. Ele é o único que presta. Todo o resto é...

— Eu sei. Vou dar um jeito. Prometo. Te amo.

Ele volta ao jogo, e ela desliga e solta um suspiro longo de alívio. São mais três noites de hospedagem e comida. Pelo menos ganhou um tempo. Ela se senta na cama e sente o conforto que sempre a envolve quando fala com Ray sumir aos poucos, enquanto pensa no dia seguinte. Certo. Vai escovar os dentes no banheiro horrendo. Depois: academia, para ver se devolveram a bolsa. E, por fim, um advogado dos bons.

— Ninguém trouxe bolsa nenhuma.

Nisha levou cinquenta e dois minutos para chegar a pé. Ela está irritada e suada, a jaqueta pinica no pescoço, e com certeza tem alguma coisa esquisita no jeito que essa moça fala com ela.

— Bom, e o que você vai fazer em relação a isso? Tem uma jaqueta Chanel e sapatos Christian Louboutin nessa bolsa. A bolsa em si é Marc Jacobs, pelo amor de Deus.

A moça lhe oferece uma expressão vazia e agradável que diz: *Nossa, vou xingar você horrores assim que for embora.* Abre um sorriso que não é bem sorriso.

— Sinto muito, senhora, mas *existem* avisos de que não nos responsabilizamos pela perda de objetos nos vestiários. Por isso, *recomendamos* que os clientes tranquem os armários e não percam seus pertences de vista.

A entonação peculiarmente condescendente faz Nisha querer pular para o outro lado do balcão com os punhos em riste.

— Posso, com prazer, registrar no caderno de incidentes — acrescenta a moça.

— Caderno de incidentes?

— Bem, em geral é para registrar pequenos acidentes, mas posso incluir este acontecimento para que, *caso* a sua bolsa seja devolvida, a recepção fique avisada de que pertence à senhora. Se me der seus dados, alguém entrará em contato no caso do ressurgimento.

Pelo tom que usa para dizer "ressurgimento", fica evidente para Nisha que ela não espera que "ressurja" tão cedo.

— Bom, você foi de uma ajuda *imensa* — comenta. — Entrarei em contato depois. Talvez para pedir recomendação do responsável pelo treinamento do atendimento ao cliente daqui.

Ela vai embora, agradecendo a Deus por nem ter levado a outra bolsa.

Ela saca o dinheiro de Ray, compra um celular pré-pago barato em uma loja de penhores e uns cartões de recarga no mercado, e às três da tarde aproveita o Wi-Fi do hotel para ligar para Leonie Whitman. Depois de um papo furado módico e de fingir admiração por seus últimos posts no Instagram (Leonie é desesperada por atenção. Até parece que uma mulher com uma bunda daquelas deveria posar de biquíni, mesmo que seja no iate do marido), Nisha pergunta se ela teria um bom advogado de divórcio para recomendar.

— É para a minha assistente — explica, falando mais baixo. — Ela está em uma situação horrível, e eu gostaria de ajudar. É uma pessoa querida, e quero protegê-la.

— Ah, como você é boazinha com seus funcionários! — diz Leonie. — Eu não *suportava* a Maria quando o marido dela foi embora. Ela ficou com um humor péssimo, e eu vivia encontrando ela aos prantos nos closets. Para ser sincera, foi por *isso aqui* que não demiti ela. Aquilo estragava o astral da casa toda.

— Bom, sabe como é, vale a pena cuidar de uma boa assistente.

Nisha sorri, culpada, pensando em Magda. Ela anota o número e desliga o mais rápido possível. Pensa não ter ouvido nada na voz de Leonie que indicasse que Angeline Mercer havia lhe contado o que estava acontecendo, mas Leonie fala tanto que parece uma rádio ambulante, então Nisha precisa agir rápido.

Saul Lowenstein, advogado nova-iorquino de renome, especialista em divórcios, atende o telefone. Ela desconfiou que ele fosse atender, apesar de ser final de semana, por causa do sobrenome dela. Ele é bajulador e charmoso ao telefone, e usa um tom doce e confidencial de alguém que já ouviu uma penca de futuras-ex-esposas furiosas.

— E como posso ajudá-la, sra. Cantor?

Ela explica a situação do jeito mais direto e frio que consegue. Porém, mesmo assim, ao ouvir as palavras ditas em voz alta, sente uma ardência inesperada nos olhos, a fúria e a injustiça a fazendo engasgar que nem um caroço de ameixa.

— Vá com calma, vá com calma — encoraja ele, gentil, e até isso a enfurece: o fato de Carl a ter transformado numa mulher *dessas*, que choram porque o marido foi embora, como ele ousa, blá-blá-blá.

— Mas ele não pode fazer isso comigo — conclui. — Quer dizer, tenho bastante certeza de que não pode. Fomos *casados*. Por quase duas décadas! Ele não pode só me largar sem um tostão. Afinal, eu sou esposa dele!

Ele pergunta quantos bens ele possui, e ela conta o que lembra: o duplex em Nova York, a casa em Los Angeles, a propriedade nos Hamptons, o iate, os carros, o jatinho, os prédios comerciais. Ela não sabe direito quanto vale o negócio dele, nem mesmo exatamente o que ele faz, mas explica como pode.

Saul Lowenstein hesita um instante antes de falar. Seu tom é apaziguador, como se fosse apenas uma mínima inconveniência que logo se resolverá. A previsão do que vai ganhar em um caso desses, reflete ela, deve tranquilizar até os mais reticentes.

— Certo. Bem, a primeira coisa que podemos fazer para conseguir uma solução imediata é enviar uma carta exigindo acesso à conta conjunta. A senhora tem sorte, pois as leis de divórcio de Londres estão entre as mais justas do mundo. Se não a metade, a senhora receberá uma proporção bem decente dos ganhos dele dos últimos dezoito anos.

Nisha cobre o rosto com a mão.

— Que alívio falar com o senhor, sr. Lowenstein. Nem imagina o estresse que isso tem sido.

— Não duvido. E então precisamos encontrar uma base de operações para a senhora enquanto resolvemos essa situação desagradável. Agora, a senhora tem alguma propriedade na Inglaterra?

— Eu tinha em conjunto com ele, mas parece que ele vendeu.

— Ah, que pena. A maioria dos juízes reluta em expulsar uma mulher do lar conjugal.

Ela o escuta rabiscar anotações enquanto fala, o ruído agressivo das sirenes de Nova York no fundo. Sente uma estranha saudade de casa.

— Agora, os documentos do divórcio que diz ter recebido do segurança de seu marido. Pode ler a primeira página para mim?

Ela obedece e se senta, quase em um estado de sonho, enquanto ele digere o que ouviu. Ele toma notas, e ela pensa no que fará quando tudo se resolver. Buscará Ray. Talvez até o traga para passar um tempo em Londres. Ela não tem vontade alguma de voltar aos Estados Unidos e àqueles abelhudos todos que, quando a notícia se espalhar, encontrarão desculpas repentinas para ligar para ela, só para poder saber da fofoca e falar dela pelas costas depois. Não, ela e Ray arranjarão uma casa por ali enquanto decidem o que fazer.

— Sra. Cantor?

Ela é arrancada do devaneio.

— São esses os documentos que ele entregou?

— São — responde ela. — Não tenho outros documentos de divórcio por aí.

Ele suspira.

— Os documentos parecem ser americanos. Ele deve ter redigido o contrato nos Estados Unidos. Lamento dizer que as leis de divórcio americanas são bem diferentes.

— Como assim?

— Vai ser difícil exigir seu acesso às contas. Parece que a senhora não tem vínculo suficiente com o Reino Unido para acionar a parte três do decreto de causas matrimoniais de 1984, como eu sugeriria em outras circunstâncias. Cobrança transatlântica de determinações de divórcio é uma coisa notoriamente complicada. Poderíamos tentar apelar em juízo, mas não é garantido, em especial se ele decidir voltar aos Estados Unidos. Podemos mandar uma carta jurídica, mas...

— Carl nunca prestou atenção em nenhuma carta na vida. O senhor não entende, sr. Lowenstein. Carl não acredita que as regras valem para ele. Eu o observei de perto por vinte anos, e ele faz o que quer. Sempre. É quase... um motivo de orgulho para ele. Ele nunca pode perder.

Saul Lowenstein solta um suspiro pesado.

— Então temo que a previsão não seja boa. Atendo muitos clientes de grandes patrimônios, sra. Cantor, e em geral o desenrolar da situação é o seguinte: o marido, porque, infelizmente, em geral é o marido, transmite todos os seus bens para *holdings offshore*, nas ilhas Cayman ou em Liechtenstein, e a esposa acaba tentando exigir metade de algo que não existe oficialmente, enquanto corre atrás dele mundo afora. E há outro problema...

— Como assim? — pergunta Nisha, sentindo-se tonta. — Que outro problema?

— Bem, sem dinheiro, sra. Cantor, a senhora não tem como me pagar.

Nisha congela.

— Sou uma mulher muito rica. O senhor será pago.

— Só posso trabalhar em casos deste nível com um adiantamento considerável.

— Mas não tenho nada agora. Ele bloqueou tudo. Já expliquei.

— Peço perdão, sra. Cantor. Não posso mesmo fazer nada sem este depósito inicial. Se a senhora resolver essa questão, será um prazer tratar do seu caso. Fora isso, temo que eu não possa fazer muito por enquanto. Não sei de nenhum advogado que se preze que possa ajudá-la.

Ela fica sem palavras. Pensa, por um momento horripilante, que está prestes a cair no choro. Ele espera alguns segundos antes de quebrar o silêncio.

— Não é um modus operandi raro entre pessoas da sua faixa de renda, sra. Cantor. Ele pensa: vou acabar com ela, deixar ela destruída, até que se conforme com qualquer coisa, feliz. Parece ser o que está acontecendo. Se estiver desesperada, a senhora pode procurar a polícia. Ou até a embaixada americana.

— Não quero envolver a polícia! — exclama, cobrindo o rosto com a mão. — Não entendo... — cochicha. — Não entendo por que ele fez isso.

Ele suspira, e então acrescenta, com a voz baixa e sigilosa:

— Pela minha experiência, vale a pena investigar a assistente.

— A assistente dele? — pergunta, com a pele formigando. — Mas...

— Ela é jovem, bonita?

Ela pensa em Charlotte, na pele brilhante e no cabelo liso impecável, sempre preso em um rabo de cavalo. No sorriso superficial sempre que Nisha chegava ao escritório.

— A assistente sabe de todas as necessidades, todas as vontades e todos os movimentos do marido. Também sabe para onde o dinheiro vai. Sinto muitíssimo, sra. Cantor, mas, na vasta maioria dos casos, é aí que se encontra a explicação. Espero sinceramente que consiga se resolver, e, é óbvio, estou à disposição.

— Se eu tiver dinheiro para o depósito — retruca ela.

— Se tiver dinheiro para o depósito.

Ele desliga de maneira brusca, como se espera de alguém que cobra oitocentos dólares a hora e não está sendo pago para essa comunicação em específico. Nisha acaba ali sentada na colcha do quarto, sua respiração pesada em meio ao silêncio.

9

Sam chega em casa às 15h30, e a dor de cabeça se recusou terminantemente a passar. O cachorro a cumprimenta com o comportamento meio enlouquecido e dolorido de uma criatura que está desesperada para aliviar a bexiga. Ela prende a guia na coleira de Kevin, sem nem tirar o casaco, e ouve a televisão na sala, sentindo uma pontada de irritação. Seria difícil assim ele se levantar e passear com o cachorro por quinze minutos? Jura? Afinal, ele não faz mais nada para ajudar na casa.

— Kevin já passeou? — pergunta, cautelosa, mesmo sabendo a resposta.

— Ah — diz Phil, se virando para ela como se estivesse surpreso pelo fato de o cão precisar fazer suas necessidades. — Não.

Ela espera um instante.

— Como vai Andrea? — pergunta ele.

— Melhorando. Se Deus quiser.

Ele suspira, pesado, como se o sofrimento de Andrea apenas se assomasse ao próprio fardo, e abre um sorrisinho pouco convincente antes de se virar de novo para a televisão. Às vezes, essa expressão a deixa triste. Hoje, dá vontade de gritar.

— Vou sair com o Kevin, ok? — anuncia ela.

— Claro — diz ele, como se fosse a única opção razoável. — Aproveita que já está de casaco.

Ela sai de casa com uma onda baixa de raiva apitando nos ouvidos. *Você não deveria deixar ele sozinho tanto tempo*, dissera a mãe dela na semana passada. *Afinal, é difícil para um homem não ser o principal provedor. Ele deve se sentir mal.*

Homens dessa idade são de uma fragilidade surpreendente, dissera o clínico geral. *Acredito que as mulheres são o sexo mais forte.* Ele falara aquilo como se esperasse que ela fosse gostar do elogio.

Você anda meio temperamental, mãe, dissera a filha. *Será que não precisa fazer reposição hormonal ou algo assim?*

Não, não sou mais forte. Não sou temperamental, ela queria gritar. *Só estou exausta. Mas, se eu largar tudo e passar o dia no sofá, tudo vai para o brejo.*

Ela dá uma bronca em Kevin, que se demora na frente da casa do vizinho, cheirando sem parar as raízes do arbusto. Em seguida, se sente mal, porque nada daquilo é culpa do coitado do Kevin, então se agacha e abraça o pescoço gordo do cachorro.

— Desculpa, meu bem, mil desculpas — sussurra, até erguer o rosto e ver Jed, do 72, encarando-a como se ela tivesse enlouquecido de vez.

Ela caminha até o canal porque não consegue nem pensar no que fazer em casa e vai ignorando os casais de braços dados, olhando feio para os ciclistas que a obrigam a ir para um canto da via. Cat está trabalhando. Ela parece ter todo um portfólio de empregos de meio-período: barista, entregadora, garçonete ("É tirar vantagem da economia dos bicos, mãe. Não preciso depender de um trabalho só."), e Sam sabe que, se voltar para casa, vai ter que ficar na sala irritante e abafada com Phil, ou começar uma das 148 tarefas que precisam ser feitas na casa e que todo mundo parece acreditar ser de responsabilidade dela. Se fizer isso, em poucos minutos vai acabar fervilhando de fúria mal contida. E aí vai se odiar, porque depressão não é culpa de ninguém. Como nunca sofreu disso, não consegue entender por completo a compulsão por não fazer nada. Ou talvez a falta de compulsão por fazer qualquer coisa. Bom, pelo menos passeando com Kevin sente que está fazendo alguma coisa... e ainda melhora a contagem de passos diários.

Ela se lembra de uma professora de filosofia que perguntou à turma: "Quantas decisões que vocês tomam todo dia são porque vocês querem fazer alguma coisa, e quantas são porque querem evitar as consequências de não fazer?"

Quase tudo que ela faz hoje em dia é apenas para impedir que outra coisa aconteça. Se não mantiver um bom ritmo de passos por dia, vai engordar. Se não passear com o cachorro, ele vai mijar no corredor. Às vezes, Sam sente que foi tão condicionada a ser útil a todo minuto de todo dia que mantém um registro inconsciente de quase tudo que faz.

Será que homens têm essa voz interior constante, dizendo para eles tentarem melhorar, serem mais produtivos, mais úteis? Mesmo quando Phil era mais feliz, ele mal notava o cabideiro de toalha que se soltara da parede do banheiro, a pilha de meias na máquina de lavar cujos pares precisavam ser encontrados, os farelos no chão, as prateleiras da geladeira que precisavam ser esfregadas antes de todos morrerem envenenados.

Distraída, se pergunta se Joel faz essas coisas. Ela o imagina trocando o rolo de papel higiênico sem ninguém pedir, com uma expressão alegre, sem dar sinal de que vai dizer *Troquei o rolo para você, amor*. Que nem um homem digno de fantasias. E então pensa na dança com ele na véspera, no calor das mãos dele em sua cintura, e cora de culpa e prazer. *Ele gosta de você*, dissera Marina, e ela se pega relembrando tudo de legal que ele já lhe disse, antes de decidir que está sendo ridícula e afastar qualquer pensamento do gênero.

Ela puxa Kevin para desviar de outro ciclista furioso que passa voando, buzina e solta um palavrão (ela quer gritar com ele, mas fica quieta porque uma vez leu no jornal a história de uma mulher que foi jogada no canal depois de brigar com um ciclista). Com um choque, lembra que não levou aquela bolsa para a academia. Será que a dona terá chamado a polícia para tratar das roupas de marca perdidas? Ela pensa na lista de coisas que precisa resolver ao longo do dia: comprar os remédios do pai e levar para ele, tomar um chá na casa dos pais para não reclamarem que ela nunca aparece, separar as roupas sujas que estão jogadas no patamar da escada no segundo andar, descongelar o freezer porque a porta está sem fechar, pagar as contas empilhadas na mesinha que ela ignorou a semana toda. Confere o relógio. Vai levar a bolsa segunda, antes do trabalho. Só mais uma tarefa para encaixar no dia já lotado.

Então pensa em Andrea, que não tem nada para fazer além de contemplar o abismo que encara há meses. Aí sente culpa por reclamar de qualquer coisa que seja.

Preciso de férias, pensa. Pensar nisso a faz se lembrar do furgão. Ela abaixa a cabeça e volta para casa, arrastando os pés.

O furgão. Sam solta um suspiro automático sempre que o vê, encarando o girassol amarelo imenso pintado na lateral. Phil comprou o veículo há dois anos, de um amigo do trabalho (quando ainda trabalhava), e chegou em casa todo entusiasmado com a possibilidade das futuras viagens.

— Só precisa de um pouquinho de cuidado. Vou pintar, trocar o para-choque, recauchutar a parte interna. O motor está bem razoável. O que precisa de cuidado é sempre o teto. Por causa das infiltrações, sabe — comentou, sábio, como se sua experiência com um veículo daqueles não se limitasse a uma viagem de uma semana para Tenby quando ele tinha dez anos.

De início, Sam tinha ficado discretamente furiosa (como ele ousava gastar três mil libras das economias do casal sem nem consultá-la?), mas, aos poucos, foi se deixando levar pela imagem que ele traçava das férias no litoral sul.

— Talvez até pelo resto da Europa. Não ia ser legal, Sammy? Pegar sol no sul da França? Dormir sob as estrelas?

Ele a tinha abraçado, murmurando aquilo ao seu ouvido. Sam lembrou de umas férias no sul da França nas quais as mordidas de mosquito e o horror do banheiro no acampamento — um poço no qual precisavam se agachar — os tinham feito gargalhar histericamente. Foram boas aventuras. Até as que envolveram lavar os cadarços do tênis depois de ir ao banheiro.

Phil tinha conferido o motor, feito a vistoria e tirado o para-choque traseiro, preparando-se para comprar um novo em um site de leilão on-line. Mas aí o pai recebeu o diagnóstico, e então não houve tempo para mais nada, além do trabalho e de cuidar de Rich e Nancy. Três meses após a mistura horrível de quimioterapia e emoção reprimida, Phil foi demitido, e o furgão, aparentemente esquecido.

— Por que não passa um tempo hoje cuidando do furgão? — sugeria ela a cada poucas semanas, esperando que o trabalho prático e o ar fresco o ajudassem a se sentir melhor.

No começo, ele assentia e dizia que sim, com certeza, se desse tempo. Porém, com o passar das semanas, a menção àquilo passou a assombrar o marido, até que começou a ser mais fácil nem comentar nada. Agora o furgão fica ali parado, sem três quartos do conteúdo, ainda sem para-choque, enferrujando em silêncio na entrada da casa até chegar a hora de pagar mais imposto, aquele peso imóvel uma censura a seus sonhos de férias, de uma vida melhor, e à ideia de que poderiam estacionar o carro em algum lugar que não ficasse a três quadras da própria casa.

Kevin cheira o pneu traseiro, tão murcho quanto o humor dela, e de repente levanta a perna e solta um fio fino de urina. Ela tem uma vontade súbita de fazer o mesmo, abaixar a calça e levantar a perna ali naquela roda, uma expressão explícita do desgosto que sente por aquilo tudo. Imagina os vizinhos, horrorizados, olhando pela janela e discutindo enquanto ela se agacha, e sorri. Ao dizer a Kevin que ele é um bom menino, um menino muito bom, e entrar em casa, percebe que é a primeira coisa que lhe deu vontade de rir o dia todo.

* * *

— Como foi no pub?

Phil agora está sentado no sofá. Kevin saltita até ele, agitado e alegre por ver o homem que não vê há quarenta e cinco minutos, sem qualquer ressentimento por tê-lo deixado de bexiga inchada. Phil faz carinho nas orelhas do cachorro.

— No pub? Ah. Foi bom. Tudo bem.

Ele a olha por um momento e algo de triste e perceptivo toma seu rosto por alguns segundos.

— Desculpa por não ter ido. Eu estava só... muito cansado e...

A voz dele falha.

— Eu sei.

— Desculpa — repete, baixinho, e olha para baixo.

E Sam, estacionando a lista mental de tarefas, se senta ao lado do marido, pega a mão dele e, por um instante, se permite apoiar a cabeça em seu ombro.

10

Nisha localizou mais dois pubs White Horse, andando quilômetros por ruas insalubres de Londres naqueles sapatos horrendos, e foi informada de que, não, não tinham ouvido falar de nenhum sapato roubado e que nenhum funcionário no pub sabia acessar as gravações das câmeras de segurança.

— Pode voltar quando o gerente estiver aqui — tinha dito uma atendente, dando de ombros de um jeito que indicava que era provável que ele fosse estar ainda menos solícito que ela.

Nisha mal tinha dormido nas últimas duas noites, os pensamentos se retorcendo e se mesclando enquanto ponderava o que Carl fizera com ela, cada vez mais furiosa, e também mais determinada a recuperar o que lhe pertence.

Ela chegou ao bufê na hora de abrir, às seis e meia, de cabelo molhado e preso em um rabo de cavalo, e virou rápido duas xícaras de café, ignorando o ronco do estômago.

Por fim, desacelera o passo quando vê o Hotel Bentley. Nota que o porteiro, de cartola, cumprimenta um viajante cansado, cujas malas são tiradas de um táxi, e se pergunta, por um instante, se Frederik o terá instruído a não deixá-la entrar. Ela não está nem aí. Vai passar por ele, entrar, se sentar no saguão e, dessa vez, se recusar a sair.

Ela endireita a jaqueta horrível e confere o relógio. Sete e trinta e sete. Carl já deve estar vestido, na suíte, sentado à mesa e vendo a seção de economia do jornal enquanto espera o café: preto, com duas colheres de açúcar. *Quem vai levar o café?*, pensa, de repente. Charlotte? Envolta no roupão de seda preta preferido de Nisha? Com um sorriso de satisfação pós-coito naquele rosto jovem, firme e traiçoeiro? Ela para, o maxilar tenso, e repassa o que planeja dizer para ele: *O divórcio é todo seu, Carl. Só quero o que me pertence. Quero apenas o que você me deve.* Ela falará com dignidade, com orgulho. Ou talvez só dê um chute no saco dele.

Nisha respira fundo e dá dois passos na direção da porta, mas é então que nota Ari, a pouca distância do porteiro, de fone de ouvido, mal mexendo a boca enquanto conversa discretamente com um dos seguranças. Ari, que uma vez ela viu derrubar um homem adulto com uma simples pancada rápida no pescoço. Aquilo só pode indicar uma coisa: que esperam que ela tente voltar. Antes que ele a veja, ela corre para o beco na lateral do hotel, com o coração a mil. Dois funcionários da cozinha estão sentados em um degrau diante de uma porta, no meio do caminho, fumando e bebendo café. Ela para por perto e acende um cigarro, dando as costas para a rua e tentando não inspirar o cheiro de urina e comida velha.

Pode até passar pelo porteiro, mas não por Ari. E, de certa forma, é ainda mais humilhante ser bloqueada e arrastada de lá pelo homem que foi pago para protegê-la por uma década. Fuma o cigarro em tragos curtos e trêmulos enquanto avalia as opções, ignorando os dois homens que a olham de forma desinteressada e continuam a conversar. Uma mulher de jaqueta impermeável passa por ali de cabeça baixa e entra pela porta lateral. E depois vem outra, falando ao celular em uma língua estrangeira. Por fim, uma terceira, de tranças e casaco comprido e acolchoado, para na frente dela.

— Está esperando para entrar, meu bem?

Nisha a olha.

— É melhor não entrar cheirando a cigarro. Frederik odeia. Vem cá.

A mulher tira um spray da bolsa e, antes que Nisha proteste, joga nela uma nuvem de almíscar barato. Nisha fecha os olhos com força e tosse por causa do cheiro químico. A mulher guarda o spray na bolsa e fala:

— Vamos lá. Você é nova? Vem comigo.

Ari aparece na ponta extrema do beco, ainda virado para o outro lado. Nisha toma uma decisão brusca e vai com a mulher pela entrada dos fundos do hotel, caminhando por um corredor estreito, passando por garçons apressados e por alguém que empurra um carrinho de roupa suja. Ela se encosta na parede para dar passagem, sem querer tocar nos lençóis cheios de germes.

— É sua primeira vez aqui?

Nisha faz que sim, olhando para trás.

— Tem documento?

— Documento?

— Carteira de trabalho?

Nisha faz que não com a cabeça.

— Não se preocupe. É só dizer que está esperando o passaporte novo. Nunca fazem perguntas demais... senão, como vão arranjar quem trabalhe por esse salário miserável? — diz, com uma gargalhada seca, como se estivesse rindo da própria piada. — Como você se chama?

— Nisha.

— Jasmine, prazer. Não precisa se preocupar! Ninguém morde aqui! Vem. Vamos nos arrumar, e aí eu apresento você à Sandra. Ela é a responsável pela escala.

Nisha acaba em um cômodo cheio de armários tipo de vestiário, o ar carregado do cheiro distante de comida e do odor de corpos cansados.

— Ei! Gilberto! Tira esse lixo daqui, cara! Sou paga para limpar a bagunça dos hóspedes, não a sua.

Um homem baixo e magrelo de pele manchada de nicotina entra, curvado, e pega uma caixa de isopor de onde emana um cheiro forte de peixe.

— Ele me botou em turnos duplos todos os dias até quinta. Juro, Jas, se continuar assim vou cair duro.

Jasmine faz um barulho que parece um rosnado, e Gilberto vai embora.

— Estão com pouco pessoal agora — explica ela, abrindo um armário e guardando a bolsa. — É um pesadelo. Desde o Brexit, o hotel perdeu quarenta por cento dos funcionários. Quarenta por cento! Você é de onde?

— Nova York.

— Nova York! Não aparecem muitos americanos por aqui. Só dos que pagam. Vem cá. Quanto você veste? Trinta e seis? Trinta e oito? Você é tão magrelinha... — diz, revirando uma pilha de uniformes até tirar um conjunto preto de túnica e calça. — A gente pode usar nossa roupa, mas é melhor usar a deles. Tem uns dias em que fico *felicíssima* de largar a imundície desse lugar e vestir minhas coisas de novo, sabe? Não é bom levar essa merda para casa.

Enquanto Nisha fica parada, segurando a pilha de roupa, Jasmine tira o vestido com elástico, sem qualquer pudor, e veste o próprio conjunto de calça e túnica. Ela dá uma olhada no espelhinho atrás da porta, depois encara Nisha.

— Vamos lá! Para de enrolar! Se a gente subir daqui a pouco, ainda deve ter sobrado café.

Ela não faz ideia do que está acontecendo. Mas acompanhar Jasmine parece, no momento, o melhor plano. Nisha veste as roupas (graças a Deus estão com cheiro de recém-lavadas), enfia as próprias coisas em um armário vazio e sai pelo corredor com Jasmine.

* * *

Nisha não está com fome, mas, nos últimos dias, aprendeu a comer quando oferecem comida, então anda em silêncio com Jasmine pela cozinha, vendo a mulher mais jovem cumprimentar os colegas.

— E aí, Nigel? Sua mãe já saiu do hospital? Que bom, amor… Katya! Vi aquele negócio que você recomendou! Quase me caguei, cara! Que ideia foi essa de me botar para ver terror? Você sabe que não tenho homem nenhum para me proteger!

Jasmine ri, tranquila, e empurra as portas como se esperasse que o mundo se desmanchasse e abrisse caminho para ela passar. Nisha está com a cabeça a mil. Analisa cada cômodo, esperando que Ari apareça à sua frente. Mas, não, são só aquelas silhuetas rápidas, às vezes evasivas, passando por ali com pressa, o rosto marcado de exaustão, nitidamente concentradas no trabalho.

— Aqui. O que você quer? Essa é a vantagem de entrar cedo: os doces da Minette. Ai, meu Deus, juro, eu só pesava uns quarenta e cinco quilos quando comecei a trabalhar aqui.

Jasmine entrega um prato para ela e aponta uma bandeja que contém uma seleção de *pains aux raisins*, *pains au chocolat* e croissants. Nisha pega um *pain aux raisins* e dá uma mordida. Em menos de um nanossegundo, reconhece que é a melhor coisa que comeu nos últimos três dias: leve, úmido e delicadamente amanteigado, *patisserie* francesa genuína, ainda quente do forno. Pela primeira vez em dias, seu cérebro para de girar, e ela se perde no prazer.

— É bom, né? — pergunta Jasmine, pegando dois doces e comendo com os olhos fechados de deleite. — Meu dia é uma loucura desde as cinco e meia. Tenho que acordar minha filha, arrumar a pequena, preparar o almoço para ela levar para a escola, levá-la para a casa da minha mãe em Peckham, depois pego mais dois ônibus para cá, e juro que a única coisa que me anima é pensar nessas delícias que me aguardam aqui.

— Ah, é bom mesmo — diz Nisha, com a boca cheia de farelo.

— Minette é genial. Quase tanto quanto você, Aleks! — exclama ela, e, perto do fogão flamejante, um homem magro de uniforme de chef desvia o olhar das panelas e cumprimenta Jasmine. — Pronta?

Nisha confirma.

— Ok. Vamos lá.

Jasmine limpa a boca com um guardanapo de papel e segue para a porta do outro lado da cozinha, parando apenas para mandar Nisha "dar um jeito no cabelo" e se meter a arrumar o rabo de cavalo dela antes que Nisha consiga impedi-la. Jasmine empurra a porta dupla, desce um corredor com pressa e vira à esquerda em uma salinha.

— Nisha vai começar hoje. Está esperando os documentos.

— Ah, graças a Deus! — exclama uma mulher ruiva que está limpando os nomes de um quadro de escala e nem olha. — Faltaram quatro hoje. Ela precisa de treinamento?

— Precisa de treinamento? — pergunta Jasmine.

— Hum... preciso? — diz Nisha.

— Fazer o quê, né? — retruca a ruiva. — Ok, Jas, você vai ter que mostrar para ela como funciona. Vou aumentar seus quartos, já que estão em dupla. Temos dezesseis até as duas, e mais dois check-ins adiantados. Aqui a lista. Qual é seu nome mesmo?

Nisha está prestes a falar, mas acaba dizendo:

— Anita.

— Ok, Anita. Volte para pegar o crachá ao meio-dia. Nada de doença, lesão, nem alergia? Preencha isso aqui quando voltar. Não vai dar tempo agora.

— Você não tinha dito que é Nisha?

As duas mulheres a encaram.

Ela lembra de repente de Juliana. Engole em seco.

— Eu acho que... Os hóspedes vão achar mais fácil pronunciar Anita.

A ruiva dá de ombros.

— Então é Anita. Certo... vão pegar suas coisas. Jas, estamos com pouca água sanitária. Foi mal. Sempre que possível, hoje é para ir só na força. Precisamos poupar o produto para os casos graves.

— Força é a única coisa que eles sabem que nunca vai faltar — resmunga Jasmine, e elas seguem para o almoxarifado.

Dez minutos depois, Nisha acompanha Jasmine, que empurra o carrinho da limpeza pelo corredor acarpetado do terceiro andar. Ela se sente agitada, exposta, como se todo hóspede que olhasse fosse adivinhar o que ela está fazendo e saber que é uma impostora. Ela acaba abaixando a cabeça quando eles passam, sem querer que a notem.

— O que você está fazendo? — pergunta Jasmine, se virando, quando o terceiro hóspede passa.

— Como assim?

— A gente precisa dar bom dia para todos os hóspedes. É regra da empresa. Precisa fazer com que se sintam parte da família Bentley. No sexto e no sétimo andares, precisa usar o nome deles, também.

Ela e Carl ocupavam a suíte do sétimo andar. Nisha estava tão acostumada aos funcionários saberem seu nome que nunca lhe ocorreu que aquilo era algum tipo de regra.

— Bom dia — murmura, quando passam pelos próximos hóspedes, um casal alemão, que responde com um cumprimento formal e segue para o elevador.

Jasmine para com o carrinho na frente do quarto 339 e bate duas vezes, olhando a prancheta enquanto espera a resposta.

— Camareira!

Como ninguém responde, ela usa a chave, empurra a porta e espera Nisha entrar. O quarto tem um décimo do tamanho da suíte do sétimo andar. Uma cama desfeita no meio, os lençóis cobertos de farelos e restos de comida da bandeja de café da manhã largada em cima da colcha. A televisão está ligada no noticiário, em um volume alto. Há uma garrafa de vinho vazia e duas taças na mesinha.

Jasmine vai entrando e desliga a televisão.

— Ok, comece no banheiro que eu faço a cama. Em geral, temos uns vinte minutos para esses quartos, senão levamos advertência, e hoje temos trabalho extra, então você vai precisar correr.

Até então, Nisha depois notou, ela não tinha pensado que precisaria *fazer* nada. Achava que, talvez, pudesse só vestir o uniforme e desaparecer no prédio, descobrir como subir até a suíte.

Mas Jasmine a encara, um pouco confusa, com uma flanela azul na mão.

— Não tem mistério. É só limpar como se fosse seu banheiro, gata. Mas melhor!

Jasmine solta uma gargalhada animada e calça as luvas de borracha antes de puxar a colcha com pressa, como se soubesse os germes que contém.

Nisha para no banheiro, petrificada. Há pelos curtos não identificados na pia, o assento do vaso está molhado, e há duas toalhas úmidas no chão, uma delas manchada com alguma coisa marrom-clara que ela espera muito que seja maquiagem. Ela pensa em ir embora na mesma hora, mas é sua única oportunidade de continuar no hotel, pelo menos por enquanto. Respira fundo duas vezes, calça as luvas e começa a limpar a pia, tentando não olhar o que esfrega.

Está quase na metade quando Jasmine aparece na porta.

— Gata! Vai precisar agilizar! Já trocou o rolo? Dobra os cantos quando botar o novo. O papel pela metade volta para o carrinho. Aqui. Vou cuidar dos frascos.

Jasmine joga em um saco todos os minifrascos de xampu e hidratante usados pela metade, e sai para o corredor. É então que Nisha se vira para o vaso sanitário. Tem manchas amarelas secas no assento, e uma marca marrom nítida no fundo. Ela sente o resto do café da manhã subir até a garganta, como um mau agouro. *Ai, meu Deus, não pode ser.*

— Vamos lá, amiga! — ouve a voz de Jasmine do outro ambiente. — Temos mais sete minutos.

Nisha pega a escova sanitária e, desviando o rosto, começa a esfregar vagamente a parte de dentro do vaso. Engasga duas vezes, com ânsia de vômito, e precisa fazer uma pausa e esperar os olhos pararem de lacrimejar. Ela se permite olhar de relance para o vaso: a marca marrom ainda está ali. Posiciona a escova e empurra, soltando um gemido involuntário quando a água sobe. *Vou matar você, Carl*, diz, em silêncio. *Eu poderia até perdoar você pelo que fez com o dinheiro e com a assistente idiota, mas nunca, nunca, vou perdoar você por isso.*

Nisha engasga de novo ao levantar o assento e esfregar, e então para e seca o rosto. Os olhos estão marejados. Ela nunca odiou a humanidade tanto quanto nesse momento. E, para Nisha, isso não é pouca coisa.

Ela é Anita, de dezenove anos, recém-saída de um ônibus na rodoviária Port Authority, piscando diante dos prédios imensos a seu redor, com os olhos ardendo; a jovem que pediu um emprego no primeiro lugar que encontrou, um hotel estreito e decadente de três estrelas perto da rua 42. Passou dez semanas limpando o hotel antes de arranjar um emprego melhor como faxineira na casa de uma família rica. Dez semanas intermináveis de banheiros nojentos e homens tarados que decidiam ficar no quarto enquanto ela limpava, dez semanas de pulgas, lençóis manchados, líquidos imundos, produtos tão fortes que ressecavam as mãos. Depois de dezoito meses na casa da família, ela arranjou um trabalho na recepção de uma galeria no Soho que pertencia a um amigo deles, e, assim que vestiu o uniforme — suéter e calça pretos — e cumprimentou o primeiro cliente distraído, Anita virou Nisha e jurou que nunca mais limparia nada.

Elas limpam mais onze quartos nas duas horas seguintes. É um trabalho físico árduo, levantando colchões para arrumar a cama, botando móveis no lugar (por que os hóspedes mexem na posição das mesas e das poltronas?), passando aspirador. Tem uma camisinha usada em um quarto, e uma mancha de sangue no lençol de outro. Nas duas vezes, sente ânsia de vômito, e seus olhos ardem o tempo inteiro.

— As pessoas são animais — reclama Jasmine, arrancando o lençol do colchão. — Vêm para cá e, assim que fazem check-in, viram selvagens.

Ela resmunga e vai atrás de um novo protetor de colchão.

Enquanto Jasmine puxa papo e às vezes cantarola a seu lado, Nisha pensa, repetidas vezes, que só precisa suportar aquela situação mais um pouco. Que logo vai acabar. Pensa nos muitos modos de fazer Carl pagar por aquilo, e só alguns envolvem morte rápida e misericordiosa. Às onze, elas têm direito a um intervalo para lanchar, então se instalam na salinha dos armários, onde uma recepcionista de maquiagem carregada chamada Tiffany e um carregador de malas fumam cigarro eletrônico nos banquinhos de madeira. Quase todo mundo que ela encontra fuma, sejam os cigarros comuns, lá fora, ou os eletrônicos, que tragam, sedentos, lá dentro. Nisha aceita um cigarro do carregador, agradecida pelo cheiro acre da fumaça fazê-la esquecer por um breve momento os odores humanos piores que acabou de deixar para trás.

— Tudo bem, Nisha? Você ficou meio quieta — comenta Jasmine, enchendo a xícara de chá e lhe entregando.

— É só que... eu não fazia isso há muito tempo.

— Que surpresa — diz a outra, irrompendo em risada. — Você está indo bem, gata. Vai precisar dar uma agilizada, mas está tudo certo. — Jasmine olha para ela. — Mas essas unhas aí não vão durar. Parei de fazer manicure normal lá para 2005. Para sobreviver a isso, só se for blindada.

Nisha olha as unhas, as beiradas vermelho-escuras lindas agora lascadas devido ao trabalho incessante de lavar e esfregar, apesar das luvas de borracha. Ela sente o suor secar na pele. Só um dia, pensa, e vai dar um jeito de entrar na suíte para nunca mais precisar fazer aquilo.

No meio-tempo, se pega escutando o papo dos funcionários ao redor. Jasmine, como observa, é radiante, cheia de vida e opiniões. Ela ri muito, como se quase tudo tivesse graça, e apesar de, em geral, Nisha achar isso irritante, hoje fica agradecida. Teve tão pouco contato humano nas últimas quarenta e oito horas que ouvir uma conversa normal é quase agradável. Os funcionários falam de rotas de ônibus, benefícios cancelados e famílias disfuncionais. Ela fala pouco, porque o que tem a dizer? Para aquelas pessoas, ela é só Anita, mais uma funcionária temporária, que pode ou não aparecer amanhã.

Na hora do almoço, às duas da tarde, ganham sanduíches de Aleks, o cozinheiro que estava lá na hora do café. Ela imaginava que receberiam o mesmo tipo de pão com recheio barato que viu no Tower Primavera, mas é um *sourdough* maravilhosamente macio, recheado de queijo, carne curada e alface. Ele entrega a comida com uma educação exagerada, como se fossem hóspedes importantes. Normalmente, ela pediria uma salada, mas está tão faminta depois do esforço da manhã que abaixa a cabeça e come, dando mordidas imensas, sem qualquer delicadeza.

— Aleks diz que comida alimenta a alma, então ignora a gerência e prepara pra gente o que faria para os hóspedes — diz Jasmine, mastigando. — Eu idolatro esse homem.

Enquanto dá mais uma bocada enorme, Nisha reflete que também o idolatra.

— Jasmine? Quando… quando a gente vai cuidar da cobertura?

— Da cobertura? Ah, não, amiga. Lá são muito exigentes, então só as faxineiras mais seniores, que nem eu, arrumam, porque tem que ser gente em quem o hotel confia. Mas, olha, esses babacas nunca dão gorjeta. Você não quer esse trabalho.

Nisha pisca e se concentra ainda mais no sanduíche.

Por fim, às seis, quando a lombar dela arde e a dor nos ombros vai de intermitente para um protesto de pulsação constante, o expediente acaba. Jasmine liga para a filha, diz que está a caminho e pede a ela que fale para a vovó deixar um pouco de ensopado, e espera que os ônibus façam sua parte. Os passos dela estão menos leves, a gargalhada, um pouco mais lenta. Nisha mal consegue se mexer. Sente dor em músculos que nem sabia que tinha. Veste a jaqueta horrível e se senta, curvada, no banco de madeira, se perguntando de onde vai tirar a energia para andar até o hotel. Vai pegar um táxi, pensa, até lembrar que não tem dinheiro.

— Para onde você vai, amiga? — pergunta Jasmine, que confere a aparência no espelhinho sujo atrás da porta e retoca o batom com o gesto lento e firme de quem tem experiência naquilo.

— Hum… Tower Hill.

— Não é tão longe. Mas o trânsito é uma loucura a essa hora, mesmo no domingo. Aleks mora para lá e às vezes leva uma hora de ônibus.

— Eu vou a pé.
— O caminho todo? Parabéns. É por isso que é tão magrinha! A gente se vê amanhã?

Amanhã. O que ela vai fazer amanhã? Está tão cansada que mal consegue pensar.

— Claro — responde, porque é o mais fácil. — Espera — diz, quando Jasmine faz sinal de ir embora. — E o dinheiro?

— Dinheiro?

— Por hoje.

Jasmine faz uma careta.

— Você não ganha pelo dia, gata. É assim lá onde você mora? Aqui, o pessoal temporário e de agência ganha no fim da semana. Fala com a Sandra que ela resolve. Imagino que você receba direto em espécie.

Ela deve notar o horror no rosto de Nisha, porque sua expressão se abranda.

— Está em um aperto mesmo, né?

Nisha faz que sim, atordoada. Jasmine para e remexe a bolsa.

Nisha a olha. Ela não quer aceitar dinheiro daquela mulher de jaqueta de catálogo e tênis barato. Não quer pensar que é *mais pobre que isso*.

Jasmine a olha com firmeza, como se a analisasse, e lhe oferece vinte libras.

— Em geral, eu não faria isso, mas… gostei de você. Você trabalhou bem hoje. Compra uma coisa boa para jantar. Se faz um tempo que não trabalha com isso, hoje deve ter sido muito puxado para você.

Nisha aceita o dinheiro e olha as notas.

Jasmine solta um *hummm* baixinho.

— Até amanhã, então — diz, por fim, e sorri. — Estou confiando em você. E não chegue cheirando a cigarro de novo, ok?

Ela pendura a bolsa no ombro e vai embora, o celular apertado contra a orelha, e jogando perfume ao redor dos ombros.

Nisha passa no White Horse da rua Bailey antes de voltar ao hotel. Está quase vazio, só um punhado de homens idosos de cara vermelha espalhados pelos cantos, e a sola dos sapatos fica grudando um pouco no carpete. Quando explica que está procurando um par de saltos perdido, o barman chega a rir na cara dela.

11

Empresa em processo de falência. Fechado por tempo indeterminado. Com a bolsa pendurada no ombro, Sam olha a placa e fica observando pela porta de vidro que já foi coberta de jornal, como se para impedir que o mundo visse a cena do assassinato financeiro.

Um jovem de braços musculosos e bronzeados expostos em uma regata, apesar do frio, chega ao lado dela e solta um palavrão.

—Acabei de me matricular! — protesta com Sam, como se fosse culpa dela. — Paguei um ano adiantado!

Sam o vê voltar ao estacionamento, ainda soltando palavrões, e se pergunta o que fazer agora para devolver a bolsa à dona. Por um momento, se irrita por precisar carregar aquilo para o escritório e depois para casa, e ainda decidir o que fazer. Pensa em Simon, que sem dúvida já está de olho no relógio, esperando que ela chegue um minuto que seja atrasada, para adicionar aquilo à lista de todos os seus erros. Ela aperta a bolsa no ombro e segue para a estação de metrô.

Houve uma época, não faz tanto tempo, em que Sam gostava do emprego. Ela não saía saltitando da cama todo dia, nem voltava para casa sentindo que tinha contribuído muito para a alegria do mundo, mas havia uma satisfação tranquila em estar com gente de cuja companhia ela gostava todos os dias e em saber que exercia muito bem o cargo que ocupava havia doze anos. Todo escritório tinha uma Sam, alguém que, da sua maneira discreta e sem drama, mantinha tudo funcionando com tranquilidade, disposto a se oferecer para fazer hora extra caso necessário, satisfeito com o que faz a ponto de não precisar de elogios excessivos nem de massagens no ego. Ela havia recebido três aumentos de salário nesse meio--tempo, nenhum enorme, mas eram suficientes para se sentir um membro valorizado da equipe.

Tudo tinha mudado no dia da chegada de Simon. Ele percorrera friamente os escritórios da Grayside com uma decepção maldisfarçada, como se até as mesas o frustrassem. Interrompera Sam repetidas vezes durante a primeira reunião e chegara a balançar a cabeça em negativa enquanto ela falava, como se tudo que ela dissesse fosse, de algum modo, equivocado.

Você vai precisar me explicar de uma forma mais compreensível o que quer dizer.

Mas por que você está demorando dez dias em trabalhos que podem ser feitos em sete?

Está ciente de que a Uberprint busca a excelência em todos os trabalhos?

E seu chefe estava feliz com seu jeito de fazer as coisas aqui, é?

Tudo o que ele dizia parecia calculado para indicar algum déficit da parte dela, fosse no nível de atenção, no cronograma ou até na pontualidade (Sam nunca se atrasava).

A princípio, ela tentou lidar com aquilo como se não fosse um problema. Joel disse para não levar para o lado pessoal, porque todo lugar também tinha um Simon ("Ele está só tentando marcar território, meu bem"), mas a implacabilidade daquele comportamento passou a desgastá-la, até ela começar a se sentir desajeitada sempre que tentava mexer na agenda na frente dele, ou a gaguejar por antecipação, esperando que ele a interrompesse em todas as reuniões. Agora, quando saía de casa de manhã, uma sensação pesada e enjoativa tomava o estômago de Sam. Ela desenvolvera o hábito de ouvir podcasts ou música ambiente a caminho do trabalho, só para não ter que pensar no que aconteceria quando chegasse. Todo dia, quando ela entrava, Simon, de seu escritório de paredes de vidro, olhava de forma ostensiva para o relógio da sala e arqueava a sobrancelha, mesmo que ela chegasse cinco minutos adiantada. Ele mandava mensagens tarde da noite, perguntando o que tinha sido feito para melhorar a margem de lucro no trabalho da Carling, ou se ela tinha conferido que as páginas não estavam grudadas nos catálogos de móveis para jardim (o que tinha acontecido uma vez, enquanto ela estava de férias, e Hardeep deveria cobri-la, apesar de esse fato parecer irrelevante para Simon).

Ela levou dois meses para perceber que ele nunca fazia isso com homens. Com eles, era só conversas e sorrisos, e qualquer indício de problema era abafado por advertências amigáveis, convites para saírem para beber algo e resolver a questão. Ele grudava nas mulheres mais jovens, com as mãos enfiadas nos bolsos em ângulos estranhos, como se estivesse sempre apontando a genitália, sorria e olhava para os peitos delas. Algumas, como Dee, sorriam e flertavam de volta, depois o xingavam no banheiro:

— Aquele tarado. Me dá nojo.

Porém, fora Betty do financeiro, que nunca falava com ninguém, mas tinha um cérebro matemático mais rápido que uma calculadora, e Marina, que não dava a mínima para o que pensavam dela, e diria isso sem nem lhe perguntarem, Sam era a mulher mais velha do escritório e, pelo que parecia que Simon tinha decidido, não valia qualquer atenção que não fosse inteiramente negativa. Era exaustivo.

Em outra época, ela poderia ter contado isso tudo para Phil, e ele a acalmaria, escutaria, ofereceria estratégias para ajudar. Ela tinha mencionado o assunto certa noite, depois de um dia especialmente ruim, mas, em vez de se sentar com ela e lhe servir uma taça de vinho, ele apoiou a cabeça entre as mãos e disse que sentia muito, mas não aguentava lidar com mais nada. Ela ficou tão assustada com a aparente fragilidade do marido que na mesma hora garantiu que não era nada, nada mesmo. Só um dia ruim. Depois disso, nunca mais comentou sobre a situação.

Ted, Joel e Marina a apoiavam, dia após dia, mas ninguém intervinha, nem batia de frente com Simon quando ele a incomodava. Era evidente que Simon guardava os comentários mais negativos para quando eles estavam a sós ou para quando passasse pelo cubículo dela (*Meu Deus, não sei como você consegue trabalhar com uma mesa nesse estado*). Na maior parte do tempo, se tivesse plateia, ele apenas a ignorava. Mas o que ela podia fazer? Com Phil desempregado e a poupança esvaziada, dependiam do salário dela. Então ela mantinha a cabeça baixa, fazia o que podia, ignorava o nó eterno no estômago e esperava que, em certo momento, ele ficasse de saco cheio e fosse importunar outra pessoa.

— Simon está vindo.

Marina deixa o café na mesa furtivamente, como se transmitisse uma informação sigilosa, e sua expressão, quando vira o rosto, enche Sam de pavor.

— O que foi agora? — pergunta, mas Marina já foi.

Ela guarda a bolsa trocada debaixo da mesa e pendura a bolsa de mão no encosto da cadeira, antes de se sentar e abrir o computador.

Ele chega em segundos, usando uma calça social um pouco apertada e um cinto lustroso. Sua postura é a de um diretor de escola que foi arrancado de uma reunião importante para tratar de uma criança desobediente.

— Por que você não avisou ao pessoal da Fisher sobre as cores no papel sem verniz?

— Como assim?

Ela se vira rápido demais e quase derruba o café da mesa com o cotovelo.

— Quatro mil cópias do novo folheto de propriedades, e estão no telefone gritando por causa da qualidade da cor no papel sem verniz.

— Eles disseram que queriam papel sem verniz. Queriam diminuir o custo. Eu e Ted avisamos que ficaria diferente do que estavam habituados.

Simon faz uma careta, como se fosse impossível ser verdade.

— Mark Fisher disse que você não avisou nada. Agora, ele quer que a gente refaça tudo e assuma o custo. Disse que ninguém vai querer comprar casas se está tudo tão sem graça e sem cor na página.

— Eu conversei especificamente com o sr. Fisher na última reunião e falei que o folheto ficaria muito diferente. Mostrei exemplos do catálogo da Clearsills. Ele não deu bola e disse que tudo bem.

— Então o sr. Fisher está mentindo, é isso? — instigou Simon, desdenhoso.

— Ele... ele pode estar lembrando errado. Mas eu lembro perfeitamente. Até tomei notas. Ele disse que a prioridade era diminuir o custo. Não é nossa culpa ele ter mudado de ideia, Simon. Além do mais, é trabalho do designer comunicar essas coisas ao cliente. Eu... eu só interferi porque não tinha certeza se eles entendiam o que estavam pedindo.

— Bom, Samantha, sua interferência não ajudou em nada, porque agora eles têm certeza de que é responsabilidade da Uberprint. E você precisa descobrir como resolver esse problema antes de ter consequências bem sérias.

Ele dá meia-volta e se vai antes que ela possa protestar. Sam nem teve tempo de tirar o casaco. Ela solta um suspiro e se recosta na cadeira.

Um alerta de e-mail apita quando ela está tirando o braço esquerdo do casaco, e Sam se inclina para a frente para abrir a mensagem.

Relaxa, meu bem. Não deixa ele abalar você. Bj

Ela ergue o olhar e vê Joel, cujo rosto apareceu acima do cubículo da logística, a três metros dela. Quando ele sorri, Sam não sabe se quer corar ou cair no choro.

Na hora do almoço, o pedreiro que ignora as mensagens cada vez mais frenéticas de Sam há quatro meses telefona do nada e anuncia que, na semana seguinte, vai começar a obra para reconstruir o muro da frente, irreparavelmente danificado em junho por um aposentado que não conseguia mais enxergar seus espelhos retrovisores. Vai ser pago pela seguradora, o que faz Sam suspirar de alívio: quem imaginaria que uma mureta podia ser tão cara?

Na copa dos funcionários, um dos poucos lugares que Simon nunca visita (ele deve se achar bom demais para aquela sala, com canecas de café com propriedade bem demarcada e micro-ondas), ela liga para casa. Está comendo um sanduíche de atum e milho feito com pão velho. Gruda na boca, ou talvez a sensação seja causada pela discussão com Simon mais cedo.

— Oi, amor — diz, forçando a voz para soar mais animada. — Como você está?

— Bem — responde Phil, seco.

Ela ouve o ruído da televisão e o imagina olhando sem expressão para as mulheres de maquiagem exagerada que discutem as notícias na tela.

— Bom... Des Parry finalmente me ligou. Vão começar a obra do muro segunda-feira, até que enfim, então você precisa mudar o furgão de lugar.

— O furgão? E botar onde?

— Não sei. Na rua?

— Mas não está regularizado.

— Bom, vamos precisar cuidar disso. Des não vai alcançar a mureta com o furgão parado ali. Ou talvez um dos seus amigos que têm garagem possa ficar com ele.

— Ah, acho que não posso pedir para os meninos.

Ela fecha os olhos por um momento.

— Faz tempo que a gente não se fala. Seria... — A voz dele se esvai.

— Phil. Amor. Precisamos tirar o furgão dali. Seria ótimo se você desse um jeito. Estou bem sobrecarregada aqui.

Há um longo intervalo.

— Não podemos adiar um pouquinho? Acho que não estou disposto a isso agora.

É então que ela sente a raiva fervilhar.

— Disposto a quê? A andar dois metros com um furgão?

— A fazer todo o negócio de imposto e vistoria. E... não sei onde botar. Não dou conta disso agora.

— Bom, você vai ter que se virar. Porque o pedreiro chega segunda.

— Adia uma semana. Vou pensar melhor.

— Não, Phil — diz, e escuta a voz soar mais aguda e esganiçada. — Não vou adiar. Levei meses para conseguir falar com ele, e não posso correr o risco de ele se ocupar com outro serviço. E aquele muro é perigoso. Você sabe bem. Se alguém subir e aquilo desabar, vai ser um machucado feio. E a responsabilidade será nossa. Então dê um jeito na porcaria do furgão e tire ele de lá. Assim, nós dois podemos tocar a vida, tá?

Faz-se um longo silêncio do outro lado.

— Não precisa de agressividade — retruca ele, soturno. — Estou me esforçando.

— Está, mesmo? Jura?

Algo se libertou em Sam, e ela não consegue se conter: as palavras jorram de sua boca como pedras.

— Estou me matando de trabalhar — continua —, administrando a casa, tentando cuidar de Andrea, de Cat e do cachorro incontinente, e lidando com a porcaria do Simon, e você passa dezesseis horas por dia com a bunda no sofá e as outras seis na cama. Qual foi a última vez que você foi ao supermercado? Ou passeou com Kevin? Ou... ou varreu a cozinha? Ou qualquer coisa além de sentir pena de si próprio? Você não está fazendo nada! Só se lamentando! Você só sabe se lamentar!

Silêncio. E então ele diz:

— Oito. São oito horas na cama.

— Hã?

— São vinte e quatro horas no dia. Dezesseis no sofá. Sobram oito.

— Ah, pelo amor de Deus, Phil. Você me entendeu. Só *faça* alguma coisa, está bem? Sei que você está triste, e sei que está achando a vida difícil, e ela é mesmo. Nossa, eu sei que é. Mas às vezes você precisa se levantar e ir em frente, caramba. É exatamente o que eu faço há meses, e não dá mais para encarar sozinha. Tá bom? Não dá!

Dessa vez, ela não espera para ouvir a resposta. Desliga o telefone e encara a parede, com o coração martelando no peito.

É então que se vira e se sobressalta ao ver Simon parado na porta.

— "Lidando com a porcaria do Simon" — diz ele devagar, balançando a cabeça, com um sorrisinho peculiar. — Interessante. Eu vim só dizer que você precisa renegociar o orçamento no serviço da Billson. A diretoria disse que a margem não está boa suficiente.

Sam o fita, e ele dá meia-volta e vai embora. Ela se vira para o sanduíche embrulhado em plástico-filme no colo, ouve o sangue bombear nos ouvidos e, sem nem saber o que faz, arremessa o sanduíche até ele explodir na parede, todo molhado.

Sete minutos depois, Sam ajeita o blazer, se levanta e cata cada grãozinho de milho do carpete usando folhas de papel-toalha, limpa a maionese e a manteiga da parede com um pano úmido e joga tudo com o maior cuidado na lixeira.

12

— Então o que... eu faço?

— O que você quer fazer?

Phil encara o homem e não sabe dizer se a pergunta foi capciosa. Se ele escolher o lugar mais perto, vai parecer carente? Ou esquisito? Mas ele não gosta muito da ideia de deitar naquele divã. Além do mais, tem certo medo de pegar imediatamente no sono, caso deite. Ele tem dormido o tempo todo, ultimamente. Se dormir ali, vai dar pinta de louco?

Parece que o homem ouve seus pensamentos.

— Algumas pessoas acham mais confortável ficar sentadas. Outras preferem deitar. O importante mesmo é você ficar confortável.

Phil hesita e então se senta na beirada do sofá de vime, deixando um lugar vazio entre eles. O homem o olha e espera. Phil se pergunta se poderia se levantar e ir embora. Nada o prende ali, afinal. Mas Cat insistiu naquilo, e ele acha supreendentemente difícil contradizer a filha.

— Eu falo? Ou você fala?

— Pode começar. E aí vamos falar juntos.

— Não sei o que dizer.

Um longo silêncio.

— Então, o que traz você aqui, Philip?

— Phil. É Phil.

— Ok, Phil.

Phil se concentra no chão.

— Meu médico. Quer dizer, ele não me trouxe para cá. Mas disse que, se não fosse tomar antidepressivo, precisava tentar fazer terapia — conta, e coça a cabeça. — E minha filha. Ela está... preocupada comigo. É coisa boba.

— E você relutou em vir?

— Sou britânico — brinca Phil, tentando sorrir. — Não somos muito de expressar sentimentos.

— Ah, eu discordo — diz o dr. Kovitz. — Acho que britânicos são muito de expressar sentimentos, sim. Já fazer isso de forma confortável, aí é outra história.

O doutor sorri.

Phil retribui a expressão, desajeitado. Parece ser a reação esperada.

— Quer me contar o que levou você ao médico, para começo de conversa?

Phil sente o peito apertar, como faz, por reflexo, sempre que alguém pede que ele discuta os acontecimentos do ano passado.

— Vamos começar com algo simples. Você disse que seu pai faleceu. Foi inesperado?

Certas coisas são quase demais para serem postas em palavras. E os meses que antecederam a morte do pai são tão imensos e tão sombrios em sua mente que ele teme que, ao revisitá-los, acabe virando um planetinha engolido por um buraco negro. Um vácuo vasto e aterrorizante, do qual não conseguirá sair nem à força.

Ele dá uma tossida.

— Bom, foi e não foi — responde, e se ajeita na cadeira. — Foi, porque ele estava com boa saúde para um homem de setenta e cinco anos. Não foi, porque, quando soubemos do problema, tivemos meses para prever o que viria pela frente.

— Câncer?

— Isso.

— Vocês eram próximos?

— Hum... éramos.

— Meus pêsames. Deve ter sido muito difícil para você.

— Ah, eu estou bem. Ele viveu uma vida boa. É... sabe, minha mãe. Eles passaram cinquenta anos casados. É com ela que me preocupo.

— E como ela está?

A questão era essa. Nancy estava ótima. Nos primeiros seis meses após a morte do pai, ele se preparava para receber a ligação no meio da noite. A mãe começava toda conversa com uma voz trêmula e corajosa, falando das pequenas coisas que tinha conseguido fazer (esvaziar uma gaveta, tirar algumas coisas do depósito), até que o inevitável acontecia e ela desmoronava. *Eu sinto tanta saudade dele, meu filho.* Ele passou a temer esses momentos, a sensação de impotência e tristeza que vinha com eles, sua incapacidade de aliviar aquele peso. Ele e Sam a visitavam todos os domingos, a levavam para almoçar no pub ou a ajudavam a preparar um assado e conversavam enquanto todos lavavam a louça. Ela lhe parecia tão frágil... Como se não fosse sobreviver, fisicamente, sem o marido. Nunca tinha pagado uma conta sozinha, nem levado o carro para o conserto, nem ido a um restaurante sem que estivesse com ele. Ela perdeu o interesse em comer, em sair. Revisitava memórias que nem um rosário, indo e voltando pelos meses anteriores e se perguntando, em voz alta, se deveria ter agido de outro modo, se tinha deixado algo passar. Phil às vezes se perguntava se precisariam chamá-la para morar com eles. Ela parecia essencialmente inadequada à vida só. O que os impediu foi apenas o fato de não terem um quarto para alojá-la.

Até que, de repente, tudo mudou. A mãe dele tinha sofrido e sofrido no luto, até que, um dia, ele apareceu e ela tinha feito escova no cabelo e passado batom.

"Tive uma crise do nada e decidi que Rich não iria querer que eu ficasse chorando e me lamuriando por aí. Acho que ele teria ficado bem chateado comigo. Pode me ensinar a trocar o óleo do carro?"

E foi isso. Dois meses atrás, ela começou a fazer trabalho voluntário com refugiados no centro comunitário, onde os ensinava a fazer pães e bolos toda terça-feira. Phil não sabia quantos refugiados precisavam aprender a fazer um pão de ló, mas ela explicou que a questão não era a comida.

"É só fazer algo em grupo com eles. E todo mundo fica melhor quando come bolo, não é? É um fato."

Ela disse que se sentia melhor quando era útil. Ao ouvir as histórias deles, sentia gratidão por ter vivido tanta paz, tanto amor. Ela (uma mulher que recusou alho por anos, alegando ser "estrangeiro demais") até começou a gostar da comida que lhe levavam.

"Para ser sincera, Phil, achei muito apimentado. Fiquei com a cara roxa que nem uma beterraba. Mas, no fim, acabei achando bem gostoso."

Ele ficava feliz por ela, mas também estranhamente perturbado pela habilidade da mãe de seguir com a vida. Porque ele não conseguia. À noite, sonhava que estava sentado ao lado da cama do pai, que, com a mão ossuda e quase translúcida, apertava a sua com dedos surpreendentemente fortes enquanto se esforçava para respirar, os olhos furiosos por cima da máscara de oxigênio. A expressão dele indicava que odiava o filho. Phil via aquele olhar penetrante sempre que fechava os próprios olhos.

— Ela está bem — respondeu ele. — Sabe. Dentro do possível.

— Então temos isso — diz o dr. Kovitz. — É um acontecimento importante. Muito a processar. Está lidando com mais alguma questão?

Bom, perdi meu emprego e, com isso, minha esposa perdeu todo o respeito por mim, e minha filha me acha um idiota, e nem vejo por que me vestir, ou sequer tomar banho, na maior parte dos dias. Não vejo mais meus amigos, porque quem quer encontrar uma pessoa miserável assim?

Estou cansado demais para sair. E ficar em casa só me lembra de tudo que não fiz. Não consigo nem levar para fora o lixo reciclável, porque lavo uma bandeja de plástico e já acho ridículo. Do que adianta lavar a bandeja da embalagem de coxa de frango se a China emana um bilhão de toneladas de dióxido de carbono por minuto? Não consigo assistir ao jornal porque me dá vontade de enterrar a cabeça no edredom, e ver enchentes e incêndios me causa ansiedade por netos que nem tenho, então fico no sofá, onde é seguro, e vejo programas nos quais as pessoas compram e vendem calçadeiras antigas para lucrar duas libras ou mulheres de vestidos coloridos discutem dietas e novelas, e o único motivo para ligar nesses programas é que não suporto o silêncio. Não suporto o silêncio.

E sei que minha esposa está exausta e não me aguenta mais, porém sempre que tento fazer alguma coisa para ajudar ela suspira e resmunga baixinho porque fiz tudo errado. E antes ela me amava, mas agora a expressão dela me diz que sou inútil. Então finjo dormir para não incomodar, e minha filha, que é mais inteligente que nós dois, entra e diz: *Pai. Você precisa levantar agora.* Como se fosse a mãe de um adolescente ou uma cuidadora em um asilo. Mas não posso explicar para ela que só quero dormir. Pelo menos uma vez por dia percebo que só consigo pensar na minha cama, só espero para me meter ali, e aí apenas espero todo mundo sair, para eu poder subir e mergulhar no esquecimento por mais algumas horas.

E o médico me mandou melhorar a alimentação, mas a verdade é que não tenho energia para fazer refeições nutritivas. Então como biscoito, pão com manteiga. E vejo minha cintura amolecer e se expandir, e me odeio por isso também.

— Lidando com mais alguma questão? — responde, por fim. — Hum. Uma coisinha ou outra. Coisa normal.

O dr. Kovitz o encara, segurando um bloco. Phil nota, então, as duas caixas de lenço na mesa. Distraído, ele se pergunta quantas pessoas choram no consultório todos os dias. Se pergunta se o dr. Kovitz esvazia o lixo entre sessões, para não parecer a sala mais triste do mundo. Se pergunta o que esse homem faria se ele só se deitasse no divã e chorasse e chorasse. Mas, se ele se permitisse fazer isso, é provável que nunca mais fosse parar.

— Coisa normal — repete o dr. Kovitz, pensativo. — É um conceito interessante. Acha que existe isso de coisa normal?

— Bem. Do que eu posso reclamar, sabe?

Ele sorri para o dr. Kovitz. Do que ele pode reclamar? É tudo patético. Comparado com a maioria das pessoas, Phil está muito bem. Tem um corpo que funciona direito. Tem uma casa, mesmo com a hipoteca pesada. Tem uma esposa. Tem uma filha. É provável que arranje outro emprego um dia. Não está fugindo de terroristas armados, nem caminhando sessenta quilômetros para conseguir água. Não passa fome, nem está cuidando de uma criança esfomeada. E o que esse homem aí pode fazer, afinal, com esses móveis de vime e essas caixas de lenço? Como é que falar vai ajudar? Não vai reescrever o fim do pai. Não vai diminuir o fardo de Sam. Não vai lhe arranjar um emprego novo, nem fazer a filha parar de olhá-lo como se ele tivesse virado uma criatura esquisita e deformada de zoológico.

É ridículo. É tudo ridículo.

— É melhor eu ir — declara, se levantando.

— Ir?

— Você… você tem que ajudar gente muito mais necessitada que eu. Eu… eu não acho que isso seja para mim. Desculpa.

O dr. Kovitz não tenta impedi-lo. Apenas o observa.

— Ok, Phil. Bem, vou manter esse horário aberto semana que vem e torcer para que você volte.

— Não precisa mesmo.

— Ah, acho que precisa, sim.

Ele se levanta antes que Phil possa recusar e avança para abrir a porta para ele. O doutor mantém a porta aberta e diz, baixinho:

— Espero ver você semana que vem.

Phil leva vinte e três minutos para chegar em casa a pé. Quando chega, fecha a porta, faz carinho no cachorro e sobe a escada, arrastando os pés, para voltar para a cama.

13

A academia estava fechada até segunda ordem. Nisha tinha passado lá na volta para casa na noite anterior e encarado a placa, se permitindo absorver o fato de que era o fim. As roupas dela, as coisas que a faziam se sentir quem era, nunca seriam devolvidas. Ela não sabe por que sente tanta falta dos sapatos, talvez por serem o último presente que ganhou dele, um símbolo do casamento. Carl os apresentara com um enorme floreio, a admirara calçada, pedia para ela usar em todas as viagens mais importantes. Não era raro que ele ditasse seu guarda-roupa.

— Gosto de ver você com esses sapatos. Gosto que todo mundo veja.

Do que adiantava, se esse tempo todo ele estava planejando expulsá-la e instaurar Charlotte em seu posto? Tudo isso se soma à sensação crescente de que ela foi manipulada, o que, por sua vez, a deixa tão furiosa que parece que o sangue em suas veias fervilha de forma permanente.

— Você deu uma acelerada boa, hein, amiga!

Jasmine olha pela porta do banheiro e faz cara de admiração. A raiva parece servir de combustível para Nisha. Ela acorda antes do despertador, ataca manchas e marcas como se esfregasse a cara de Carl. Oblitera sujeira como se obliterasse a semana anterior.

— Pronta para o intervalo? Ou é melhor eu deixar você fazer os outros doze quartos enquanto tomo um cafezinho?

Nisha se endireita enquanto Jasmine ri, e seca a testa quente com o braço.

— Vamos.

É seu quinto dia no hotel. Cinco dias desde que chegou ao beco estreito às oito, vestiu as roupas pretas fornecidas pelo hotel, comeu doces gostosos e limpou quartos nojentos, enquanto zunia de ressentimento. Hoje ela será paga e não sabe o que fará depois disso. O papo no vestiário gira em torno de batidas da polícia ligadas à imigração, de vistos de residência cancelados. Algumas pessoas aparecem em um turno e nunca mais são vistas. Outras ficam por semanas, mas nunca falam com ninguém, desviando o olhar como se preferissem ser invisíveis. Ela vê um exército inteiro de gente que se mantém discreta, vivendo dia após dia enquanto, como ela, tentam decidir o que fazer.

E Nisha ainda não decidiu o que fazer. Não quer esse emprego, mas é o que possibilita que fique perto da suíte, e ainda é a melhor oportunidade de recuperar suas coisas. Cada andar que ela sobe faz seu coração acelerar, enquanto tenta descobrir como ter acesso à cobertura. Mas as camareiras sem documento não podem trabalhar no sexto e no sétimo andares. Elas ficam restritas aos quartos mais baratos, onde quem viaja a trabalho ou turistas que reservaram com cupom na internet tendem a passar uma noite só. Jasmine diz que as camareiras precisam de pelo menos alguns meses de experiência até serem consideradas confiáveis o suficiente para trabalhar nos andares mais exclusivos.

Ela vai conseguir entrar, tem certeza. Mas, até descobrir como, precisa esperar.

— Oi, amor.

Ela se conecta ao Wi-Fi do hotel (todo mundo faz isso) e liga para Ray às duas; ela e Jasmine estão almoçando tarde, e ela sabe que vai acordá-lo bem mais cedo que de costume, mas ela está na última noite de hospedagem paga e não sabe mais o que fazer.

— Mãe? Por que ligou tão cedo?

A voz dele sai rouca de sono.

Ela tenta sorrir ao falar, para passar tranquilidade.

— Meu bem... preciso de um favor. Preciso de mais um pouco de dinheiro emprestado. É meio complicado, mas explico tudo quando chegar.

— Mais dinheiro?

— É. Mais quinhentos. Acha que consegue transferir hoje? Igual à última vez está ótimo.

— Não posso, mãe.

— Não precisa ser agora. Só quis ligar mais cedo para você poder encaixar no seu dia.

— Não, não posso, literalmente. O papai congelou minha conta. Pelo visto, teve alguma operação fraudulenta nela. Ele não contou para você?

— Como assim?

— Não posso comprar *nada*. Nem roupa, nem videogame, nem mesmo um desodorante. Ele disse que preciso pedir tudo por e-mail para Charlotte. Compram no cartão dele, daí me mandam.

Ah, meu Deus. Carl descobriu.

— Não tem nada que você possa usar? — pergunta, desesperada. — Seu cartão da poupança? O que aconteceu com sua poupança?

— Argh. Também foi congelada. Ele é uma pessoa muito ruim. Literalmente não tenho acesso a *meu próprio dinheiro*. Você pode falar com ele, mãe? Ele só fala comigo através da Charlotte.

— Pode deixar, meu bem. Falo com ele, sim. Desculpa. Vou... vou ligar mais tarde.

Ela desliga, solta um gemido baixo e se larga no banco. Do outro lado da sala, Jasmine conversa em voz baixa com Viktor. Quando Nisha ergue o rosto, Jasmine a está observando.

— Tudo bem aí, Nish?

— Meu... meu ex congelou nossas contas no banco. Está tudo... tudo uma confusão.

Jasmine arqueia as sobrancelhas.

— Seu ex? Qual é a dele? É um pai ausente? Ai, não vai me dizer que ele expulsou você de casa?

— Por aí.

— Argh! — exclama ela. — Eu *sabia* que tinha alguma coisa assim acontecendo. Sabe o que minha mãe me ensinou? "Nunca se case com um homem de quem você não gostaria de se divorciar." Meu ex é um anjo. Paga a pensão todo dia 15, bem certinho. Ajuda com a Gracie. Sempre fala com respeito. Assim, até acho que talvez seja porque ainda está a fim de mim...

Ela dá de ombros, faz um gesto indicando o rosto.

— É *muito* difícil me superar — acrescenta.

Ela ri de repente, e Nisha não entende se era piada.

— Ele tem emprego? — continua Jasmine. — Seu ex?

— Carl? Mais ou menos.

— O que ele faz?

— Hum. Importação. Essas coisas.

— Ah, que nem meu amigo Sanjay. Ele tem um galpão lá perto de Southall. Compra na doca as coisas que caíram dos contêineres e vende para o pessoal dos mercados. Um minuto está no luxo, no seguinte não tem nem onde cair duro. E seus pais?

— Eu não... não falo com minha família.

— Ah, cara... Tem filhos?

— Um menino. Mas ele está em Nova York. Ele... ele está bem.

— Bom, isso já é bom, pelo menos. Mas você deve sentir saudade dele. Como está se virando?

— Hoje a gente recebe, né?

Jasmine faz uma careta.

— É, gata, mas você não vai sair de táxi para a Louis Vuitton. Entende?

Ela não está errada. No fim do dia, Nisha recebe um envelope com um recibo escrito à mão e quase incompreensível, além de 425 libras em pagamento pela semana de turnos diários de dez horas. As camareiras sem documento ganham oito e cinquenta por hora. Cinquenta foi descontado pelo uso do uniforme. Ela olha o dinheiro, incapaz de acreditar que aquela mixaria é resultado de tantas horas de trabalho. Leva um momento para calcular que, nesse ritmo, não vai conseguir pagar pelo Tower Primavera enquanto espera para retomar a vida, por mais barato que o hotel seja. Em poucos dias, não vai ter para onde ir.

Jasmine diz para ela ficar feliz que pelo menos não está sendo paga oficialmente.

— Porque aí tiram previdência social, cobram uns impostos de emergência, essa baboseira toda. Sinceramente? Melhor voltar ao seguro-desemprego.

— Ah! — exclama Nisha, e vira os bolsos, lembrando de repente. — Aqui. Desculpa. Esqueci.

Ela lhe oferece a nota de vinte.

Jasmine olha para a nota. Depois para Nisha. Dá um tapinha na mão da outra e diz:

— Tudo bem, amiga. Me devolve quando tiver resolvido sua vida.

E isso faz Nisha se sentir pior ainda.

Ela acabou de levar frascos novos de condicionador e hidratante ao quinto andar quando o vê. Nisha está voltando para o elevador, se ressentindo do jeito que a jovem exageradamente maquiada abriu a porta do quarto para arrancar os frasquinhos dela e bater a porta na sua cara sem nem agradecer, quando uma silhueta conhecida surge no corredor.

Ari.

O coração dela para. Ela sente o impulso de se esconder em um quarto qualquer, mas a chave não dá acesso aos quartos desse andar, e ela não tem para onde ir. Ele está distraído, falando ao telefone, com o terno preto impecável, o olhar fixo à frente enquanto avança em silêncio pelo corredor acarpetado.

— Não, ele não quer. Traga o carro para a frente e espere. Não estou nem aí. Dê a volta no quarteirão, se necessário. Ele precisa chegar em… onde mesmo? Piccadilly às duas e quinze. Charlotte tem o endereço.

Ela sente todo o corpo se enrijecer quando ele se aproxima. O ar fica preso no peito. Xinga a decisão de não ter subido com o carrinho. Poderia ter se agachado, se escondido, fingido procurar alguma coisa, atropelado ele, se Ari viesse atrás dela. Mas estão só os dois no corredor, e não há escapatória. Ela fecha os olhos quando ele se aproxima, cada vez mais, vira a cara para a porta e espera o aperto agressivo no braço, o grunhido ameaçador. *Que porra você acha que tá fazendo aqui?*

Ela para de respirar por um momento. E aí… nada. O som dos passos continua depois dela. Um palavrão rápido ao telefone, em seguida uma gargalhada. Ela espera um segundo, abre os olhos, vira o rosto devagar. Ele continua pelo corredor, gesticulando enquanto fala.

Nem a viu. Nisha é a única pessoa no corredor, e ele não a viu. É aí que cai a ficha: nesse uniforme, ela fica invisível.

Nisha Cantor, uma mulher habituada a parar o trânsito há vinte e cinco anos, vestiu uma blusa preta barata e uma calça de náilon e, de avental de trabalho, desapareceu por completo.

14

A cabeça dela ainda zune por conta do encontro, o coração disparado ao voltar ao vestiário. Até que algo igualmente inesperado ocorre: Jasmine anuncia que está com dor de estômago e pergunta se Nisha pode finalizar o quarto 420 sozinha, enquanto ela descansa.

— Não sou de pedir, amiga, mas está me matando. Preciso deitar.

Nisha diz que não é problema algum, que vai aproveitar e limpar o 422 também, e nem escuta o agradecimento de Jasmine em meio ao som de algo explodindo em sua cabeça. Jasmine tira o avental, gemendo e suspirando, o pendura no cabide e sai para deitar no sofá que os funcionários da recepção usam na salinha discreta anexa à lavanderia.

Nisha espera até confirmar que ela foi embora e então rouba do bolso de Jasmine o cartão que dá acesso a todos os quartos. Guarda-o apressada no bolso do próprio avental e sai.

Nisha limpa o quarto 420 no dobro da velocidade, a cabeça a mil enquanto tira os lençóis e arruma a cama, esvazia as lixeiras e passa o pano desinfetante no controle remoto. Segue para o 422, agradecendo a Deus pelas mulheres solteiras que mal mexem no quarto durante a estadia. Com quinze minutos de sobra, ela empurra o carrinho para o elevador, hesita por um momento, encosta o cartão no leitor da segurança e aperta o botão do sétimo andar, sentindo um aperto na barriga ao subir.

— Camareira — anuncia, e hesita quando a porta se abre, meio que se preparando para uma voz ríspida, um som que a fará voltar correndo ao elevador.

Mas a suíte carrega o silêncio pesado da ausência. Ela fica parada por um instante, admirando os cômodos que foram dela, os pertences espalhados ali e que de repente lhe parecem estranhamente desconhecidos: as pastas de Carl; as pantufas dele apoiadas com cuidado em um pano de algodão perto da porta; a fruteira contendo apenas uvas e pêssegos, as frutas preferidas dele. Ela anda até a mesa de trabalho, para pegar o passaporte, mas não está na gaveta. Abre o armário que esconde o cofre e digita o aniversário dele, mas a máquina apita, obstinada, e não permite acesso. Tenta outras duas variações, o aniversário dela e o de Ray, mas nenhuma abre a porta. Solta um palavrão e se levanta. E então vai ao quarto.

A cama já foi arrumada, e ela sente uma pontada breve de gratidão por não precisar ver mais provas da traição nos lençóis amarrotados, em garrafas vazias de Ruinart, talvez em brinquedinhos sexuais. Ela desvia o olhar, segue para o closet e abre a porta dupla. Lá estão: as roupas dela, enfileiradas em cabides todos alinhados, do jeito exato que estavam quando ela foi embora. Ela fica um momento olhando, antes de soltar um gemido baixo de desejo e encostar o rosto em um casaco de pele de ovelha da Chloé, como uma mãe que reencontra os filhos, inspirando o cheiro. Seu próprio cheiro! Ela tem se sentido nua sem o perfume. Se vira, procura na penteadeira e, ao encontrar o frasco conhecido, o guarda no bolso. É então que percebe: a maquiagem de uma mulher. Não a dela. Olha a nécessaire grande e meio aberta, o kit vasto de sombras, a base clara demais para sua pele. O babyliss ao lado de suas escovas. Sente algo dentro de si virar pedra e então lhe ocorre uma ideia... ela volta ao armário. E lá está: um vestido que não é dela, entre seus terninhos e vestidos. Ela o tira dali: Stella McCartney; preto, explicitamente sexy, chamativo, pendurado junto à estola preta dela. Nisha sente uma onda de fúria. Ele está deixando essa mulher usar as roupas dela? Guardar essas peças exageradas e intrometidas junto às dela? Ela vê um conjuntinho social, um par de saltos Jimmy Choo tamanho 39. Nisha até este instante não tinha certeza do que faria ao chegar à cobertura, mas agora, com um rugido de raiva mal contido, começa a arrancar as próprias roupas da arara: os ternos Chanel, os vestidos coloridos Roland Mouret, a saia Valentino. Pega um amontoado de suas coisas preferidas e as arranca dos cabides, sabendo que de jeito nenhum vai conseguir suportar Charlotte (só pode ser a Charlotte! Aquela piranha tem pés de palhaço) usando as coisas *dela*. Charlotte pode passar o dia agarrada em Carl, se quiser, mas nem a pau vai meter esse corpinho traidor nas roupas de Nisha. Ela as joga empilhadas no carrinho, depois volta e pega o casaco longo de pele de ovelha e o terno de veludo preto Yves Saint Laurent com ombreiras. E então, com o rosto ainda contorcido de raiva, volta pela cobertura empurrando o carrinho, entra no elevador e aperta o botão para descer, esquecendo de cobrir o dedo com a manga da roupa.

Ela está no meio do corredor da lavanderia, carregando seu saque, quando Jasmine surge à sua frente. Esta olha a pilha de roupas como se não acreditasse no que vê e cruza os braços.

— O que...
— Saia da minha frente.
— Nisha?
— Ela estava usando as *minhas roupas* — reclama Nisha, agora enlouquecida, como se uma rolha se soltasse, derramando toda a raiva e a frustração da semana. — Ela não vai ficar com as *minhas roupas*.
— Do que você está falando? De onde tirou isso?
Nisha tenta passar por ela, mas Jasmine a impede.
— Da cobertura.
— Você foi até a cobertura! — exclama Jasmine, piscando. — Você roubou *roupas* da cobertura?
— Não é roubo, são minhas.
— Do que você está falando, mulher? Enlouqueceu?
Nisha solta o carrinho e anda até Jasmine.
— Meu nome é Nisha Cantor. Sou casada com Carl Cantor. Ele me trancou para fora da cobertura semana passada e bloqueou todo o meu dinheiro. Estou só reavendo o que me pertence.
Jasmine a encara, como se tentasse registrar o que acabou de ouvir.
— *Você* é casada com o cara da cobertura?
— Sou. Há mais de dezoito anos. Até semana passada, quando ele me deu um golpe.
Jasmine balança a cabeça, devagar, com as mãos erguidas, como se não conseguisse digerir a informação.
— Você entrou lá para pegar suas roupas? Mas como...
— Eu fiquei sem nada. *Nada*. Tive que usar roupas que *nem são minhas*! — lamenta Nisha, puxando o cartão do bolso e o devolvendo. — Aqui. Toma isso. Já peguei o que queria.
— Você não pode fazer isso.
— Não é roubo. As roupas são minhas.
— Nisha. Isso é uma má ideia. Você precisa parar.
— Desculpa, Jas. Foi um prazer conhecer você. Você é uma pessoa muito, muito boa. Gosto de você. E olha que não gosto de ninguém. Mas vou levar minhas coisas.
Jasmine olha o carrinho.
— Não, não, não, não, não. Você entrou lá com o meu cartão. Vai ficar tudo registrado no meu nome. Se você roubar essas roupas, vão me culpar.
— Vou dizer que não foi você. Vou telefonar. Sei lá.

— Nisha. Sou uma mãe solteira negra de Peckham. Você acabou de usar meu cartão de camareira para entrar em um quarto de onde tirou, o quê? Dez mil libras em roupa?

— Mais para trinta mil, na verdade — diz Nisha, ofendida.

— A gente precisa devolver isso. Vamos dar um jeito, amiga. Mas não vai ser assim.

— Não! — protesta Nisha, mas Jasmine agarra seu braço.

— Não faça isso comigo. Você sabe que nós vamos nos dar mal se fizer isso. Preciso desse emprego, Nish. Preciso mesmo. E trabalhei pra cacete para chegar onde estou. Precisei fazer o dobro que a maioria das pessoas. Você nem imagina, ok? Nem imagina. Não estrague isso para mim.

Há um tom cortante na voz de Jasmine, mas também ansiedade genuína. Nisha sente uma pontada de incerteza. Pensa em Jasmine lhe entregando as vinte libras, sendo que mal a conhecia.

Por fim, solta um gemido baixo.

— Jas, por favor. Você não faz ideia de como foi. Ele me tirou tudo. Preciso das minhas coisas. *Preciso*.

— Se a situação for essa, vamos resolver — garante Jasmine, baixinho. — Mas assim, não.

As duas mulheres se encaram. De repente, acabou. Nisha sabe que não pode fazer isso com a única pessoa que a tratou com decência.

— Arrrrgh. *Que droga!* — grita.

— Eu sei, meu bem. Eu sei. Vem — diz Jasmine, de repente ágil. — Vem comigo. Temos que devolver isso antes de notarem. Meu Deus, que dor de estômago. O que você está fazendo comigo?

Elas não se falam no elevador, mas Jasmine não para de olhá-la de relance, como se reavaliasse por completo tudo em que acreditava. Chegam ao sétimo andar e se entreolham. Porém, quando o elevador para, elas ouvem vozes. Vozes altas, de homem. Alguém voltou para o quarto. Sem hesitar, Jasmine aperta o botão de descer com a palma da mão. O elevador vacila quando as portas começam a se abrir, como se em dúvida quanto à mudança de ordem. Por fim, as portas voltam a se fechar, e ele desce de forma brusca.

Elas saem no sexto andar. Nisha está tonta.

— E agora?

Jas levanta um dedo, como se já tivesse se resolvido. Aperta um botão no walkie-talkie.

— Viktor? Me faz um favor, amor? Preciso de... quinze, vinte cabides. Com plástico. Isso. Isso. O mais rápido possível. Obrigada, amor. Estou na frente do seis vinte e dois. Fico devendo uma.

Menos de dois minutos depois, Viktor, um lituano alto de olhos tristes, chega apressado com os cabides.

— Pendure as roupas aqui. Rápido. Vik, dá uma ajudinha, por favor?

Nisha obedece, passando cada roupa pelas capas de plástico. Os três trabalham em silêncio, e Nisha se atrapalha ao endireitar o colarinho nos cabides e encaixar o arame pelos buraquinhos no plástico. Quando acabam, tem uma pilha imensa de roupas no carrinho. Jas volta ao elevador a faz sinal para Nisha.

— Ponha a máscara. E fique de cabeça baixa.

As portas se abrem no sétimo andar. Jasmine faz sinal para Nisha permanecer no elevador.

— Camareira! — chama.

Um homem... será que é Steve? (De cabeça baixa, ela não discerne)... aparece à porta.

— O que é isso?

— Trouxe a roupa da lavanderia, senhor.

Jasmine pega as roupas cobertas do carrinho.

— Lavanderia! — grita Steve para trás.

Ela ouve a voz de Carl vindo do escritório.

— Que lavanderia? Eu não mandei nada para lá.

O coração de Nisha para.

Jasmine sai do elevador.

— Sua esposa pediu para as roupas serem levadas à lavanderia, senhor. Agora que tudo ficou pronto nós viemos devolver. *Fique aqui* — murmura para Nisha.

— Minha esposa? Avisei para Frederik que ela não podia botar mais nada na conta do quarto.

— Acredito que isso já estava marcado faz tempo, senhor. Só vim devolver as roupas.

Carl soa furioso.

— Avisei para ele que ela não podia pedir mais nada. Nada. Ele deveria ter cancelado qualquer pedido anterior.

Jasmine sumiu. Nisha ouve o ruído de cabides sendo devolvidos ao armário. As vozes soam abafadas.

— Perdão, senhor — diz Jasmine, calma. — Deve ter ocorrido algum engano na comunicação com a lavanderia. Vou pedir ao hotel que cubra o custo deste pedido.

Ela entra no elevador, pega o resto das roupas e volta a sair.

— Do pedido todo?

— É evidente que foi um engano do hotel, senhor. Vou garantir que não seja cobrado nada por todos esses itens.

Nisha ouve uma mudança no tom. Carl ama ganhar coisas de graça. Parece que ele sente que é o que merece, que o universo finalmente percebeu que lhe deve. Ele vale milhões, mas, se alguém diz que alguma coisa vai sair de graça, parece até um menininho que ganhou um pirulito na loja de doces.

— Ok. Deixe registrado na minha ficha que é preciso cancelar qualquer outro pedido que ela tenha feito antes de ir. Está certo? Não quero que nada assim volte acontecer.

— É claro. Pode deixar. Muito obrigada pela compreensão, senhor. Mais uma vez, me desculpe.

Jasmine entra no elevador e Nisha se vira, para o caso de Carl aparecer. Mas Jasmine apertou o botão, e o elevador já está descendo aos sacolejos.

Depois, Jasmine não diz mais nada. Elas continuam a limpeza em silêncio. Nisha se sente atordoada de choque. Tantos dias decidindo o que aconteceria quando ela voltasse ao quarto, e qual foi o resultado? Devolveram todos os itens. Bem para as mãos daquela bruxa. E ela ficou tão cega de raiva que esqueceu completamente que poderia pegar coisas mais úteis: as joias, o dinheiro da gaveta.

Ela tira o intervalo para descanso, mas não quer ir ao vestiário. Não quer lidar com as perguntas de Jasmine nem de mais ninguém, nem pensar no que aconteceu. Em vez disso, segue pelo corredor que leva à cozinha. No meio da tarde, a área fica quase vazia, e os chefs e sous-chefs aproveitam o descanso precioso entre o almoço e o jantar, alguns cochilando, outros fumando lá fora. Ela não comeu nada o dia todo e vai à mesa onde em geral ficam os sanduíches. Está vazia, há apenas uma travessa de migalhas.

Migalhas. É isso o que restou da sua vida. Ela pega a bandeja de aço inox, a observa fixamente e, antes mesmo que se dê conta, a arremessa no chão. A travessa bate com um estrondo na superfície rígida. Nisha olha ao redor, pega uma pilha de aventais recém-lavados e também os joga no chão. Depois, as tigelas de plástico. Elas quicam na superfície metálica.

— Puta que me pariu! Que caralho aconteceu com a minha vida?

Ela fecha os olhos, fecha as mãos e urra. É um berro primal, irrompendo do fundo do corpo. Ela se encolhe e cai de joelhos, se abraçando como se sentisse dor.

Quando por fim abre os olhos, ainda ofegante de esforço, percebe que alguém a observa. Ao se virar, vê um homem alto diante dos fogões. Aleks. Ele está recostado em um fogão, de braços flexionados, a calça quadriculada de chef salpicada de manchinhas do turno da manhã.

— O que foi? — diz ela, em desafio. — Hein?

Ela olha para a bagunça que fez. Se levanta e, depois de um instante, começa a recolher os aventais, os dobra e os devolve ao lugar, dando um tapa em cada um com desgosto. Ainda com aquela expressão furiosa, pega as tigelas, as empilha direitinho e enfim recupera a bandeja. O cabelo dela se soltou, e ela o ajeita em um nó apertado.

Quando olha para trás, ele ainda a observa.

— O que foi? — pergunta, com uma careta. — Nunca viu ninguém ficar puto? Estou recolhendo essas suas porcarias. Ok? Estou arrumando.

A expressão dele não muda. Ele espera um momento e, com calma e um sotaque forte, diz:

— Você é uma mulher muito bonita. Muito brava — acrescenta —, mas muito bonita.

Nisha abre a boca. Ele dá as costas a ela e pega uma panela pequena. Espalha um pouco de óleo e quebra dois ovos com destreza. Vai à geladeira enorme do canto e volta com um punhado de ingredientes.

Ela fica parada, sem entender o que está vendo. Ele vira a cabeça, aponta a cadeira no canto.

— Senta — diz.

Ela vai até lá, meio hesitante, e se senta, ainda abraçada à bandeja de metal. Aleks não volta a falar. Ele mistura alguma coisa em uma tigela, batendo com a velocidade e a eficácia da tarefa cotidiana, os músculos nitidamente demarcados no braço tatuado. Ágil, pica ervas com uma faca afiada e as joga ali, antes de tirar da torradeira duas torradas em ponto perfeito, que lambuza de manteiga. Tira um prato do forno, ainda de costas para ela, e arruma alguma coisa nele. Por fim, anda até ela e entrega o prato. Nele estão ovos Benedict, coroados com molho holandês amarelo e brilhante, sobre duas fatias um pouco tostadas de brioche.

— Come — pede ele, ao entregar o prato, e se vira para pegar um guardanapo.

Ele não espera que ela agradeça, apenas volta com tranquilidade ao trabalho, limpando a bancada com gestos bruscos e esvaziando as panelas, que leva à pia. Ele fica lá, longe do alcance do olhar dela por alguns minutos, entre o correr da água e o barulho das panelas. Quando ele reaparece, ela já está na metade da segunda fatia.

Os ovos são os melhores que Nisha já comeu. Ela está fraca de prazer. Não consegue nem falar. Apenas o olha, ainda mastigando, e ele faz um breve aceno de cabeça, como se em reconhecimento.

— É difícil ficar tão brava se tiver se alimentado bem — comenta ele.

Então, ele espera que ela acabe de comer e, sem dizer nada, tira o prato. Depois, se vira e vai embora antes que Nisha consiga falar de novo.

15

Quando Sam chega, os pais estão de quatro no chão, cercados de jornal. O pai está apoiando o peso inteiro em uma espécie de apetrecho de compressão, tentando esmagar um retângulo de gosma de papel machê até tirar toda a água. A sala deles sempre foi cheia de tralha, livros e papel, todas as superfícies cobertas por itens que os pais de Sam insistem que não podem tirar dali, já que sabem onde está tudo. Mas, agora, a mãe está passando folhas de jornal por uma fragmentadora de papel no canto, enquanto o pai faz jatos de água transbordarem da antiga banheira de bebê a cada grunhido e empurrão. O ruído da fragmentadora os impede de ouvi-la, de início, e Sam abre caminho entre pilhas de jornal para se agachar e acenar na cara do pai. Ele está roxo e tem pedacinhos de papel no cabelo. *Oi, querida!*, diz, sem som.

Merryn para a fragmentadora.

— Estamos fazendo lenha de papel! — anuncia, alto demais agora que não há mais som algum na sala além dos ruídos de esforço do pai de Sam. — Seu pai viu isso no YouTube. É para salvar o planeta!

— Você pôs as *National Geographic* na pilha errada! — exclama o pai, apontando para as revistas.

— Não pus, não, Tom. Estão ali porque contêm os produtos químicos errados. Vamos morrer dormindo se usarmos isso, por causa do acabamento brilhante. E o limpador de chaminé diz que entope a saída. Só jornal. Tom, tem umidade demais nesse briquete. Vai levar anos para secar.

— Eu *sei*.

— Então faça mais força.

— Faça você, se é tão forte assim.

— Vou fazer chá — interrompe Sam, abrindo caminho até a cozinha.

Por anos, ela encontrou conforto no caos ordenado da cozinha dos pais, com os quadros de cortiça com adesivos do Greenpeace, as fotos de quando eram mais novos. Potes e temperos disputavam espaço nas bancadas, de quando eram usados e depois esquecidos ali. Hoje em dia ela nota o padrão de higiene decadente, maçãs esponjosas e iogurte velho. Cada item é um sinal de alerta, indicando mais responsabilidades para ela. Eles se recusam a contratar uma faxineira: vai contra seus ideais socialistas. Mas não veem problema algum em Sam arranjar tempo para limpar a casa deles duas vezes por semana. Ela calça as luvas de borracha da mãe e começa a empilhar louça suja na pia, ouvindo de longe a discussão dos pais sobre briquetes.

Já fiz pressão nesse aqui um milhão de vezes. Não sei de onde vem tanta água.

— Você não encheu a chaleira até o alto, né? Não é ecológico.

A mãe entra na cozinha, secando as mãos na calça jeans. Ela usa um suéter cor de framboesa e outro cinza por cima. Os dois estão furados no cotovelo, e Sam vê dois pequenos círculos de pele pálida.

— Não, mãe. Medi três xícaras.

— Só conseguimos fazer dois briquetes desde a hora do almoço. Não faço ideia de como vamos nos aquecer no inverno. Cá entre nós, vivo avisando para seu pai que tanto jornal velho no depósito é perigoso, corre risco de incêndio.

É óbvio que a mãe de Sam não percebe a ironia daquilo. Sam lava a louça enquanto a mãe faz o chá e abre a tampa de várias latas, soltando suspiros de decepção quando os bolos ou biscoitos que esperava não aparecem. Do outro cômodo, ouvem grunhidos e palavrões do pai de Sam, que tenta comprimir os tijolos de papel machê.

— E o Phil, como está?

Nunca é *E você, como está?*, pensa Sam, ressentida, mas suprime o pensamento. É bom que os pais dela se preocupem com Phil. Muita gente não se dá com o genro. Ela deveria ficar agradecida.

— Hum… na mesma. Meio cansado.

— Ele já arranjou outro emprego?

— Não, mãe. Eu teria contado.

— Liguei outro dia. Cat avisou?

— Não. Mal a tenho visto.

— Essa menina vive trabalhando. Vai chegar longe. Enfim, queria contar de um programa de televisão que a gente viu. Não lembro qual era. Qual era o nome mesmo…? Vimos na TV. Ah, é, ela disse que você tinha saído para *beber*.

Sam toma um gole demorado e cuidadoso de chá.

— Saí com meus colegas de trabalho para comemorar que fechamos uns bons negócios. Não foi nada de mais.

— Bom, não sei se é uma boa ideia você deixar Phil sozinho se ele está na fossa. Nunca deixo seu pai em casa para ir beber no pub. Não sei se ele gostaria muito disso.

Você nunca trabalhou, Sam tem vontade de dizer. Nunca precisou ganhar dinheiro para sustentar sua família. Nunca precisou lidar com um chefe cujos suspiros pesados indicam que acha que você é um desperdício de espaço. Nunca se deita virada para as costas de um homem adormecido e se pergunta se ficou invisível.

— Bom — diz, com cautela —, não acontece muito.

A mãe dela se senta à mesa e suspira.

— É muito difícil para os homens, sabe, perder o emprego. Ele não deve mais se sentir homem.

— Isso não foi muito igualitário da sua parte, mãe. Achei que você acreditasse em igualdade de gênero.

— É só bom senso. Eles se sentem... como é mesmo a palavra? *Emasculados*. Se você está botando o pão na mesa e ainda indo ao pub de noite, como o coitado do Phil deve se sentir?

— Quer dizer que você nunca sai sem meu pai?

— Só para o clube do livro. E só porque Lina Gupta sempre quer falar de hemorroidas, e esse tipo de assunto deixa ele meio nervoso. Para ser sincera, não sei como ela consegue enfiar o Anusol no meio de uma discussão sobre *Anna Kariênina*.

Sam e a mãe conversam por um tempo... ou Merryn conversa e Sam adota o papel habitual de plateia tranquila para as preocupações da mãe com o planeta, a irritação com os políticos que são egoístas, idiotas ou apenas insuportáveis, e os sofrimentos da vizinhança (quem está morrendo de uma doença terrível ou já morreu). Sam percebeu, alguns anos antes, que a mãe tem pouco interesse nos detalhes da vida da própria Sam para além do impacto na relação com Phil, que ela considera o melhor genro de todos ("Você tem *muita* sorte de estar com ele"). Para piorar, apesar de declararem amor eterno em público, a mãe e o pai usam cada oportunidade disponível para desabafar com ela, separadamente, sobre as características enlouquecedoras, as dificuldades ou as fragilidades do outro. ("Ele *não consegue* mais ler um mapa. Diz que sim, mas aí pega o caminho errado"; "Ela larga os óculos por aí e depois me acusa de roubar! Está tão cega que nem enxerga onde deixou.")

— Então, o que vai fazer em relação ao Phil? — pergunta a mãe, quando Sam está se arrumando para sair.

Ela limpou a cozinha e o banheiro do segundo andar, e ficou um pouco triste diante da quantidade de comprimidos e medicamentos de nome impronunciável de que os pais agora dependem apenas para se manter.

— Como assim?

— Bom... acho que talvez você deva dar uma incentivada no Phil. Fazer que ele se sinta bem.

— Por que *ele* tem que se sentir bem? *Eu* não estou me sentindo bem.

— Não seja boba, Samantha. Ele precisa do seu apoio, mesmo que seja uma situação irritante.

— Estou fazendo o que dá. — Ela não consegue conter a exaustão na voz.

— Bom, às vezes a gente precisa fazer mais. Quando seu pai teve aquele probleminha com aquilo lá...

— Mãe, já falei que não quero saber nada dos problemas do pênis do meu pai.

— Bom, a gente arranjou aqueles comprimidos azuis. E, fora aquela situação desagradável no mercado, quando ele exagerou na dose, funcionaram muito bem. Ele voltou a se sentir a mesma pessoa de antes, e assim nós dois ficamos felizes.

Ela para, reflete e continua:

— Por outro lado, agora temos que usar outro mercado, aquele perto do anel rodoviário. E as vagas lá são muito estreitas para nosso carro.

Merryn leva a mão ao braço da filha.

— Olha — prossegue —, só quero dizer que você pode, sim, estar ficando sobrecarregada agora, mas, se puder dar uma forcinha para Phil, vocês dois vão acabar se sentindo melhor.

Os olhos azuis da mãe são penetrantes. Ela abre um sorriso tranquilizador para Sam.

— Só pense nisso... — encerra, antes de desviar o olhar. — Tom, o que você está *fazendo* com esse maldito negócio? Estou ouvindo daqui a água encharcando o chão da sala. Pelo amor de Deus, preciso fazer *tudo* sozinha nessa casa?

Sam pensa no que a mãe disse durante a curta caminhada para casa. Ela e Phil estão, na linguagem das revistas femininas, *desconectados* há meses. Sem sair juntos, têm pouco a falar além do cachorro (não, ele não levou para passear), da filha (não, ele não sabe aonde ela foi) ou do trabalho dela (não, ele não quer falar disso). Talvez seja uma situação em que ela precisa mesmo se esforçar mais um pouquinho. Talvez, se ela se concentrasse menos no próprio cansaço e na fúria que sente pela falta de apoio que recebe, eles encontrassem uma saída.

Ela para um instante na calçada e pondera. É bem chocante para Sam levar a sério um conselho da mãe. Em seguida, ela pensa no pai e nos comprimidos azuis, e tem que cantar em voz alta até chegar ao correio para afastar aquela imagem.

Phil está no sofá, vendo algum programa em que casais discutem sobre pés-direitos baixos e tamanhos de armários. Sam para ao pendurar o casaco no cabideiro e olha para a cabeça dele, onde o cabelo está começando a ficar mais ralo. Ela o convenceu a ir ao barbeiro duas semanas atrás, porque ele estava começando a adquirir a trágica aparência de Cientista Louco, e agora ao menos o reconhece. Ela de repente se lembra dos dois de pernas entrelaçadas no sofá, de Phil se esticando para beijá-la na cabeça, e pensa: *Talvez eu possa fazer você se sentir melhor.*

Sam faz empadão de frango com purê de batata e verduras, uma das comidas preferidas de Phil, e põe a mesa na cozinha para ele não comer na frente da televisão. Ela abre uma garrafa de vinho e serve uma taça para cada um. Ele não fala muito, mas não reclama da mesa posta e até se esforça um pouco, contando do carro novo do vizinho. Se fecha quando, após duas taças, ela pergunta como ele está se sentindo (ela vê o rosto dele se retrair, como se alguém tivesse puxado uma cortina), então ela segue em frente e continua a falar, preenchendo o silêncio com histórias dos pais e dos briquetes de papel, e ele faz o possível para demonstrar interesse. O tique-taque do relógio da cozinha ressoa alto.

— Gostoso esse vinho — elogia ele.
— É, né? Estava em promoção.
— É. É... gostoso.

Em certo momento, Cat manda mensagem para perguntar se viram a carteira de motorista dela, e há um breve interlúdio em que eles ficam quase animados discutindo a carteira perdida, como é fácil perder os documentos de plástico, como Cat vive perdendo o que não deve. Até que a conversa acaba, o som do relógio domina e Phil volta ao sofá para ver o jornal das dez. Ela se lembra que, dentro do possível para o Phil de hoje, o jantar foi uma espécie de sucesso.

Ela lava a louça, esperando que ele não se deprima de novo com o que está assistindo. Olha a garrafa, onde restam dois dedos de vinho, e, de repente, a pega e vira rapidamente, deixando o ácido escuro aquecer a garganta e secando a boca com o dorso da mão.

Quando acaba na cozinha, sobe, toma um banho e, depois de um instante, se perfuma um pouco. Olha o reflexo no espelho embaçado do banheiro. Não está tão mal para a idade. Tem um pescoço bonito. Belos peitos. Nada muito murcho ainda. Não é dura e esguia que nem aquelas mães gostosas da academia, mas seu corpo não é ruim, dentro do possível. *Pense em como você se sentiu naqueles sapatos*, se ordena, firme. *Pense em como se sentiu naquelas reuniões, como se sentiu na pista de dança: poderosa, magnética, invencível.*

Sam deita na cama e espera o som dos passos dele na escada, pensando em quando tinham acabado de se mudar para aquela casa e ele corria atrás dela por aqueles degraus, agarrando a bunda dela no caminho, de tanta avidez.

Pela porta do quarto, o vê entrar no banheiro, o escuta tomar banho, escovar os dentes, gargarejar um pouco de enxaguante bucal — sons que lhe são tão conhecidos quanto o aquecedor ligado de manhã ou o rangido do portão.

Então ele se deita na cama ao lado dela, e as molas guincham um pouco sob o peso. Já faz algum tempo que eles dormem de costas um para o outro: Phil ronca, então aprendeu a dormir de lado.

Faz onze meses que eles não transam.

Ela fez as contas certa noite, lembrando da última vez que ele foi ao pub. No trabalho, a copa fica cheia de mulheres reclamando que os maridos não largam delas, brincando que preferiam ler um pouco. Sam já está exausta de ler. Sexo era o lubrificante do casamento, a coisa que fazia as menores irritações perderem a importância: as cuecas no chão, o lava-louça sempre cheio, a multa de trânsito. Sexo os aproximava. Sexo era o que fazia eles voltarem a se sentir quem eram, e não uma sombra ressecada do que foram um dia.

Ela fica um minuto deitada, pensando, e por fim se vira, em silêncio, e passa o braço ao redor dele. A pele dele está quente e tem um cheiro remoto e agradável de sabonete. Como ele não se mexe, ela se aproxima mais, até estar inteiramente grudada nele. Beija o pescoço dele, apoia o rosto ali. Ela sentiu saudade dele, do toque. Se pergunta por que não fez isso meses atrás. Ele se mexe um pouquinho, e ela sente um mínimo calafrio de desejo. Estica a perna para a frente, a deslizando entre as dele. Acaricia a barriga dele, sentindo os pelos macios, e depois os mais grossos, conforme vai descendo a mão. *Vai rolar. Vou fazer rolar. Vai ser um novo começo.* Ela o beija de novo, deixando a boca descer devagar pela coluna, o puxa de leve para fazê-lo se virar de frente. *Sou invencível. Sou uma força feminina. Sou sexy.* Ela vai montar nele e…

A voz dele rompe o silêncio da noite.

— Desculpa, amor. Não estou muito a fim hoje.

Parece que ela levou uma ferroada. As palavras dele pairam na escuridão. Sam fica imóvel, e então, devagar, afasta a mão da virilha do marido. Volta por baixo do edredom e se vira, deitando de barriga para cima. Queria ter vestido a camisola. Eles ficam um minuto em silêncio.

Por fim, ele volta a falar:

— Mas o empadão estava muito gostoso.

Se Phil age como se ela não existisse, o outro homem em sua vida, Simon, nas palavras dos colegas mais jovens, não larga do pé dela.

Dá para perceber que alguns colegas começaram a evitá-la no escritório, como se corressem o risco de serem infectados pelas más energias dela. Ninguém quer reconhecer o que está acontecendo, já que, sabe, trabalho é trabalho, e arranjar qualquer emprego no momento é difícil.

Exceto Joel.

Ela começou a almoçar no carro, já que se sente exposta na copa dos funcionários e não pode mais comer no cubículo, onde Simon inevitavelmente aparece bem quando ela está de boca cheia. Por isso, ela senta no carro, escuta uma música clássica tranquilizadora e come um sanduíche sozinha, tentando não pensar em nada.

— O que você está fazendo aqui?

Ela dá um pulo quando a porta é aberta e Joel entra, trazendo com ele o ar fresco do dia e um cheiro quente e cítrico. Ele fecha a porta, e ela vê que trouxe os sanduíches de queijo do posto de gasolina. Joel está de casaco acolchoado e prendeu os dreads finos e arrumados em um rabo de cavalo baixo.

— Pelo menos liga o motor e esquenta esse carro um pouco, Sam. Nossa, que gelo!

— Eu…

— Eu não conseguia descobrir onde você estava almoçando nesses últimos dias. Simon mandou aquele idiota do Franklin com a gente para fazer o *pitch* para Cameron. Sabe-se lá como ele conseguiu fechar o contrato. Aí fui ver se você queria tomar um café, mas disseram que você não estava por lá. Reparei que as janelas do seu carro estavam embaçadas, então...

Franklin. O jovem e arrogante Franklin, de terno reluzente e um sorriso que não o abandona. Então é isso. Ela suspira devagar.

— Eu... prefiro ficar aqui por enquanto.

O sorriso dele murcha. Joel a observa.

— Quer conversar?

— Não muito.

Se ela falar qualquer coisa agora, vai chorar. Não vai ser nem um choro normal — ela se sente permanentemente à beira de soluços imensos e apavorantes, que vão engoli-la e deixá-la vermelha, encatarrada e ofegante. E a pior parte seria Joel testemunhar isso.

— Ah, meu bem... — diz ele, balançando a cabeça de desgosto. — Ted falou que Simon deu uma dura em você na reunião de orçamento de ontem.

Ela está bem consciente da proximidade de Joel naquele carro. Da pele macia do dorso da mão dele, tão perto da coxa dela, e do cheiro masculino. Os cílios dele, úmidos, se curvam até formarem pontinhas estreladas. Ela nunca viu um adulto com cílios desses. Sente que poderia tocar cada um e sentir a ponta afiada nos dedos. Eles se conhecem há oito anos, e ela não sabe se já tinha notado os cílios dele.

Pensa, de repente, na rejeição de Phil na noite anterior, e em como viu o próprio reflexo insone no espelho de manhã: velha, caída, indesejada. É difícil demais lidar com a simpatia de Joel. Porque, é óbvio, ele não gosta dela. Foi só excesso de confiança por causa daqueles sapatos ridículos. É provável que a veja como uma espécie de tia geriátrica. *Vamos cuidar da coitadinha da Sam.*

De repente, ela é tomada pela certeza de que ele precisa ir embora naquele exato instante.

— Na verdade, estou bem. Sozinha.

Ela não consegue olhar para ele ao falar, não quer ver a expressão de pena, a cabeça inclinada. Continua a fitar os joelhos, com um sorriso peculiar.

— Sério — continua ela. — Vou só ouvir música e dar uma descansada.

Depois de um momento, ele diz:

— Posso ficar só comendo meus sanduíches e fazer companhia para você?

— Não — responde, olhando para o lado. — São de queijo. Não gosto de queijo.

Eles ficam um instante naquele silêncio pesado. *Não gosto de queijo?*, pensa. *Desde quando?*

— Ok — aceita ele, pouco depois. — Vim só... conversar. Só... queria saber se você estava bem.

— Estou bem. Tudo ótimo. Não precisa perguntar. Sou uma mulher adulta!

Ela então levanta o rosto, com um sorriso torto e horrendo, e vê algo na expressão dele que faz a barriga dela se contorcer em um nó.

— Sério — insiste ela. — É muita gentileza da sua parte. Mas é melhor você ir. Pode ir.

A voz dela sai mais dura do que pretendia.

Ele espera mais alguns segundos e, sem dizer nada, pega os sanduíches e sai do carro.

16

Jasmine está de folga. Nisha confere a escala de serviço e vê que a colega tem várias folgas acumuladas, talvez por ter trabalhado muitos finais de semana. Por mais que sinta falta da conversa alegre, fica feliz pela ausência da outra. A raiva (e a culpa pelo que quase lhe custou) a permeou tão completamente que ela acha que vai entrar em combustão.

Ela conclui seus turnos em fúria silenciosa, encarando os banheiros imundos e olhando feio para todo mundo que pede mais papel higiênico ou condicionador. Sabe que talvez os hóspedes reclamem de sua atitude, então finge não falar inglês bem, adota um meio sorriso um pouco ameaçador e incute na postura a sugestão vaga de que poderia voltar para assassinar os hóspedes mais irritantes de madrugada.

Nisha procurou seis dos melhores advogados de divórcio em Nova York, e só três aceitaram falar com ela, mas dois já tinham sido contratados por Carl. Ela liga para o banco, e Jeff, seu gerente, promete que vai retornar, mas não o faz. Quatro vezes. *Carl*. Ela tenta pedir um cartão de crédito para sobreviver, mas o pedido é negado porque ela não tem residência permanente no Reino Unido, e a empresa dos EUA só mandaria para seu endereço em Nova York. Que evidentemente não vai enviar sua correspondência para ela. *Carl*.

Ela liga para Ray todos os dias e conversa com ele sobre trivialidades: o que ele almoçou, a convicção de que um de seus colegas de quarto é secretamente mórmon, o desespero por não conseguir parar de roer as unhas, e ela sabe que não tem vocabulário para explicar para ele o que aconteceu com a família. O menino dela. O menino lindo e frágil dela, que faz seu coração doer e sangrar a oito mil quilômetros de distância. Ela vai precisar contar logo para ele, mas tem medo de lhe causar essa mágoa sem estar presente para reconfortá-lo. É cedo demais depois do ocorrido.

Talvez esse seja o principal motivo pelo qual ela odeia Carl.

Sempre que se esconde na cozinha no intervalo da tarde, Aleks está lá, às vezes se preparando para o jantar, às vezes sentado no canto lendo um livro surrado, em geral sobre comida. Ele não fala com ela, mas, quando a vê, abaixa o livro, vai até o fogão e prepara omeletes de cogumelos com ervas finas, sanduíches de pão torrado com frango e maionese de trufas. Serve o prato e a deixa comer, de modo discreto, como se entendesse que ela é uma mulher no meio de um fogaréu e só quisesse entregar a ela uma pequena mangueira. Ele anda sempre com o cabelo desgrenhado, como se tivesse acabado de acordar, tem olhos cansados e parece não carregar um grama de gordura no corpo. Não é que ela tenha notado isso em especial, mas sempre reparou automaticamente na forma física das pessoas, ou nas proporções de gordura corporal, e ele está... em forma. Cansado, como todo chef (a carga horária exaustiva de trabalho e o ambiente infernal da cozinha os fazem envelhecer duas vezes mais rápido que as outras pessoas), mas em forma.

— Você sabe que não vou transar com você, né? — diz ela, quando ele oferece um sanduíche de filé lindamente no ponto.

Ele a olha com firmeza e abre um sorrisinho, como se ela tivesse dito alguma coisa engraçada.

— Ok — responde, como se a ideia nem lhe tivesse ocorrido, e ela fica ao mesmo tempo envergonhada e furiosa com a reação.

Ela passa a noite em claro no quarto horrível do hotel, esses pensamentos girando em sua mente como uma nuvem escura e tóxica, e, de manhã, está tão exausta que é apenas a pura fúria que a impele a voltar ao Bentley. Duas vezes, no auge da madrugada, entre duas e quatro da manhã, quando restavam apenas ela, as sirenes e o ruído de um casal brigando no quarto ao lado, ela pegou o celular e digitou um dos poucos números que sabe de cor: Juliana. E então parou, olhou as palavras, deletou a mensagem e deixou o aparelho de lado.

Ela soma o salário e o dinheiro de Ray e sabe que seus dias no hotel estão contados. Até que a hora chega: o Tower Primavera diz que ela não pode ficar mais nem uma noite ali. Está a caminho do café da manhã, às seis e meia, quando a recepcionista passa por ela no corredor.

— Ah, sra. Cantor. Estaremos lotados por causa de uma conferência nas próximas duas semanas. Perdão, mas a senhora precisará fazer check-out amanhã.

— Mas para onde eu devo ir? — retruca ela, e a recepcionista a olha atordoada, como se nunca tivesse ouvido tal pergunta.

A caminho do trabalho, Nisha se questiona se vai precisar acabar na rua, que nem os homens de rosto abatido sentados em caixas de papelão pelos quais passa todo dia. E ninguém ligou para ela. Nenhuma das mulheres que a acompanharam em eventos sociais nos últimos dezoito anos. Nenhuma das supostas amigas. Carl, ou Charlotte, terá contado tudo a elas, e ela agora será intocável. Sente a humilhação das conversas do outro lado do Atlântico.

— *Em geral, eu diria que é uma pena, mas ela era uma pessoa tão horrivelmente fria que nem consigo me importar.*

— *Ah, Melissa! Você é uma figura!*

Ela caminha ao longo do rio, tentando bolar um plano, e odeia essa cidade. Odeia os carros parados, os passageiros embaçados atrás dos para-brisas. Odeia os olhares vazios dos outros pedestres quando ela xinga bicicletas errantes, odeia os carros 4x4 das mães de poucas palavras que ignoram os filhos, odeia os pedreiros que a assediam e os grupos maliciosos de homens mais jovens que se aglomeram nos bares e avaliam quem passa. Ela odeia não estar mais protegida de nada disso, um átomo minúsculo e invisível em queda livre num universo de caos e fadiga. Caminha com a gola levantada para se proteger da umidade e embrulhada em um cachecol de lã decente que ainda não levou ao achados e perdidos do hotel, e, caso soubesse como ficar introspectiva, Nisha Cantor teria observado que nunca antes esteve tão infeliz.

— Precisamos conversar.

Jasmine aparece quando ela está acabando o turno. Está com a roupa que sempre usa fora do trabalho, casaco acolchoado e acetinado rubi, calça de moletom e bolsa de corrente de metal, as unhas recém-feitas com um esmalte azul iridescente e cintilante.

— Juro que não consigo pensar em quase nada além do que aconteceu aqui terça-feira — continua Jasmine.

Nisha tira com um puxão a jaqueta do armário e bate a porta.

— Quando você me forçou a devolver as *minhas coisas*, é isso?

Jasmine faz uma careta.

— Não fale assim. Não sou sua inimiga.

Nisha a olha, interrogativa, mas Jasmine já começou a avançar pelo corredor.

— Corre e se veste — diz. — Você vai lá pra casa.

* * *

Elas pegam o primeiro de dois ônibus e, enquanto ele grunhe e sacoleja pelo trânsito, Jasmine pergunta da vida dela e do que aconteceu.

Você morava mesmo na cobertura até recentemente? A cobertura, sério?

Espera aí, apesar de você ter uma casa aqui? Você tinha uma casa? Mais de uma casa? Cacete, quantas casas você tinha?

Vocês se mudavam pelo mundo mês a mês, jura? Bom, mas onde morava de verdade? Em todas essas casas?

Como aquelas roupas eram todas suas? Ele dava dinheiro para você gastar toda semana? Quanto? QUANTO? Você nunca trabalhou? Isso não é trabalho... Afeee.

Literalmente nenhuma das suas amigas entrou em contato? Nem para ajudar? Que mulheres são essas? (Essa doeu.)

O que seu filho acha disso? (Essa doeu mais ainda.)

Bem, e quando você vai contar para ele? Gata, você não pode guardar segredo. Quem você está protegendo? O salafrário traidor do seu marido?

E quem é essa vaca que está dando para ele, afinal? Conhece ela? Ah. É óbvio. É ÓBVIO. E o que você vai fazer?

Jasmine pergunta tudo abertamente, sem vergonha. Não esconde suas opiniões. Nisha fica tão chocada com essa forma de se comunicar (tão diferente das conversas cheias de códigos a que se acostumara entre as esposas dos amigos de Carl, os sorrisos vazios e os olhares de soslaio) que a raiva que carregava começa a se dissipar e ela acaba respondendo com sinceridade, sem considerar os detalhes que escapolem e poderiam ser colhidos em cada frase e usados contra ela depois, como seria seu hábito ao falar com outra mulher.

Elas caminham dez minutos depois de saltar do ônibus, ainda conversando, e nenhuma da duas parece perceber a chuva que começou a cair. O conjunto habitacional que estão cruzando é imenso e vasto, atravessado por passarelas vazias e pontuado pelo brilho alaranjado de postes de luz, e Nisha se mantém bem perto de Jasmine, com medo de se perder e nunca encontrar a saída.

— Que surreal — comenta Jasmine, tirando a chave da bolsa. — Assim, eu já ouvi muita merda, mas isso aí é de outro nível.

É só quando ela abre a porta do apartamento que Nisha percebe que a mulher acabou de atravessar Londres em um trajeto que inclui dois ônibus apenas para encontrá-la.

* * *

O apartamento é o menor em que Nisha se lembra de já ter entrado, e cada parede e superfície é coberta por pilhas de caixas de plástico bem organizadas e cheias de roupas, ou araras e varais cheios de roupa para secar. Há roupas para todos os lados, penduradas nas portas ou dobradas em pilhas em cadeiras ou cômodas.

— Grace? — chama Jasmine, indicando para Nisha entrar na pequena cozinha e saindo do cômodo imediatamente. — Fez seu dever?

Uma voz emerge de outro cômodo, em meio ao som da televisão:

— Fiz.

— Fez ou fez direito, se esforçando?

— Quem está aí com você?

— Nisha.

Nisha se empoleira em um dos banquinhos ao lado da mesa dobrável e tira a jaqueta. O apartamento é abafado, e o ar carrega o cheiro de comida caseira e de um perfume doce e almiscarado. Algum prato de carne cozinha devagar no fogão, embaçando a janela. Ela percebe como se acostumou ao cheiro neutro de limpeza química do quarto do hotel. É então que lembra que não pode mais ficar lá. Tem um plano que envolve a cama perto da lavanderia no Bentley, mas não sabe por quanto tempo vai conseguir passar despercebida ali.

— Ei, Grace, foi essa a educação que eu te dei? Vem mostrar sua cara!

Uma menina de treze ou quatorze anos aparece na porta e olha para Nisha, que acena, hesitante.

— Ah! Você até que é bonita.

Nisha ouve a gargalhada de Jasmine antes de ela voltar.

— Ela está treinando para ser diplomata — brinca Jasmine.

— Foi um elogio! Aquela grega que você trouxe parecia que tinha sido atropelada.

— E eu lá criei você para ser grossa assim com minhas convidadas?

— Desculpa — diz Grace, mas dá para ver que não está nada arrependida. — Você trabalha com a minha mãe?

— Trabalho.

— É você que não sabia limpar o banheiro?

Nisha pensa um minuto.

— Provavelmente.

— Botou o arroz no fogo, como eu pedi? — pergunta Jasmine, destampando uma das panelas.

— Guardei no forno, tampado.
— Graças a Deus. Estou faminta. Grace, tire suas coisas da mesa, por favor.

Jasmine se movimenta ao redor dela, tirando pratos de armários e seguindo para a sala, onde bota a mesinha ao lado da televisão. Grace pega talheres, olhando de forma tímida para Nisha, que permanece sentada no meio do alvoroço, sem saber o que fazer.

— Você é americana, né? — pergunta Grace, passando por ela. — Já foi à Disney?
— Levei meu filho quando ele tinha a sua idade, mas ele não gostou muito.
— Por quê?
— Ele não é muito de brinquedos daquele tipo. Prefere filmes e videogames.
— Meninos sempre preferem videogames. Minha mãe não me deixa jogar.
— Ela é esperta. O psiquiatra dele diz que são basicamente como crack.
— O que é um psiquiatra?
— É como se fosse um... psicólogo. Um médico que cuida da cabeça.
— Seu filho é doido?

Nisha hesita.
— Hum. Talvez um pouco. Não somos todos? — pergunta, e sorri.
— Não — diz Grace, e pega um pano de prato.

Tem um sofazinho na sala, além de uma poltrona na qual está equilibrada uma pilha alta de roupa de cama, dobrada com a maior precisão. Há uma tábua de passar apoiada do lado. Quando Grace traz copos e uma jarra de água, Jasmine guarda a roupa de cama em embalagens plásticas transparentes que Nisha reconhece do hotel e as fecha com um pedacinho de fita adesiva. Jasmine vê que a outra repara no monograma do Bentley.

— Eles jogam fora depois do primeiro uso, então considero isso reciclagem.
— E achei que eu tivesse muita roupa — diz Nisha.
— Ah, isso aí não é meu — explicou Jasmine, fazendo sinal para ela se sentar à mesa. — É para passar e consertar.
— O quê?
— É isso que eu faço quando não estou no hotel. Passo e conserto roupa.

Nisha olha para ela. Quando Nisha acaba o turno no Bentley, está tão exausta que mal consegue ir a pé para casa e tomar banho. A ideia de continuar a trabalhar é impensável.

Jasmine traz o ensopado de cordeiro para a mesa e serve os pratos. A comida, de cheiro forte e delicioso, solta um leve vapor nos pratos, junto do arroz branco soltinho e das verduras. É a primeira refeição caseira que Nisha come em duas semanas. Nos velhos tempos, ela teria comido só um pouquinho, calculando a proporção de proteína e fibra, e recusado o arroz. Hoje, porém, mistura tudo com o garfo, ávida, empapando o arroz no caldo delicioso e se fartando em garfadas grandes e famintas. Ela come rápido e mal fala. Acabou o prato antes de as outras duas chegarem na metade do delas.

— Aleks não foi hoje, né? — pergunta Jasmine, até Nisha olhar para ela e hesitar. — Vai, pode pegar mais.

Ela não tinha percebido que criara certa dependência das refeições diárias dele, nem que Jasmine tinha notado. Nisha espera apenas um momento antes de se servir de mais comida. Jasmine conversa com a filha sobre dever de casa e o que mais a menina precisa fazer para a escola, e então, quando tem certeza de que Nisha já comeu o suficiente (comeu, sim, chega a sentir dor na barriga), espera Grace recolher os pratos e levá-los à cozinha. Por fim, se vira para Nisha.

— Então, onde você está morando?

— Em um hotel. Mas...

Ela não quer admitir.

— Mas o quê?

Nisha suspira e se espreguiça.

— Querem que eu devolva o quarto. De qualquer forma, nem posso mais pagar. Eu ia perguntar... daquele quartinho dos fundos do Bentley. Onde você foi deitar quando estava com dor de estômago.

— Ah, não... — diz Jasmine, balançando a cabeça. — Esquece. É para os funcionários do turno da noite. Sempre tem gente indo e vindo, e o limite de permanência é de duas horas.

— Bom... será que posso ficar em um dos quartos do hotel? Sabe, escondida? Tipo, se a gente conferir que vai estar vazio, e... eu dormiria por cima da coberta, claro. Arrumaria tudo em cinco minutos.

A expressão de Jasmine indica o que acha da ideia.

— Sério — retoma ela —, o que você vai fazer?

— Não faço a menor ideia.

Jasmine se levanta.

— Bom, acho que você vai ter que ficar aqui. — Ela fala como se já estivesse decidida.

— Como assim?

— É, para onde mais você vai?

— Mas você não parece... ter muito espaço.

— Não tenho mesmo. Mas você não tem é nenhum. Então aqui estamos nós. Não estou oferecendo serviço de quarto e massagem cinco estrelas, Nisha. Só uma cama. Até você se resolver. Pode me ajudar a cuidar da Grace quando estiver de folga. Preparar algumas refeições. Pode me pagar assim. Hah! A não ser que me diga que tinha um cozinheiro particular e não sabe cozinhar.

Faz-se um breve silêncio. Elas se entreolham.

— Ah, não. Ah, não!

Nisha assente devagar.

Jasmine arqueia as sobrancelhas. De repente, o clima muda, e Jasmine cai na gargalhada. Nisha se sente muito esquisita. Não sabe o que dizer. Não sabe o que sentir. Está em um apartamento minúsculo com uma mulher que mal conhece e profundamente agradecida por uma cama na qual não deitaria nem morta semanas atrás. E a mulher está rindo dela.

— Ai, Nossa Senhora. Você é surreal, Nisha. — Jasmine ri, secando os olhos. — Sério. *Surreal*.

— Vou dar um jeito nisso — declara Nisha, séria. — Juro. Vou traçar um plano e obrigar aquele homem a me pagar. Por tudo.

— Ah, não duvido nada.

Jasmine se recosta na cadeira. Ainda está rindo, como se tivesse ouvido a melhor piada do mundo.

— E vou estar aqui pronta com a pipoca quando isso acontecer — comenta. — Na primeira fila. Com um saco tamanho-família. Aaah, vou.

A cama fica uns oitenta centímetros acima da de Grace. Nisha vai dormir na parte de cima de um beliche azul lascado, coberto de adesivos de alguma ocupante anterior, debaixo de uma manta de *Meu Querido Pônei*. Nisha olha o quartinho, dominado pela cama, mas que contém também um armário e uma escrivaninha pequena que disputam espaço sob a parede coberta de cartazes de cantores que ela não reconhece. Grace se vira para ela da escrivaninha.

— Precisa tirar suas coisas do beliche, amor — diz Jasmine, apontando.

Grace se vira para a mãe, com uma expressão de protesto.

— Não vou ficar tanto tempo aqui — declara Nisha, tentando soar conciliatória.

Ela imagina a reação de Ray se ela dissesse que um desconhecido dormiria no quarto dele. Seria bem parecida com a de Grace.

— Prometo que não ronco — acrescenta.

Grace solta um ruído baixo, bufando.

Jasmine entrega uma toalha para Nisha.

— Ela não gosta de ficar aqui sozinha. Então vai dar tudo certo. Deixe Grace para lá.

O que Nisha se pergunta, por um instante, é se *ela própria* conseguirá tolerar aquilo. Ela e Carl tinham closets e banheiros separados. Ela não passava tanto tempo tão próxima de outra pessoa desde a época da escola.

— Ah! — exclama Jasmine. — E tenho uma coisa aqui para você.

Ela desaparece e Nisha fica parada, segurando a toalha de praia amarela e pequena que será dela. Jasmine volta com um saco plástico de supermercado e o oferece.

— Camiseta? — pergunta Nisha.

Elas já combinaram que ela dormirá lá hoje e voltará de manhã ao hotel para buscar suas coisas.

— Abra — indica Jasmine.

Nisha hesita e olha dentro do saco. De lá, tira devagar três das suas calcinhas pretas de seda La Perla e seu sutiã de renda azul-escura Carine Gilson. Ela as observa, os dedos registrando que reconhece as roupas, que são dela. Suas roupas de baixo. Ela passa a mão pela seda e se vira para Jasmine.

— Bom — diz a outra. — Nenhuma mulher se sente bem com a calcinha de outra pessoa, né?

E, de repente, pela primeira vez desde o início de toda essa bobagem, Nisha cai no choro.

17

— Ela está esquisita.

— Como assim, esquisita?

— Nunca está em casa. E, quando está, parece me evitar o tempo todo. Vive passeando com o cachorro, arrumando a roupa lavada.

— Tem certeza de que não são só coisas que ela sente que precisa fazer... se você não faz?

— É, talvez. Pode ser. Mas, em geral, quando está em casa, ela parece mais... — diz Phil, coçando a cabeça. — Presente? E tem a maquiagem.

O dr. Kovitz espera.

— Sam não usa maquiagem — continua Phil. — Quer dizer, às vezes um pouco de rímel, sim. Mas normalmente não dá bola. Não gosta dessas coisas. E nunca me incomodei, sabe? Acho que ela fica bonita de qualquer jeito. Ela não é nada mau.

— E agora ela tem usado?

Phil pensa.

— Quase todo dia. Estou no quarto enquanto ela se arruma de manhã, e ela passa base, sombra, aquele negócio de blush.

— Mas você não... diz nada para ela?

— Não — responde Phil, se ajeitando, desconfortável. — Bom... é... eu concluí que... em geral é mais simples ela achar que estou dormindo.

— Então ela não sabe que você sabe que ela está passando maquiagem.

— Não. — Dito assim, parece besteira.

— Phil, você tem preocupações específicas? Quer dizer, entende por que isso o incomoda tanto?

— É que não é muito... Sam.

Faz-se um longo silêncio.

— Posso perguntar sobre o lado físico do seu casamento?

— Está bem.

— "Bem."

— Quer dizer, sempre foi bom. Mas é óbvio que desde que eu... bem, é... é normal que as coisas...

Um longo silêncio.

— Quer dizer que ficou menos frequente?

Phil sente as orelhas começarem a arder. Confirma e esfrega o nariz.

— Lembra quando foi a última vez que você... teve relações com a sua esposa?

Phil quer morrer. Ele quer mesmo morrer. Está arrependido de ter voltado ali.

— Faz um tempo. Tipo... meses. É provável que... bom, talvez quase um ano.

— E vocês dois estão bem com essa situação?

Ele não pode contar. A vergonha que sentiu quando Sam se aninhou junto a ele na outra noite, o desejo óbvio dela por ele. E ele só... não conseguiu. Não conseguiu dizer que não era que ele não queria tentar, mas que tinha medo de não conseguir, e aí seria isso, o fim de tudo. Era mais fácil nem tentar. Só até ele superar esse... o que quer que isso fosse. Ele não conseguiu dizer nada disso. Não em voz alta.

Nos velhos tempos, ela o teria feito conversar, talvez até rir. Mas, naquela noite, ela só virou de costas e soltou um suspiro pesado, como se ele fosse decepcionante e irritante, e ele quis se encolher em posição fetal e desaparecer.

— Quer dizer, sei que ela deve se sentir meio decepcionada comigo no momento. Mas... mas não dá... eu me sinto...

— É pedir demais de você.

— Isso — concorda Phil, aliviado. — É demais. É... não aguento...

Há outro longo silêncio. O dr. Kovitz adora silêncios longos. Por fim, ele diz:

— O que você acha que aconteceria se você dissesse a Sam como está se sentindo em relação a isso, Phil?

Phil não sabe se está se movendo fisicamente, mas se sente encolher por dentro ao pensar naquilo.

— Não posso falar com ela. Ela anda muito furiosa. Quer dizer, ela não é de gritar. Não anda pela casa berrando comigo. Mas dá para sentir. Eu a decepcionei. Ela acha que eu largo tudo para ela resolver. E acho que está meio certa. Mas não dá. Eu só me sinto... muito... cansado. Só quero deitar e deixar tudo sumir. E, se contar o que estou sentindo, ela vai achar que é só mais uma coisa que ela precisa resolver. Mais um peso.

— Então... sua estratégia é esperar até passar?

— Acho que sim.

O dr. Kovitz aguarda de novo.

— Não tenho energia para mais nada.

— O que você sentiu quando seu pai morreu, Phil?

As palavras soam estranhas em voz alta, mesmo agora.

— Como assim?

— Antes, você falou que, quando ele estava morrendo, você sentiu que o tinha decepcionado.

— Não quero falar disso. — As palavras saem embargadas.

— Ok. Mas acho que algo que está surgindo das nossas conversas é que você sente que está decepcionando as pessoas. É uma coisa ok de se concluir?

— Eu não sinto. Eu sei.

— Sam usou essas palavras?

— Não. Ela não diria isso.

— Então é sua interpretação.

— Ela é minha esposa. Eu conheço ela.

— Entendi — diz o doutor, e faz-se mais um silêncio demorado. — O que você acha que teria que fazer para ela não se sentir assim?

— Bem, é óbvio, né? Arranjar um emprego. Voltar a ser homem.

— Você não se vê como um homem?

— Um homem de verdade.

— O que é um homem de verdade, Phil?

— Ah, agora você está sendo ridículo.

Nada que Phil diz ofende o dr. Kovitz. O médico continua observando, de expressão distante, um meio sorriso.

— Pode elaborar? Para você, o que é um homem de verdade?

— A definição óbvia. Alguém que tem um emprego. Cuida da família. Faz coisas.

— E você não acha que é um homem de verdade se não estiver fazendo essas coisas?

— Ah, isso é só um jeito de falar — diz Phil, e se levanta. — Tenho que ir.

O dr. Kovitz não protesta. Não diz nada. Espera Phil vestir a jaqueta e então, quando ele já está a caminho da porta, se despede:

— Até semana que vem, Phil.

Nisha passou três noites na casa de Jasmine. Em dois dos dias, foi com Jasmine ao trabalho, se acostumando com o trajeto de ônibus. Elas fazem a viagem da manhã em silêncio, as duas mortas de sono por terem acordado às cinco e meia, se preparando para o dia com uma garrafa térmica de café. À noite, se sentam juntas no ônibus lotado e conversam, tranquilas, sobre quem recebeu as melhores gorjetas, a última bizarrice dos hóspedes, o que vão jantar. Em geral, Nisha não é de papo furado, mas sabe que é o preço da hospitalidade de Jasmine e faz o possível para não demonstrar a exaustão por trás daquele esforço.

Buscam Grace na casa da mãe de Jasmine e a levam para casa. A menina não gosta de ficar sozinha no apartamento desde que, dezoito meses atrás, o lugar foi roubado ("Levaram minha pulseira de batizado e o notebook da Grace. Passei seis meses pagando aquele negócio"). Assim, sempre que o pai de Grace não pode buscá-la, a noite inclui um longo desvio para que a mãe faça isso. Jasmine trabalha depois do jantar, enchendo o apartamento do sopro e do assobio do ferro a vapor e, às vezes, do zumbido da máquina de costura elétrica. Nisha lava a louça e arruma a casa depois da refeição, para a outra ter menos uma coisa para fazer.

Uma anfitriã bem relutante, Grace fala com Nisha quando necessário, mas é óbvio que aquela presença em seu quarto a irrita horrores. Grace evita o olhar dela, suspira de forma audível quando Nisha desce do beliche e põe os fones de ouvido com um gesto exagerado quando Nisha está no quartinho. A mulher não a culpa. Logo fica exausta de morar naquele apartamento minúsculo com Jasmine e Grace. Não tem espaço para ela se mexer. Não tem lugar para as coisas dela, se ela tivesse alguma coisa. Não há para onde escapar. Não consegue sequer usar o banheiro sem que uma delas bata na porta e exija acesso imediato a produtos de cabelo, escovas de dente ou o vaso. Há ruído constante: a televisão, a música de Grace, o rádio na cozinha, a máquina de lavar (que parece nunca parar), a campainha dia e noite conforme as pessoas aparecem para buscar ou deixar roupa. Esse modo de vida... o movimento incessante, a falta de paz... nitidamente é normal para elas.

Ainda assim, Nisha sabe que deve agradecer. Ainda assim, de algum modo, é muito melhor que o quarto horrível do hotel. Para ser sincera, é melhor que qualquer outra opção enquanto ela espera para traçar seu plano. E fica impressionada com Jasmine, que parece capaz de abrir um sorriso em quase qualquer ocasião, reclama dos infortúnios com uma boca suja digna de um marinheiro, mas decide que as coisas podiam ser piores, então encontra motivo para rir. Jasmine gostaria de abrir o próprio negócio de costura, mas gosta do trabalho no Bentley e tem medo de ficar muito solitária se trabalhar sozinha.

— Para falar a verdade, eu só queria mais espaço. Talvez uma lojinha para botar essa tralha toda — comenta, apontando para o apartamento —, para eu e Gracie termos mais espaço.

Ela gostaria, sim, de um namorado, mas não tem o menor tempo, é "exigente pra cacete", "e eu e Gracie somos uma coisa só, sabe? Quem gostar de mim precisa ser aprovado pela Gracie". (Grace tinha levantado as sobrancelhas como se *isso* fosse improvável.) Uma ou outra vez, Jasmine fez piada de alguma coisa (em geral sobre homens ou sexo), e Nisha, sem nem notar, se pegou rindo com ela, uma vez até lágrimas escorrerem pelo rosto. Pela primeira vez na vida, vislumbra a solidariedade entre mulheres, e gosta.

Até ela ver que Charlotte Willis está usando o casaco dela. O casaco Chloé de pele de ovelha caramelo e creme, que custou 6.700 dólares e só existe no seu tamanho. Nisha vê o casaco vindo em sua direção no corredor enquanto empurra o carrinho e sente a pontada de reconhecimento antes de notar quem o veste. Quando enxerga Charlotte — aquele sorriso arrogante e com um ar conspiratório no rosto — se virando para falar alguma coisa para a jovem a seu lado, Nisha sente que vai desmaiar de fúria. Ela para de forma abrupta, fazendo Jasmine esbarrar nela, e, quando Jasmine repara no que está diante delas, puxa Nisha pelo cotovelo e a arrasta até a lojinha do saguão, o carrinho largado no caminho.

— É ela? — pergunta.

— Meu casaco — diz Nisha, que talvez esteja hiperventilando. — Ela está usando meu casaco. Puta que me pariu. O que eu vi? O que eu *vi*?

Elas param diante do elevador de serviço e Nisha olha para trás, se volta para Jasmine, se endireita e dá de ombros, como se não tivesse jeito.

— Bom, agora tenho que matar ela — conclui Nisha.

Jasmine solta uma gargalhada, antes de fechar a cara e a encarar com uma expressão que talvez use com a filha.

— Não, Nish. Você não vai matar ninguém.

— É o *meu casaco*.

Nisha não aguenta mais. Algumas coisas são insuportáveis. É *Chloé*, pelo amor de Deus.

— Deixa ela pra lá — diz Jasmine, firme. — Deixa. Ela. Pra. Lá — insiste, quando Nisha protesta. — Nish. Me escuta. Aposta no longo prazo.

— O quê? O que isso quer dizer?

Nisha levanta a voz, e Jasmine a empurra para a porta, com o rosto paralisado em um sorriso para os hóspedes, como se fosse apenas uma ótima piada entre duas funcionárias alegres.

— Longo prazo? — continua Nisha. — Não tenho nenhuma aposta a longo prazo.

— Gata, é *tudo* que você tem no momento.

Nisha vê Charlotte entrar no elevador dourado com a amiga. Ela se lembra de quando comprara o casaco na loja em Nova York, da sensação da primeira vez que o vestiu no provador particular, o lindo corte, o cheiro reconfortante e leve do couro. O sorriso das vendedoras quando ela viu o reflexo no espelho. A maciez. A linda e luxuosa maciez.

— Eu odeio você! — exclama para Jasmine, quando Charlotte desaparece atrás das portas douradas.

— Eu sei. Vem. Vamos arranjar um sanduíche para você.

— Porra, estou me sentindo que nem a Cinderela, só que a irmã feia ficou com o caralho do meu vestido, minhas abóboras, os ratos cegos e a porra toda.

Nisha morde o sanduíche que Aleks preparou e afasta o prato.

— Acho que os ratos não eram cegos. Mas tudo bem — replica Jasmine, bebendo chá. — Eu entendo, gata. Entendo. Ah. Espera aí — diz, olhando o celular. — Sandra quer falar comigo. Deve ser por causa daquela mancha no carpete do dois zero três. Fique aqui. Já volto.

Nisha está tão envolvida em seu discurso injustiçado que leva alguns minutos para perceber que Jasmine desapareceu. Ela olha o sanduíche (é de camarão com manga, uma delícia), mas está sentindo um aperto no estômago e acha que não consegue mais comer.

Aleks se levanta devagar. Abaixa o livro (alguma coisa sobre o processo de cozimento lento usado pelos nórdicos das montanhas) e tira do bolso um maço de cigarros. Sacode-o e oferece um para ela, antes de botar um cigarro na boca com um gesto tranquilo.

— Não fumo — diz ela, irritada.

— Eu sei — responde ele.

Ele sai pela porta dos fundos, que leva às lixeiras, e, um instante depois, ela o acompanha. Não é que queira estar com ele, mas acha que não suporta ficar sozinha, sem alguém de testemunha para o que está vivendo. Ele acendeu o cigarro e está de pé perto da mureta. Um cheiro vago de repolho escapa das lixeiras imensas de comida, mas, assim como os outros funcionários, ela mal repara.

— Meu marido… Ele me expulsou de casa. Me tirou tudo. E não consigo minha vida de volta de jeito nenhum.

— Isso não é bom… — diz, pensativo, e solta uma baforada. — Acho que a expressão para isso é: *ele deixou você a ver barcos.*

Ela solta uma gargalhada.

— A ver barcos? Não seriam navios?

Ele ri.

— Não faço ideia. Essas expressões são esquisitíssimas. Semana passada um hóspede disse que eu estava "pegando na pá dele". Juro que nem pá ele tinha.

O sorriso dele é um pouco astuto demais para que esteja falando completamente sério.

Ele oferece um cigarro de novo e, dessa vez, ela aceita. Quando ele acende o dela, toma cuidado para que as próprias mãos, cheias de cicatrizes e formando uma concha ao redor da chama, não encostem nas dela. Nisha traga com o prazer niilista e culpado que acompanha todo cigarro que já fumou.

— Então o que você vai fazer?

Ela murcha. Traga de novo. Acaba dando de ombros, e de repente começa a falar, sem saber por que sente que precisa explicar.

— Não faço ideia. Estou ficando no apartamento da Jasmine. A filha dela me odeia porque estou no quarto dela, que mal tem espaço para ela própria. Eu lavo banheiros. Vasos sanitários. É basicamente meu pior pesadelo, e não faço ideia de como sair dessa.

— Mas você não falou com ele?

— Não desde o dia em que aconteceu. Ele não me atende.

Ele faz que sim, como se entendesse. Fumam em silêncio por um tempo.

— Se não puder consertar — diz —, talvez tenha que olhar para isso de outro jeito.

Ela franze a testa. Ele continua concentrado no beco. Dois pombos brigam por um osso de galinha, roubando e arremessando antes de cambalear até a comida apoiados nas garras deformadas.

— Talvez você tenha que pensar em tudo que não gostava na sua vida antiga e dizer: "Ok, então essa é uma oportunidade de recomeçar. Liberdade total. Nenhum vínculo. Talvez seja um sonho." Talvez um dia você chegue a ser mais feliz do que antes.

— Sem dinheiro, sem teto e sem nenhuma das minhas coisas? É a maior baboseira de autoajuda cafona que já ouvi.

Ela traga, furiosa.

— Talvez. Mas, se não puder mudar sua situação, não tem escolha. Só pode mudar seu jeito de pensar.

— E você gosta de trabalhar dezoito horas por dia aqui, é? Até morrer de cansaço? De levar esporro do Michel porque um hóspede falou que você não acertou o ponto do bacon? De pegar o ônibus para casa de madrugada e fazer tudo de novo no dia seguinte, pegando um turno duplo porque não pagavam bem o outro cara e ele ligou o foda-se e foi embora?

Então ele olha para ela e franze as sobrancelhas, achando graça.

— Gosto. Além do mais, eu sempre acerto perfeitamente o ponto do bacon.

Ela solta um som de desdém.

— Para de graça.

— Eu faço as pessoas felizes com a comida.

— Esses hóspedes não saberiam o que é felicidade nem se ela desse uma porrada com uns halteres na cara deles. As pessoas que comem neste hotel veem os pratos como combustível ou como status. As mulheres comem com metade do cérebro calculando as calorias de cada garfada. A comida é tanto um prazer quanto um sofrimento para elas. Nunca aproveitam plenamente. Por isso deixam metade do prato intocado.

— Eu não estava falando dos hóspedes — explica ele, sorri para ela e apaga o cigarro.

Ela o fita e pergunta:

— Eu deveria continuar a ligar, né?

— Acho que é o único jeito de resolver isso.

— Então foda-se. Vou ligar.

Ela começa a digitar o número de Carl.

— Não — intervém Aleks. — Use o meu celular. Você não quer que ele saiba onde você está.

Ela vê que faz sentido, pega o aparelho dele e começa a digitar de novo.

— Quer que eu saia daqui? — oferece ele.

Sem ter noção do que está fazendo, ela o segura pela manga da roupa.

— Não. Não, por favor. Fique aqui.

A linha está chamando. Ela percebe que está tremendo. Carl atende.

— Finalmente — exclama ela, tentando não deixar a voz tremer.

— Nisha! Como vai, amor? — Há só o mais leve toque de surpresa na voz dele.

Carl está calmo, controlado. Como se tivesse acabado de voltar de uma curta viagem de negócios.

— Ah, muito bem. Maravilhosa... Puta que pariu, o que você acha, Carl? Você acabou com a minha vida.

— Está sendo meio dramática, meu bem.

— Tem sido dramático pra caralho, Carl. O que você está fazendo? Que porra é essa?

— Meu bem... meu bem. Vamos ter uma conversa civilizada.

— Não me venha com essa de "meu bem". Você me expulsou, eu, sua esposa, da minha casa, das minhas roupas, da minha vida. Me deixou sem um centavo. Até onde você sabe, eu estou morando na rua.

— Onde você está? Vou mandar Ari buscar você. Estava tentando te encontrar.

Ela congela. Aleks a observa.

— Estou usando o celular de... um amigo. Me manda um dinheiro. Ok? Vou arranjar um advogado e a gente se resolve.

— Não, não, não. Vamos nos encontrar.

— Ok — diz ela, respirando fundo. — Onde?

— Pensei que a gente podia se encontrar no armazém. Comprei um prédio novo. Em Dover, Kent.

— Quer que eu vá a um armazém em *Kent*?

Aleks balança a cabeça.

— Não — diz ela. — No hotel. Vamos nos encontrar no hotel. No saguão.

O tom dele muda minimamente.

— Como preferir.

— Hoje — acrescenta ela.

— Vou reorganizar minhas reuniões, chego em uma hora.

— Está bem.

Ele soa um pouco irritado. Não está acostumado a ter alguém ditando os termos por ele.

— E nada de Ari — acrescenta ela. — Nada de Charlotte. Nada de advogados. Mais ninguém. Só eu e você.

Ele desliga. Quando ela abaixa o celular e olha para Aleks, está quase tonta.

— Tudo bem? — pergunta ele, que a observa com atenção.
— Acho que preciso de outro cigarro — comenta, e olha o uniforme.
— Não. Não. Preciso é de algo para vestir.

As paredes da lavanderia são ocultadas por araras que vão do chão ao teto, repletas de roupas em capas de plástico. Viktor e Jasmine param lado a lado no espacinho escuro e com cheiro químico e passam pelas araras, conferindo os tamanhos e quando têm que voltar ao quarto dos hóspedes. Jasmine ora balança a cabeça, ora oferece um cabide para Nisha aprovar. Chegam a um terninho preto da Sandro e uma blusa de seda clara que Viktor diz que tem tempo de lavar antes de precisar devolver na sexta-feira. Não tem sapatos (parece que ninguém mais manda os sapatos para a lavanderia), então ela vai ter que ficar com os saltos baixos horrendos que precisou usar desde o começo dessa história. É um saco. Mas, comparado com todo o resto de sua vida, não é a pior coisa. Enquanto Viktor pede que um dos porteiros engraxe os sapatos, ela lava o cabelo no banheiro, e Jasmine faz cachos nas pontas com um babyliss que pegou em um dos quartos executivos e lhe empresta rímel e batom. A pessoa que Nisha vê no espelho, pela primeira vez em mais de duas semanas, parece mais com alguém que ela reconheceria.

— Você está poderosa — elogia Jasmine, que ofereceu limpar um dos quartos de Nisha para que ela tivesse esse tempo. — Pronta?
— Pronta.
Mas Nisha não tem certeza.

Carl se levanta e atravessa o saguão do hotel. É estranho vê-lo de longe: de repente, ela nota como a papada dele está proeminente, como a barriga salta por cima do cinto, que nem massa escapando da forma de pão. Tudo nele, do terno ajustado ao bronzeado permanente, do relógio pesado aos sapatos italianos, grita dinheiro. Ele parece um desconhecido, ela percebe no susto. Como dezoito anos podem sumir tão rápido? Ele sorri de maneira calorosa, como se estivesse sinceramente feliz de vê-la, e ela fica tão chocada quando ele vai beijá-la no rosto que permite. Ele está usando um perfume que ela não reconhece, e ela sente uma pontada breve e residual de raiva. *Quem está comprando esse seu perfume?*

— Dois cafés — diz ele ao garçom, que aparece de repente quando eles se sentam. — Espresso duplo para mim, e um americano para a senhora. Leite?

Ela recusa.

Nisha está tentando não tremer. Imaginou esse momento diversas vezes nos últimos dias, imaginou de tudo: de um pedido de desculpas humilde da parte dele a esmagar o crânio dele com uma enxada. E agora cá está ele, o próprio, agindo, por mais estranho que pareça, como se nada tivesse acontecido e fosse apenas hora de um café.

— Então... você veio de longe?

— Não — responde ela.

Ela fica bem imóvel, os tornozelos cruzados com modéstia, o olhar fixo no rosto dele. *Este é o homem com quem dividi a cama por quase vinte anos,* pensa, *eu atendi todas as necessidades e vontades dele. Eu fazia cafuné quando ele tinha dor de cabeça, massageava seus ombros quando reclamava de estresse, sabia de cor suas medidas para encomendar suas roupas em qualquer alfaiate no mundo. Eu carreguei o amado filho dele, acalmei seus ataques de raiva, observei, apontei e destruí inimigos dele, organizei e tranquilizei sua vida, além de preencher com o máximo de confortos possíveis para qualquer ser humano.*

É o homem que me largou como se eu nem existisse. Que comeu a assistente e mentiu para mim o tempo inteiro. Aquilo tudo lhe parece tão surreal que ela se pergunta, por um instante, se está sonhando.

— Então, como andam as coisas? — pergunta ele, quando chegam os cafés.

— Isso foi uma piada?

— Você está com uma cara boa.

— Que porra é essa, Carl? — questiona.

E ele ri. Ri de verdade, com um olhar caloroso, como se ela tivesse dito algo divertido.

— Desculpa, meu bem — diz ele, por fim. — Eu... eu não fui muito diplomático nessas últimas semanas.

— Diplomático? Jura?

— Recebi conselhos ruins dos meus advogados. Percebi que não era o melhor jeito. O nosso jeito.

Ele estica a mão para tocar a dela, e ela permite o momento breve, chocada pela familiaridade daquele peso, até desvencilhar-se de modo brusco. Ele a observa e se recosta na cadeira.

— Você está magoada. Está com raiva. Entendo. E estou aqui para... melhorar a situação.

— Não vou voltar com você — solta ela como um desafio.

— Eu sei. Acho que talvez tenhamos chegado ao fim da nossa história. Mas foi uma história e tanto, hein?

Ele sorri, carinhoso.

Ela franze a testa. Esse é mesmo Carl? Ou Ari contratou algum ator para substituí-lo?

— Muitos bons anos. Muita diversão. Viagens agradáveis. Nosso filho lindo. Acho que nos saímos bem. Ainda deveríamos conseguir manter a amizade, não?

— Você não tem qualquer tipo de relacionamento com seu filho. Há dezoito meses, só se comunica com ele por meio de funcionários.

Ele massageia a cabeça.

— O que quer que eu diga, Nisha? Sou uma pessoa imperfeita. Estou tentando melhorar. Nós... nós tivemos certo contato essas semanas, e...

— Contou para ele o que você fez?

— Não. Não. Achei que talvez a situação parecesse um pouco melhor se a mãe dele contasse tudo. Você sempre foi melhor com ele.

Ela balança a cabeça. Lógico que o peso emocional cairia nos ombros dela.

Ele se debruça na mesa, com uma expressão sincera.

— Olha, Nisha, vim pedir desculpas. Lidei com isso tudo do pior jeito. Não ofereci a você o respeito que merece. Mas gostaria de mudar isso. Gostaria de acreditar que podemos fechar este capítulo da nossa vida em paz e harmonia.

Ela não diz nada. Entende, por instinto, que o maior poder que possui agora é o silêncio.

— Quero oferecer um acordo.

Ela espera e diz:

— Ok.

— Vou mandar meu advogado falar com seu advogado e chegar a algo justo e razoável.

— Não tenho advogado, Carl. Por sua causa.

— Então vou resolver isso. E então nossos advogados vão conversar, e chegaremos a um jeito confortável de você seguir em frente.

Ela o observa, com curiosidade. Será que Charlotte está por trás disso? Ele foi aconselhado a dizer essas coisas? Soa genuíno. Ela observa o ambiente, discreta, e não vê Ari, Charlotte nem mais ninguém nas outras mesas. Nota Jasmine varrendo o saguão e a olhando de soslaio. Jasmine arqueia uma das sobrancelhas, como se dissesse: *Tudo bem?* Ela responde com um movimento breve com a cabeça, volta a se recostar e cruza as pernas.

— Então acho que nós devemos... — continua ele. — O que... que sapatos são esses?

Carl olha os pés dela.

— Ah. Isso. É uma longa história.

— Cadê seus Louboutin?

— Por que você está interessado nos Louboutin?

Não sabe que os pés de palhaço dela são grandes demais?, ela quer dizer. Mas não quer que ele saiba que ela sabe.

Ele toma um gole do café, não sustenta o olhar dela.

— Bem. É que eles fariam parte do acordo.

Ela o encara.

— Você quer *arrancar os sapatos dos meus pés?*

— Eu que comprei, Nisha. Legalmente, são... meus. Assim como todo o resto.

— Que você me deu de presente. Ou seja, legalmente, são meus. Por que você quer meus *sapatos?*

Vamos lá, pensa, *pode dizer. Você quer dar os sapatos à sua namorada de pés de palhaço.*

— Esses sapatos foram uma encomenda especial. Eles... eles valem um bom dinheiro.

— Você está muito esquisito, Carl. Você tem, assim, um zilhão de coisas mais valiosas que esses sapatos.

— Então alego motivos sentimentais.

— Você é tão sentimental quanto o Muro de Berlim. Nem vem.

— Não seja difícil, Nisha — diz ele, em um tom de advertência. — Estou sendo muito generoso.

— Não tem nada a ver com *ser difícil*, Carl. E você não está sendo nada generoso. Por enquanto. Até onde sei, você pode estar prestes a me oferecer uma porra de uma mala cheia de lentilhas. Enfim. Não tenho mais os sapatos.

— Como assim, não tem?

— Estavam na minha bolsa. Alguém pegou.

— "Pegou"? Você quer dizer que ela foi roubada?

— Acho que não. Pegaram a bolsa por engano. No dia em que você me expulsou.

— Como assim? Quem? Por que você não a recuperou?

— Quer saber, Carl? Considerando tudo isso, visto que você me deixou sem dinheiro, sem roupas e sem sequer um lugar para dormir, perder um par de saltos não pareceu o maior dos meus problemas.

Ele sempre foi estranhamente possessivo com as coisas que comprava para ela, como se lhe pertencessem. Ela se lembra de uma bolsa da Gucci que ela esqueceu em um restaurante no início do casamento. Ele passou quatro dias sem falar com ela.

— Bem, e quando vai buscar?

— Acredite ou não, ando tentando decidir como sobreviver sem dinheiro e sem teto. Se você queria me mostrar como é poderoso, parabéns. Conseguiu. Arrancou tudo de mim em um instante. Recebi o recado perfeitamente: está tudo nas suas mãos. Desculpa se perdi algumas das suas *coisas* no processo.

Ele parece chocado. Com o próprio comportamento, talvez?

Nisha espera um momento antes de falar:

— O que você *achou* que ia acontecer comigo, Carl?

Ele dá de ombros.

— Não sei. Achei que fosse ficar hospedada com alguma amiga.

— Não tenho amigas neste país.

— Achei que alguém levaria você de volta para Nova York. Por que você escolheria ficar aqui?

— Não tenho mais passaporte, né? Porque ficou na cobertura, com todos os meus pertences.

— Ah... — diz ele, distraído. — Ah, é.

É uma sensação meio idiota. Como se os dois tivessem se dedicado a um jogo que, agora finalizado, parece esquisito e inútil, uma pegadinha que passou dos limites.

— Olha — retoma ela. — Me mande o dinheiro do advogado, vamos chegar ao acordo, e você pode ficar com todos os meus sapatos. Só me dê minhas coisas e me deixe seguir em frente, ok? Sem drama. Sem escândalo. Só quero o que é meu direito.

Mas o rosto dele se fecha de repente.

— Você não vai ganhar nada sem os sapatos — declara ele. — Nem um centavo.

— Como assim?
— Não pode perder minhas coisas! Está bem? Não pode perder coisas pelas quais eu paguei! Como se não valessem... nada!
— Do que você está falando? Eu fui roubada! Como eu...
Quando ele volta a falar, os olhos estão frios, o maxilar, firme.
— Me devolva os sapatos, e aí a gente conversa.
— *Carl?* Que... E meu dinheiro? — grita. — E o advogado? Carl! Preciso das minhas roupas, das minhas coisas... Carl!
Mas ele se vira e sai atravessando o saguão. Ari surge do nada, e eles ficam lado a lado, de costas para ela, conversando concentrados.

18

Sam se senta na sala de espera e, de trás de um exemplar de três anos atrás da revista *Woman's Weekly*, vê a enfermeira tentar, pela décima quinta vez, explicar ao homem na cadeira de rodas que a família dele, incluindo quatro mulheres discutindo e um bando de crianças caóticas, não pode entrar no quarto com ele. Sam odeia esse lugar. Odeia as salas de espera estéreis repletas de uma mistura de medo e derrota. Odeia as conversas sussurradas, a maneira como o tempo desaparece e para. Odeia principalmente o fato de precisar estar ali. Para tentar se distrair, jogou três rodadas de Words With Friends no celular com uma mulher que não conhece, de Ohio, tentou ligar duas vezes para a academia para devolver os sapatos (ninguém atende) e respondeu quatorze e-mails de trabalho, oito deles de Simon.

— Mil desculpas, mas é o regulamento. Muitos de nossos pacientes são imunocomprometidos e não podemos arriscar ter uma infecção.

Sam olha os narizes encatarrados das crianças e pensa: *São basicamente fábricas de germes usando tênis.*

Porém a mulher mais velha, de cabelo preso em um rabo de cavalo, não aceita.

— Meu pai não quer ficar sozinho. Quer a companhia da família.

— Quero entrar com a minha família.

— Eu entendo, senhor. Mas não vai demorar.

— Ele quer a companhia da família. Você deveria respeitar os desejos dele.

Uma criança começa a balançar de forma vigorosa o galão de água ao lado de Sam. Quando a situação parece se tornar periclitante, e o galão ameaça cair, Sam estica a mão para segurá-lo. A criança para e se vira para ela, com uma expressão vazia. Uma das mulheres a encara com desagrado, como se Sam tivesse cometido uma ofensa tremenda ao impedir o menino de derrubar aquilo.

A enfermeira continua a falar, a voz carregada de exaustão:

— Senhora, não tenho escolha. O hospital precisa proteger todos os pacientes, e as regras determinam que ninguém, nem amigo, nem família, pode estar presente durante o procedimento. Talvez possam esperar na cantina, e informaremos quando ele estiver pronto.

— Ele não vai entrar sozinho.

— Não vou entrar sozinho. — O senhor cruza os braços no peito.

— Então, senhor, temo que não possamos administrar sua medicação.

— Ele precisa da medicação! Foi o que o médico mandou.

— Expliquei as regras, senhora.

— Não. É só discriminação. Você deveria respeitar os desejos do paciente, e está ignorando o que ele quer. Ele não é um vegetal, sabe.

— Não sou um vegetal — afirma o homem.

Sam olha o relógio. Ela está aqui há uma hora e quarenta minutos, e, só nesse tempo, as enfermeiras precisaram lidar com três ausências, uma adolescente alterada e uma absoluta infinidade de pacientes que consideram que o fato de esta unidade não funcionar de acordo com suas preferências é uma espécie de afronta pessoal. Ela encontra o olhar da enfermeira por um instante e tenta sorrir, mas para quando a mulher de rabo de cavalo a encara.

— Tá olhando o quê? — cospe para Sam.

— Nada — diz Sam, corando.

— É melhor cuidar da sua vida.

— É — diz a outra mulher, que talvez seja a irmã, e vem andando na direção de Sam, com os ombros retos e o queixo erguido. — É melhor não se meter.

Sam tenta pensar no que dizer, mas não lhe ocorre nada, então apenas levanta a revista e tenta esconder o rubor desconfortável que tomou seu rosto. Enquanto isso, o menino acaba derrubando o galão, que desaba e jorra água, molhando os pés dela. Chamam a segurança, há gritos e tentativas de secar a água, alguém começa a chorar e por fim o homem é levado embora numa cadeira de rodas pelo corredor, com a família toda, ainda aos palavrões. É neste momento que Andrea chega. Ela está pálida como um fantasma, a boca tensa. Sam se levanta em um salto e coloca a máscara.

— Como foi o exame?

— Uma maravilha. Mal posso esperar para voltar.

— Bom, muito obrigada por me trazer sempre aos melhores lugares — diz Sam.

— Não comece a espalhar por aí. Todo mundo vai querer vir.

Andrea dá o braço para Sam, e elas caminham devagar até o estacionamento.

No carro, Andrea não diz nada. Sam já fez essa viagem vezes o suficiente e é amiga dela há tempo o suficiente para saber quando deixá-la em paz e quando tentar animá-la. No meio do caminho de volta, porém, ela olha a brancura dos dedos da outra e estica a mão para puxar o cobertor macio do banco de trás. Espera pararem em algum sinal e cobre o colo da amiga com gentileza. Nenhuma das duas diz nada, mas, alguns minutos depois, Andrea pega a mão de Sam e a aperta. Não solta até Sam precisar dar sinal e sentir os olhos marejados, sem saber se foi apenas um agradecimento ou alguém procurando um bote salva-vidas.

— Vai ficar tudo bem, sabe. Estou otimista dessa vez.

Antes de ir embora, ela dá 740 libras para Andrea pagar a hipoteca. A amiga não diz nada, mas olha o cheque, cobre a boca com a mão pálida e balança a cabeça. Ela põe o cheque com cuidado no aparador e abraça a outra bem apertado.

As duas sabem que Andrea não tem o dinheiro, que a corretora se recusa, há semanas, a confirmar a pausa nos pagamentos dela, que o subsídio não cobre os poucos gastos. Só uma delas sabe que é quase tudo que restou da poupança de Sam.

Não tive escolha, pensa ela, para tentar conter o medo que sobe em seu peito quando vai embora. *Ela teria feito o mesmo por mim.*

Na manhã seguinte, está ao telefone com o pedreiro, explicando que Phil ainda não tirou o furgão do lugar, quando Simon a encontra. Ela se vira durante o telefonema, de repente consciente de que alguém a observa, e ele está a poucos metros dali, batendo com o dedo no relógio imenso de pulso, com uma cara solene.

— Bom, você conseguiria tirar? — murmura ela ao telefone. — Se ele não atende a campainha, talvez tenha saído. Olha, a chave fica escondida na roda. Não está trancado. Eu sei... eu sei que o pneu está furado. Mas só precisa dar ré até a rua.

Simon dá a volta, em passos lentos e deliberados, até parar na frente dela. Ela olha para cima, cobrindo o bocal do telefone.

— Mil desculpas. Estou no trabalho. Não posso fazer nada daqui... Por favor, não faça isso... olha, vou tentar falar com ele e resolver. Por favor, não vá embora. Ele vai conseguir... Alô?... Alô?

Simon a chama para a sala dele e fecha a porta quando ela entra. A sala é toda de vidro, para todo mundo ver quem está levando bronca. Ela olha ao redor e vê uns dois colegas observando, sem jeito, dos cubículos. Eles sabem. Todos sabem.

Simon se senta, suspirando como se a conversa fosse lhe causar sofrimento.

— Sam, temo ter chegado ao ponto em que não posso mais ignorar sua incapacidade de fazer seu trabalho de maneira adequada.

— Como assim?

Ele não a convida a se sentar.

— A questão é que você não sabe trabalhar em equipe.

— Como assim? Como...

— Eu te dei todas as chances. Mas você não trabalha no ritmo desejado. Não é confiável.

— Espere aí. Sou tão boa quanto qualquer outra pessoa da equipe.

— Bom, mas eu não recebo reclamações sobre mais ninguém.

Ele se senta, sem encontrar o olhar dela, e começa a clicar a caneta de inox. Ela nota que as iniciais dele estão gravadas na caneta. Quem manda gravar uma caneta esferográfica?

— E precisamos de gente enérgica aqui — continua ele. — Gente dinâmica. Você transmite um astral deprimido. Precisa melhorar seu desempenho.

— Simon... eu acabei de fechar um acordo de duzentas e dez mil libras.

— Sua equipe fechou. E perdeu um cliente valioso.

— Assim que chegamos, ele disse que já ia contratar outro fornecedor. Nada que fizéssemos teria feito diferença...

— Não me interessa sua justificativa, Sam. Só me interessa o resultado.

Morta de vergonha, sente lágrimas brotarem nos olhos. Que injustiça. Ela se sente como aos dez anos, quando uma professora a culpou por grafitar a porta do banheiro, sem qualquer motivo para tanto. Ela nem sabia escrever "cacete".

— Simon... trabalho aqui há doze anos. Nunca recebi uma reclamação sobre meu trabalho antes de você chegar. Nunca.

Ele faz uma breve expressão de tristeza e balança a cabeça.

— Bem, talvez apenas tenhamos padrões mais elevados na Uberprint. Estou tentando ajudar você, Sam. Estou tentando dizer que você precisa melhorar.

Ela o encara.

— Tem um "ou" nessa conversa?

— Bem, você que sabe. Mas devo dizer que estamos interessados em aperfeiçoar a empresa, fazer alguns cortes. E se isso acontecer, óbvio, pretendemos manter os membros mais eficientes da equipe.

Faz-se um silêncio breve e carregado.

— Quer dizer que estou prestes a perder o emprego?

Ele sorri. Na verdade, não é sorriso algum.

— Eu consideraria um incentivo para você agir de outra forma. Uma motivação para melhorar. E se não conseguir, Sam, então... — diz, passando a mão pelo cabelo cheio de gel. — Será o melhor para nós dois se você procurar novos horizontes.

Há algo de peculiar no silêncio que recebe quem sai da sala do chefe quando todo mundo sabe que a pessoa basicamente acabou de ouvir que está prestes a ser demitida. A mais leve das calmarias seguida de um zumbido de atividade como se todo mundo lembrasse por pura mágica o que deveria estar fazendo. Sam passa por trás das pessoas, entra em seu cubículo e se senta à cadeira, de costas eretas, ciente de ser alvo da atenção das mais de trinta pessoas que fingem não notá-la.

Ela olha a tela, a cabeça atarantada, sem enxergar nada, clicando no mouse sem propósito. O que vão fazer se ele a demitir? É evidente que Simon a está fazendo parecer inútil para não precisar pagar a rescisão. Vão perder a casa. Vão perder tudo. Ela olha para Simon, que chama Franklin para a sala dele.

Os dois se sentam, um de frente para o outro, Simon de pés na mesa, e começam a rir de alguma coisa que ela não escuta. Não precisa ser John le Carré para identificar a movimentação ali.

O e-mail dela apita, e ela olha a tela.

Joel: Tudo bem?
Sam: Não muito.
Joel: Quer sair para comer um sanduíche no almoço?
Sam: Acho que não arrisco. Ele provavelmente vai alegar que é motivo para me demitir.
Joel: Uma bebidinha depois do trabalho?

Ela pensa no furgão, que é bem provável que tenha que manobrar sozinha.

Sam: Acho que não vai dar.
Sam: Mas obrigada.
Sam: Desculpa.
Joel: Fica a oferta, meu bem. Queixo pra cima, peito pra fora, como diria Ted.
Joel: Embora ele não devesse dizer nada disso.
Sam (voltando a lacrimejar): Obrigada bjs
Joel: Estou sempre aqui bjs

Ela não sabe como aguenta o resto do dia. Ouve a própria voz como se viesse de longe, conferindo cronogramas de impressão e laminação. Liga para clientes, ciente de que sua voz está um pouco esganiçada. Tem um nó na garganta que nunca some. Não se vira para a sala de Simon. Quando percebe que alguém a observa, faz questão de manter o rosto impassível.

Ela vai embora às seis e meia. Sai pela área de carga para não ter que passar pela sala dele, e Joel está lá avaliando os tacógrafos da semana com um dos motoristas. Ele a olha quando Sam passa, e ela tenta sorrir, mas desconfia que a expressão não alcance seus olhos. Está chovendo. Óbvio. Ela entra no carro e por fim solta um suspiro demorado e trêmulo. Enquanto dirige, lágrimas escorrem pelo rosto, incontidas, e Sam espera que ninguém perceba através dos vidros molhados de chuva. Ela faz o trajeto de vinte minutos até em casa, para na rua e olha o furgão, que Phil não tirou, obrigando os pedreiros a começarem a trabalhar ao redor dele. A luz está acesa na sala, e a televisão, ligada. Ela sabe que precisa contar o que aconteceu para Phil, mas não sabe se suporta lidar com a ansiedade dele somada à dela. Sam fica sentada no carro, sem escutar o rádio que murmura baixinho. Abaixa a cabeça devagar, a apoia no volante, e fica ali um momento, tentando lembrar como respirar.

O celular dela apita.

Joel: Espero que esteja tudo bem. Vou passar mais meia hora aqui trocando líquido de arrefecimento, caso você mude de ideia. Bjs

Sam vê os três pontos pulsarem, e então:

Todo mundo precisa desabafar.

Ela olha o celular. Repousa os dedos nas teclas e, depois de um instante, digita:

Gentileza sua. Mas está tudo bem. Obrigada. Bjs

Sam fica mais um tempo parada. Acaba pegando a bolsa do banco do carona e, com um suspiro exausto, sai do carro e entra em casa.

A casa está quente. Quente demais, considerando quanto pagam de conta de luz. Phil antigamente ia abaixando os termostatos, mas parece não perceber mais. Sam dá uma olhada na sala quando passa por ali. Ele está deitado no sofá, fitando a tela. Ela espera por um momento à porta, mas Phil não parece notar sua presença.

Ela entra na cozinha, tira o casaco e o pendura no encosto da cadeira. O prato do almoço de Phil está na pia, assim como uma panela incrustada de restos de macarrão. Ela olha as gotas de molho de tomate secas na toalha de mesa encerada, a xícara de chá vazia. Um bilhete rabiscado na letra dele diz: *Sua mãe ligou e disse que você pode ir limpar quinta-feira.*

Ela para no meio da pequena cozinha, segurando o bilhete.

Não, pensa, de repente. *Não. Não posso, não. Nada disso.*

Ela dá meia-volta e segue para o corredor estreito, esperando que Phil a cumprimente, mas ele está distraído com a televisão. Sobe a escada às pressas e, sem nem pensar direito no que faz, veste a calça azul que usou no segundo casamento de Sandra, sua prima, além de um suéter limpo, e tira os saltos Louboutin de baixo da cama. Ela os calça e se levanta, se sentindo na mesma hora mais alta, mais formidável. Aplica maquiagem diante do espelho, batom rosa-escuro e rímel, fazendo biquinho e levantando o queixo. Joga um xampu seco nas raízes para dar uma animada no cabelo. Depois de um instante, acrescenta uma borrifada de perfume. Então desce, veste o casaco, pega a bolsa e digita no celular:

Se ainda estiver aí, Coach and Horses 20 minutos

Ela espera, e acrescenta:

Bj

* * *

Joel já está no pub quando ela chega. De costas para a entrada, em pé junto ao bar, conversando com o barman. Joel conhece todo mundo. É raro irem trabalhar em algum lugar em que ele não cumprimente alguém, todo entusiasmado. Ele se vira assim que ela abre a porta, como se soubesse, por alguma bússola interna, que ela chegou.

— Vinho branco? — oferece ele, e sorri.

— Por favor.

Ela encontra um lugar no canto, de repente um pouco tímida de estar com roupas elegantes naquele pub simples. Por que calçou os Louboutin? Eles ficam deslocados entre aquelas botas gastas e os tênis. Sam cruza as pernas embaixo da mesa, se sentindo estranhamente exposta. Joel chega com uma bebida em cada mão e põe os copos na mesa com cuidado.

— Você está bonita! Vai a algum lugar?

— Hum… não. Eu… eu só… precisava de um ânimo — diz e toma um gole demorado de vinho. — Eu não devia ter vindo assim.

— Nada disso. Foi uma boa ideia — comenta ele, e sorri. — Caprichou mesmo.

Ela olha os sapatos e ri com pesar.

— Acho que… eles me ajudam a me sentir outra versão de mim. Usaria todo dia, se pudesse.

Ela continua a olhar os pés.

— Simon? Aquele cara…

— Não é só o Simon. É tudo — admite ela, envergonhada. — Ai, meu Deus. Já comecei a reclamar. Aposto que você está feliz de ter vindo, hein?

— Pode reclamar à vontade, meu bem. Foi por isso que vim.

Por que você veio?, pergunta ela, em silêncio. E então se recompõe.

— Acho que prefiro beber, na verdade — diz ela, e ele levanta o copo para brindarem.

É a primeira vez em séculos que ela se sente vista, ou ouvida. Eles falam, falam e falam, de vez em quando indo ao bar. Ele conta do último término. Das exigências impossíveis feitas pela ex-namorada.

— Mais para o final, eu passei a sentir que toda situação emocional no fim era uma armadilha… entende?

Ela faz que sim, apesar de não entender. Odeia essa namorada, apesar de nunca tê-la conhecido, e também sente pena da outra. Imagine ter um homem tão legal quanto Joel e perdê-lo.

— Quer dizer, ela era uma mulher legal, mas, cara, eu me sentia acabado. Acabado. Sempre que a encontrava. Parecia que ela ficava procurando a pior interpretação para tudo que eu fazia. Fazia tantas perguntas sobre meu término com minha ex-esposa que, no fim, achei que estivesse procurando falhas no meu caráter.

— Sei como é — diz ela.

Eu não faria isso com você, pensa ela, depois repele a ideia.

— A questão é que eu fui objetivo com ela. Não gosto de enrolar ninguém. Mas é exaustivo sentir que você não é visto como de fato é, sabe? — observa ele, balançando a cabeça, e então sorri. — Lógico que sabe. Você lida com isso todo dia. Não sei como Simon não vê o seu valor.

Só o Simon?, pensa. E algo dentro de si se contrai.

Joel é tão gentil, tão íntimo, e tem um ar de cúmplice. Ela fica hipnotizada pela boca dele, a ponto de às vezes mal ouvir o que ele diz. Depois da terceira rodada de bebidas, ele muda de lugar para ficarem lado a lado no banco, e ela sente o calor do ombro dele junto ao dela, observa suas mãos fortes e escuras. Os dois falam dos pais, e ele chora de rir quando ela conta a história do pai e dos comprimidos azuis.

— Meu pai não precisa disso — diz ele. — Todo dia, às duas e meia, ele mostra o relógio e diz para minha mãe que é hora do "cochilo da tarde". Nem se incomoda se estivermos todos lá vendo televisão.

Ele solta uma gargalhada quase infantil.

— Mentira! — exclama Sam, chocada.

— Não. Quando eu e minhas irmãs éramos mais novos, a gente morria de vergonha. Mas agora eu só penso: "Cara, se tudo ainda está funcionando aí, parabéns." É legal isso, né? Pensar que ainda estaria a fim assim de alguém aos setenta e tantos anos.

Ele a olha de soslaio, por um breve momento, e ela sente um rubor no rosto.

Conversam sobre o trabalho, e ele faz uma cara de fúria quando ela menciona Simon. Ele fecha os punhos como se mal conseguisse se impedir de voltar para o escritório e dar um soco nele, e a ideia a aquece por dentro. Falam de como ele é horrível, que o trabalho não é o mesmo desde que ele chegou. Sam conta da caneta esferográfica personalizada de Simon e se sente vitoriosa quando Joel cai na gargalhada.

— O cara mandou gravar uma *esferográfica*?

Joel a encoraja a se impor, a não aceitar as merdas do chefe, e depois de três taças ela acaba dizendo *Isso! Isso aí!*, como se de fato fosse fazer aquilo em vez de abaixar a cabeça, ir embora, desejar estar em qualquer outro lugar.

— O que o Phil acha disso? — pergunta ele, por fim.

Joel olha bem para a frente e toma um gole ao dizer o nome do marido de Sam.

— A gente não fala muito disso. As coisas… estão meio complicadas em casa — diz ela, sentindo uma pontada de deslealdade, mas sem conseguir se conter. — Estamos completamente sem dinheiro. Minha filha é basicamente a única pessoa que fala comigo. Phil não conversa, está deprimido, mas não faz nada a respeito. Não vai ao médico. Não pede ajuda. Não aceita medicação. Parece que eu moro com um fantasma. Nem sei se ele percebe minha presença. Em geral, eu conversaria sobre isso tudo com a Andrea, minha melhor amiga, mas ela está com câncer, e não quero botar mais peso em cima dela. E daí eu vou só me virando, mas hoje, com a ameaça no trabalho e tudo, senti simplesmente que não… conseguia aguentar.

A voz dela de repente fica embargada, e ela contorce o rosto, tentando segurar as lágrimas.

Ela está de olhos fechados quando Joel lhe dá um abraço. Ele cheira a uma loção pós-barba deliciosa de anis, que ela nunca sentiu antes, e a pele dele está quente e limpa. Nenhum homem além de Phil já a abraçou assim, não desde que eles começaram a namorar. De início, ela fica tensa, mas depois começa a achar tão gostoso ser abraçada, tão confortável, que ela vai relaxando aos poucos e apoia a cabeça no ombro dele. *Posso ficar aqui para sempre?*, pensa.

— Estou aqui, meu bem — oferece ele baixinho, ao pé do ouvido dela.

— Desculpa — diz ela, secando as lágrimas. — É besteira, né? Eu deveria conseguir lidar com isso tudo.

— Não. Isso não é fácil. Você é minha amiga. Não gosto de ver você assim.

Ela se vira para ele, a boca a centímetros da dela. Os olhos dele estão suaves, indecifráveis. *Somos amigos?*, pensa ela. O olhar dele a perscruta.

Algo dentro dela cede. É um momento que parece durar anos. Ela se levanta de repente.

— Então... pego a próxima rodada?

Ele está recostado na cadeira quando Sam volta. Ela se sente esquisita ao se aproximar, como se tivesse se exposto demais, mas ele sorri.

— Pensei numa coisa — diz ele.

— Diga.

— Sabe do que você precisa?

Ela toma um gole. Percebe que está bêbada, com certeza.

— De boxe — conclui ele.

— Como assim?

— Boxe. A parada é energia, Sam. Força mental, além de física. Você precisa ser mais assertiva para lidar com aquele escroto. Precisa demonstrar que ninguém pode encarar você. Agora você está andando por aí de cabeça baixa. Parece que ele tirou toda a sua autoconfiança. Você precisa recuperar seu jogo de cintura. Você sabe dar soco?

Ela acaba rindo.

— Não faço ideia. Provavelmente não.

— Amanhã à noite. Vem aqui para a academia. Não me olhe assim, tem muitas mulheres lá. Elas adoram. Você pode fingir que o saco de pancada é o Simon. Estou dizendo, quando tenho um dia ruim no trabalho, eu vou à academia, coloco as luvas, e *pum pum pum pum* — diz, imitando socos rápidos. — Uma hora depois, me sinto ótimo.

Mas para isso eu teria que usar roupas justas de ginástica na sua frente, pensa. *Teria que suar, sem maquiagem. Fazer uma coisa muito mal na sua frente.* Ela se lembra de repente de como se sentiu naquela academia horrível, nas mães gostosas que a fizeram se sentir balofa e invisível.

— Acho que n...

Ele segura a mão dela. A dele é quente e maciça.

— Vamos lá. Você vai gostar. Prometo.

Algo no sorriso dele retira a palavra "não" do vocabulário de Sam. Ela o encara.

— Confia em mim?

As palavras ficam entaladas na boca.

— Tudo bem — diz ela, por fim, quando consegue falar.

Ele se recosta e toma um gole.

— Combinado. Sete horas. Passo o endereço por mensagem.

19

Nos dois dias seguintes, Nisha pensa sem parar nos sapatos. Ela se pergunta se foram devolvidos à academia, que agora fechou. Ela se pergunta se a mulher que os levou fez isso de propósito. Ela se pergunta se é legítimo pedir à polícia para investigar um roubo se ela estiver usando os sapatos pretos horrendos que pertenciam à pessoa que roubou os dela. Quando não está pensando nos sapatos, está refletindo sobre a estranheza de Carl, e se é uma dessas coisas que só se enxerga de verdade quando se toma certa distância. Ele sempre foi meio peculiar em relação ao que ela vestia… era comum falar que suas roupas eram "de matrona", "de puta", ou às vezes "de gorda". Ele não gostava que ela usasse sapatos sem salto, porque a deixavam "atarracada". Nisha sempre supôs que fosse porque ele queria que ela estivesse o mais bonita possível. Mas será que havia algo nas roupas em si que ele quisesse de maneira tão drástica? Algum fetiche estranho? Hoje tudo parece possível. Ou será que ele só quer dá-las para Charlotte? Viraram algum símbolo? Ela lembra, enjoada, da insistência dele para que ela usasse os sapatos no dia em que lhes deu de presente, a estranha excitação que ele sempre sentia ao vê-los. E isso a deixa tão desconfortável que ela afasta a ideia da mente.

Jasmine pegou o turno da noite, então Nisha trabalha quase sozinha, e fica aliviada: as coisas estão ficando meio complicadas no apartamento. Às vezes, o espaço parece até encolher, e as três estão sempre amontoadas, discutindo sobre o uso do banheiro ou se esmagando para entrar na cozinha e alcançar a geladeira ou a chaleira. Jasmine pegou mais roupas para passar, e o corredor fica ainda mais estreito devido às pilhas de peças em bolsas imensas de plástico. O bom humor habitual dela está começando a ceder sob a pressão e o cansaço. Enquanto isso, Grace vive furiosa com Nisha por ocupar espaço no quarto. Ela entende, mas os suspiros pesados e o revirar de olhos estão começando a ficar meio difíceis de suportar. Pelo menos quando ela e Jasmine estão em turnos diferentes tem um pedaço grande do dia em que Nisha pode agir normalmente, sem precisar forçar um sorriso tranquilo e afável quando não está a fim. E é raro ela estar a fim.

O que aconteceu com aqueles sapatos? A pergunta se repete e fica na cabeça dela conforme as horas passam. Ela precisa encontrá-los: quanto mais cedo recuperá-los, mais cedo receberá o dinheiro de Carl, deixará o pequeno apartamento para trás e começará a retomar sua vida. Ela tem certeza de que Ray percebeu que tem alguma coisa acontecendo. Na ligação de ontem, ele ficou muito quieto, e por fim falou que achava que, àquela altura, ela e o pai já deveriam ter voltado para casa. Nisha teve que inventar uma besteira qualquer sobre Carl precisar resolver um negócio inesperado e, apesar de a desculpa soar convincente, Ray é sensível demais para ser enrolado por muito tempo.

— Só preciso ver você, mãe — disse ele no fim do telefonema, e ela sentiu um nó bem apertado na garganta, que levou vários minutos para se desfazer.

— Eu sei, meu bem. Eu também. Não vou demorar, prometo.

Na hora do almoço, ela sai para a área das lixeiras e, parada embaixo da janela, onde tem certeza de que o Wi-Fi do hotel ainda pega, fuma um cigarro e liga para Magda.

— Sra. Cantor! A senhora não respondeu nenhuma das minhas mensagens! Está tudo bem? Eu estava muito preocupada.

No fundo, Nisha ouve o zumbido de chaves de impacto separando as rodas dos carros.

— Eu estava ocupada. Olha, preciso perguntar uma coisa. Você faz alguma ideia de por que Carl está querendo meus sapatos?

— Seus sapatos?

— Os Louboutin. Pode perguntar a ele? Você tem algum jeito de pedir para aquele seu cara descrever a mulher que estava calçando os sapatos no bar? Preciso deles para negociar com Carl.

— Vou perguntar, sra. Cantor. Desde que ele ainda esteja usando o mesmo número, porque às vezes eles mudam de número, sabe? Por favor... alguma notícia sobre o meu trabalho? Parece que não me dou tão bem com pneus...

— Preciso desses sapatos para arranjar seu emprego, Magda. Está bem? É muito importante. Para nós duas.

— Entendo. *Não, não temos Michelin! Só Goodyear desse tamanho!* Pode contar comigo, sra. Cantor.

Desejando sentir mais confiança com aquela declaração, Nisha desliga, apaga o cigarro e volta pela cozinha. É o horário de pico do almoço, e chamas irrompem dos fogões ao redor dela, enquanto palavrões e gritos ressoam entre os ruídos de panelas e batedores de ovos. Ela se esgueira entre os corpos de uniforme sujos de comida e vê Aleks debruçado sobre uma panela de vieiras. Ele a nota e a chama, então se estica para gritar ao ouvido dela, para que Nisha o ouça em meio àquele caos.

— Volte mais tarde! Tenho uma coisa para você!

Ela semicerra os olhos.

— Você vai gostar — garante ele.

— O que é? — grita ela.

Nisha fica desconfortável com esses presentes constantes. Como se ela estivesse formando uma dívida com ele, de um jeito que sai de seu controle. Ela não quer viver em dívida com mais ninguém, nunca mais.

— É de comer.

— O que é? E o que você quer? Pela comida?

Como ele não responde, ela acrescenta:

— Tipo... O que tenho que te dar?

Ele franze a testa, como se estivesse confuso. Em seguida, balança a cabeça, quase irritado, e se volta para as vieiras.

É um pato. Aleks dá um pato para ela. O fornecedor entregou mais que o pedido, explica ele, enquanto ela se apronta para ir embora. A gerência não vai notar. Ele entrega a ave surpreendentemente pesada envolta em musselina. É orgânico. Tem um gosto muito bom. Ela pode fazer uma boa refeição para Jasmine e a filha.

— Sabe preparar pato?

Diante da falta de expressão dela, ele vai à despensa e prepara um pequeno pacote contendo anis estrelado, araruta, algumas ervas verdes e um potinho de licor de laranja, e guarda tudo em uma sacola de juta. Ele não a olha enquanto escreve as instruções. A letra dele é linda. Nisha não sabe por que se surpreende.

— Não é difícil. O mais importante é deixar a carne descansar no mínimo dez minutos depois de assar, tá? Dez minutos no mínimo. Assim fica bem macio.

Algo naquela situação a deixa nervosa. Ele quer alguma coisa, disso ela tem certeza. Senão, por que faria isso? Essas refeições diárias deliciosas são pequenos presentes alimentares. Mas ela sente que não pode insistir de novo, senão vai ofendê-lo. Essa confusão é nova para Nisha, então ela é seca com ele quando pega o pacote e responde de forma direta e brusca. Ao voltar para o vestiário, o olhar confuso dele a deixa com raiva de si própria.

Nisha faz o que sempre fez diante de emoções difíceis: ignora todas. Limpa seis quartos, que nem um robô, de uma forma vigorosa e detalhista. Hoje em dia, percebe que sente uma estranha gratidão pela distração proporcionada pela limpeza. Sem correr nem malhar, o esforço físico envolvido a acalma de um jeito estranho e indefinido. O esforço de tirar e trocar lençóis, de procurar pó ou sujeira, não lhe demanda muita atividade mental e alivia a agitação do cérebro. A exaustão física lhe parece necessária. Ela está quase terminando o expediente, sentada no banco do vestiário com uma xícara de café, quando Jasmine manda mensagem:

Meu ex disse que não pode pegar a Grace. Pode passar para buscar ela na casa da minha mãe na volta? Não gosto que ela ande sozinha por aí.

Ela pensa no pato no armário, nas instruções diretas a serem obedecidas, na perspectiva de uma boa refeição esta noite. Pensa em poder oferecer algo a Jasmine, o que fará Nisha sentir que não está apenas recebendo caridade.

Sem problemas. E não coma antes de voltar. Vou preparar uma surpresa!

Ela pensa em voltar à cozinha antes de ir embora e agradecer a Aleks direito pelo pato. Mas algo a impede: é muito constrangedor, ou talvez a faça se sentir ainda mais estranhamente em dívida se exagerar na reação. É só um pato, diz a si mesma. Que diferença faz um pato, no cômputo geral?

O ônibus sacoleja. Jasmine mandou uma mensagem com as linhas que pode pegar — ela acha que nunca vai entender bem o sistema de transporte labiríntico de Londres, os distritos imensos que parecem todos iguais. Ela dominou a arte de se perder em pensamentos no ônibus. As reflexões costumam ser bem desagradáveis, mas é melhor que escutar a tosse e os telefonemas barulhentos e irritantes dos demais passageiros. Por isso, nem nota quando uma mulher tenta falar com ela, e só olha para cima quando a outra já está quase sentada no seu colo.

— Licença? — diz, quando a ponta do casaco da mulher cai no colo dela.

— Pedi pra você chegar pra lá. Preciso de mais espaço.

A mulher é alta, usa um casaco de retalhos de veludo comprido e não a olha enquanto fala, como se Nisha fosse apenas um incômodo, um obstáculo no caminho.

— Não tenho como chegar mais para lá. Ei. Ei! Você está *em cima* de mim.

A mulher somente bufa e a empurra ainda mais. Seu cabelo é mal pintado e cheira a patchuli.

— Moça! — diz Nisha. — Você passou completamente dos limites. Se afasta daqui.

— Pedi com educação. Você não abriu espaço — retruca a mulher.

— Não quero que essa porcaria de casaco encoste em mim.

Nisha pega a ponta do casaco com dois dedos e o tira de cima da perna.

— Bom, se você tivesse chegado para lá, eu não teria encostado em você, né?

Nisha sente o sangue subir à cabeça.

— Ei. Não é culpa minha você não caber aqui, cacete. Mas não tenho obrigação nenhuma de ficar quieta enquanto você se larga no meu colo com esse casaco fedido.

A mulher a está esmagando. Está tão próxima que Nisha sente o cheiro do desodorante dela e tem vontade de vomitar. *Ai, meu Deus, ela está tão perto que vou respirar células dessa mulher.*

— Chega pra lá! — exige.

As duas chamaram a atenção dos outros passageiros. Nisha toma vaga consciência do zumbido baixo de interesse que passa pelos assentos, do olhar desconfiado do motorista no retrovisor.

— Os incomodados que se mudem — diz a mulher, impassível.

— Eu cheguei *primeiro*.

— O ônibus é seu, é? Volta pro seu país se não gosta daqui.

— Pro meu *país*? TIRA ESSA BUNDA DAÍ.

Nisha não acredita nessa mulher. Que audácia. Ela é um peso morto, e Nisha percebe que não consegue empurrá-la. Dá uma cotovelada forte nela, e a mulher retribui. Quando a outra continua a olhar para a frente, em teimosia, Nisha pega a bolsa do colo da mulher e a arremessa para a frente do ônibus, onde o conteúdo se espalha, lançando batons e pedaços de papel para baixo dos outros bancos. A mulher a olha, chocada.

— Pega a minha bolsa!

Agora as duas estão de pé. Nisha sente o empurrão, mas percebe que, apesar do tamanho, a mulher não é muito forte, então ela empurra de volta, com força, com os dois braços. Um *iiih!* coletivo ecoa no ônibus quando a mulher perde o equilíbrio e desaba no banco do outro lado, gritando. Ela se levanta com dificuldade bem quando o ônibus para de forma abrupta. O motorista abre a barreira entre a cabine e o corredor e olha para elas.

— Ei! Vocês aí! Desçam agora!

— Não vou descer! — exclama a mulher, correndo atrás da bolsa. — Ela me empurrou!

— Ela sentou em mim! Literalmente me sufocou!

— Agora! — insiste o motorista. — Ou vou chamar a polícia!

— Não vou a lugar nenhum — diz Nisha, e se senta, com firmeza. — Vou ficar até meu ponto.

— Acha que eu tenho medo da polícia? Você vai ver só. Essa piranha vai levar uma porrada na cara antes de eu...

Dez minutos depois, Nisha está parada no meio-fio quando o ônibus enfim parte, a pele dela ardendo sob os olhares radioativos dos passageiros ainda lá dentro. As orelhas dela estão tinindo com a advertência que recebeu dos policiais, que não pareciam dar a mínima para a culpada, entediados (e talvez achando certa graça) por ver duas mulheres brigando por causa de um assento no ônibus. Ela já está calculando o tempo até o próximo ônibus chegar e ela poder ir buscar Grace. Que país maldito.

Vinte e dois minutos depois, quando por fim sobe, furiosa, no próximo ônibus (lotado, é evidente, e ela precisa ficar de pé), percebe que o lindo pato orgânico, com seus acompanhamentos e temperos cuidadosamente selecionados, ficou guardado debaixo do banco do ônibus do qual foi expulsa.

Grace não troca uma palavra com ela no trajeto para casa. Nisha nem tenta. A menina põe os fones de ouvido e entra e sai dos dois ônibus em silêncio, e elas caminham lado a lado sem falar nada. Quando por fim chegam em casa, Grace murmura que não está com fome, que comeu na casa da avó, entra no quarto e bate a porta.

Nisha já não aguenta mais. Faz um sanduíche de queijo com o que resta de pão e engole as duas metades massudas, tentando não pensar no pato, que ainda deve estar a caminho de uma garagem qualquer. Não tem água quente, então ela liga o aquecedor elétrico e, vinte minutos depois, se tranca no banheiro, onde joga xampu na banheira, no lugar de óleos decentes ou espuma.

Ela fica ali deitada, mergulhada até o pescoço, por uma hora e meia, pensando em patos errantes, sapatos Louboutin e o enigma irritante que é Aleks, em parte tentando suprimir o desejo de matar o mundo inteiro e em parte cogitando os vários modos de fazer isso. Mal houve um momento na vida de Nisha em que ela se lembra de não sentir raiva, mas agora seus olhos foram abertos à infinidade de modos em que apenas o fato de ser mulher já significa estar em um jogo e receber cartas infinitamente piores, cartas que ninguém nem reconhece como são ruins. Se lembra da adolescência, do rastro cotidiano e incessante de homens que tentavam tocá-la ou a olhavam com cobiça, dos muitos momentos da vida em que não conseguia passar desapercebida. O homem da loja de ração que, quando ela tinha doze anos, ofereceu um dólar para que ela o deixasse passar a mão dentro da blusa dela. O cara do posto que fazia gestos obscenos quando ela comprava gasolina. Os tarados do metrô, os homens que iam atrás dela até o apartamento que ela compartilhava, as mãos bobas mais sutis e mais caras na bunda dela quando trabalhava na galeria. Pensa em como era esperado que ela se conformasse com um ideal que exigia um esforço sem fim para ficar casada: manter a forma, criar um ambiente doméstico perfeito, ser interessante, estar com o cabelo lindo todo dia (mas nada de pelos), usar sapatos que machucam os pés, calcinha de renda que fende a periquita no meio, garantir que o desempenho no quarto esteja no nível de um pornô (mesmo que o marido ache que o simples fato de ficar de pau duro já basta em termos da participação dele). Ela tenta imaginar Carl depilando a laser os pelos pubianos para ser atraente o suficiente para ela, e é tão absurdo que cai na gargalhada. E agora, porque é mulher e fez tudo que se esperava dela, ela foi descartada em nome de uma versão mais jovem e supostamente mais delicada.

E então, é óbvio, deve rir dessa injustiça toda, para não ser vista como uma bruxa sem graça.

Essas ideias, que ela abafou por anos (do que adiantaria pensar nisso, afinal?), agora vêm à tona, como bolhas na banheira, irreprimíveis, implacáveis.

Ela permanece ali deitada, ouvindo a música insistente de Grace pelas portas fechadas, até os dedos das mãos e dos pés enrugarem, o espelhinho ficar coberto de vapor e a água chegar a um frio desagradável. Está saindo do banheiro quando Jasmine chega. Bate a porta e vem pelo corredor estreito, desenrolando o cachecol, e vê Nisha. Passa direto por ela a caminho da cozinha.

— Gata! Cadê a surpresa? Estou faminta, passei o caminho todo com água na boca.

Nisha para de repente.

— Ah — diz, e faz uma careta. — É, tive um problema no ônibus. Uma mulher ridícula basicamente sentou no meu colo e...

— Mas o que é? Você me disse para não comer.

Jasmine abre o forno, levanta a tampa das panelas vazias no fogão.

Nisha sente um peso no peito.

— Desculpa. É que... A comida não rolou.

Faz-se um breve silêncio.

— Então... o que... Você não fez nada?

Ela olha para Nisha e finalmente fecha os olhos devagar, como se tentasse, com muito esforço, conter uma erupção iminente.

— Eu recusei curry de frango com coco — diz Jasmine, e respira fundo. — Ok. Bom, acho que vou comer só torrada com feijão. Preciso comer logo. Minha glicose está lá embaixo.

Nisha sente uma pontada de desconforto.

— Eu... eu acho que acabei com o pão.

— Está de brincadeira.

— Desculpa.

— E... não pensou em sair para comprar mais?

— Precisei tomar um banho. Meu dia foi muito ruim. Olha, deixa eu me vestir e já vou lá comprar.

O olhar de Jasmine cortaria até vidro.

— Bom, e o que a Grace comeu?

— Ela disse que jantou na sua mãe.

— Minha mãe disse que ela não comeu nada.

Jasmine fecha os olhos e suspira. Abre os olhos, passa por Nisha e abre o armário para guardar uma pilha de lençóis recém-lavados. Para de repente.

— Espera aí. Quem ligou o aquecedor?

— Fui eu? — diz Nisha.

— Quanto tempo ficou ligado?

— Não sei. Umas duas horas? Não lembro.

Jasmine desliga o interruptor com força.

— Meu Deus. Sabe quanto esse negócio custa? Você não pode esquecer essa merda assim! Meu Deus do céu — exclama, batendo a porta com força, e dá meia-volta. — Não tem comida, não tem água quente e a conta de luz vai acabar com a nossa raça. Você está achando que isso aqui é um hotel? Que ainda está no Bentley? Nish, não é só porque você nunca precisou se preocupar com dinheiro que a gente não se preocupa! Você só pode estar tirando uma com a minha cara! Jesus!

Ela bate os pés até a cozinha, e Nisha fica parada de toalha.

Ela se veste, ignorando os olhares de soslaio críticos de Grace enquanto se enfia na calça horrível e na camiseta. Sai do apartamento, ignorando o som das portas de armário batendo na cozinha, e aperta o passo até a lojinha vinte e quatro horas a dez minutos dali, furiosa demais consigo mesma para se preocupar com o frio, o assédio dos jovens da esquina ou os caras no bar de sinuca. Quando volta, vinte minutos depois, Jasmine está no sofá da sala, comendo o que parece ser uma tigela de macarrão instantâneo.

— Aqui — declara Nisha, oferecendo o saco de mercado.

— O que foi? — pergunta Jasmine, desviando a atenção da televisão.

— Pão, leite, ovos, um pouco de chocolate. Olha, eu... me desculpa.

Jasmine olha a comida.

— Ok — diz, e volta a olhar a televisão.

— E aqui.

Jasmine suspira por ser forçada a olhar para ela. Fita as notas que Nisha oferece.

— O que é isso?

— O que estou devendo. Por ficar aqui. Daria mais, mas preciso guardar um pouco para ter meu filho de volta.

— Está devendo por quê?

— Pelos custos a mais que você tem tido. Essas últimas semanas. Vou arrumar minhas coisas e sair do seu pé daqui a meia hora.

Ela sente um nó estranho e desconhecido na garganta.

Jasmine olha para a mão dela de novo e depois para o rosto.

— Você enlouqueceu?

— Bom... — começa Nisha, a voz formal, o pescoço rígido. — Está bem óbvio que você cansou de me hospedar aqui.

Jasmine a encara por mais um instante e faz uma careta.

— Nish. Eu só estou puta. Estava com fome. Sim. Mas você é minha amiga. Não vou jogar você na rua por causa de água quente — diz, e balança a cabeça, irritada. — Senta aí, mulher. Está me deixando desconfortável.

Nisha continua de pé.

— Mas o pão...

— É pão. Ninguém nunca ficou puto com você na vida? É óbvio que você nunca precisou dividir nada, né? Você só precisa pensar um pouquinho antes de fazer essas coisas se estamos no mesmo espaço, sabe? Mas não precisa desse drama todo. Nossa senhora.

Jasmine balança a cabeça. Ela espera Nisha se sentar, hesitante, na ponta do sofá, raspa o resto do miojo da tigela, e elas ficam alguns minutos vendo televisão em silêncio. Por fim, Jasmine se estica e aponta para o saco.

— Que chocolate você comprou, afinal?

— Green & Black's. Do amargo.

— *Isso aí!* Você me conhece *mesmo*! — exclama Jasmine, com um sorriso repentino e contagiante. — Ai, pelo amor de Deus, mulher, relaxa. Se eu tiver que pisar em ovos sempre que ficar mal-humorada, *não vamos sobreviver à sua estadia aqui*, sacou? Vamos lá, vai esquentar a chaleira, a gente come isso aqui com o chá.

Na vida antiga, era raro Nisha ir dormir antes de meia-noite. Carl ficava acordado até tarde, atendia ligações de trabalho, tinha sempre alguma tela ligada e não gostava que ela estivesse dormindo quando ele chegasse no quarto. Hoje em dia, no entanto, às dez horas Nisha está morta. E hoje, especificamente, toda a emoção do dia acabou com ela. Ela sobe no beliche, cansada, o pé esbarrando na barra de metal fria da ponta, e sente todos os ossos do corpo afundarem agradecidos no abraço do colchão de solteiro barato.

Abaixo dela, Grace acaba de ler e apaga a luz, e ela fica feliz, de repente, por ter outra pessoa por perto, pelas risadas no fim da noite, pela cara incrédula e pelas gargalhadas de Jasmine quando contou a história de Carl e dos sapatos. *Ai, meu deus, mulher, como você sobreviveu a esse homem?*

— Acho que é que nem a história do sapo na água fervendo, né? — diz Nisha. — Nenhum casamento começa mal. Acho que, quando a gente percebe como ficou esquisito, já está mergulhada até o pescoço.

Jasmine ri. Jasmine ri muito de Carl. Nisha nunca viu ninguém rir de Carl, nem chamá-lo de ridículo. Parece que ela não poderia fazer muito para mudar a crença dessa mulher de que ela, Nisha, é fundamentalmente legal. Lá na sala, Jasmine vai passar roupa por mais uma hora. Nisha ofereceu ajuda, mas a outra recusou. *Estou tranquila, gata. Vou ficar vendo televisão. Só vou trabalhar um tiquinho.*

— Nish?

Nisha é arrancada de seu devaneio.

— Oi.

Ela ouve Grace se mexer na cama.

— Desculpa.

— Por quê?

— Por tratar você mal. Minha mãe me contou o que aconteceu com você. Eu não sabia. Não me incomodo de dividir o quarto. Desculpa por não deixar você mais à vontade.

Nisha sente um nó na garganta.

— É... é gentileza sua, Grace. Obrigada.

No silêncio, ouvem o baque e o assobio do ferro, o murmúrio distante da televisão. A voz de Grace irrompe no escuro.

— Minha mãe vive deixando gente ficar aqui. Aí eu fico meio esquisita. Ela é boazinha demais. Às vezes as pessoas só... sabe, querem se aproveitar.

— Eu sei. Não sou assim, Grace.

— Foi o que minha mãe disse.

Nisha olha para a escuridão. Ela se pergunta, desconfortável, se na verdade é, sim, assim.

— E seu filho, como é?

— O Ray? Ele é ótimo. Gentil. Esperto. Engraçado.

— Quantos anos ele tem?

— Hum... dezesseis.

— Onde ele mora?

— Bom, ele está... em um internato. Nos Estados Unidos.

— Nos Estados Unidos? — pergunta Grace, incrédula. — Vocês não estão nem no mesmo país?

— No momento, não.

— E você não sente saudade?

E lá vem aquele nó de novo. Nisha sente os olhos arderem com as lágrimas e agradece pelo escuro, em que ninguém a vê.

— Sinto, muita.

— Então por que deixou ele em outro país?

Nisha hesita.

— Bom... Ray teve uns problemas recentemente. E o pai dele... bem, a gente não achou que era boa ideia ele ficar se mudando com a gente o tempo todo. O trabalho do pai de Ray faz a gente ter que... A gente tinha que viajar muito. A gente achava que ele ficaria mais estável, e mais feliz, no internato. É um internato muito bom. Quer dizer, cuidam bem dele lá. O lugar é muito legal.

Há um longo silêncio.

— Tem piscina. E a comida é muito boa... E tem um estúdio de dança lá. E o quarto dele é muito bom, bem grande, com televisão e copa...

Mais um silêncio.

— Mas ele está mais feliz lá? — pergunta Grace.

Nisha fita o teto. Na sala, Jasmine começa a cantarolar. E a máquina de lavar continua a centrifugar na cozinha, no ritmo incessante.

— Hum — diz, secando o olho, e engole em seco. — Isso... bem... na verdade, acho que a gente nunca chegou a perguntar para ele.

20

Sentada no quarto de Colleen, Cat descasca o esmalte verde-escuro com glitter enquanto a amiga faz cachos no cabelo. Lá embaixo, a mãe de Colleen está no meio de um vídeo de exercício, e elas ouvem os baques rítmicos e intermitentes, pontuados por palavrões.

— Mas tem certeza de que foi ela? Não parece coisa da sua mãe.

Colleen enrola mais uma mecha comprida de cabelo no babyliss, estudando o reflexo no espelho.

— Era o casaco dela. Aquele de capuz com pelinho. Vi o casaco, aí olhei melhor, e era ela, com certeza. Estava abraçando um cara. E por que mais estaria na frente de uma academia de boxe se não fosse para encontrar alguém?

— Mas tem certeza de que é um amante?

— Bem, assim. Ela estava abraçando bem apertado esse cara, e ele estava meio que com a cara enterrada no ombro dela.

Cat ainda sente a pontada no estômago de quando passou por lá, sentada no segundo andar do seu ônibus, olhou de novo e se levantou de forma abrupta para tentar enxergar melhor, mesmo que a mulher sentada ao seu lado a tivesse olhado como se fosse louca.

— Minha mãe não pinta o cabelo desde julho, e eu consegui ver a raiz. E a bolsa. E o pior é que... ela estava usando uns sapatos de salto. Tipo... sapatos de piriguete.

— Sapatos de piriguete — repete Colleen, e solta uma mecha comprida, que quica de leve ao cair do babyliss quente.

— Sabe como é. O tipo de sapato que você usa para tentar parecer sexy. Sapatos de tira vermelha. No mínimo uns dez centímetros de salto. Minha mãe nunca usaria um sapato desses. Nem morta. Quer dizer, normalmente.

A mãe dela tinha meio que subido na ponta do pé ao abraçar o homem, como se estivesse tentando se aconchegar nele o máximo que conseguisse, até os saltos saírem do chão. E ele estava sorrindo muito para ela, aquele tipo de sorriso de quem compartilha um segredo com alguém. Os sapatos eram chamativos em contraste com o cinza do estacionamento da academia. Cat não viu o que aconteceu depois porque o ônibus acelerou, então ela ficou estática, em choque, atordoada com aquele horror.

A mãe dela. Abraçada com um homem que não era o pai dela. Vestida que nem alguém que mal reconhecia.

Colleen solta o babyliss e vira de costas para o espelho.

— Então, você vai fazer o quê? Vai falar com ela?

Isso é o pior. Ela não sabe. A mãe dela, gentil, presença constante, talvez um pouco exausta, começou a se transformar em uma figura sexual, e ela não sabe nem como decifrar aquilo, muito menos explicar para o pai. Ela sempre achou a mãe meio fracote, meio oprimida. Ficava frustrada pela mãe ser o tipo de mulher que apenas aceitava todo tipo de merda que lhe acontecia. Para ser sincera, o pai não era melhor. Mas agora ela passou duas noites somando dois mais dois: a demora para sair do trabalho, a maquiagem que a mãe começou a usar todo dia, o cheiro de perfume da última vez que Cat a abraçou. Fúria e ódio sobem à garganta dela como bile. Ela começou a prestar atenção constante na mãe. Ela estava rindo mais da televisão? Tratando o pai dela com mais carinho, como se ainda gostasse dele? Por que estava usando leite desnatado em vez de integral? Estava tentando emagrecer? *Como ela pode ser tão traíra? Como pode transar com outro cara e em casa agir como se nada estivesse acontecendo?* Ela não falou com a mãe desde aquele flagra, e passou a sair de qualquer cômodo em que a mãe entrasse, respondendo às perguntas dela com *sim* ou *não*, seca. Sentiu o olhar confuso da mãe ardendo nas costas dela ao ir embora, mas nem se incomodou. Por que tratá-la com educação, depois do que fez? Está tudo errado, desequilibrado, como se o mundo que ela conhece tivesse saído do eixo, e Cat está péssima.

Descasca o resto do esmalte. Por baixo, a unha dela é pálida, lembra uma concha. Vulnerável.

— Sei lá. Acho que eu devia contar para o meu pai, mas ele está muito deprimido. Não sei se vai só fazer ele piorar.

— Eu contaria — diz Colleen. — Quer dizer, se fosse comigo, eu gostaria de saber.

Ela se volta para o espelho e pega o babyliss de novo.

— Nossa — continua. — Por que adultos são tão complicados? Achei que fosse para a gente se resolver antes dos *quarenta*.

* * *

Sentado na poltrona, Phil bebe o copo de água que o dr. Kovitz deixa na mesinha. Nas últimas sessões, não tocou na água, mas agora nota que é um jeito útil de pôr os pensamentos em ordem depois de uma pergunta que não sabe bem responder.

— Quer dizer, com certeza tem alguma coisa acontecendo com ela. Ela... nunca está em casa. E umas duas noites dessa semana ela voltou tarde e meio... radiante.

— Radiante?

— Como se estivesse... muito feliz. Por dentro. — Dói até falar aquilo em voz alta.

— Você perguntou onde ela estava?

Phil bebe um gole d'água.

— Hum... não.

— Por que não? Não quer saber a resposta?

Ele balança a cabeça. Não é bem uma negativa, está mais para "não sei". Faz-se um silêncio demorado, enquanto Phil olha o carpete, e por fim dr. Kovitz diz:

— Me impressiona a sua percepção de falta de poder de ação, Phil. Parece que você sente que não pode fazer muita coisa. Não só em relação à sua esposa, mas aos acontecimentos, em geral. Você sempre se sentiu assim?

Phil pensa. Lembra de se sentir bem diferente, cheio de planos, empolgado. Lembra de comprar o furgão, de imaginar o futuro deles juntos.

— Não.

— Por que acha que está sentindo isso agora?

Phil toma mais um gole d'água. Não consegue pensar em uma resposta, então decide não dizer nada. Fica um bom tempo assim.

— Eu gostaria de voltar à doença do seu pai, se possível, Phil. Parece ter causado um efeito profundo em você.

— Não quero falar disso.

— Bem... Então vou só fazer umas perguntas gerais. A respeito dele. Sua relação com ele era boa?

— Óbvio!

Phil ouve a própria voz, alta demais, enfática demais. Sabe que o dr. Kovitz também vai reparar. Ele não deixa passar nada.

— Óbvio. Vocês passavam muito tempo juntos na sua infância?

— Quando ele não estava trabalhando, sim. Mas ele trabalhava muito. Vivia no trabalho. Mas, sabe, foi um bom pai.

— Então ele tinha uma ética profissional forte.

— É. Ele sempre ensinou isso à gente: que deveríamos nos dedicar muito ao trabalho.

— E foi o que você fez?

— Foi. Quer dizer, eu fui um pouco diferente dele, porque acho que me concentrei mais na família. Uma diferença geracional. Os homens na época dele eram diferentes, né? E... eu e Sam demoramos um pouco para ter Cat, então foi diferente. Ela... teve alguns abortos espontâneos, sabe. Ela se sentia...

O dr. Kovitz espera. Phil continua:

— Bom, ela dizia que se sentia um fracasso. Nunca pensei isso da Sam. Era um horror só para ela. A gente se sente muito desamparado, sabe? Ela engravidava, e aí a gente achava que daquela vez ia vingar, mas... ela perdia.

— E quantas vezes isso aconteceu?

— Quatro. Foram quatro vezes. A última, com cinco meses.

— Meus pêsames. Deve ter sido muito difícil.

— É. Mais para a Sam, óbvio. Foi ela que engravidou.

— Porém difícil para você também.

— A gente fica sem saber o que dizer para a esposa, sabe? Ela chorava no banheiro, ficava muito triste, e depois de um tempo eu não sabia mais o que fazer.

— O que você fazia?

— Eu só dizia que ficaria tudo bem. Que chegaríamos lá.

— E chegaram.

— Chegamos — concordou Phil, sorrindo de repente. — Sam passou por um procedimento. Uma operação. Aí, alguns meses depois, ficou grávida de Cat. E, quando ela nasceu, era a coisa mais linda que eu já vi...

Foram os melhores meses da vida dele. Todos os colegas de trabalho resmungavam sobre as noites mal dormidas, sobre serem ignorados pelas esposas por causa do bebê, sobre o estado da casa, mas Phil ficava sempre feliz de acordar e deixar Sam descansar de madrugada. Ele amava abraçar Cat, niná-la, sentir o cheirinho de bebê, olhar nos olhos da filha. Ela era muito preciosa, muito vulnerável. Ele sentia que, pela primeira vez na vida, tinha conquistado algo milagroso, algo tão além de suas expectativas que seus olhos se enchiam de lágrimas só de pensar nela. *A filha dele. A bebê deles.* Eles não tentaram engravidar de novo. Deixaram nas mãos da Mãe Natureza e, como nada aconteceu, decidiram que era sorte deles ter aquela menina linda, e que, levando em conta o que viveram, seria grosseria esperar mais. Ou talvez não tivessem pensado nisso, mas decidido guardar o que pensavam para si.

— Então... isso é lindo, Phil. É compreensível que você se concentre mais na família que seu pai. Você passou por muita coisa para constituir essa família.

— Sim, verdade — diz Phil, concordando com a cabeça.

— É evidente que a família é muito importante para você, crucial para sua noção de bem-estar. Então, quando perdeu um membro central no seu núcleo familiar, sentiu que sua mãe mudou o papel dela e se tornou inesperadamente independente e que sua esposa não fica mais feliz na sua companhia, deve ter sido bastante... desestabilizador? É uma conclusão razoável?

É estranho ouvir os fatos descritos assim.

— Bem. É. Acho que sim.

— Mas eu ainda gostaria de entender por que você acha tão difícil falar sobre seu pai.

— Ele morreu, né? Morreu na minha frente. Não é difícil o suficiente?

— Pode ser. Mas algumas pessoas consideram um privilégio estar ao lado de uma pessoa amada, ajudar a pessoa a... ir dessa para a melhor.

Phil sente aquele nó conhecido no estômago. Ele não consegue falar. Quer ir embora. Olha ao redor, pensando se pode só se levantar e partir.

— Phil?

— Não foi... não foi assim no meu caso.

— Se você dependia muito da aprovação do seu pai, talvez tenha sentido que perdeu seu ponto de referência quando ele faleceu.

— Não... não é isso.

— Mas ele te amava. Você me disse, em outras sessões, que ele e sua mãe eram muito próximos e que, como filho único, você era o foco de muita atenção. Tanta atenção, concentrada, pode ser ao mesmo tempo boa e ruim.

Phil apoia a cabeça nas mãos. Fica ali muito tempo, tanto tempo que, por um instante, esquece da presença do dr. Kovitz. Quando por fim fala, sua voz sai fraca, quase irreconhecível para si próprio.

— Ele queria que eu acabasse com tudo.
— Como assim?
— Queria que eu o matasse. Que acabasse com aquilo. Perto do fim, todos os dias ele ficava ali deitado na cama, ofegante, mas, assim que minha mãe saía do quarto, ele agarrava minha mão e me mandava cobrir a cara dele com um travesseiro. Ele estava sofrendo muito. Não aguentava mais. Odiava se mostrar fraco diante da minha mãe, odiava que ela o visse daquele jeito. Não queria mais estar lá.

O dr. Kovitz o observa. A atenção do terapeuta faz com que Phil se lembre do olhar direto do pai, do peso da mão ossuda no punho de Phil.

VAI.

VAI, PHIL.

— E o que aconteceu, Phil?
— Foi... horrível. Eu ficava angustiado de ir lá. Completamente angustiado, mesmo. Uma vez, cheguei a vomitar antes de entrar.

O cheiro daquele quartinho, de desinfetante e alguma coisa adocicada e podre, a iminência do fim, as horas estáticas sem muitos sons além da respiração rouca do pai, dos passos discretos dos funcionários do hospital do lado de fora.

— Eu pedia para minha mãe descansar, descer e tomar um chá. Ela passava o tempo todo com ele, sabe? Ficava exausta.
— Então sua mãe deixava você sozinho no quarto?

Phil faz que sim com a cabeça. Seca o rosto.

— Às vezes, ele ficava com os olhos cheios de lágrimas. E isso o deixava com raiva. Muita raiva. Acho que nunca vi meu pai chorar, a vida toda. Ele era um homem forte, sabe. Chefe da família. Uma pedra. Não queria ser... fraco.
— Quantas vezes ele pediu para você... acabar com aquilo?
— Nos últimos dias, toda vez que eu aparecia. Então acho que todo dia por três semanas, talvez? E aí perdi o emprego... disseram que estavam "reestruturando o departamento", mas sei que foi porque eu pedi muita licença. Eu nunca teria conseguido deixar minha mãe lidar sozinha com aquilo.

Mais um silêncio demorado. Lá fora, um carro ronca alto, várias vezes, como se alguém não estivesse muito confiante no motor.

— Phil... seu pai morreu enquanto você estava a sós com ele?

Phil confirma, devagar, e não olha o dr. Kovitz.

O dr. Kovitz espera para falar. Quando por fim o faz, seu tom é calmo.

— Phil, se você quiser me contar que ajudou seu pai nessa jornada, aviso desde já que não tenho nenhuma obrigação jurídica de denunciar o fato como crime, desde que você não sinta que é uma ameaça para mais ninguém. Não precisa se preocupar com isso.

Phil não fala nada.

— É isso... é esse o peso que você tem carregado? — tenta de novo o dr. Kovitz, e abaixa o bloco de anotações. — Fiz um juramento de sigilo, Phil. Você tem liberdade de me dizer qualquer coisa. Se for isso que quer me contar, um fardo enorme foi posto sobre você, e talvez ajude desabafar.

— Não.

Phil ergue o rosto. Agora, quando as palavras saem, são aos jorros, impossíveis de serem contidas.

— Minha mãe foi tomar um chá. Eram cinco e quinze. Ele me pediu... me pediu de novo. E de novo. E eu... não consegui. Comecei a chorar. Eu estava tão exausto, sabe... Todo dia eu aparecia lá e sabia o que ia acontecer. Como ele ia me olhar. O som dele, o rosto dele... Eu chorei. Então ele me disse que eu era inútil. Disse que eu era um merdinha imprestável, porque me recusava a seguir adiante com aquilo. Eu não ia conseguir. Sei que teria sido mais fácil para ele, mas eu não ia conseguir. Nunca conseguiria matar alguém. Sou fraco demais. Ele estava morrendo, e me disse todas as vezes que fui uma decepção para ele. Que ele sempre soube que eu não prestava. A voz dele estava tão... rouca e tão... furiosa. E aí ele agarrou meu braço, muito forte, apesar de tudo, e eu não consegui me mexer. Não consegui me mexer. Ele me encarou, com os olhos arregalados, e só... só ódio, me dizendo que eu era inútil, que ele me detestava, que eu era um menininho fraco e idiota, e que ele nunca me amou. Eu fui fraco. Fraco demais — diz Phil, agora aos soluços. — E aí, de repente, as máquinas apitaram, começou um barulho, entraram os enfermeiros, e ele tinha falecido. Estava morto.

Phil não sabe por quanto tempo chora. Nem sabe se já chorou assim antes na vida, uivos imensos lhe escapando, fazendo o corpo inteiro tremer, as mãos encharcadas de lágrimas. Depois de alguns minutos, sente a mão do dr. Kovitz nas costas, percebe que a caixa de lenços está na sua frente e seca o rosto, pedindo desculpas porque todo lenço fica molhado na mesma hora e ele precisa descartar e pegar mais um.

Por fim, o choro vai abrandando, uma tempestade chegando ao fim. E Phil fica sentado em silêncio, exausto e atordoado, a respiração irregular e trêmula no peito. O dr. Kovitz espera, depois finalmente se levanta e, devagar, volta ao seu lugar, do outro lado da sala.

— Phil — fala após um momento. — Vou dizer uma coisa para você. Não sei se seu pai foi sincero no que disse nos últimos momentos de vida ou se foi apenas o desespero sem sentido de um homem muito doente e frustrado. Mas gostaria que você levasse em conta o seguinte: não conheço muitas pessoas que teriam suportado o que você viveu. Força, força de verdade, não é necessariamente fazer o que alguém pede. Força é todo dia encarar uma situação intolerável, insuportável, apenas para apoiar as pessoas que ama. Força é continuar naquele quarto horrível, hora após hora, apesar de todas as células do seu corpo reclamarem que é demais para aguentar.

Phil volta a chorar muito, porém, em meio ao som da respiração ofegante, escuta a última coisa que o dr. Kovitz diz.

— Neste sentido, Phil, você fez uma coisa muito corajosa.

Algo de estranho está acontecendo com Nisha. Ela não para de pensar em Aleks. Passou a prestar uma atenção exagerada na presença dele sempre que ela vai almoçar, e os olhares casuais dele parecem arder na pele dela. À noite, pensa na base do pescoço dele, em como ele semicerra os olhos ao refletir sobre algo que ela disse, como se tudo merecesse ponderação e seriedade. Ele é a pessoa mais equilibrada que ela já conheceu: nada de ataques abruptos nem oscilações de humor, traços tão comuns em Carl, nada de gargalhadas repentinas, nem de surtos de raiva. Ele sorri sempre do mesmo jeito ao vê-la, oferece comida que ela não sabia que queria comer, lhe dá um breve aceno quando ela vai embora. É sempre agradável, simpático e completamente indecifrável. Para ser sincera, é de enlouquecer.

No horário de almoço, ela começou a fazer perguntas sobre ele, sentada na bancada mais próxima enquanto ele trabalha ou fumando com ele no beco. Ele vem da Polônia, mas considera a Inglaterra seu lar, pois está ali há dezesseis anos. É separado, se dá bem com a ex, sempre foi chef e, não, nunca quis ser outra coisa. Não acha a gerência do hotel tão boa, mas já viu piores, e se sente confortável ali. É bom trabalhar em um lugar que o valoriza. Ele gostaria de ser dono de um restaurante um dia, mas não sabe bem de onde tiraria o dinheiro. Gosta de Londres, é dono do pequeno apartamento em que mora, graças ao pai falecido, e no dia 31 de dezembro vai parar de fumar. Ele fala isso como se fosse uma simples decisão, e

Nisha não duvida de que isso vá acontecer. Ele tem uma filha, de onze anos, que fica na casa dele quando ele folga. O rosto dele se suaviza quando fala dela, e os olhos se distanciam, como se houvesse ali um poço de algo que Nisha ainda não pôde ver. Todo mundo na cozinha gosta dele, mas ele não faz piadas nem fica de papo no vestiário durante o intervalo reclamando dos turnos duplos ou do último ataque de Michel, como o resto. Ele é reservado e parece estar satisfeito em trabalhar e se refugiar aonde quer que vá depois dali. Lê livros de culinária sem parar. É raro que mexa no celular, e não aparenta ter interesse em esportes, nem em sair para beber. Não tenta impressioná-la, nem acalmá-la, nem flertar, nem perguntar nada. Ela não consegue entendê-lo.

— Esqueci seu pato no ônibus — conta ela um dia, quase como uma provocação.

— Então vou arranjar outro para você.

— Você nunca pergunta nada de mim — comenta ela, comendo um sanduíche de frente para ele.

Quando saem de sua boca, as palavras lhe soam quase como uma reclamação, o que a irrita. Ele hesita antes de responder.

— Acho que você provavelmente vai me contar o que quiser que eu saiba.

— Por que você nunca deu em cima de mim? — pergunta ela, quando saem do hotel juntos certa noite, no fim do turno dela.

Ele ficou até mais tarde para limpar sua área na cozinha, e já está escuro lá fora, os veículos fazendo uma barulheira conforme passam por eles na margem do rio.

— Quer que eu dê em cima de você? — rebate ele, inclinando a cabeça para ela.

— Não.

— Então pronto.

— Como assim? — retruca ela, parando e franzindo a testa.

— Um homem de bom senso sabe identificar se uma mulher quer ou não que você flerte com ela.

— A maioria dos homens flerta comigo de qualquer jeito.

— Não me surpreende. Você é muito bonita.

Ela o olha com frieza.

— Está flertando comigo agora?

— Não. É só um fato.

Ele é extremamente irritante. E a incapacidade dela de interpretar as ações dele, como sabe fazer com as de quase qualquer outro homem do planeta, a desequilibra e a incomoda, então ela adota um tom esquisito de desafio ao falar com ele ou, às vezes, somente o evita.

E eis a questão: Nisha sente falta de transar. Não é que sinta saudade de Carl. Às vezes ela resmungava por dentro ao ver na cara dele aquela expressão de quem queria transar. Mas ela está sedenta por contato físico. Sente saudade de ser abraçada, tocada, desejada. Sente saudade do poder que tinha quando um homem ficava fisicamente afetado por ela. E ela nem tem como se virar sozinha, visto que dorme em um beliche com uma menina de catorze anos.

— Você gosta dele — comenta Jasmine, que a vê de olho nele enquanto comem uns sanduíches.

— Não gosto, não.

Jasmine levanta uma das sobrancelhas.

— Tá bom.

— Ele é um chef de pratos rápidos, sem dinheiro nem futuro. Por que eu gostaria dele?

Jasmine termina de mastigar e limpa a boca com um guardanapo antes de falar.

— Amiga, se eu fosse você, trepava com aquele ali com vontade.

Há quase cinco meses, Cat começou um jogo nos últimos passos da caminhada para casa. Ao fechar o portão e seguir até a porta da frente, ela aposta consigo mesma em que posição o pai vai estar. Em geral, ele está deitado no sofá, com a cabeça do lado da mesinha. Às vezes, do outro lado, com os pés virados para a mesinha e a cabeça apoiada em duas almofadas. Nas poucas ocasiões em que ela acertou, se deu o prêmio do "Bingo da Preguiça".

Ela passa pelo furgão caindo aos pedaços, com aquele girassol hippie imenso pintado — sinceramente, uma vergonha, além de um desastre ecológico —, encaixa a chave na fechadura e decide que será um dia comum. O pai estará com a cabeça virada para a mesinha. É uma aposta garantida. Ela abre a porta, fecha atrás dela e olha para a sala. Mas a televisão está desligada, e ele não está no sofá.

Cat pendura o casaco no cabideiro e anda até a cozinha. São sete e quinze, mas, para variar, a mãe não voltou do trabalho. Cat sente uma pontada de tristeza ao pensar na vida ali dezoito meses atrás: ela chegaria em casa e saberia, com relativa certeza, que a mãe estaria cozinhando alguma coisa, o pai recostado na bancada, batendo papo, o rádio tocando no canto. Ela não entendia, na época, a sensação de profunda segurança que aquilo lhe dava. E agora não havia ninguém ali, só o silêncio pesado.

Ela come uns biscoitos de arroz que acha no armário (mal tem comida em casa) e sobe para o quarto. E é então que o vê: o pai, deitado na cama, olhando para a parede.

Ela para na porta aberta do quarto.

— ... Pai?

Ele se vira para ela. Parece exausto. Nos últimos tempos, parece sempre exausto.

— Ah, oi, amor.

Ele abre um sorrisinho.

— O que você está fazendo?

— Subi para descansar. Estou meio... cansado hoje.

— Cadê a mamãe?

Ele pisca, como se a ideia tivesse acabado de lhe ocorrer.

— Não sei. No trabalho, talvez?

— Ligou para ela?

— Hum... hoje, não. Agora, não.

— Mas já são sete e quinze.

Cat o observa. A passividade dele, a recusa a agir mesmo enquanto tudo desmorona. De repente, ela não aguenta mais.

— Meu Deus, pai. Acorda!

Ele se assusta, o que é estranhamente satisfatório.

— Onde você acha que a mamãe está?

Ele balança a cabeça.

— Eu... eu não sei.

— Ela está com um *homem*. E você... você está só largado aqui que nem uma porra de... de uma batata. Deixando ela ir embora. O que você acha que vai acontecer, pai? Que se ficar aí quietinho tudo vai voltar a ser como era antes? Você precisa *fazer* alguma coisa. Tem que se levantar e ver o que está acontecendo bem debaixo do seu nariz!

— Um homem?

— Eu vi — diz Cat, e sente os olhos lacrimejarem. Seu rosto está corando, mas ela nem se incomoda. — Eu vi, do ônibus. Ela e ele, se abraçando. E todo dia ela passa maquiagem e volta tarde para casa, e você age como se nada estivesse acontecendo.

Ele parece destruído. Ela não está nem aí. Quer que ele fique chocado. Quer sacudir ele.

— Isso... não...

Ela escancara o armário deles e começa a revirar o fundo até encontrar a bolsa.

— Está vendo isso aqui?

— Uma bolsa? — pergunta ele, atordoado.

Ela a abre. E ali estão, bem onde ela os encontrou dois dias atrás. Um lembrete gritante de tudo que está errado.

Ela mostra um dos sapatos.

— Isso é da mamãe. Da sua *esposa*. É isso que ela usa para ir encontrar o amante. E, se você desse a mínima atenção para qualquer coisa em vez de ficar só afundado nesse seu... nesse *poço*, perceberia que tem que fazer alguma coisa!

— Isso é da sua mãe?

Ele olha os sapatos, incrédulo.

— Ai, meu Deus do céu. Tenho que soletrar? Argh. Vocês têm que ser adultos! E eu preciso literalmente mostrar para você o que tem de errado no seu casamento! Jesus! Pai! Acorda! Puta que pariu! Odeio essa casa! Odeio!

Cat não aguenta mais olhar para ele. Ela cai no choro, arremessa o sapato no outro lado do quarto e sai batendo os pés, fechando a porta com tudo.

Sam chega em casa, ainda aquecida pela caminhada intensa. Ela agora parece sempre caminhar mais rápido, chegando ao destino brilhando de esforço, como se de repente tivesse mais propósito.

Hoje, o boxe foi incrível. Simon passou o dia muito mal-humorado, enchendo o saco e a olhando com desprezo sempre que passava por ela, e ela se sentiu tão ansiosa e exausta que quase decidiu faltar o boxe. Mas Joel, quase como se soubesse, mandou uma mensagem dizendo: **É nesses dias que você precisa ir.** Então, às seis, eles saíram juntos, e, agora, quase duas horas depois, ela se sente capaz de conquistar o mundo. O treinador, Sid, ensinou-lhe diferentes maneiras de bater em alguém, como tensionar o abdômen, socar e desviar, como causar impacto em vez de dar um soco fraco. No fim, ele já estava gritando *Isso, garota! Isso aí!* E, apesar de todos os músculos do corpo dela reclamarem, sentir o contato das luvas com as manoplas dele (*um, dois, um, dois*) a fez se sentir no comando, todas as emoções se esvaindo através das luvas vermelhas, os dedos com uma dor até agradável no fim, como se ela fosse muito mais forte do que era.

— Você está arrasando! — dissera Joel na frente da academia depois da primeira aula dela.

Ela não conseguia parar de sorrir. Tinha usado os sapatos, porque pareciam contribuir para aquele sentimento, mesmo sabendo que voltaria a calçar os tênis quando Joel fosse embora.

— Estou me sentindo... incrível — confessara ela, e ele a abraçara apertado, dizendo que ela estava imbatível.

Ela agora já tinha ido quatro vezes e, toda vez, apesar de os músculos arderem com o esforço inesperado, ela sente que partes dela voltam a se encaixar. Ela nota que não se incomoda com a falta de glamour, com o suor pingando nos olhos em todas as aulas, o cabelo preso em um rabo de cavalo oleoso, corada e sem maquiagem. Ela observa as outras mulheres, da baixinha e musculosa Fatima a Annette, cuja bunda mal cabe na calça de moletom, e elas não têm o menor interesse na aparência dela, em onde ela passa as férias, se o corpo dela apresenta uma proporção específica de massa muscular e gordura. Elas trocam sorrisos irônicos durante o aquecimento agressivo, se animam com os ganchos e *jabs* das outras, a encorajam quando ela acerta um bom soco. Sid trata todas como atletas sérias, exige resultados, faz ameaças bem-humoradas quando acha que elas não se esforçam o suficiente. E, durante o treino, se ela olhar para o canto, verá Joel, os braços grossos um borrão enquanto ataca o saco de pancadas, frenético, sorrindo para ela ao secar o suor da testa com o antebraço.

E alguma coisa está mudando. Depois de quatro aulas, ela já sente que mantém a postura mais ereta no trabalho, que caminha como se o torso estivesse mais forte. Quando Simon começa a reclamar de algum erro que ela aparentemente cometeu, ela abaixa a cabeça e aceita, mas, por dentro, imagina cair em cima dele com uma série de ganchos e cruzados no queixo (*três, quatro, cinco, seis!*) e, não tem certeza, mas gosta de pensar que sua recusa a desmoronar o irrita e desequilibra.

— Oi?

Ela abre a porta e tira o casaco. A televisão está desligada e, por um momento, ela se pergunta se Phil está em casa, mas logo responde para si mesma que está, óbvio. Onde mais ele estaria, hoje em dia? Ela sente a resignação a derrubando de leve, mas se convence a parar, a se ater à energia que retém por algumas horas depois de cada aula. *Um, dois, três, quatro. Força. Firme os pés.*

Phil e Cat estão na cozinha e sentados à mesa, comendo lasanha em silêncio. Ela para na porta.

— Oi! — diz, surpresa, pois é raro que comam sem ela. — Começaram sem mim!

— A gente não sabia que horas você ia chegar — retruca Cat, sem olhar na direção da mãe.

— Ah. Desculpa. Eu… eu ia ligar, mas me distraí. Quem comprou a lasanha?

— Eu — responde Cat, cortando um pedacinho e levando à boca.

Sam demora um momento para registrar a atmosfera estranha. Phil não desviou o olhar da comida. Está dando garfadas tristes, como se apenas precisasse botar combustível no corpo.

— Foi gentileza sua, amor. Obrigada — diz Sam, deixando a bolsa na bancada. — Tem prato para mim?

— No armário — responde Cat, seca, e Sam a olha com atenção, mas não detecta nada.

Ela pega um prato e se senta, se serve de uma fatia de lasanha. Está faminta. Fica feliz de pensar em todas as calorias que deve estar queimando. Pega alguns vegetais da travessa e começa a comer. Phil não olha para ela. Ele continua a dar garfadas lentas. Sam olha ao redor da mesa.

— Então, como estão hoje? O dia foi bom?

— Foi — diz Cat.

— O que você fez?

— Nada de mais.

— Phil? — pergunta Sam.

— Normal.

Sam come um pedaço. Está uma delícia. Ela decide se concentrar nisso, e não na atmosfera estranha.

— Que gostoso — elogia, e espera, mas ninguém diz mais nada. — Está uma delícia.

— Comprei pronta no mercado — diz Cat, e se levanta de modo abrupto, põe o prato na lava-louça e segue para a porta. — Vou para a casa da Colleen. Não volto tarde.

Sam faz menção de falar, mas a filha já se foi.

Ela se vira para Phil.

— O que está acontecendo com a Cat? — Phil continua a mastigar. — Ela anda esquisita, nos últimos tempos. Não acha?

Phil balança a cabeça, mastigando como se não pudesse falar.

Ele nem deve ter notado, pensa ela. Segura um suspiro.

— Tive uma boa notícia hoje — conta ela, bem-disposta. — Quer dizer, não sei se é boa notícia mesmo, mas Miriam Price, a mulher com quem fechei aquele acordo importante, me chamou para almoçar esta semana. Ela não tem motivo para uma reunião, já que acabamos o serviço e ela ficou satisfeita. Ela disse que quer discutir uma coisa. Quer dizer, pode não ser nada, né? Talvez só queira me pedir um conselho. Mas é bom, porque ela é... uma pessoa bem impressionante, sabe? É legal que alguém assim queira me convidar para um almoço.

Phil faz que sim com a cabeça e come mais uma garfada.

— Parte de mim fica se perguntando... Bom, eu sei que estão procurando gerentes novos na Harlon & Lewis. Então achei que talvez pudesse criar coragem e perguntar sobre as vagas. Seria um jeito de me livrar do Simon, sabe?

— É — responde ele.

— Pode ser que paguem melhor.

Ela ainda não contou da ameaça ao trabalho dela. É mais uma conversa que sente que ele provavelmente não está pronto para ter.

Phil não diz nada.

— Quer dizer, eu gosto muito das pessoas do trabalho — continua, e sente um leve rubor no rosto, mas espera não ser tão aparente. — Mas, se Simon não vai para lugar nenhum, talvez eu deva ir. Vale tentar, né?

Ele a olha por um momento. O rosto dele está vazio, indecifrável. Por fim, ele volta a se concentrar no prato.

— Phil... Está tudo bem? — pergunta ela, finalmente.

— Tudo.

O marido acaba de comer e, enquanto Sam continua sentada, ele se levanta com dificuldade, leva o prato à lava-louça e segue para a sala. Sam fica sozinha à mesa.

Já faz um bom tempo que, nas horas em que Sam supõe que ele está dormindo, Phil fica acordado, de olhos fechados, se debatendo com o pai madrugada adentro, sentindo a mão ossuda agarrando o braço dele, sem conseguir escapar da intensidade e da fúria de seu olhar. Às vezes, ele se sente paralisado, perdido no ciclo repetitivo e infinito dos pensamentos: *Você é um fracote inútil. Vai, Phil! VAI!* Agora, pela primeira noite em meses, o pai o deixou em paz, mas o que veio estava longe de ser um alívio. Em vez disso, Phil foi assombrado por pensamentos com a mulher deitada ao lado dele, as mãos dela no corpo de outro homem, o rosto dela animado por aquela presença. Há quanto tempo isso acontece? Que mentiras ela contou para escapar? Nas últimas semanas, ela voltou algumas vezes para casa corada e meio sem fôlego, e pensar no que ela vem fazendo com esse amante desconhecido causa uma dor tão forte no âmago de Phil que ele puxa os joelhos para o peito. Sua Sam. A mulher com quem ele costumava rir, com quem dorme há mais de duas décadas e que agora lhe dá tão pouca importância que ele poderia muito bem ser apenas um móvel abandonado. De repente, ela parece uma desconhecida. E como ele pode não ter notado o que está acontecendo? Parte dele sabia que havia algo diferente, algo estranho no ar entre eles. Mas confrontar a questão parecia um esforço grande demais, e ele tinha feito vista grossa até a fúria da filha forçá-lo a enxergar.

O que Phil não se pergunta é o porquê. Afinal, o porquê é óbvio. O que ele pode oferecer a Sam hoje em dia? Já faz meses que ele é uma casca oca, incapaz de agir. Incapaz de oferecer qualquer coisa que seja. Inútil. Ele deveria saber que ela acabaria procurando outra pessoa.

Esses pensamentos o rondam e o perseguem a noite toda, até que, no raiar do dia, ele está sobrecarregado e com os olhos ardendo. Ele se sente ao mesmo tempo enjoado, irrequieto e exausto. Escuta Sam se levantar, tomar banho e se vestir... será que ela está pensando no que vai usar para *ele*? Lingerie especial ou uma roupa que esse homem disse gostar? Por fim, ela desce devagar. Ela não o beija mais antes de sair. Ele achava que era por não querer incomodá-lo, mas agora acha que ela talvez só não queira ter mais nada a ver com ele. Ela provavelmente o detesta. Ele ouve a porta se fechar e o barulho do motor do carro, e aperta os olhos com as mãos, querendo que tudo pare. Querendo ser arrancado desse corpo, dessa vida, e colocado em um lugar onde não precise lidar com nada.

Ele não faz ideia de há quanto tempo está deitado. Meia hora? Duas horas? Está com uma sensação estranha nas mãos e nos braços, o corpo curiosamente desconectado da cabeça. Quando não aguenta mais a sensação, se levanta e dá uma volta no quarto. Ele olha pela janela e vê a rua, que parece igual, mas é óbvio que foi transformada para sempre. Em seguida, se volta para o armário, o abre e olha a bolsa preta que a filha brandiu contra ele na véspera. Ele a avalia, prendendo a respiração, como se fosse um objeto radioativo. E então, devagar, se agacha e desliza o zíper. Ali estão os sapatos de salto vermelhos sexy. Parece que pertencem a alguém que ele não conhece. Ele pega um pé, o fita, e então, compelido por algum impulso desconhecido, o aperta junto ao nariz e, o segurando ali, sente o rosto se contorcer em uma careta, até que um uivo, um uivo silencioso, escapa dele. Ela usa esses sapatos para aquele homem. Esses sapatos são um segredo compartilhado entre a esposa e o amante dela. É provável que ele trepe com ela calçada naquilo. Trepe — a palavra martela na cabeça dele, apesar de quase nunca ser uma palavra que ele diz em voz alta. As mãos dele começam a tremer, e ele enfia o sapato de volta na bolsa. Phil anda de um lado para outro, soltando gemidos baixos de angústia. Então volta a se sentar, com a cabeça entre as mãos. Por fim, se levanta, vai até a bolsa, pega os sapatos e os guarda no saco plástico vazio no fundo do armário dele. Ele não sabe de jeito nenhum o que aquele saco faz ali. Só está ali, sem motivo algum, desde que ele se lembra, como boa parte da casa. Ele estende o saco à frente, contorcendo o rosto, e desce a escada rápido, como alguém faria para jogar fora uma fralda suja ou um cocô de cachorro. Então para no corredor, sem saber o que fazer. Sabe apenas que os sapatos não podem ficar na casa dele. Não podem ficar ali, sua presença contaminando tudo o que ele conhece e ama. Quase sem pensar em suas ações, ele sai de casa, escancara a porta do furgão (pararam de trancá-lo há meses, quando Sam começou a esperar secretamente que alguém aparecesse para roubá-lo) e entra ali, inspirando o cheiro mofado de abandono e podridão leve e contínua. Ele abre um dos armários laminados acima do banquinho acolchoado e enfia os sapatos ali antes de fechá-lo com uma batida forte. Então se senta no banco e respira fundo, tentando se livrar da névoa de raiva que cobriu seus olhos.

Mesmo que ele fosse o tipo de homem que fica confortável de falar de emoções, Phil não tem um amigo sequer com quem possa discutir isso ou a quem pedir conselho. Ele pensa no dr. Kovitz: o que ele diria? Talvez não se surpreendesse, dado tudo que Phil contou. Diria para Phil confrontar a esposa? Para ficar com raiva dela? Isso seria mais *másculo*? Dizer que ele sabe, e que ela precisa se decidir? Mas Phil está com medo. Em parte porque, ao confrontar Sam, vai precisar decidir o que ele mesmo quer, e ainda não sabe. Mas, pior, se ele a confrontar, ela pode apenas fazer as malas e levar os sapatos e todo o resto para morar com aquele homem, quem quer que seja.

Phil continua sentado, paralisado, encarando as mãos, que não param de tremer, até perceber que, de pijama e camiseta, está ficando com frio. Ele se levanta, esfregando os braços, e nota a pilha de revistas velhas que alguém deve ter trazido da casa à espera pelo dia da coleta da reciclagem. Talvez a lixeira estivesse cheia. Ele não lembra. Ele olha a pilha e, por fim, dá alguns passos pelo chão e pega a parte de cima. Ajusta o peso das revistas junto ao peito, empurra a porta com o ombro e sai com cuidado, descendo os degraus, para fazer o caminho curto até a lixeira de recicláveis, onde as larga. Volta e pega a outra metade, olhando o espaço empoeirado que deixaram. Então olha para o saco de lixo atrás dali, onde tinham deixado um monte de tralhas do antigo depósito do pai dele, coisas que a mãe não conseguia jogar fora, mas que ninguém queria: ferramentas enferrujadas, manuais de carro velhos, lâmpadas e chaves de coisas que já não existiam. Ele tinha levado o saco para poupar a mãe de ter que lidar com aquilo. Mas por quê? O que ele vai fazer com aquelas tralhas? Ele pega o saco e o deixa ao lado da lixeira preta. Então volta ao furgão e continua a separar o conteúdo, sem pensar, movido por um impulso desconhecido, percorrendo de forma metódica o interior abandonado do veículo, tirando tudo que tinha sido enfiado ali temporariamente e levando para fora, onde deixa dentro ou ao lado das lixeiras. Quando acaba de esvaziar o lugar, duas horas depois, está suando, o pijama sujo.

Com o maxilar firme e a boca apertada em uma linha fina, Phil volta para casa, sobe e olha ao redor até encontrar o moletom com capuz, debaixo de uma pilha de outras roupas. Ele o veste por cima da camiseta, calça meias e botas e volta a sair. Ele estará lá quando Sam voltar, trabalhando no motor, e só entrará em casa quando ela estiver dormindo.

21

Nisha nunca sofreu nenhuma violência física séria, mas, sempre que se depara com Charlotte no hotel usando uma roupa dela, é tomada por uma sensação que imagina ser semelhante a uma facada. Charlotte já usou o casaco de pele de ovelha Chloé em público duas vezes: a primeira naquele dia no corredor, e de novo no sábado seguinte, desfilando pelo saguão como se a peça fosse dela. Dois dias depois, usou o vestido prateado Alexander McQueen de Nisha, com a fenda lateral, em um evento à noite (ela e Jasmine a viram bem no final do turno; estavam saindo pela rua lateral quando Charlotte entrou no carro que lhe aguardava, e Nisha precisou de toda a sua força para não gritar de dor).

Mas óbvio que isso não foi ofensivo o suficiente. No almoço de terça-feira, quando Nisha está se dirigindo à bandeja de sanduíches, cansada, ela olha pela porta aberta da cozinha e vê Charlotte prestes a se sentar no restaurante. E ela está usando o terninho branco impecável Yves Saint Laurent de Nisha.

— Não! — exclama, e para de forma abrupta, fazendo um garçom soltar um palavrão por quase colidir com ela.

Aleks surge atrás dela. Os pedidos de almoço quase acabaram, e ele está secando as mãos em um pano de prato. Ele acompanha o olhar da outra.

— É a amante?

— Ela vai derramar alguma coisa nele — comenta Nisha, com dificuldade para respirar. — Eu nunca, nunca comeria vestida nesse terno.

Aleks olha pela porta por um momento e suspira. Nisha sente a mão dele em seu ombro, a afastando devagar.

— Não, não, não — insiste ela, se desvencilhando. — Você não está entendendo. Não é para *comer* com esse terno. Seria como... como comer espaguete do lado da *Mona Lisa*. É branco. Yves. Saint. Laurent. De 1971. É provável que seja o único deste modelo que ainda existe no mundo. Comprei de uma colecionadora que comprou em uma liquidação de patrimônio exclusiva na Flórida. A mulher guardava esse terno em um armário lacrado, com controle de temperatura, e ainda tinha as etiquetas da loja. As *etiquetas*. Nunca tinha sido usado! Está vendo? Esse terno é vintage, e é impecável. Completamente impecável. Ela não devia nem encostar nele, pelo amor de Deus. Nem encostar. E não pode... não pode *comer* com ele.

A voz dela soa angustiada. Antes de a porta se fechar, ela vê Carl se sentar, largando-se com tudo diante de Charlotte à mesa, com o celular grudado à orelha.

— Não — continua. — Não posso deixar isso acontecer. Não posso...

— O guarda-costas vai estar por perto — murmura Aleks ao ouvido dela. — Você não pode se aproximar. Sabe disso.

Ela se vira e o encara. A expressão dele é compreensiva, mas também indica, de forma bem direta, que é hora de ela deixar aquilo para lá.

— Como isso pode ser justo, Aleks? — diz ela, enquanto ele a conduz para o fundo da cozinha. — Como? Como eles podem fazer uma coisa dessas?

Depois, ela percebe que Aleks a abraçou ao oferecer um cigarro e esperá-la parar de hiperventilar. Mas, antes de Nisha pensar no que acha disso, ele diz que vai buscar Jasmine e que é para ela ficar bem ali, e então se afasta.

Jasmine chega e a abraça apertado, murmurando: *Ah, tadinha. Tadinha, meu bem.* E Nisha nem se incomoda.

Naquela noite, ela liga para Carl da casa de Jasmine. Ela passou o dia mal conseguindo conter a raiva.

— Carl. Eu...

— Pegou eles?

— Peguei o quê? — pergunta ela.

— Os sapatos! — exclama ele, impaciente.

— Os sapatos — tinha dito Jasmine mais cedo, bufando. — Você sabe que os sapatos são só o jeito dele de enrolar você, né? Ele deve saber que é a única coisa que você não tem, então finge que o acordo só depende de você. Que homem é tão apegado assim a um par de sapatos femininos?

Nisha pensou naquilo, e fazia sentido. Talvez exista alguma regra jurídica bizarra que insiste que os dois lados devem ceder em determinados pontos, sei lá. Ela até poderia descobrir aquilo, mas *não tem como arranjar uma porcaria de advogado se não tiver um puto no bolso.*

— Pare de joguinho, Carl. Me dê logo minhas roupas e o que me deve, seu merdinha.

— Ah. O linguajar da sarjeta. Já estava mesmo me perguntando quanto tempo você levaria para voltar ao seu tipinho.

Ela se cala por um instante. Vê Jasmine observá-la do outro lado da sala, onde passa roupa, com a cara atenta e preocupada. Ela disse para Nisha não ligar para ele, para esperar e deixá-lo ficar um pouco ansioso, mas Nisha passou a noite espumando de fúria e não consegue se conter.

— Quem está na sarjeta é você, Carl! — grita. — Sei que está usando essa história de sapato para não me pagar o que deve. Mas não vai funcionar. Não tem um juiz no mundo que deixe você me tratar desse jeito.

— Divirta-se procurando esse juiz, meu bem — diz ele, tranquilo, e ri.

— Só me dê logo minha parte! Carl, você *não pode* fazer isso! Sou sua *esposa*!

— Me dê os sapatos, e a gente conversa.

— Você sabe que os sapatos foram roubados! Meu Deus, de repente até foi você quem roubou, só para me tirar tudo! Que brincadeira idiota e infantil é essa?

— Você agora está ficando chata — comenta ele, frio. — Sem sapato, sem dinheiro.

E ele desliga na cara dela. Ela segura o celular, boquiaberta.

Jasmine surge diante dela e oferece uma almofada, em silêncio.

Nisha olha o objeto.

— O que foi? — pergunta. — Para que serve isso?

— Para abafar seus gritos, gata. Se você fizer barulho demais, o síndico vai reclamar de novo.

Às vezes ela pensa na pessoa que roubou os sapatos dela, assim como pensa no pato que ganhou de Aleks e que talvez esteja até agora viajando em um ciclo sem fim por Battersea e Peckham, ainda embrulhado debaixo do banco. Talvez os sapatos dela estejam em algum lugar por aí, enfiados no armário de uma baladeira supermaquiada, ou então envoltos em papel de seda, prontos para serem enviados a uma influencer em Dubai. Carl adoraria se ela não conseguisse recuperar os sapatos. Ela o odeia tanto que chega a doer.

— Eu estava brincando quando falei que você sente mais saudade das suas roupas que do seu marido — diz Jasmine, terminando de retirar os apliques do cabelo de Nisha, na frente da televisão.

Os apliques tinham começado a cair, embolando perto do couro cabeludo, e Nisha sente a cabeça estranhamente leve e vazia sem eles.

— Mas é verdade — continua a outra. — Não é? Falando sério. Você não está chorando, gritando e odiando essa mulher por roubar seu marido, mas, nossa, está furiosa por causa das roupas.

De início, Nisha fica perplexa. Olha para Jasmine, refletindo sobre a observação por um momento, e pega um salgadinho do pote, esperando terminar de mastigar e engolir.

— Acho que elas representam alguma coisa para mim. São a versão de mim pela qual lutei.

— A versão de você?

— Você não sabe de onde eu vim — diz ela.

— De onde você veio?

Nisha olha a televisão por um tempo. Por fim, responde:

— De uma cidadezinha no Meio-Oeste onde a gente comprava todas as roupas na DollarSave. E, se as roupas fossem novas, era por pura sorte.

— Onde?

— É uma loja barata. Tipo a sua Primark, sei lá. Mas menos chique.

Jasmine solta uma gargalhada.

— Você está de brincadeira.

Nisha balança a cabeça em negativa. Ela nunca tinha contado essa história para ninguém. Desde o dia em que, aos dezenove anos, pegou um ônibus e deixou Anita para trás.

— Minha mãe foi embora quando eu tinha dois anos. Cresci com meu pai e minha avó, e eles achavam que roupas eram vaidade, e que vaidade era obra do diabo. Pelo menos era o que diziam. Agora acho que era porque preferiam gastar o pouco dinheiro que tinham com uísque barato. Então eu precisava implorar por tudo, e todas as minhas coisas eram da DollarSave, onde tudo tinha um fedor barato, e eles sempre compravam as peças dois tamanhos maiores que o meu para que elas durassem mais, e isso desde que eu era criança até a adolescência. Eles dois eram péssimos, e eram sovinas. Se não achassem nada lá, compravam roupas de segunda, terceira mão no bazar beneficente.

Jasmine segue prestando atenção.

— Os bazares perto de casa eram tão imundos que até os vizinhos miseráveis eram orgulhosos demais para fazer compras lá. E todo mundo na escola sabia quem usava roupas do bazar. Reconheciam de longe, e batiam na gente por isso. Eu odiava aquilo tudo. Odiava tudo que eu vestia. Quando cresci mais um pouco, comecei a usar as camisas de trabalho do meu pai, porque me incomodavam menos que as roupas femininas baratas e horríveis. Pelo menos eram feitas para durar. Eram reforçadas. E, onde eu morava, quem parecia menino tinha menos chance de passar por coisas ruins.

Nisha acende um cigarro, e Jasmine, que em geral não permite que a amiga fume no apartamento, não a impede ao ver a mão trêmula da outra.

Ela está de olhos arregalados, fitando Nisha.

— Então como foi que acabou casada com um milionário?

Nisha traga, solta uma baforada comprida e dá de ombros.

— Fiz o que todo mundo faz. Trabalhei nos bares da região até juntar um dinheirinho. Eu era bem bonita. Ou pelo menos tinha uma aparência que fazia os caras capricharem na gorjeta. Descobri que podia tirar proveito disso. Aí, peguei um ônibus para a cidade grande e aceitei tudo que aparecia. Fui empregada, faxineira, trabalhei em bar... Dei meu jeito, e virei Nisha. Vi o nome em uma revista, e achei que soava sofisticado. Trabalhei para um cara que conhecia alguém de uma galeria, fui de lá para uma galeria melhor e, em uns dois anos, me reinventei. Aprendi a falar sem sotaque. Deixei para lá as blusas decotadas e comecei a namorar caras com estantes cheias de livros. Virei alguém com quem ninguém ia querer arranjar confusão. Conheci Carl quando ele veio comprar um quadro, um Kandinsky com um preço alto demais para o que era, na minha opinião, e gostei da confiança dele. Gostei do jeito dele de entrar lá como se fosse dono de tudo. Ele era charmoso. Cheirava a dinheiro. E a segurança. E gostei de como ele me olhava. Como se eu já pertencesse ao mundo dele.

— Ele não sabia do seu passado?

— Ah, eu contei um pouco. Ele demorou para acreditar, e aí começou a achar graça. Às vezes, achei que ele até sentia certo orgulho de mim por isso, porque Carl ama gente batalhadora, mas, vez ou outra, se estivesse puto, ele usava aquilo contra mim. Me chamava de ralé, de caipira, me diminuía. Mas eu achava mesmo, de verdade, que ele nunca ia arranjar confusão comigo, como fazia com as outras pessoas, porque sabia que eu já tinha encarado coisa muito pior que as dores de cabeça que ele poderia me dar. Ele sabia que eu não tinha medo de nada.

Ela traga uma última vez e apaga o cigarro com violência na beira do prato.

— Pelo visto, eu julguei errado — conclui.

— Espera aí — diz Jasmine. — Então você já tinha, *sim*, lavado um banheiro!

Nisha a olha.

— Foi *isso* que tirou da história? — pergunta, rindo com ironia. — Não desde meus vinte e dois anos. Anita lavava banheiro. Nisha não tinha nem encostado em uma escovinha até eu vir para cá.

— Nossa. Não é de surpreender que você odeie esse homem.

— Mais do que você imagina.

Ela se lembra de repente de Juliana, das duas sentadas na saída de emergência em uma noite quente de Nova York, meses antes de ela conhecer Carl, fumando juntas e rindo, xingando o chefe, assobiando para os pedreiros no fim do turno. A gargalhada rouca de Juliana quando os pedreiros gritaram de volta para elas quebrando o calor sufocante, o cabelo castanho cacheado quicando nos ombros toda vez que ela jogava a cabeça para trás. Nisha acha que Juliana teria gostado de Jasmine.

Mais uma lembrança retorna, do último dia que a viu. Juliana, de queixo erguido, a voz falhando diante de Nisha, no apartamento imenso e cheio de bibelôs de Carl, enquanto Nisha contava o que o marido a mandara fazer, os problemas que enfrentaria se elas continuassem amigas.

— Então você escolheu *isso*? É *isso* que é importante para você? Sou sua melhor amiga! Sou madrinha do seu filho, pelo amor de Deus — exclamou Juliana, recuando, o rosto franzido. — Quem é *você*, Nisha? Porque vou te dizer... eu gostava muito mais da Anita.

A voz de Jasmine a traz de volta ao presente.

— Nish, eu sabia que você era batalhadora, mas agora estou vendo tudo. Você vai recuperar suas coisas, e ainda sair por cima. Não tenho dúvida. A gente só tem que pensar em um jeito.

— A gente?

Jasmine arregala os olhos e comenta:

— Esse Carl é um insulto a todas as mulheres! Você não acha que eu vou deixar você enfrentar isso sozinha, né? Agora a gente é irmã. Você sabe muito bem disso. Enfim. Tenho uma coisa para contar.

— O que foi?

— Bom. — Jasmine sorri. — Eu estava arrumando os brinquedos velhos da Grace, porque você sabe que sempre falta espaço por aqui. Aí encontrei um kit de pegadinhas. Ela amava essas coisas quando era pequena. Almofada de pum, o chiclete falso que dá um choque no dedo de quem abre a embalagem, sabe como é? Enfim. Tinha dois saquinhos velhos de pó de mico. Então... — continua, entrelaçando as mãos. — Nos últimos dois dias, quando limpei a cobertura, deixei um presentinho nas cuecas do Carl.

Nisha a encara.

— Nish, hoje andei atrás dele no corredor. Gata, eu quase me mijei. Ele não estava *nada feliz nas partes baixas*.

Ela se levanta e imita uma caminhada desconfortável, as nádegas se esfregando. Começa a rir só de lembrar, fechando os olhos e apertando o nariz. Quando se recompõe, volta a olhar para Nisha.

— Estou do seu lado, amiga. Estamos juntas.

Nisha pisca. Se ela fosse outra pessoa, talvez esse fosse o momento em que abraçaria Jasmine, choraria, agradeceria e diria que a amava e que seriam melhores amigas para sempre. Mas Nisha não é assim. Não mais. Ela fita o rosto da outra por um momento e então assente.

— Vou retribuir — garante Nisha. — Por isso tudo.

— Eu sei.

— E é possível que você seja um gênio.

— Eu estava mesmo me perguntando quando você ia reparar — diz Jasmine, e começa a cantarolar baixinho ao sair da sala.

22

Naquela noite, quando Grace está no beliche de baixo, de fones de ouvido com cancelamento de ruído, Nisha sobe, se deita (o teto é baixo demais para ela sentar ali) e liga para Ray.

— Mãe?

— Oi, meu amor.

Ela pede para o filho contar as notícias do dia.

Ele não está conseguindo dormir, e isso o está enlouquecendo. Big Mike, o responsável pelo alojamento, de quem ele gostava, discutiu com a administração e se demitiu. Agora, sem ele nem Sasha, Ray não tem mais ninguém ali com quem conversar. Uma menina nova do andar de baixo vomita em segredo depois de todas as refeições, e os funcionários não sabem, mas o banheiro do andar sempre fede a vômito, e ele não acredita que o nariz de ninguém esteja funcionando tão mal a ponto de não perceber isso.

— Mãe? Quando você vem?

Nisha fecha os olhos e respira fundo.

— Em breve.

— Mas quando? Não entendo por que você ainda está na Inglaterra.

— Tenho que falar de uma coisa com você, amor. E queria poder conversar pessoalmente, mas agora está meio difícil.

Ele fica em silêncio e ela faz uma careta, tomada de medo do que está prestes a jogar em cima dele.

— Hum… bem, eu e o papai… a gente… a verdade é que a gente… Bem, você sabe que a situação entre a gente anda complicada e…

— Você terminou com ele?

Nisha engole em seco.

— Mais ou menos. Quer dizer, não é bem assim. Ele… ele decidiu que vai ser mais feliz com outra pessoa, e eu… eu concordei que deve ser melhor assim, para nós dois, e, bem, estamos só tentando decidir como resolver isso do melhor jeito para você.

Ele continua em silêncio.

Ela leva a mão ao rosto, abaixa a voz.

— Me desculpa, Ray. Eu não queria mesmo que você tivesse que lidar com nada disso. Mas vai ficar tudo bem. Prometo. Ainda vamos ser uma família, só que uma família um pouco diferente.

Ele continua sem falar. Dá para escutar a respiração do filho, então ela sabe que ele não desligou.

— Ray?... Meu amor? Está tudo bem?
— Não me incomodo se ele for embora.
— ... Não?

Uma pausa.

— Não é como se ele fizesse tanta questão da minha presença nos últimos anos.
— Ah, ele faz, sim. Ele faz mesmo, meu amor. Ele só anda muito ocupado.
— Mãe, nós dois sabemos que isso é mentira. Sinceramente. Meu terapeuta tem conversado comigo sobre honestidade, e sobre ver as coisas pelo que são. E se o papai quiser ir embora, por mim tudo bem. Ele é quem sai perdendo.

Mais uma pausa.

— Na verdade, falei com ele dois dias atrás — continua Ray. — Falei que queria voltar para casa, e ele disse que, se fosse o caso, eu não deveria ter sido tão idiota, e que eu era... ele disse que eu era uma inconveniência. Que não dava para confiar em mim.
— Uma "inconveniência"?
— Não tem problema. Mandei ele se foder.

Há um quê de apatia na voz dele que faz o estômago de Nisha se embrulhar. Ele passou uns bons anos sendo supercorajoso, mas ela sabe que a rejeição de Carl é uma ferida que não vai sarar.

— Você está bem mesmo, bebê?

Faz-se um longo silêncio.

— Ray?
— Eu não ando tão bem assim.
— Como é "não tão bem"?

Ele não responde.

— Ok. De um a dez, como está sua tristeza?

Foi a recomendação da última psiquiatra para quando discutir sentimentos ficasse difícil.

Depois de uma breve pausa, ele diz:

— Tipo, oito?

Nisha sente a barriga se revirar.

— Não falei antes porque achei que tivesse alguma coisa acontecendo com você e com o papai e... não queria incomodar você.

— Ray. Estou ótima, prometo. E vou tirar você dessa escola assim que puder, está bem? Vamos arranjar uma casinha juntos, só nós dois. Onde você quiser.

— Jura?

— Se você quiser.

— E não vou mais precisar morar aqui?

— Não. Estou juntando um dinheiro para dar um jeito de a gente se reencontrar. O problema, meu bem, é que literalmente não tenho nenhum lugar para você ficar no momento. Estou na casa de uma amiga, e estamos bem apertadas, então preciso resolver a situação financeira com seu pai, para só então a gente poder se encontrar.

— Mãe, por favor. Só faz isso rápido. Odeio esse lugar. Odeio. Estar aqui me faz sentir como se tivesse alguma coisa errada comigo.

— Não tem nada de errado com você — diz ela, de olhos marejados. — Você é absolutamente perfeito, exatamente como é. Sempre foi.

Ela seca o rosto com a mão e pergunta:

— Então não está mesmo chateado por causa do papai?

— Por que ficaria chateado? Ele é um escroto. Ele é horrível com você e finge que eu nem existo. Você vive pisando em ovos com ele, parece até que ele é Deus. Se ele for fazer isso com outra pessoa, por mim está ótimo. Pode só deixar a gente em paz.

A dor de ouvir o relacionamento descrito de modo tão brutal a deixa enjoada.

— Ai, Ray, meu Deus. Desculpa por você não ter um pai melhor.

— Não me incomoda — retruca Ray, fungando. — Foi o que eu disse. Quem sai perdendo é ele... E aí, quando você vem?

O problema é esse. Ela conta que está presa na Inglaterra até resolver um problema financeiro. Imagina que ele não seja capaz de lidar com toda a situação de uma vez.

— Estou resolvendo, mas você vai precisar de um pouco de paciência. Você sabe que ele pode ser meio difícil.

— Qual é o problema financeiro?

Dá para ver que o terapeuta de Ray anda trabalhando bem.

— Hum... hum... Bom, ele... quer que eu entregue uma coisa para que ele aceite o acordo. É um joguinho dele. Estou resolvendo.

— Como assim? O que ele quer?

— É uma coisa que não está comigo agora.

— Mãe.

— É um par de sapatos.

— De *sapatos*?

— Pois é.

— Por que ele quer seus sapatos?

— Bom, minha amiga Jasmine acha que é só um joguinho. Porque ele sabe que esses sapatos foram roubados na academia. Ele está só enrolando enquanto esconde o dinheiro, sei lá.

— Quais sapatos?

Típico de Ray.

— Os Christian Louboutin feitos a mão. Vermelhos, de crocodilo.

Ela espera o grito de protesto, mas Ray fica calado.

— Vou dar um jeito, amor. Prometo. Se precisar, vou mandar fazer um par falsificado. Ele está só enchendo um pouco o saco.

— Mas eles *já são* falsificados.

— Como assim?

— Esses sapatos. Se for os que estou pensando... Acho que não são Louboutin de verdade.

— Ele mandou fazer especialmente para mim, lindo. Claro que são de verdade!

— Quando eu fui para casa em março do ano passado, lembro que eu estava na sala do lado do escritório e o ouvi no telefone. Ele falou: "Christian não aceitou. Você vai ter que dar um jeito." E aí umas duas semanas depois ele te deu os sapatos, e eu lembro bem, porque ele não comprava nada para você fazia séculos, e dei uma olhada nos sapatos depois e eles eram mesmo iguaizinhos aos verdadeiros, mas achei que tinha alguma coisa meio esquisita. A assinatura na sola não era idêntica. E não achei que fosse o tom exato de vermelho Louboutin na sola. Era meio... *gritante*.

— O quê? Que loucura. Por que seu pai me daria sapatos falsificados?

— Não sei. Lembro que achei esquisito. Mas você amou os sapatos, e ele gostava de ver você neles direto, então não quis incomodar e deixei pra lá.

De repente, ela se lembra de algo esquisito de quando Carl lhe dera os sapatos. Não estavam em uma caixa com papel de seda. Não estavam na bolsa de pano macia dos outros Louboutin que tinha. Vieram em uma bolsa de seda preta, sem marca. Ela supôs que era por terem sido feitos por encomenda.

— Nada disso faz sentido, meu amor. Por que seu pai compraria um par de Louboutin falsificado? Ele poderia comprar a loja inteira, se quisesse. E por que iria querer que eu devolvesse?

— Não sei, mãe. Mas pode descobrir e vir me buscar? — diz ele, e abaixa a voz. — Por favor. Estou com muita saudade.

— Também estou com saudade, meu bem. Vou me resolver. Prometo. Por favor... se cuide. Te amo muito.

— Mãe...

— Diga.

Uma pausa.

— E *você*, está bem?

Ela solta um soluço abafado, cobre a boca com a mão. Espera alguns instantes até a voz ficar mais firme.

— Estou ótima, meu amor.

A DollarSave. Metade da loja dedicada a ração e equipamento para fazendas, os corredores repletos de mangueiras, lâmpadas, tapetes de borracha. A outra metade continha itens essenciais: embalagens enormes de sopa e arroz, caixas de leite longa vida, pilhas de papel-toalha do tamanho de uma casa. Cheirava a química e desespero. Ela tinha sete anos. Era a primeira vez que o pai a obrigava a fazer aquilo. Entrou com seu casaco acolchoado verde-claro tamanho nove a onze anos, que a engolia, e saiu com o mesmo casaco, mas por cima de vários suéteres e uma garrafa de uísque Jim Beam. Ninguém desconfiou que aquela menininha fofa estivesse transportando objetos roubados. Foi a única vez que o pai lhe disse que ela era boa em alguma coisa.

Eles revezavam entre as três DollarSave da região, fazendo uma ou duas visitas semanais a cada uma, e, na única vez em que foi pega (ao derrubar por acidente o contrabando no corredor de cereais), ela caiu no choro e explicou que só queria levar um presente de aniversário surpresa para o papai, o que fez o segurança rir da menininha e dizer: *Ele gosta de uísque, é?* Ele a mandou embora com um saco de bolinhos e disse para ela nunca mais levar nada sem passar pelo caixa. Esperando na caminhonete lá fora, o pai dela riu daquilo. Ainda mais quando a garota tirou uma nova garrafa de uísque, menor, que tinha escondido no elástico da cintura.

— Viu, Anita? — disse ele, abrindo a tampa e tomando um gole. — As pessoas só veem o que querem ver. Se você continuar bonitinha assim, ninguém nunca vai achar que você faz nada de mau.

Nisha está deitada no beliche ouvindo o som metálico e ritmado que escapa dos fones de ouvido de Grace. E, apesar de ter trabalhado em quatro turnos simples e um turno duplo desde domingo, ao pensar nos sapatos, de repente se sente completamente desperta.

O White Horse parece ainda mais vagabundo durante o dia, se é que isso é possível, com folhas de plantas murchas, finas e meio mortas pendendo das cestas do lado de fora, a placa rachada e descascando. Ela trocou de turno com Jasmine para chegar na hora da abertura do bar, às onze da manhã (quem começa a beber às onze? Qual é a desses ingleses?). Ela empurra a porta assim que o barman a destranca e na mesma hora pede para ver a gravação das câmeras de segurança.

— Espera aí. Ainda nem liguei o caixa.

— E eu lá tenho cara de quem vai beber?

— Bem, por que mais viria a um pub?

O jovem tem uma aura de hipster e está com o cabelo escuro preso num rabo de cavalo, e já demonstra irritação.

Ela muda de tática.

— Desculpa pelo incômodo — diz, sorrindo. — Queria saber se você podia me ajudar com uma coisa. Me roubaram há algumas semanas, e pensei que poderia dar uma olhadinha na gravação das suas câmeras de segurança.

— Como é que é?

Ela olha para cima e localiza as câmeras no teto.

— Vocês gravam, né? — pergunta, apontando para cima.

— É — diz ele, acompanhando o dedo dela —, mas acho que não posso deixar qualquer um ver...

— Vai levar literalmente cinco minutos.

Ela encosta no braço dele. Aperta de leve.

— Você vai salvar minha vida, de verdade — insiste.

Ele a olha, meio sem saber o que fazer por um momento, e ela lhe oferece um sorriso doce e esperançoso.

— Olha, vou explicar. Estou metida numa encrenca. É muito difícil. Sou mulher, vim sozinha para este país, estou com problemas que não posso expor muito e preciso de ajuda. Sei que estou pedindo demais e, acredite, em qualquer outra circunstância, eu não interromperia seu dia assim. Dá para ver que você é muito ocupado. Mas preciso mesmo de ajuda.

Ele é um menino gentil. Ela vê a incerteza em seu rosto.

— Acho que não...

— Posso dizer a data e a hora e tudo. Vai levar só cinco minutos.

— É, mas tem a questão da privacidade e tal...

— Não estou pedindo nomes, nem endereços. Só quero ver se uma coisa aparece.

— A gente só guarda as gravações por seis semanas.

— Está perfeito.

Ele franze a testa, olha para baixo. Quando ergue o rosto, está desconfiado.

— E você, quem é? Não é da polícia, né?

Ela ri de um jeito fofo.

— Ah, nossa, não. Pareço da polícia? Meu nome é Anita. Sou só... uma mãe.

— Não é uma daquelas situações em que o cara está traindo a esposa e você vai começar alguma guerra de gangues aqui, né?

— Meu bem, se meu marido fosse infiel, eu não precisaria de câmeras para lidar com ele.

Ele olha para trás, apesar de parecer não ter mais ninguém ali.

— Eu teria que mostrar aqui. No bar. Clientes não podem entrar no escritório.

— Eu entendo. Você precisa tomar cuidado.

Quando ele hesita de novo, ela olha o crachá.

— Milo. É Milo, né? Olha, você realmente salvaria a minha vida. Só preciso encontrar um objeto pessoal. Aparentemente alguém pode ter sido gravado com ele pelas suas câmeras.

Ele olha para trás outra vez.

— E você disse que sabe direitinho quando e onde.

— Sexta-feira, dia sete. Só quero ver mais ou menos um período de uma hora daquela noite. Acho que... de oito às nove?

— Espere aqui. Vou preparar o iPad e trazer.

— Você é um santo! — exclama ela, encostando no braço dele outra vez. — Muito, muito obrigada.

Ela vê a expressão dele se suavizar e pensa, satisfeita: *Aí, sim. Ainda estou com tudo em cima.*

* * *

Dez minutos depois, ela está sentada no bar com um cappuccino enquanto Milo avança pelas imagens da câmera com seu dedo ágil de millennial, se aproximando vez ou outra para ver melhor.

— As imagens são todas em preto e branco? — pergunta.

— São. Mas dá para dar zoom se precisar. É bem nítido. São sapatos, é isso?

— Com uns quinze centímetros de salto. São Louboutin. Aposto que são os sapatos mais chiques que estiveram aqui naquele dia.

— E alguém roubou?

— E usou aqui. Ao que tudo indica.

Ele olha a tela.

— Sapatos são sapatos. Tem muita mulher de salto. Como você vai saber qual é o seu?

— Ah, eu vou reconhecer, sim.

Ela bebe o cappuccino que ele preparou. Muitos pares horrorosos de sapatos baratos e pesados. Muitas moças bêbadas tropeçando, muitos homens carecas. Ela sente uma pontada de ansiedade repentina. É o último White Horse. Se não der em nada, não tem mais pistas. Até que, finalmente, encontra.

— Ali! — diz de repente, apontando para a tela. — Pare! Pode dar zoom? Naquela mulher ali!

Nove e dezessete na noite de sexta. Uma mulher de cabelo mal cortado sai da pista aos tropeços, bêbada, revelando as pernas e os pés por um instante enquanto caminha de braços dados com uma segunda mulher até uma mesa coberta de garrafas. Milo volta um pouco e vai passando o dedo pela tela até dar zoom e os pés da mulher ficarem nítidos. Ela o faz aumentar até a imagem começar a ficar borrada, mas são, sim, os sapatos dela. Está evidente. Ela sente uma pontada de reconhecimento.

— São eles! Com certeza. Pode subir a imagem? Mostrar a cara dela?

Lá está ela, a ladra de sapatos, uma mulher simples, de meia-idade, olhos entreabertos e cabelo caindo em mechas suadas no rosto. No vídeo, ela vai cambaleando na direção do assento, e em certo momento o tornozelo dela bambeia um pouco.

— É ela. É a mulher que roubou meus sapatos.

Nisha arqueja, olhando a imagem pixelada.

— Que esquisito... — diz Milo, balançando a cabeça.

Ela olha para ele.

— Imagino que você não faça ideia de quem seja, né?

Ele franze a testa, passa a imagem para ver as outras pessoas perto da mulher. Vai e volta.

— Hum... acho que é o pessoal da Uberprint.

— Da o quê?

— A gráfica que fica logo ali. É. Olha... vi o Joel ali atrás dela. É o cara de dreads. E o Ted. Eles vêm aqui toda sexta.

— Uberprint — repete ela. — Pode anotar para mim?

E então, quando ele entrega o papel, Nisha sorri, um sorriso abrupto, genuíno, realmente alegre e grato, um tipo de sorriso raro para ela. E Milo, satisfeito, sorri de volta. Eles se olham por um momento.

— Será que...

— Nem pensar — diz ela, e pula do banquinho do bar.

Ele está sozinho na cozinha quando Nisha chega, limpando a bancada para se preparar para o turno da noite. Está curvado, esfregando uma mancha no fogão.

— Ei! Aleks — exclama ela, correndo até ele, que se vira ao ouvir seu nome. — Encontrei a pessoa que roubou meus sapatos! — diz, sem fôlego.

Ela não consegue se conter. Sorri de orelha a orelha e dá um soquinho de comemoração no ar.

— Está de brincadeira?! Você vai conseguir sua vida de volta!

Ele sorri de repente, o rosto iluminado. Larga o pano de prato e a puxa para um abraço, girando-a pela cintura até Nisha soltar um gritinho. De repente, quase sem reparar no que faz, ela segura o rosto dele entre as mãos e o beija. Aleks hesita por um momento, mas depois a abraça mais forte, retribuindo o beijo, seus lábios quentes e macios, a pele encostando na dela. Ela se perde no contato, consumida pela pressão da boca na dela, pelas mãos fortes que a puxam. Ele cheira a pão quente, sabonete e xampu. O gosto dele é tão bom que ela pensa em devorá-lo. Morde o lábio dele, e o chef solta um gemido baixo de prazer, que talvez seja a coisa mais sexy que Nisha já escutou. Ela enlaça o pescoço dele, encostando o corpo todo no seu. O tempo para, se mistura. Até que eles ouvem a porta na outra ponta da cozinha de confeitaria e se soltam de forma abrupta. Ela ajeita o cabelo enquanto recua, destrambelhada.

Minette vem trazendo duas bandejas de alumínio com massa, cantarolando baixinho, e empurra a porta com a bunda para passar. Aleks acompanha o olhar dela, depois volta a se concentrar em Nisha. Quando Minette sai dali, ele solta um suspiro, como se estivesse prendendo a respiração.

— Bom — diz Nisha.

— Bom — repete ele.

Aleks fita os próprios pés, um tanto desconcertado. Nisha sente uma leve satisfação. Quando ele ergue o rosto, encontra seu olhar. Imagina que esteja um pouco ruborizada.

— Você... é óbvio que você não leva desaforo para casa.

Ela retribui o sorriso dele, mas com uma pontada de malícia.

— Pode ter certeza — responde.

Então ajeita a calça, olha de novo para ele e, sem saber mais o que fazer, sai imediatamente da cozinha.

23

O carro morreu. Óbvio. Ontem Simon a informou quatro vezes que ela não poderia se atrasar hoje. Às nove haveria uma reunião de estratégia, às dez, uma de vendas, e às onze, uma de planejamento, e a equipe da sede estaria presente em todas as reuniões. Ele falou em tom de advertência, como se fosse uma má notícia para ela.

— Phil?... Phil?

Cat está na cozinha, olhando o celular e comendo uma torrada.

— Cadê seu pai? — pergunta Sam. — Ele não está no quarto.

Cat dá de ombros.

— Cat? Cadê seu pai? Você deve ter visto ele.

— Deve estar no furgão.

Ela não tem tempo de pensar na frieza da filha, que nunca mais a olhou nos olhos, apesar de Sam ter chorado por isso na noite anterior. Ela pega a bolsa e sai de casa. O capô do furgão está levantado, e Phil mexe no motor.

— O carro não quer pegar — diz ela.

— Deve ser a bateria. Precisa trocar.

Sam espera que ele se afaste do motor, mas ele continua ali.

— Phil?

— O que foi?

— Então me ajuda? A gente tem cabo de ignição? Preciso chegar às nove no trabalho, senão estou ferrada.

Ela fica parada, olhando para o marido. Faz dias que ele passa o tempo todo ali. A princípio, Sam ficou discretamente feliz: era maravilhoso que Phil estivesse fazendo qualquer coisa longe da televisão. Mas há algo de determinadamente excludente no tempo que ele agora passa ali fora, como se preferisse fazer qualquer coisa a estar com ela.

— Você não pode nem me ajudar?

Por fim, ele sai de baixo do capô e se endireita. Ao olhar para ela, seu rosto está neutro, o que é curioso.

— Bom, não tenho como trocar a bateria em um passe de mágica, né?

Eles se encaram por um momento, e ela sente um leve calafrio por conta da frieza da expressão dele.

— Bom, obrigada — diz ela, em seguida. — Muito obrigada.

Sem dizer uma palavra, ele pega uma flanela suja de graxa perto do motor e volta a se enfiar debaixo do capô.

Ela está no táxi quando a mãe liga. Tem dezoito minutos para chegar ao escritório, percebeu, e faz uma série de cálculos rápidos. Se alegar que o carro deu problema, Simon encontrará um motivo para criticá-la por ser desorganizada, como se qualquer outra pessoa soubesse identificar que a bateria estava prestes a morrer. Será que deveria dizer que pegou trânsito por causa de um acidente? Ele é do tipo que conferiria, só para provar que ela estava errada. Melhor não mentir. Talvez possa pegar uma pasta no caminho e dizer que tinha ido atrás de alguns números atualizados.

— Você não veio fazer faxina semana passada. É preciso que pesquise uns hinos socialistas para mim.

— Como assim?

— Hinos socialistas — repete a mãe, impaciente. — Seu pai vai fazer uma apresentação sobre a história do hino "Jerusalem" na St. Mary's, e eu comentei que o bispo de Durham disse que um trecho da letra que fala de "fábricas sombrias e satânicas" na verdade é referente às igrejas, não a fábricas de farinha, então não seria apropriado. Você sabe como a sra. Palfrey se ofende fácil. Ela é unha e carne com o vigário, e chamou a coitada da Tess Villiers de maoísta por botar flores hereges no altar semana passada.

— Flores hereges?

— Antúrios. Terrivelmente penianas. Ficamos todos chocados. Enfim, seu pai fez alguma coisa com a caixinha do Wi-Fi e não conseguimos acessar a internet, então preciso que você descubra uns hinos socialistas mais adequados para ele citar na palestra. De preferência, até hoje à tarde. No fim do dia, ele tem consulta no oftalmo.

Sam remexe a bolsa em busca da maquiagem. Cat não saía do banheiro, então ela não teve tempo de se arrumar.

— Ah, e decidimos que vamos acolher um refugiado. Mas tem muita burocracia e precisamos da sua ajuda para preencher os formulários. E temos que tirar as coisas do segundo quarto para botar uma cama lá. Na verdade, talvez já tenha uma cama lá. Não sei, porque está cheio de caixas.

— Um refugiado?

Sam não consegue acompanhar.

— É importante pensar em pessoas além de nós mesmos, Samantha. Você sabe que eu e seu pai gostamos de fazer o possível pela comunidade. E parece que alguns deles são muito simpáticos. A sra. Rogers está com um afegão, e ele sempre tira os sapatos em casa.

— Mãe. Não posso resolver isso agora. Estou muito ocupada.

O tom da mãe consegue transmitir uma combinação precisa de afronta e mágoa.

— Ah. Bem, seria agradável se você pudesse pensar na gente *de vez em quando*.

Sam encaixa o celular entre a orelha e o ombro, fazendo o possível para passar a base com hidratante no rosto.

— Eu penso em vocês, mãe. E não só de vez em quando. Olha, se quiserem acolher um refugiado, acho ótimo. Mas não tenho tempo de arrumar seu segundo quarto agora, nem de encontrar hinos socialistas. Estou cheia de coisa para fazer. Organizei uma entrega de supermercado para vocês na terça-feira, e vou aí ajudar assim que puder.

— Uma entrega de supermercado — diz a mãe, com um tom sofrido. — Bem, ao que parece vamos ter que dizer aos coitados dos afegãos que nossa filha está muito ocupada para encontrar uma cama para eles.

— Mãe, a última vez que alguém viu a cama desse seu quarto foi em 2002, quando o papai começou a empilhar lá dentro a coleção de trenzinhos que comprou no eBay. Nem sei se tem cama mesmo. Olha, eu vou assim que puder. Só estou muito ocupada agora.

— Todo mundo está muito ocupado, Samantha. Você não é a única pessoa atarefada nessa família, sabe. Nossa, espero que não fale assim com Phil. Não é à toa que ele se sente tão negligenciado.

Sam chega com quatro minutos e meio de atraso. Pela expressão de Simon quando ela entra correndo na sala de reunião, daria na mesma se fossem quatro horas.

— Que bom que decidiu aparecer — diz ele, olhando o relógio, levantando as sobrancelhas e por fim se virando para os colegas, para confirmar que eles perceberam.

Durante a segunda reunião inteira, ela pensa em cancelar o almoço com Miriam Price. Simon é implacável: questiona os números que Sam apresenta, faz cara de distração ou tédio ou bate com a ponta da caneta personalizada no bloco sempre que ela fala. Às vezes, ele chega a resmungar baixinho enquanto ela está falando. Sam vê que os gerentes da Uberprint (todos com a mesma cara, a mesma roupa e o mesmo jeito de falar que ele) notam esse showzinho e observam a fraqueza dela, então já a descartam por completo. Quando a reunião de vendas acaba, ela vai ao banheiro e aperta o rosto com força para que ninguém a escute chorando na cabine.

Sentada no vaso, manda uma mensagem para Phil, que não responde. Ele só responde a uma a cada três mensagens que ela manda nos últimos tempos, e ela não sabe mais se pode culpar a depressão. Então envia uma mensagem para Cat, que responde apenas: **Tudo bem com ele.** Nenhum beijo no final. Nenhuma pergunta sobre o dia de Sam. Às vezes, fica difícil acreditar que alguém de fato se importa com a existência dela. Sam pensa em mandar mensagem para Joel, mas parece um exagero, uma admissão de certa carência que não se sente à vontade em fazer. Ela hesita, com os dedos no teclado do celular, até que ouve alguém entrar na cabine ao lado e guarda o aparelho no bolso.

Quando sai, já são quinze para meio-dia: tarde demais para cancelar o almoço. Por isso, lava o rosto, retoca a maquiagem e vai almoçar, ignorando o olhar acusatório de Simon pelas paredes de vidro da sala.

— Sam! Como estão as coisas?

Miriam já está no restaurante, sentada à mesa perto da janela. Quando o garçom conduz Sam à mesa, Miriam se levanta por um instante e abre um sorriso simpático.

O trabalho com a gráfica tinha dado certo, e Miriam ficou satisfeita com todos os aspectos, chegando a ligar para ela depois para agradecer sua atenção aos detalhes. Em outra época, Sam poderia ter transmitido os elogios ao chefe, mas, com Simon, não adiantava: ele daria um jeito de botar defeito ou perguntaria por que ela não tinha cobrado ainda mais caro.

— É um prazer ver você de novo — diz Sam, e oferece a mão para um cumprimento um pouco desajeitado.

Miriam está de saia lápis e suéter listrado nas cores do arco-íris combinando com *ankle boots* de salto. Sam nunca se sentiria capaz de usar uma roupa dessas no trabalho, mas, em Miriam, o efeito é uma mistura de altivo com excêntrico. Com certa culpa, Sam usou a jaqueta Chanel, visto que é Miriam Price e ela precisava no mínimo se sentir arrumada, em vez de vestir apenas a calça preta e o suéter cinza de sempre.

— Usei meus Louboutin em sua homenagem! — diz Miriam, inclinando o pé para Sam ver.

Ela dá uma olhada nos pés de Sam, que imagina notar uma pontada de decepção nos olhos de Miriam diante dos saltos pretos simples. Na mesma hora, deseja ter usado os saltos também.

— São lindos — elogia Sam.

Elas conversam um pouco sobre o tempo e as filhas, e comparam as preferências do cardápio. Miriam opta por uma salada de entrada e um peixe como prato principal, e Sam pede a mesma salada e uma torta vegetariana, que é o prato principal mais barato. Ela está com certo medo de precisar pagar o almoço, pois Simon anda negando qualquer orçamento para almoços de trabalho. Já começa a calcular o valor.

— Então, me fale de você, Sam — diz Miriam —, e de como acabou na Grayside. Ah, não, é Uberprint agora, né?

Ela tem um ar de confiança quando fala, como se soubesse intuitivamente que sempre vai dizer a coisa certa.

— Não sei se tenho muito a dizer — responde Sam, atrapalhada, e Miriam espera, sorrindo. — Quer dizer, meu plano não era trabalhar em gráfica, mas, quando minha filha era pequena, arranjei um emprego temporário lá, de secretária. O chefe, Henry, que agora se aposentou, era um amor, e parecia achar que eu era competente.

Ela solta uma risadinha nervosa, para o caso de estar soando arrogante.

— Depois de uns dois anos, ele decidiu me botar na gerência de projetos. E meu papel foi se desenvolvendo a partir daí. Ele... ele era um homem muito generoso. Muito bom.

— Ah, eu cheguei a conhecer o Henry. Gostava muito dele. E sua família?

— Marido. Uma filha adolescente, como você sabe. E é isso. Só nós. Além dos meus pais carentes.

— Ah, estamos nessa idade, né? — comenta Miriam. — Os meus moram em um lar para idosos em Solihull. Tenho a sensação de que só fico indo e vindo de lá ou tentando acalmar os cuidadores exaustos.

— Jura? Que pena. Quer dizer, que pena se for ruim para eles. Ou para você — diz Sam, voltando atrás. — Mas não sei, óbvio. Talvez seja um lugar ótimo. Tenho certeza de que você só os deixaria em um lugar legal.

— É razoável. Mas acho que ninguém pretende passar o fim da vida em uma residência dessas, né?

O garçom serve a água delas.

— Meus pais dizem que preferem morrer a acabar em um desses lugares — conta Sam. — Por isso eu cuido de todas as tarefas domésticas deles. Faço faxina, compras.

Miriam assente, com uma careta. Sam percebe que há um código entre mulheres dessa idade. Acabaram as cotoveladas dos vinte e trinta anos, a competitividade. Quando chegam ao fim dos quarenta, aos cinquenta, são todas sobreviventes — da morte, do divórcio, da doença, do trauma, de *alguma coisa*.

— Deve ser difícil para você — começa Miriam.

O celular de Sam começa a vibrar.

— Desculpe — diz Sam, corando ao tirar o aparelho da bolsa.

Miriam abana a mão, como se não fosse nada demais.

Sam sente um aperto no peito ao ver o nome.

— Simon? — atende, tentando forçar-se a sorrir.

— Cadê você? — pergunta ele, seco.

— Com Miriam Price. Está na agenda. Avisei duas vezes a Genevieve.

— Os holandeses precisam adiantar o cronograma em quatro dias. Disseram que mandaram um e-mail para você e não receberam resposta.

— É? Só um segundo.

Ela murmura mais um pedido de desculpas para Miriam e põe Simon no viva-voz enquanto abre o e-mail. Lá está, recebido há quinze minutos. Um e-mail da empresa holandesa de livros didáticos, pedindo para adiantar o trabalho.

— Simon, só chegou há quinze minutos.

— E daí?

Sam tira o celular do viva-voz e encosta na orelha correndo.

— Eu não tinha visto. Vou responder, óbvio. Assim que voltar.

— Você tem que ser ágil no e-mail, Sam. Já avisei isso. Nós aqui da Uberprint temos a reputação de responder rápido. Isso não é suficiente.

— Eu... eu imagino que eles entendam que uma e quinze é horário de almoço...

— Não estamos em uma colônia de férias, Sam. Não sei o que vai ser necessário para você levar esse trabalho a sério. Você precisa voltar. Na verdade, não pode, né? Senão vai demonstrar falta de profissionalismo para Miriam Price. E precisamos mantê-la como cliente. Vou mandar Franklin resolver.

— Mas o projeto é meu. Eu que trouxe para a empresa.

— Não importa — interrompe Simon. — Não basta trazer projetos. Preciso de alguém que cuide do começo ao fim. Venha me ver quando voltar. Depois do seu *delicioso almoço.*

Quando ele diz essas últimas palavras, ela tem certeza de que há gente com ele no escritório, e o imagina revirando os olhos para o telefone. Simon desliga e ela se vê atordoada à mesa.

— Tudo bem? — diz Miriam, que estava lendo o cardápio.

— Tudo. Tudo — repete Sam, se recompondo. — Só coisas de trabalho. Você... sabe como é.

— Eu sei como é o Simon — comenta Miriam, olhando por cima do cardápio. — Simon Stockwell, né?

Sam olha para ela.

— Que homenzinho odioso — continua Miriam. — Ele trabalhou para a gente uns anos atrás, sabe. No começo da carreira. Saquei qual era a dele na hora. Ele fica pegando no seu pé?

Sam congela. Não sabe o que responder.

— Não! Não. Está tudo bem. Ótimo. É que tudo anda meio complicado. Eu... Bom, eu... Tem sido...

De repente, de forma abrupta, ela cai no choro, lágrimas torrenciais e salgadas descendo pelo rosto. Solta soluços altíssimos, que fazem os ombros tremerem, e aperta os olhos com a palma da mão.

— Eu... Me desculpa — diz, morta de vergonha, secando o rosto com o guardanapo. — Não sei o que está acontecendo.

Ai, Deus. Agora ela estragou o almoço. E Miriam Price vai pensar, vai *saber,* que ela é a otária que Simon sempre julgou que era. Ela dá uma olhada ao redor, tentando desesperadamente localizar o banheiro, para fugir. Mas não quer ter que perguntar onde fica, e tem medo de se levantar e ir no sentido errado. Quando se vira de volta, Miriam a observa com atenção.

— Me... me desculpa — repete, secando os olhos.

Miriam está séria.

— Estou passando por um momento difícil — continua Sam. — Estou... estou morta de vergonha. Normalmente não...

Miriam pega a bolsa e tira dali um pacote de lenços, que põe em cima da mesa.

— Item obrigatório em bolsas de mãe — explica. — Nem queira saber o que mais tem aqui. Duas chaves do carro, o spray nasal da minha esposa, uma receita de remédio da minha filha porque ela não quis ir comprar sozinha, meus hormônios... biscoitos de cachorro... A lista nunca acaba, né?

Ela sorri, tagarelando sobre nada, e dá tempo para Sam se recuperar e procurar um espelho na bolsa. Miriam a interrompe.

— Você está ótima — garante. — Nem borrou a maquiagem.

— Jura?

Os soluços se tornaram mais leves e esporádicos. Sam sente vontade de se encolher de vergonha.

— Sabe — diz Miriam, se servindo de água —, espero que isso não soe muito inadequado, mas, quando entrou aqui, achei você muito abatida. Uma mulher muito diferente da que conheci da outra vez.

Ela entrega um copo de água para Sam e espera ela beber um gole.

— E imagino que pelo menos cinquenta por cento disso seja por causa de Simon Stockwell — continua, se inclinando para a frente. — Sabe, a melhor coisa da menopausa, só para o caso de você ainda não ter chegado lá, é que você genuinamente não está mais nem aí para esse tipo de homem. E eles sabem disso. E, sabendo que você não se sente intimidada por eles, eles acabam perdendo todo o poder.

Sam abre um sorriso triste.

— Exceto quando seu emprego depende deles.

— Você é ótima no seu trabalho. Por que dependeria dele?

— Eu... eu...

Sam quer falar, contar as inúmeras formas que Simon tem de fazê-la se sentir inútil e desnecessária, as muitas horas do dia em que se sente ignorada ou desprezada, mas não lhe parece profissional falar para uma cliente sobre como as coisas estão desde a aquisição da Uberprint. E que mulher negra lésbica quer ouvir uma mulher branca de meia-idade choramingar sobre como o trabalho está difícil?

Ela força mais um sorriso triste.

— Ah, não é só ele. Juro. Foi uma semana complicada.

Miriam a observa.

— É de admirar a sua discrição agora.

— Estou passando por muita coisa.

— Nessa idade, sempre passamos. Ah, que bom, a comida está chegando. Você vai se sentir melhor depois de comer.

Enquanto almoçam, Miriam continua uma conversa relativamente unilateral, puxando assunto com Sam sobre os caprichos das adolescentes, as exaustões causadas por pais idosos, a necessidade de se cuidar (Sam concorda, apesar de não se lembrar de qual foi a última coisa que fez para se cuidar), e Sam conduz uma conversa paralela na cabeça, tentando avaliar o estrago dessa situação: se Miriam Price vai revelar que essa mulher ridícula caiu aos prantos em um almoço de trabalho, se Simon vai dar uma bronca nela na frente de todo mundo naquela sala horrível de vidro quando voltar. O que mais a entristece é que a lembrança do primeiro encontro com Miriam foi arruinada: a mulher de jaqueta Chanel e salto tinha evaporado, restando apenas a verdadeira Sam, dilacerada, derrotada, patética. Ela não ousa olhar o celular, pois sabe que haverá uma série de mensagens furiosas de Simon a respeito de seu fracasso no projeto holandês. Por isso, sorri, educada, tenta não falar besteira e come devagar, enquanto uma parte distante de seu cérebro nota que ela perdeu todo o apetite.

— Sobremesa?

Sua mente volta para a mesa.

— Ah, não. Foi um prazer, mas acho que devo voltar ao escritório e ver o que está acontecendo com esse projeto — diz, recusando o cardápio. — Mais uma vez, me desculpe por...

Miriam faz um gesto na frente do rosto, tentando fazer pouco caso do ocorrido.

Há um longo silêncio.

— Sam — começa Miriam. — Isso não é jeito de trabalhar.

— Eu sei — afirma Sam, corando. — Vou me resolver. Vou mesmo. Prometo que normalmente não sou assim...

— Não, você não entendeu. Estou me referindo a trabalhar para um chefe que nitidamente está tratando você tão mal. Você é ótima no seu trabalho. Falei sobre você com o Ivan, da Drakes, e ele disse que você sempre foi de uma competência incrível. Além de ser uma colega de trabalho muito agradável.

Sam levanta a cabeça devagar.

— Estamos sempre procurando gente, e eu fiquei muito impressionada com o que você nos entregou. Acho que você deveria vir conhecer nossa equipe.

— ... conhecer sua equipe?

— Você deveria trabalhar em um lugar onde pode recuperar sua energia. Onde quer que seja — diz Miriam, fazendo sinal para a garçonete e oferecendo o cartão de crédito antes mesmo de Sam poder falar qualquer coisa. — Você teria interesse em conversar com a gente?

Sam está tão chocada que mal consegue falar.

— Hum... sim. Teria, sim, seria ótimo.

— Que bom. Vou mandar um e-mail com a data.

Miriam se levanta. Ela encosta o cartão na máquina oferecida pela garçonete, enquanto Sam digere aquela interação. Em seguida, guarda a carteira na bolsa e se inclina para a frente.

— Enquanto isso, combine essa jaqueta com um par incrível de sapatos e um batom vermelho, e mostre para Simon Stockwell que você não leva desaforo para casa.

24

O café tem vista para os fundos da gráfica, um pátio pequeno e sujo entre uma mercearia, o pub White Horse e um prédio comercial que parece ter sido abandonado há vários anos, considerando-se as janelas encardidas e o grafite nos muros. Nisha teve seu turno daquela tarde cancelado sem aviso prévio (*trabalho intermitente*, lamentou Jasmine), então bebe devagar um cappuccino morno e observa as vans brancas velhas entrarem e saírem de uma entrada de veículos com a placa da Uberprint logo acima, grupos de homens aglomerados na entrada dos fundos, batendo papo ou bebendo chá entre carregamentos, as gargalhadas soltando nuvenzinhas de vapor no ar frio. Ela está tensa, concentrada, esperando que a mulher saia usando seus sapatos, apesar de saber ser improvável.

Nisha já está ali há quase uma hora, e imaginou dezenas de resultados: ela segue a ladra até em casa, a confronta e arranca os sapatos dos pés dela (apesar de, para isso, a mulher precisar estar usando os Louboutin, e Nisha sente nojo de pés alheios). Em seguida, chama a polícia, apesar de, se for como a polícia dos Estados Unidos, dá na mesma ficar ali só assobiando. Ela entra escondida na casa da mulher enquanto a outra está dormindo, encontra os sapatos e foge. Talvez de máscara para não ser reconhecida. É uma estratégia arriscada, ainda mais porque não sabe quem mais pode estar na casa. Além disso, o tecido da máscara deve coçar. E há o trunfo final: ela pode contar para Carl, que pode mandar Ari buscá-los. Mas ela não confia que Ari conte a verdade a respeito de ter recuperado os sapatos: ele poderia muito bem roubá-los e deixá-la ainda pior do que antes. Alguma coisa com relação a Ari em posse daqueles sapatos não desce bem.

Nisha fica sentada lá, considerando todos esses fatores, e o finzinho do café esfria. Depois da terceira vez que o barista vem perguntar se ela quer mais um, ela pega o casaco e a bolsa e vai embora.

Simon está conversando com alguns colegas quando Sam chega. Ela entra pela lateral, para ir ao banheiro e se arrumar antes de ser notada. Agora, vê um monte de homens jovens ao redor da mesa dele, olhando com atenção alguma coisa no celular de Simon e caindo na gargalhada todos ao mesmo tempo. Ela imagina um meme nojento, talvez com uma mulher jovem de peitos imensos. Fica aliviada por ele não estar no cubículo dela, uma das nádegas apoiadas no canto da mesa e a cabeça inclinada em falsa preocupação. Ela fica um momento ali de pé, os observando, antes de apoiar a bolsa e deixar a jaqueta Chanel nas costas da cadeira. Então sai, passando pelo departamento financeiro, pela recepção e pelo corredor estreito que leva à área de carga.

As vans todas saíram, e ele está sentado sozinho na salinha perto da porta principal. Está de costas quando ela chega, com as mãos cruzadas atrás da cabeça, e observa o pátio pela janela, aparentemente perdido em pensamentos, seus ombros largos demais no moletom azul-escuro da empresa. Atrás da sala, suspenso nas vigas, fica um saco de pancada preto e amarelo enorme. Ela para por um momento e observa Joel. Lembra-se de repente de dançar com ele, da mão dele na sua cintura, das sobrancelhas arqueadas, admirado e bem-humorado ao vê-la desfilar com aqueles sapatos.

A sala dos motoristas está quente e abafada, por conta de um aquecedor antigo no canto, e as paredes são recobertas de tacógrafos e quadros brancos detalhando os serviços de cada dia, cartões de aniversário desbotados e memorandos novos da Uberprint. Ela não entrou ali muitas vezes naqueles anos todos, e de repente o cômodo lhe parece menor do que se lembra. Ou talvez Joel só seja maior. Ele se vira na cadeira.

— Sam. Não sabia que você...
— Você tem luvas?
Ele pisca.
— O quê?
— Luvas — responde ela. — De boxe. Tem alguma aí?
Ele segue o olhar dela até o saco de pancada.
— Hum... tenho as minhas. Mas são grandes para você.
— Me empresta.

Ele tira de baixo da mesa uma bolsa de ginástica contendo duas luvas pretas gastas e as entrega a ela. Sam as examina por um instante. Calça-as e aperta o velcro com os dentes até ficarem bem presas. Então, sai da sala e vai até o saco de pancada. Para na frente dele por um momento, respira fundo, tensiona o abdômen, deixa tudo na sua cabeça se acalmar. Então, leva o braço para trás na altura do ombro e, com toda sua força, dá um soco com a mão direita. O impacto joga o saco para trás. Ela dá outro soco com a esquerda, os pés firmes, a força toda vinda do ombro esquerdo, até o saco voltar a girar. Ela o soca, e de novo, e de novo, esmurrando o couro, seu cabelo escapando do rabo de cavalo, a respiração saindo em sopros curtos, uma arfada saindo a cada impacto. Ela bate várias vezes, sem se preocupar com ser vista, sem querer saber se está ridícula atacando um saco de pancadas vestida em uma blusa da Next e sua única calça elegante.

Joel, que a princípio recuara de surpresa, dá a volta no saco para segurá-lo, deixando que Sam bata mais forte. Satisfeita, ela percebe que Joel se encolhe diante de cada impacto, empurrando com o tronco e deslizando o pé esquerdo para dar mais firmeza. Ela soca e soca até sentir alguma coisa finalmente ceder dentro de si. E então, de forma abrupta, para, abaixando as mãos, de repente percebendo o coração a mil, o suor escorrendo pelas costas até a cintura da calça. Faz-se silêncio, interrompido apenas pelos rangidos do saco balançando nas correntes. Ela olha para Joel, que a observa, as mãos dele ainda apoiadas no saco, como se não soubesse se ela voltaria a socar.

— Tudo bem? — pergunta ele.

— Miriam Price quer que eu marque uma reunião com ela — responde, ofegante.

Joel faz cara de surpresa.

— Para me oferecer um emprego — acrescenta.

Eles se olham, firmes. Sam sente o suor pingar no olho e tenta secar com o braço.

Nenhum deles fala.

— Não quero que você vá embora — diz Joel depois de um tempo, e solta o saco de pancada.

— Não quero ir embora.

Eles se entreolham. E então, sem pensar, ela avança um passo, pega o rosto dele entre as luvas e o beija.

Ao primeiro toque da boca de Joel, o corpo de Sam entra em estado de choque. Ela não beija ninguém além de Phil há mais de vinte e cinco anos, e não sabe nem se eles já se beijaram assim. Tudo em Joel é desconhecido e delicioso. Ele tem outro cheiro, a boca mais macia, o corpo mais duro, e as mãos estão no cabelo dela, como uma sugestão da força dominante. Joel a abraça, o corpo dela derrete junto ao dele e os beijos ficam mais profundos, mais urgentes, as mãos de Sam no pescoço dele, a respiração dela agitada. O tempo para, tudo ao redor desaparece e restam apenas a boca, a pele, o calor dele. O corpo todo dela parece ter se moldado e fundido ao dele, sinapses há muito adormecidas voltando à vida. Ela quer tirar as luvas. Quer sentir a pele dele junto à dela, macia e quente. Quer se enroscar nele. Quer botar a mão na calça dele e... e... Ela recua, a respiração ofegante, as luvas levadas ao próprio rosto.

É então que vê Ted. Ele está perto da porta da garagem, boquiaberto ao vê-los, com uma expressão que depois ela só saberia identificar como decepção horrorizada no rosto gentil e arredondado.

— Joel, eu... eu... — gagueja Sam.

Ela se vira e volta correndo para o escritório, arrancando as luvas e as jogando para trás.

Sam volta a passos rápidos pelos cubículos até chegar ao próprio, ruborizada, olhando para a frente, certa de que todo mundo deve saber o que aconteceu. O corpo dela irradia calor, e seus pensamentos estão embolados e agitados.

Ela se senta na cadeira, um pouco trêmula, olhando a tela sem de fato ver nada. *Acabei de beijar o Joel. Acabei de beijar o Joel. Queria fazer muito mais que só beijar o Joel.* Ela ainda sente a boca dele, o corpo rígido e musculoso. Pensa na expressão chocada de Ted, e de repente solta uma espécie de gargalhada, um guincho estranho e agudo, e cobre o rosto com as mãos, morrendo de vergonha. O que ela fez? Quem ela se tornou? Sam olha para trás, culpada, mas ninguém parece ter notado. Estão todos de cabeça baixa. Marina passa por ali com uma caneca de café. A copiadora perto da saída de emergência parece ter pifado de novo. Ela dá um pulo quando o celular vibra. É Joel.

Está tudo bem?

Ela olha o celular. Com os dedos trêmulos, digita:

Acho que sim. Ted falou alguma coisa?

Só que não era problema dele. Ele foi embora na mesma hora.

Acha que é melhor eu falar com ele?

Não. Não. Não sei. Talvez seja melhor eu conversar com ele. Não sei o que aconteceu.

Ela olha para cima, para ver se alguém notou, se alguém pressentiu que ela, Sam Kemp, tinha beijado um colega de trabalho. Estaria prestes a ter um caso? Era esse o novo rumo da vida dela? Será que Ted achava que ela era uma pessoa horrível? *Me ajude*, pensa, sem saber para quem está pedindo.

E então Sam dá um salto apavorado, porque uma mulher de cabelo escuro para na porta do cubículo dela, a encara com raiva e diz, em uma voz alta com sotaque dos Estados Unidos:

— CADÊ MEUS SAPATOS, FILHA DA PUTA?

25

Nisha entrou no escritório da Uberprint sem ser abordada por ninguém. Os homens aglomerados perto das vans a olharam, mas ninguém pareceu achar estranho que ela estivesse entrando pelos fundos. Depois de um olhar rápido para as pernas dela, voltaram à discussão que estavam tendo. O escritório é sem graça, o tipo de lugar que poderia vender seguros veterinários ou soluções de drenagem, e ela torceu o nariz ao sentir o cheiro de carpete mofado e café instantâneo no corredor que parecia levar à sala principal. Uma mulher jovem desviou a atenção do telefone na recepção e a olhou, mas não a impediu de seguir em frente, e Nisha empurrou a porta dupla até chegar a um espaço amplo dividido em cubículos cinza.

No canto do ambiente, viu uma sala grande, de vidro, contendo um grupo de homens jovens de ternos baratos, e ao redor dela um zumbido vago de trabalho tedioso emanava das mesas, os funcionários digitando, murmurando ao telefone ou tomando chá e batendo papo perto da copiadora. Ela olhou ao redor da sala, agarrando bem a bolsa. Até que notou uma mulher sentada encolhida em um dos cubículos mais ao longe, o cabelo mal pintado visível por cima das baias.

Ela não sabia o que faria quando finalmente confrontasse a mulher que lhe causara tantos problemas, uma ladra que também tem a chave de seu futuro. Mas algo na aparência desgrenhada da outra, na curvatura deprimente de seus ombros, logo a enfureceu. Eu fui ludibriada por *essazinha?*, pensou, ao atravessar o escritório. Seu coração começa a bater alto nos ouvidos, com insistência. E, de repente, ela está no cubículo, e a mulher gira na cadeira para olhá-la, com o celular na mão pouco firme, as feições rígidas de choque.

— O... o quê? — gagueja a mulher. — Do que você está falando?

Ela parece genuinamente apavorada, nota Nisha, com uma satisfação distante.

— Você roubou meus sapatos! Na academia. Roubou meus sapatos e usou. Tenho uma gravação de uma câmera de segurança e... e... ai, meu Deus... essa aí é a minha *jaqueta Chanel?*

A mulher cora até as raízes do cabelo e olha, culpada, para a jaqueta de buclê creme pendurada nas costas da cadeira do escritório.

— Que abuso! — diz Nisha, arrancando a jaqueta da cadeira e conferindo a etiqueta. — Cadê meus sapatos? Cadê minha bolsa? O que você fez com minhas coisas? Vou chamar a polícia.

— Não roubei nada! Foi sem querer!

— Ah, foi sem querer! E em vez de devolver minhas coisas você decidiu usar meus sapatos no bar? E trazer minha jaqueta Chanel para o trabalho? Óbvio! Com certeza foi sem querer.

Um pequeno grupo se aglomerou ao redor do cubículo. A mulher a encara, gesticulando.

— Olha... posso explicar... a academia...

— Você nem imagina o problema que causou. Aposto que achou que eu nunca fosse te encontrar, né? Bem, você não faz ideia de com quem foi se meter.

Um homem aparece na entrada do cubículo: cabelo penteado com gel, terno barato, um ar um pouco inseguro de autoridade.

— O que está acontecendo aqui?

— O que está acontecendo? Pergunte para ela, a ladra de sapatos e de jaqueta.

— Já falei! Eu não sabia de quem eram! Peguei a bolsa errada e, quando voltei para devolver, tinha...

— Quero meus sapatos.

O homem se vira para Sam.

— Sam? O que está acontecendo?

A mulher se vira para ele.

— Simon... posso explicar. Quando fui à academia... no dia em que cheguei de chinelo... teve uma confusão com as bolsas e...

— E você me roubou!

— Chega.

— Chega o quê?

— Você está demitida.

Silêncio na sala.

— O quê?

— Está demitida.

Ele fala um pouco mais alto, como se quisesse garantir que todos ali ouvissem a decisão.

— Desde já — continua. — Não podemos aceitar uma ladra no escritório. Você repetidas vezes maculou a reputação da Uberprint. Já recebeu diversas advertências, mas agora chega. Pegue suas coisas e vá embora.

Dá para reparar que ele enche o peito e olha para o lado, como se esperasse sinais de aprovação das pessoas que o observam. Nisha sente um vago desprezo (odeia homens que nem ele), mas a mulher fez por merecer.

— Simon. Cara — diz um homem de dreads que se aproxima. — Não pode demitir a Sam por uma confusão. Ela já tinha contado sobre ter pegado uma bolsa errada e...

— Não me interessa — interrompe Simon, a boca apertada em uma linha fina de desaprovação e prazer mal contido. — Não. Me. Interessa. Essa senhora aqui deixou bem evidente o que aconteceu. E não é o tipo de comportamento que estou preparado para tolerar. Já tive problemas o suficiente com Sam nessas últimas semanas, e esta foi a gota d'água.

— Mas...

— Fim de papo. Voltem a trabalhar. O show acabou. Sam, pegue suas coisas, e vou mandar um segurança escoltar você. O RH vai cuidar da sua demissão.

Até Nisha fica um pouco chocada. Há um murmúrio baixo de incômodo entre os funcionários. Eles hesitam e se entreolham, mas ninguém parece disposto a desafiar a autoridade daquele homem e, por fim, desconfortáveis, todos se afastam. O homem de dreads é o último a ir embora. Ele murmura alguma coisa ao pé do ouvido da mulher, porém ela mal repara. Está cinza de choque e começa a arrumar seus pertences, atordoada. Nisha não permitirá que o desconforto a faça se arrepender. Ela está certa! Não foi ela quem roubou as coisas de ninguém. Ela só está tentando recuperar as próprias coisas.

— Vou esperar lá fora — anuncia, quando o homem finalmente vai embora, acompanhado de vários outros homens de ternos baratos. — Vou precisar dos meus sapatos, e também da bolsa. *Sam.*

Sam recolhe os porta-retratos e os guarda em uma caixa que Marina traz, a mão suada a fazendo derrubar uma das molduras no chão com um barulho que parece ecoar pelo escritório inteiro.

— Sinto muito — murmura Marina ao deixar a caixa na mesa, mas é óbvio que a acusação de "ladra" deve ter surtido algum efeito na atmosfera, e Marina a olha com certa confusão e desconfiança ao partir.

Os cubículos dos colegas estão em silêncio completo ao redor dela. Sam não suporta olhar: sabe que Simon e seus amigos estarão observando da sala dele, murmurando, e imagina as conversas cochichadas entre os colegas. Está morta de vergonha, os ouvidos tinindo com as palavras daquela mulher. Ela recolhe as últimas coisas, e Lewis, o segurança do térreo, aparece. Ele coça a cabeça e muda o peso de um pé para o outro, como se não soubesse o que fazer. Ela olha para ele, que, meio desajeitado, se mostra um pouco envergonhada antes de indicar o corredor.

É apenas quando as portas se abrem e ela sente o ar frio no rosto e vê a americana ali, apagando um cigarro, que cai a ficha: *Perdi meu emprego. Perdi mesmo meu emprego*. Ela põe a caixa no chão e pega o celular para ligar para a única pessoa que imagina ser capaz de ajudá-la.

— Andrea?

Sam está sem carro, e não quer ficar presa em um táxi com aquela louca que transmite um ar assustador e agressivo. Por isso, começa a caminhar, e a mulher a segue a exatos dois passos de distância. Ela está usando a jaqueta Chanel que recuperou e faz um showzinho particular, conferindo as mangas em busca de qualquer sujeira ou dano.

— Não vou a lugar nenhum, moça. Só para você saber.

— Eu sei — diz Sam, olhando para a frente. — Estou só andando para casa.

Sam põe um pé na frente do outro, a cabeça ainda retinindo com as palavras de Simon, o rosto dos colegas no momento em que tudo que acreditavam saber sobre ela tinha começado a se esvair. Ela deveria ter se esforçado mais para devolver os sapatos. Deveria ter priorizado aquilo. E agora perdeu tudo.

— E é melhor minhas coisas estarem na sua casa.

— Estão, sim. Olha, eu tentei devolver a bolsa. A academia estava fechada até segunda ordem.

— Não me interessa.

— Ok. Bem, estou só explicando. Não sou nenhuma ladra.

— Diz a mulher com a minha jaqueta Chanel pendurada na cadeira.

Sam se vira, com lágrimas nos olhos.

— Tive uma reunião importante hoje, está bem? Tive uma reunião com alguém que tentei impressionar e achei que não faria mal se usasse uma vez só. Desculpa.

— Aham, certo. Então você é a Madre Teresa. Tanto faz.
— Como assim?
— Só me devolva os sapatos. Não me interessa quem você é. Só julgo as provas.

As provas. Sam não para de ver a cara de Simon, a boca denunciando certa satisfação ao chamá-la de ladra. Ela perdeu o emprego. Perdeu mesmo o emprego. E é óbvio que ele não servirá de referência para um novo emprego, pensa ela. Sam começa a sentir dor de barriga. Nunca mais vai arranjar outro emprego. Phil e Cat vão ser despejados junto com ela. Vão precisar morar em um quartinho minúsculo de pousada, em um desses lugares onde o governo bota os refugiados, com uma boca de fogão elétrico e banheiro compartilhado. Ou vão precisar morar com os pais dela. E todo mundo vai culpá-la. E vão estar certos. Como ela acabou nessa confusão?

Elas caminham em silêncio por mais duas ruas até Sam parar e se virar.
— Pode pelo menos não andar dois passos atrás de mim que nem um guarda-costas? É estressante. Acha mesmo que vou fugir? Carregando essa porcaria de caixa?
— Eu não te conheço. Você pode tentar qualquer coisa, pode até ser uma baita de uma corredora.
— E eu lá pareço uma baita de uma corredora?
— Também não parece uma ladra. Mas mesmo assim foi o que aconteceu.
— Ah, pelo amor de Deus.

Sam apoia a caixa no chão e aperta os olhos com a palma das mãos por um instante, tentando conter o ataque de pânico que surge em seu peito. Quando abre os olhos de novo, a mulher a está encarando.

Depois de alguns minutos, porém, a outra começa a andar a seu lado.

A caminhada continua assim por um tempo. Sam fica agradecida pelos sapatos resistentes, apesar da caixa pesada com tantos porta-retratos com fotos da família, e ela precisa parar com frequência para ajustar o peso em seus braços. Os cotovelos dela doem, assim como a lombar. A americana caminha ao lado dela sem o menor esforço, e Sam percebe, com certa surpresa, que ela está com sapatos baixos pretos. A caminhada leva meia hora, mas parece infinita. Ela precisa de Andrea. Precisa ver a cara de Andrea, sentir o abraço dela e saber que ainda existe algo bom e constante neste mundo. Que alguém sabe que ela não é má pessoa. Por fim, entram na rua dela, e Sam percebe que o pequeno Nissan Micra azul de Andrea está parado ali. O alívio que sente faz com que deixe escapar um soluço imenso, a ponto de a outra mulher olhá-la com um ar confuso.

— Aqui. Chegamos — murmura Sam, e passa pelo furgão, cujo para-choque Phil está lixando, usando um par de óculos de plástico de segurança.

Ele não olha para ela.

Sam abre a porta com dificuldade. Larga a caixa no corredor e sobe direto, ignorando as boas-vindas alegres do cachorro. Não quer que essa mulher fique aqui nem um minuto além do necessário. Ela abre a porta do quarto, vai até o armário e tira a bolsa preta da Marc Jacobs. Pendura as alças no ombro e desce de novo. A mulher está parada à porta, observando Phil e de braços cruzados no peito. Ela ergue o rosto quando Sam aparece, e na mesma hora se concentra na bolsa.

— Até que enfim — diz, e tira a bolsa do braço de Sam. — Está tudo aqui?

— Óbvio — confirma Sam.

A mulher a olha por um momento.

— Vou conferir.

— Certo.

Sam volta pelo corredor, na direção da cozinha, e lá está Andrea, sentada à mesa, a cabeça envolta em um novo lenço florido rosa-choque. Ela se levanta, com dificuldade, ao ver Sam.

— O que houve, linda?

E de repente Sam a abraça, enterrando a cabeça no pescoço de Andrea e chorando de soluçar. Enquanto chora, sente a fragilidade de Andrea, o ombro ossudo, e acaba sofrendo ainda mais.

— Perdi meu emprego — diz.

Andrea se afasta para olhá-la.

— Está de brincadeira.

— Ele me demitiu. Finalmente me demitiu. Tudo por causa de um mal-entendido idiota. E eu não sei o que fazer.... Phil não está falando comigo, e não sei o que ele vai dizer quando descobrir.

O rosto de Andrea está enrugado de pena. Ela faz cafuné em Sam.

— Vamos dar um jeito. Não se preocupe, Sam. Vamos dar um jeito. Vai ficar tudo bem.

Então Andrea se sobressalta quando a americana entra na cozinha, a fúria emanando dela como eletricidade.

— Puta que pariu, *cadê* os meus sapatos?

Sam se vira para ela.

— Como assim?

— Cadê os meus sapatos?

— Na bolsa. Já falei.

— Quem é você? — diz Andrea, que de repente parece muito menos frágil.

— Sou a pessoa de quem essa piranha roubou os sapatos.

— Não ouse falar desse jeito na cozinha da minha amiga. Abaixe o tom.

A voz de Andrea sai gelada, e Sam nota uma breve reação no rosto da estranha.

— Devem estar aí — diz Sam, secando os olhos.

A mulher estende a bolsa aberta, o zíper puxado até o fim.

— Ah, é? Quer me mostrar?

Sam pisca. Os sapatos sumiram. Ela se aproxima, tira a camiseta do fundo da bolsa. A mulher está certa. Os sapatos não estão ali.

A cabeça de Sam está a mil.

— Não estou entendendo. Eles estiveram aí esse tempo todo.

Phil entra em casa, tirando os óculos de segurança. Olha para Sam e não sorri. Então vê a americana e Andrea, e talvez tenha detectado um clima esquisito.

— Olá — diz.

Ele olha a mulher desconhecida, esperando uma explicação.

— Phil? Você viu um par de sapatos vermelhos? — pergunta Sam. — Estavam nessa bolsa.

A expressão dele se fecha.

— Seus saltos novos? Aqueles de assanhada?

— *Assanhada?* São Christian Louboutin — retruca a americana. — E são meus.

Phil olha para Sam.

— Os sapatos não são *seus*?

— Não. E espera aí... como você sabe dos sapatos?

— Cat viu você usando — responde ele, erguendo o queixo e olhando para ela. — Quando você saiu com seu amante.

Sam o encara. O ar na cozinha congela. De repente, a frieza de Phil, a determinação de não passar tempo nenhum com ela, faz sentido. Ela se sente corar.

— Eu... eu não tenho amante.

— Ela não tem amante nenhum. Ela está sofrendo há meses porque você mal interage com ela. Deixa de ser ridículo, Phil — defende Andrea, olhando para Sam, e então, quando nota o breve silêncio e a cor subindo devagar pelo pescoço da amiga, olha de um para o outro. — Ah. Era só o que faltava.

— Nem mexi nos sapatos — diz Phil. — Quer dizer, mexi. Levei para o furgão porque não queria que ficassem aqui em casa. Mas aí a Cat perguntou onde estavam. Acho que ela queria pegar emprestado.

— Ótimo! — exclama Nisha. — Agora meus sapatos estão sendo passados de pé sujo em pé sujo. Perfeito.

Sam ainda encara o marido.

— Não estou tendo um caso.

— Não está?

— Não! Por que você acharia isso?

— Bem, para começo de conversa, você mudou. Não tem mais tempo para mim.

— Phil, você passou meses grudado no sofá. Na maior parte no tempo, nem repara se estou viva.

— E você tem chegado em casa toda suada e animada.

— Estou fazendo aula de boxe! Vou à academia três vezes por semana.

— Boxe? De salto? Até parece.

— O quê?

— Oi? Podemos nos concentrar, por favor? Não tenho nenhum interesse em saber do amante dela. Quero meus sapatos, cacete.

Sam se vira para Nisha.

— Eu pago pelos sapatos. Desculpa.

— Não quero o dinheiro! Não entendeu? Eu preciso desses sapatos!

Andrea pega o celular.

— Não é melhor ligar para Cat?

Sam fica imóvel enquanto Andrea liga para sua filha. Ela não consegue parar de encarar Phil. Ele olha para ela e desvia o rosto. Ela vê a incerteza enquanto ele tenta descobrir se ela falou a verdade, e a sente como um tapa.

— Oi, querida. Como vai?… Bem… que bom. Olha, estamos com um probleminha em casa e eu queria perguntar… cadê os sapatos vermelhos do armário da sua mãe?

O silêncio permeia a sala enquanto Andrea escuta a filha da amiga no outro lado da linha, respondendo com uma voz calma e tranquilizadora.

— Eu sei, querida. Foi meio que um mal-entendido. Então, para onde você levou?... Eu sei... Eu sei... É? Deixa eu anotar... Tudo bem.

Andrea finaliza a ligação tranquilizando a garota um pouco mais, com um "Ok, te amo" e um "Até mais". Então suspira e olha para os rostos que a aguardam.

— Ela... ela achou que você estivesse tendo um caso e não gostou de você ter usado esses saltos. Além disso, diz que são um símbolo repulsivo de opressão patriarcal e não queria que eles continuassem aqui.

— E aí? — pergunta a americana, com a voz seca.

— E aí que ela levou para um brechó beneficente. Perto da faculdade dela.

— Ela levou meus saltos para um *brechó*? — repete a estranha, jogando as mãos para o alto. — As coisas só estão melhorando, hein?!

— Quando? — pergunta Sam, fraca.

— Ontem à tarde. Olha, não entrem em pânico. Se formos agora, talvez a gente ainda consiga recuperar os sapatos.

26

Nisha acaba sentada no carrinho, esmagada no banco de trás, enquanto Sam e a amiga — cujo nome é Andrea — atravessam Londres em silêncio. A amiga usa um lenço macio na cabeça e tem uma palidez acinzentada que são indícios de doença grave, mas está estranhamente alegre, como se tivesse sido por um momento aliviada do sofrimento em que se encontra.

— E quando você vai me contar sobre esse seu "caso"? — pergunta Andrea a Sam.

Sam olha de relance para Nisha e diz:

— Uma outra hora.

— Então você está mesmo tendo um caso? Que...

— Não estou tendo um caso — defende-se Sam, corada. — Talvez tenha beijado alguém. Só isso.

— Puta merda, Sam! Você falou que não tinha aprontado nenhuma.

— Foi antes de isso acontecer.

— Pode ficar tranquila que não estou nem aí para essa conversa — comenta Nisha, do banco de trás. — Por mim, você pode se jogar para cima de Londres inteira.

Porém, ela vê Sam esticar a mão e apertar a de Andrea quando param no sinal, e algo em Nisha cede um pouco diante daquela ternura. É o mesmo gesto que ela fazia com Ray quando o levavam de volta para a escola, um apertão discreto que tentava transmitir muito mais do que palavras seriam capazes.

Nisha está puta por causa dos sapatos. Está puta por essa tal de Sam nitidamente achar que podia pegá-los emprestados, puta pela filha da mulher tê-los levado ao brechó. Mas, conforme o carro segue pelo trânsito intenso de Londres, vai achando cada vez mais difícil manter aquele grau de fúria lancinante e justificada. Essa Sam não parece ser uma ladra... Não tem a ferocidade do instinto de autopreservação, a capacidade de mentir de forma compulsiva e sem hesitar. *Ela só parece... triste*, pensa Nisha, com certo desconforto.

Talvez tenha sido um engano. Ela pensa naquele dia no vestiário, e lhe vem uma lembrança vaga e nebulosa de empurrar outra bolsa para o chão. É possível que tenha sido tudo acidental. E então ela pensa naquela imagem granulada da câmera, a mulher usando os sapatos dela no pub. E pensa na jaqueta Chanel pendurada sem a menor preocupação na cadeira do escritório, e aí sente o coração voltar a endurecer. As pessoas são capazes de todo tipo de coisa, independentemente da aparência. Ela sabe disso melhor do que ninguém.

— Acho que é aqui.

Andrea para em uma avenida e confere o celular antes de olhar pela janela do carro.

Sam lê a placa em voz alta:

— Fundação Internacional de Gatos.

— Está de brincadeira! — exclama Nisha, que acabou de perceber onde está.

— Não, foi isso que ela falou. É bem do lado da faculdade.

Nisha suspira. De todos os bazares beneficentes dessa porcaria de cidade, óbvio que precisava ser esse aí.

— Eu vou lá — diz Sam, saindo do carro em uma atitude cansada.

— Aaah, não — intervém Nisha, empurrando o banco da frente para sair também. — Você não vai a lugar nenhum sozinha. Vou junto.

O cheiro de mofo da loja abafada e superaquecida atinge Sam quando ela abre a porta, e Nisha fecha os olhos por um segundo, tentando não se sentir dominada pela vontade de dar meia-volta e ir embora. Ela respira fundo, se prepara e acompanha Sam até os fundos, onde uma variedade triste de botas amarrotadas está exposta em prateleiras empoeiradas, junto a sapatos cuja marca do fabricante foi gasta por sabe-se lá quantos pés suados. Sam vai estudando as prateleiras e balança a cabeça.

— Talvez ainda não tenham colocado aqui — comenta. — Minha amiga que trabalha na Loja do Instituto de Pesquisa em Câncer de Woking diz que os sacos de coisas ficam semanas nos fundos antes de chegarem à loja de fato. Podemos dar uma olhada nisso.

— O dia só melhora… — resmunga Nisha.

Elas dão a volta na loja, e Nisha espreita pelos cantos e examina as vitrines… dá para chamar de vitrine mesmo? Roupas descombinadas de mãe da noiva e louças que ela não jogaria nem na cabeça de um inimigo.

Gatos de porcelana. Saleiros enferrujados. Os sapatos não estão em lugar algum. Quando ela se vira, Sam está diante do balcão. A mulher de cabelo azul encara Nisha.

— Oi... você poderia me ajudar? — diz Sam, cuja voz sobe um pouco no fim das frases, como se não soubesse nem se deveria falar. — É meio estranho... Com certeza acontece o tempo todo... Minha filha trouxe um par de sapatos e na verdade os sapatos não eram dela e precisamos recuperá-los, então seria de enorme ajuda se pudesse talvez...

Nisha se posiciona na frente dela.

—Ah, pelo amor de Deus. Precisamos ver todos os sapatos que chegaram ontem.

— Quer que eu devolva seu roupão também? — pergunta a mulher de cabelo azul, fechando a cara.

Nisha se empertiga.

— Só os sapatos. Onde estão?

— Tudo que chegou ontem já foi exposto.

Sam e Nisha se entreolham.

— Expostos? Onde? São Christian Louboutin, vermelhos. Salto quinze. Exclusivos.

— Tem que olhar nas estantes.

— Já olhamos.

A mulher consulta o registro de vendas.

— Então já foram — informa, voltando uma página e descendo o dedo pela lista escrita à mão. — Ah. Sapatos vermelhos Christian Bolton. Vendemos hoje cedo.

Ela volta a se aprumar no banco, implacável.

Nisha a observa, sentindo um aperto no peito.

— Não pode ter vendido tão rápido.

— Tem certeza? — diz Sam.

— Você não tinha o direito de vendê-los, moça. Preciso dos meus sapatos.

— Não nos responsabilizamos por nada que é vendido. Supõe-se que tudo que chega aqui recebeu de fato permissão para ser vendido — declara a mulher, olhando para Nisha, impassível. — É por uma boa causa — acrescenta, abrindo um sorriso devagar. — Se precisar de outro par de sapatos, temos uma bela seleção...

— Deus me livre! — exclama Nisha e sai batendo os pés.

* * *

Sam aparece um instante depois, pedindo desculpas várias vezes.

— A gente pode dar um jeito — garante incessantemente, mas com a mesma energia de um saquinho de chá usado.

Nisha perdeu a pouca paciência que lhe restava.

— Bem, pronto — diz, acendendo um cigarro e tragando com ferocidade. — Você acaba de me custar muitos milhões de dólares.

— A gente ainda pode encontrar os sapatos — replica Sam, fraca.

— Como? Quer pedir a gravação das câmeras de segurança de todas as lojas da área e descobrir quem entrou e saiu dessa aqui? Quer dar um mata-leão na Betty Azulzinha aí até ela dizer o nome da pessoa que veio comprar um par de sapatos?

— Olha. Eu... eu compro outro sapato para você — ofereceu Sam, se sentando no meio-fio. — Ou pago. Quanto custa?

— Não quero outro sapato! — grita Nisha. — A questão é essa. Preciso *desses* sapatos. Quantas vezes preciso explicar?

— Ei!

É curioso levar bronca de uma mulher que parece prestes a cair dura, pensa Nisha depois. Do alto de seu um metro e meio, Andrea sai do carro em um pulo e empurra Nisha com a mão ossuda, forçando-a a se afastar da amiga. Ela dá um empurrão tão furioso que o lenço desliza um pouco da cabeça, revelando a penugem que cobre o crânio.

— Minha senhora, você não pode falar assim com a Sam. Ela falou que foi sem querer, e foi sem querer mesmo. Está tentando ajudar, e *você* não pode falar assim com ninguém.

Nisha recua. Os olhos de Andrea ardem com uma intensidade azul-clara que chega a intimidar. A outra ajeita o lenço, sem parar de encarar Nisha, e ela decide baixar um pouco a bola.

— Eu só preciso desses sapatos, ok? São muito importantes. Meu marido... ex-marido está fazendo um joguinho idiota e, sem eles, não vou conseguir finalizar o divórcio.

— Bom, isso não é culpa da Sam, né? São só sapatos. Ninguém tem como saber disso.

— Incentivo fiscal — diz Sam, de repente.

As outras duas mulheres a olham quando ela se levanta, atordoada, como se acordasse de um sono profundo.

— A mulher que comprou os sapatos — continua. — Ela deve ter preenchido um formulário de incentivo fiscal. A maioria das pessoas preenche, né?

— Genial — elogia Andrea, que imediatamente abre um sorriso. — Vamos lá!

Nisha não tem muita certeza do que está acontecendo, mas segue as duas de volta à loja e se ocupa nos fundos, escutando Sam explicar à vendedora agora desconfiada que os sapatos são mesmo importantes e que, já que é óbvio que registram todos os compradores, talvez pudessem informar quem os comprou.

— Talvez ela tenha pedido o incentivo fiscal — sugeriu Sam, esperançosa.

— Por quê?

— Porque assim você vai ter o nome e o endereço da compradora. Eu não sou de pedir esse tipo de coisa, mas precisamos muito dos sapatos. Têm valor sentimental. É muito importante.

Há um breve silêncio, e Nisha vai se aproximando do balcão. A mulher olha de Sam para Nisha e cruza os braços de novo.

— Não posso dar essa informação. Lei de proteção de dados — responde, e olha para Nisha. — Além do mais, você pode ser qualquer uma. Pode ser uma assassina.

— Eu pareço prestes a assassinar alguém?

— Quer mesmo que eu responda? — retruca a mulher.

Agora há mais alguns clientes na loja, e Nisha repara que olham de relance para a área em que elas estão.

— Só me dá logo a informação, ok? Aí vamos deixar você em paz. Esse… azul é muito bonito. Por sinal. Combina bem com seu tom de pele britânico.

Sam fecha os olhos.

— Não — diz a mulher. — E, se não aceitar isso com educação, sugiro que…

Nisha está abrindo a boca para responder quando são distraídas por um ruído no fundo da loja, uma série de esbarrões e exclamações. Nisha olha através do espaço entre as araras e vê que Andrea desabou, derrubando também uma arara de calças masculinas. Nota o lenço rosa-choque e a pilha espalhada de quebra-cabeças, além das expressões ansiosas dos clientes.

—Ai, meu Deus. Andrea.

Nisha olha a cena, horrorizada, e Sam sai correndo na direção da amiga. Então, por um breve momento, enquanto Andrea está sendo gentilmente levantada, ela e Nisha se entreolham, e Andrea dá uma piscadinha.

— Esperem! — manda a mulher de cabelo azul, saindo de trás do balcão. — Afastem-se, por favor. Afastem-se. Tenho qualificação em primeiros socorros.

Ela pega uma caixa de plástico vermelha debaixo do balcão e vai se acotovelando até o fundo da loja, onde os outros clientes se aglomeraram.

— *Botem ela na posição lateral de segurança!*

Nisha se debruça no balcão a toda a velocidade e gira o livro de registros para conseguir lê-lo. Vê a lista de itens da véspera e desce com agilidade até encontrar: *Sandálias Christian Bolton de crocodilo vermelho*. E lá está, anotado em caneta azul: INCENTIVO FISCAL: *Liz Frobisher, R. Alleyne, 14*.

Ela arranca a página do caderno e guarda no bolso, bem a tempo de ouvir Andrea dizer:

— Estou bem, para ser sincera. É só fraqueza da quimio. Não, não precisa tirar minha temperatura. É só me dar um golinho de água que vou ficar ótima. Muito obrigada...

As três mulheres não falam nada até Andrea dar partida no carro e pegar a avenida. Elas descem duas ruas, passam por um sinal. Por fim, Nisha se estica entre os dois assentos da frente.

— Ei, Lencinho. Está tudo bem mesmo?

— Óbvio que está tudo bem — diz Andrea, ligando a seta para virar à esquerda, e se permite um sorrisinho. — Foi a coisa mais divertida dos últimos nove meses. Espero que vocês duas tenham admirado meu talento para o teatro.

— Você merece um Oscar — elogia Nisha. — Me deu um susto daqueles.

— Sério. A mulher tentou enfaixar meu joelho! Como se essa fosse minha maior preocupação.

— *Você precisa se manter na posição lateral de segurança* — diz Sam, imitando a vendedora. — *Por no mínimo meia hora. Minha prima se casou com um paramédico.*

— Porque óbvio que quero passar metade do dia deitada entre as ceroulas de náilon do tio Fred, uma foto emoldurada do píer de Brighton e uma chaleira automática.

Nisha não consegue deixar de rir.

— Então, para onde nós vamos? — pergunta, se recompondo. — Onde fica a rua Alleyne?

— Não faço ideia — responde Andrea. — Mas estamos a caminho.

O número 14 da rua Alleyne fica bem no meio de uma fileira de casas idênticas construídas no início dos anos 1970 que parecem nunca ter passado por uma reforma. A breve euforia de descobrir o endereço foi se esvaindo aos poucos no carro, e Sam começou a ficar preocupada com o que devia estar acontecendo em casa, a alguns quilômetros dali. Será que o que ela fez com Joel contava como traição? Era uma espécie de desonestidade, com certeza. Trocar mensagens secretas? Sentar junto com ele no carro? Beijar alguém que não é o marido? Ela pensa na boca de Joel e sente uma onda de calor que pode ser prazer ou vergonha. Não quer se perguntar qual dos dois. A filha viu: Cat, que agora a odeia e a considera uma espécie de adúltera. Ela não para de pensar na distância de Phil, no olhar dele. Mesmo no pior momento da depressão, ele nunca a olhara com tanta frieza. Ela pensa na conversa que a aguarda em casa e sente um aperto no peito. Ela não sabe mentir. Mesmo que não tenha traído, eles verão a culpa na cara dela assim que começar a falar sobre aquilo.

— Então, o que a gente faz agora? — pergunta Andrea, desligando o motor.

— Invade a casa, lógico — diz Nisha.

— Você não pode sair invadindo a casa dela — argumenta Sam.

Nisha pensa um pouco. Talvez ela esteja certa. Quem sabe quem mais pode estar na casa? Ou imagina se a mulher estiver lá?

— Podemos bater na porta e falar com ela? Pedir para comprar de volta? — sugere Sam.

— E se ela recusar? Assim ela vai saber que tem alguma coisa rolando. Você entende o mínimo de negociação?

— Eu entendo muito de negociação. É o meu trabalho.

— Bom, se fosse boa nisso, saberia que nunca se deve mostrar ao oponente que o que eles têm é de valor para você. Além do mais, nenhuma de nós tem dinheiro. Sem ofensa — acrescenta, quando as duas mulheres se viram para ela —, mas vocês não parecem muito cheias da grana. Acho melhor invadir.

Nisha se estica para ver melhor e procura um ponto de entrada na frente da construção.

— E agir com força bruta até ela contar onde está o sapato — conclui.

Nisha voltou a ser criança, andando pelos corredores da DollarSave, tentando descobrir qual garrafa de uísque conseguiria esconder debaixo do casaco. Os sapatos dela estão naquela casa. Consegue sentir o chamado deles. Tenta lembrar como era avaliar os possíveis perigos, já preparando a explicação para se safar. Enquanto observa, um gato laranja caminha no alto do muro da casa e se senta ali, as fitando com seus olhos amarelos de cobiça.

— A janela da esquerda parece apodrecida. Deve dar para forçar.

Sam se vira e olha para Nisha.

— Qual é o seu *problema*?

— Como assim, qual é o meu problema?

— Até onde a gente sabe, a moradora daí pode ser uma mulher muito simpática que se importa muito com a instituição beneficente para gatos e ficou felicíssima de comprar um lindo par de sapatos, legalmente, devo acrescentar, e você está falando de entrar lá, assaltar a casa dela e traumatizar a outra para sempre? Jura? Que tipo de pessoa é você?

Nisha abaixa a janela e recua para não precisar olhar a cara irritante e ansiosa de Sam.

— Uma pessoa que precisa recuperar essa merda de sapato.

No mesmo momento, a porta da frente da casa se abre e uma mulher surge. Elas se calam na hora, olhando pela janela a silhueta de blusa turquesa e calça jeans. Ela tem uns trinta e cinco anos, e o cabelo ruivo está penteado e cacheado como se a mulher fosse sair. Está carregando um saco de lixo preto, distante do corpo.

Nisha a fita.

— Ela está usando meus sapatos para *jogar o lixo fora*? Vou decapitar essa mulher.

— Dá para você ser *menos* horrível? — pergunta Sam, apoiando a cabeça nas mãos.

Andrea pega o celular e começa a filmar a mulher.

— O que você está fazendo? — pergunta Sam.

— Sei lá. Podemos precisar de… provas?

A reação instantânea a tudo hoje em dia: se não souber o que fazer, é melhor filmar.

Nisha sente o coração bater mais forte diante dos Louboutin. Sam murmura a seu lado:

— Olha, vamos... vamos conversar com ela, com educação, explicar a situação, e com certeza...

Enquanto elas a observam, a mulher abre a lixeira preta e larga o saco ali. *Ela está tão perto...*, pensa Nisha. Seis, sete passos, e a alcançaria antes mesmo que a mulher percebesse o que aconteceu. Poderia derrubá-la com um golpe de Krav Maga, arrancar os sapatos do pé dela e voltar ao carro em segundos. Quando está botando a mão na maçaneta do carro, perde o fôlego. No mesmo momento, a mulher hesita e caminha na direção do gato. Age como se fosse fazer carinho nele, mas, depois de um olhar discreto para a rua, pega o animal pelo cangote e o joga na lixeira marrom. Fecha a tampa com força e olha ao redor. Termina espanando as mãos, volta para a casa e fecha a porta.

As três mulheres dentro do carrinho olham para a casa, boquiabertas.

— O que foi isso? — diz Nisha, um instante depois.

— Ela acabou de... botar aquele gato no *lixo*? — pergunta Andrea, espiando pela janela.

— É — sussurra Sam, quase para si. — Ela jogou um gato no lixo.

Então, antes que Nisha consiga se pronunciar, Sam sai do carro. Marcha na direção da casa, mas para e se vira para o veículo. Está corada.

— Viu? É com isso que estamos lidando. Era só um gato, cuidando da própria vida, talvez se virando muito bem nisso de ser gato. Só vivendo de boa. Aí vem uma filha da puta que, sem motivo algum, decide estragar tudo e jogar o bicho em uma lixeira, sem qualquer motivo. Uma lixeira mesmo, com o lixo todo ali, como se não fosse nada.

Ela parece não perceber que está gritando, nem que todo mundo pode ouvi-la. Está com uma expressão angustiada, e dá para perceber que se encontra à beira de lágrimas.

— Esse gato nem estava fazendo nada de errado! Não fez nada para aquela mulher! Nada! Estava só vivendo, sendo um gato, de boa! E ela tentou estragar a vida dele! Por que as pessoas são tão horríveis? Por que não podem só *parar de ser horríveis*?

Nisha se vira para Andrea.

— Hum... ela está bem?

— *Não estou bem, não!*

Sam se vira e corre até a lixeira, a poucos metros dali. Sob o olhar silencioso e chocado de Nisha e Andrea, Sam mete os dois braços ali, se esforça para alcançar o fundo, a ponto de tirar os pés do chão por um instante, e sai com o gato. Ele está com uma cara meio irritada, e um pouco coberto de macarrão, mas, fora isso, não aparenta estar muito preocupado. Sam leva o animal para perto do rosto, limpa o macarrão, faz carinho nele e murmura algo que elas não escutam. Fecha os olhos e respira fundo, devagar, trêmula. Depois de alguns segundos, abre os olhos e põe o gato de volta na calçada, com cuidado. O animal se sacode, limpa uma das patas por um breve momento e sai andando devagar pela rua, sem nem olhar para trás.

— Ela está se projetando no gato, né? — murmura Nisha.
— Acho que deve ser isso — concorda Andrea.

Sam olha para o céu e limpa as mãos na calça. Volta para o carro e entra, com os olhos ardendo. Um breve silêncio paira no veículo.

— Foda-se — diz então, por fim. — Faça o que quiser. Vamos pegar esses sapatos.

Quando chegam, Jasmine está passando roupa. Ela deixa o ferro de lado, sem falar nada, e escuta com atenção enquanto Nisha explica o ocorrido. Sam fica parada no canto da cozinha daquela mulher desconhecida, observando as pilhas de roupa e as bancadas limpíssimas, e olha de relance para Andrea, a seu lado, que parece mais animada e alegre do que a viu em meses. Jasmine enche quatro canecas e as leva até a sala de estar, onde todas se sentam.

— Então deixa eu entender... Você precisa tirar os sapatos dessa mulher. Que comprou eles em um brechó. E não fez nada de errado.
— Ela jogou um gato no lixo — diz Sam, com a cara fechada.

A adolescente arregala os olhos. Talvez por detectar uma estranha mudança na atmosfera, ela está na porta desde que elas chegaram, de olho.

— Ela jogou um *gato* no *lixo*?

Andrea pega o celular e mostra o vídeo. A expressão de Jasmine muda diversas vezes ao longo daqueles poucos segundos, e a última demonstra confusão.

Ela balança a cabeça.

— Gracie, vá fazer o dever.

A menina resmunga e sai da sala, relutante. Jasmine se vira para Sam e Andrea.

— E vocês duas, quem são? Qual o papel de vocês nessa história toda?
— Meu nome é Sam. Fui eu quem roubei os sapatos. Sem querer.

Sam olha para Nisha, mas, pela primeira vez, a americana não revira os olhos nem demonstra ceticismo.

— Andrea. Amiga da Sam. Não faço ideia do que estou fazendo aqui, para ser sincera, mas é bem mais interessante do que ficar em casa.

Jasmine avalia que as duas explicações fazem total sentido.

— Resumindo — retoma Sam —, estamos tentando dar um jeito de recuperar os sapatos de uma forma que não envolva assalto nem pancadaria.

— Mas ainda não descartamos totalmente essas ideias — retruca Nisha.

— E vocês não podem simplesmente pedir os sapatos para ela?

— Ela jogou um gato no lixo — repete Sam, como se explicasse algo para alguém com dificuldade de compreensão.

Jasmine assente, um pouco desconfiada.

— Éééé, difícil.

— Se pedirmos e ela recusar, nossas opções terão acabado — argumenta Nisha, se inclinando para a frente. — Jas? Eu lembro o que aconteceu quando peguei minhas roupas na cobertura. Você deu um jeito de devolvê-las rapidinho. Achei que talvez você pudesse...

Jasmine encara Nisha. Afasta o cabelo do rosto com um dos dedos, cheio de anéis. Os cantos de sua boca tremem com um sorriso.

— O que foi? — diz Nisha.

— Nisha Cantor, você está pedindo minha ajuda?

É a primeira vez que o rosto de Nisha se suaviza. Ela olha bem para Jasmine por um instante, e algo estranho acontece em sua expressão, como se um milhão de coisas turbulentas ocorressem bem debaixo da superfície.

— Vai fazer um dramalhão por isso? — pergunta, por fim.

Jasmine faz uma cara incrédula.

— Hum... óbvio?

Observando a cena, Andrea apoia a xícara na mesinha, esfrega as mãos e fala:

— Vamos nessa.

As quatro mulheres ficam naquela salinha até quase dez da noite, conversando, fazendo planos e rindo. De vez em quando, a sessão de planejamento é interrompida por anedotas, gargalhadas histéricas ou sorrisos irônicos. Em dado momento depois das sete, aceitam mudar de chá para vinho, e Nisha corre para comprar lanches e duas garrafas do tipo de vinho que até mês passado acharia que não serviria nem para jogar na pia. Encorajada pela bebida barata, ela conta algumas histórias de Carl (inclusive o chilique dele por causa das meias erradas), e as outras mulheres reagem de uma forma compreensiva e engraçada que, em sua vida anterior, a teria deixado na defensiva instantaneamente. Mas agora, para sua surpresa, ela percebe que gosta de um afago solidário em seu braço, das piadas sobre o que ela deveria fazer por vingança.

Quando Jasmine conta que botou pó de mico na cueca dele, Andrea engasga com o vinho e o derrama todo no colo. Ela parece ser a pessoa mais revigorada pela noite: fica grosseira e escandalosa, faz piada; um contraste com a fragilidade aparente do corpo, e Nisha percebe que aquela emoção estranha que está sentindo é admiração. Andrea explica a doença do jeito distante e bem-humorado que ingleses usam para desviar de assuntos com forte carga emocional. Depois disso, Jasmine quebra o breve silêncio ao se levantar e dar um abraço bem forte em Andrea.

— Amiga… — é tudo que diz, e Andrea dá um tapinha nos braços da outra, como se essa única palavra expressasse uma infinidade de outras coisas.

Até a Sam Caída parece estar um pouco mais à vontade e não passa mais a impressão de se encontrar em um estado permanente à beira de lágrimas. É óbvio que ela se sente responsável por aquilo tudo, e é quem tenta manter a conversa (e os planos) nos trilhos. Às nove, Jasmine anuncia, horrorizada, que esqueceu de passar o resto das roupas, e, quando explica aquele trabalho extra, Andrea diz que todas podem ajudar, que não vai demorar nada se todas unirem esforços, e o resto da discussão se passa com Jasmine passando, Sam e Nisha dobrando e guardando roupas no canto da sala e Andrea sentada no sofá com uma agulha e o kit de costura vasto de Jasmine, fazendo com o maior cuidado a bainha de uma calça. Jasmine, que a princípio estava nervosa por terceirizar aquela parte, a abraça e a chama de ninja ao examinar os pontos feitos.

Quando Sam e Andrea se vão, Nisha e Jasmine se despedem pela janela. As duas mulheres vão de braços dados pela rua, iluminadas pelo brilho laranja do poste. Assim que chegam ao carro, Andrea se mostra cansada e apoia a cabeça no ombro de Sam. A amiga a abraça. Nenhuma delas mencionou o que está acontecendo com Sam, com o marido triste e o trabalho: às vezes até sem dizer nada dá para saber quando alguém precisa de um descanso do que está dominando sua vida.

— Gostei delas. A gente deveria fazer isso de novo! — comenta Jasmine.
Nisha a olha.
— Está falando sério?
Ela pergunta meio como piada. Mas Jasmine encosta em seu braço.
— Nisha. Meu bem. Dá para tirar essa armadura às vezes, sabe?
Ela dá um sorriso gentil e vai para a cama.

Phil está dormindo quando Sam chega em casa. Ela anda de fininho pelo quarto escuro, deixa as roupas na cadeira no canto e sobe na cama de um jeito que espera não acordá-lo. Não faz ideia do que dizer. Está só feliz por ele não estar mais escondido no furgão.

Ela fica deitada debaixo do edredom, escutando os carros que circulam pela rua estreita, o latido distante de um cachorro, o cérebro ainda vibrando com a tarde estranha, o novo mundo estranho no qual se encontra.

— Não estou pronto para falar disso — diz Phil no escuro.

Ela pisca.

— Tudo bem.

Ela faz menção de tocá-lo. Hesita com a mão no ar, e no fim a retrai e se instala de barriga para cima, olhando as sombras, esperando um sono que tem bastante certeza de que não virá.

27

Sam vai com Nisha até a porta. Está usando seu melhor terno executivo, no qual só há pouco tempo voltou a caber, e Nisha veste a jaqueta Chanel, de cujos braços limpa uma sujeira imaginária com um ar possessivo sempre que Sam a observa. Do outro lado da rua, a três carros dali, Jasmine e Andrea estão sentadas no Nissan Micra, e Sam sente o olhar delas mesmo ao longe. Respira fundo e tenta conter a pontada de medo crescendo em sua barriga, sem saber se vai dar conta daquilo. Ela nunca mentiu bem. Porém, ao ver a lixeira, a tampa batendo de leve na lateral porque alguém a esqueceu aberta, se decide.

Olha para Nisha, que assente. E bate na porta.

Esperam quase trinta segundos demorados antes de um homem abrir. Seu pescoço é da grossura da cabeça, e ele está usando um casaco de capuz e zíper e calça de moletom, como se estivesse prestes a sair para correr. Mas é evidente que faz muito tempo que não corre. Ele estuda as duas e a prancheta de Sam.

— Não somos religiosos — declara ele, e começa a fechar a porta.

— Estamos procurando… — começa Sam, consultando a prancheta. — Uma Liz Frobisher. Ela está, por favor?

— Quem são vocês?

— Somos da Fundação Internacional de Gatos — anuncia Nisha, tranquila.

— Já doamos para a caridade.

O homem tenta fechar a porta outra vez, mas Nisha botou o pé na frente.

— Não queremos nada, senhor. Na verdade, estamos aqui para informar à sua esposa, supondo que o senhor *seja* o sr. Frobisher, que ela ganhou um prêmio.

Ele as olha com desconfiança.

— Que tipo de prêmio?

— Sua esposa recentemente comprou algo na loja da Fundação Internacional de Gatos, e por acaso foi a cliente número um milhão da organização. Então gostaríamos de premiá-la!

— Temos que pagar alguma coisa?
— Nem um centavo — responde Sam, sorrindo. — É só um belo prêmio.
— O que é?
— Sua esposa está, senhor, por favor? Precisamos discutir isso com a pessoa que comprou o item... os sapatos. Foi isso.
Ele as observa por mais um momento e se volta para o corredor.
— Liz?
Ele chama de novo, e uma voz vem do fim do corredor.
— O que foi?
— Tem umas pessoas aqui. Disseram que você ganhou um prêmio.
Há um breve silêncio, durante o qual Nisha e Sam sorriem para o homem. Talvez tenha exagerado um pouco no ânimo, pensa Sam depois, quando nota que ele fica desconfortável. Esperam alguns momentos constrangedores enquanto Liz Frobisher chega pelo corredor. Ela está usando uma calça jeans justa, moletom e pantufas felpudas. Sam vê Nisha olhando os pés da mulher e conclui que aquilo pode não ser ruim. Ela chega à porta e para logo atrás do marido.
— Liz Frobisher? — pergunta Sam, alegre.
— Pois não?
— É um prazer dizer que, por ser a cliente de número um milhão da Fundação Internacional de Gatos, a senhora ganhou uma noite para dois no renomado Hotel Bentley, em Londres.
Liz Frobisher franze a testa, olha de uma para a outra.
— O quê? Jura?
— Disseram que a gente não tem que pagar nada — completa o marido.
— O que é o prêmio mesmo?
Sam explica, ainda sorrindo: este domingo, Liz e um convidado (supõe-se que este homem simpático, hahahaha) ficarão hospedados em um quarto executivo do hotel, como convidados da fundação de caridade. O hotel é cinco estrelas e conhecido entre celebridades por seu nível de serviço e atenção aos detalhes.
— Você comprou um par de sapatos na Fundação Internacional de Gatos essa semana, sra. Frobisher?
— É, comprei, sim.
— Você não me contou — diz o homem.
— Não tenho que te contar tudo que compro.

— Você nem gosta de gatos.

— Foi um ato de caridade — rebate Liz Frobisher, olhando por cima da prancheta. — E aí, o que tenho que fazer?

— Absolutamente nada — garante Nisha, sorrindo. — Só aparecer! Ah, espera... Pedimos que traga os sapatos que comprou na loja, para usarmos em uma foto publicitária. Apareceria no nosso perfil do Instagram e em outras redes sociais. Seria possível?

— Uma foto publicitária — repete Liz Frobisher, com a expressão animada diante da sugestão de fama iminente. — Posso ver o perfil de vocês?

— Na verdade, está fechado para ser relançado. Aproveitamos o prêmio da cliente um milhão para reformá-lo — explica Nisha, rápido. — Mas acho que... é... aqui, um print.

Nisha mostra, no celular, a página falsa do Instagram que Andrea criou na véspera.

Os dois estudam a tela.

— É... é, pode ser. Podemos, né, Darren?

— Eu ia visitar minha mãe no domingo.

— Bom, a gente vai depois de ir na sua mãe.

— Falamos que íamos na hora do chá.

— Então vamos almoçar — diz Liz Frobisher, voltando o sorriso para Sam. — Precisa ser este domingo?

— Infelizmente, sim — afirma Sam. — O hotel está sempre ocupado, e a noite de domingo foi a única que a fundação conseguiu para um quarto desse nível...

Ela pausa, para dar mais efeito, e consulta a prancheta.

— Ou teremos que oferecer o prêmio à cliente seguinte — acrescenta.

— Ah, não, vamos aceitar — garante Liz Frobisher, dando uma cotovelada no marido quando ele começa a protestar.

— Que maravilha! Então, se puderem chegar a qualquer momento depois das três para o check-in, um funcionário vai consultá-la quanto ao horário que você estará pronta para sua foto.

— Vai ter cabelo e maquiagem? — pergunta ela.

Sam vê Nisha começar a revirar os olhos e intervém:

— Não temos certeza, mas vou conferir. De qualquer forma, talvez seja melhor aparecer pronta para as câmeras. É o tipo de lugar onde nunca se sabe quem estará pelo saguão — diz, com um ar conspiratório. — Paparazzi e tudo, sabem como eles podem ser um horror.

Um horror, concordam todos. Um horror.

— Ótimo! — exclama Sam. — Então até domingo! Aqui um cartão do hotel. Procurem por esta pessoa na recepção, e será um prazer revê-los. Parabéns!

— E não esqueça os sapatos — acrescenta Nisha.

— Ok — concorda Liz Frobisher, que ainda está lendo o cartão enquanto o marido fecha a porta.

As duas mulheres voltam para a rua. Sam dá um suspiro, sem nem reparar que tinha prendido a respiração.

Nisha olha para trás e, baixinho, diz:

— Bom trabalho.

Sam fica tão chocada que se esquece de responder. A volta para o carro parece levar o dobro do tempo que a ida, e elas veem Jasmine e Andrea aguardando, com expressões esperançosas visíveis pelo para-brisa. Até que Sam de repente volta dois passos e dá uma olhada rápida na lixeira. Ao fechar a tampa e erguer o rosto, vê que as três mulheres a observam.

— O que foi? — diz. — Só quis conferir.

Nisha e Aleks vão juntos até o ponto de ônibus, como agora fazem várias vezes por semana, quando acabam o turno na mesma hora por acaso ou se esbarram na saída dos funcionários. Começaram a caminhar para um ponto mais adiante, e daí para dois, três depois, em um acordo tácito que permite que continuem a conversar, sem dar atenção à chuva e ao fluxo incessante de tráfego junto ao rio revolto e lamacento. Às vezes, ele indica coisas para ela: o antigo prédio do MI5, gárgulas discretas em formato de peixe nos postes ornamentados e, uma vez, uma foca, a cabeça mal visível acima da água, uma imagem que ela achou estranhamente mágica. A cidade horrenda não parece tão triste pelos olhos de Aleks. Ela passa o dia meio que esperando por aquela caminhada.

— Parece que você não tinha muitas amigas na sua antiga vida.

Em geral, Nisha interpretaria isso como crítica, mas ela pensa por um momento e confessa:

— Não. Acho que eu não gostava muito de outras mulheres. Mas essas aí... são legais.

Ela balança a cabeça, como se não acreditasse no que diz.

— Até a que roubou meus sapatos — acrescenta.

Ele ouviu a história dela dos últimos dois dias, rindo bem alto da queda fingida de Andrea no brechó, da vaidade da mulher que comprou os Louboutin.

— Jasmine é gente boa. Passou por coisas difíceis, mas tem um coração grande. Vive ajudando gente.

— É. Vive *me* ajudando.

Algo no tom dela faz Aleks olhá-la de soslaio. Ele está de gola levantada, e seu gorro cobre as orelhas e reluz com gotinhas de chuva. Longe das luzes fortes da cozinha, a pele dele é menos pálida, e um cacho solto do cabelo cor de caramelo está grudado na testa.

— Por que você fica tão desconfortável? De receber ajuda?

— Não sei — responde ela, coçando o nariz. — Não gosto de caridade. E acho difícil ser ajudada quando não tenho como retribuir.

Ela dá um passo largo para o lado para evitar um ciclista na calçada.

— Acho que a maioria das minhas outras amizades era… um toma lá, dá cá, sabe? Eu boto você nessa festa. Você me bota nessa lista. Dou ao seu marido acesso ao meu marido. Saímos juntos de férias para sua casa incrível à beira do lago de Como, ou em Calabasas, ou sei lá onde. Compro roupas caras suas. Você me deixa linda e larga tudo para me acompanhar a eventos aos quais meu marido não pode ir.

— Isso não é amizade.

— Mas não é tudo um toma lá, dá cá, no fim? Quando se pensa bem no assunto? — pergunta. — A maioria dos casamentos é assim, mesmo que seja só "Eu cuido de você e tenho seus filhos e, em troca, você me dá apoio financeiro"? Ou "Eu fico bonita e transo muito para você não ir atrás de mais ninguém"?

Ele para e se vira.

— É assim que você vê o casamento?

Ela hesita um pouco.

— Bom… é tudo uma variação disso, né? Todos os relacionamentos humanos são, de algum modo, um toma lá, dá cá.

Ela pensa então em Juliana. Que não era assim. Aleks arqueia as sobrancelhas, mas não diz nada, e, depois de um instante, ela percebe que começou a preencher o silêncio.

— Quer dizer, olha, até as amizades. Você escuta meus problemas, eu escuto os seus. Você é leal e faz eu me sentir bem, e eu sou leal e faço você se sentir bem também. É uma forma de transação também, mesmo que seja mais bonita, né?

Ele não parece convencido.

— E carinho genuíno? — pergunta ele. — Amor? O desejo de fazer algo porque gosta de alguém?

— Bem, isso também. Óbvio. Quer dizer... talvez eu não tenha me expressado muito bem.

Ela se sente desajeitada, torta, como se tivesse revelado algo que não quisesse expor.

Aleks para no cruzamento. Ela sente o olhar dele e faz questão de não olhar de volta. Acha que ele está prestes a criticá-la, dizer mais alguma coisa sobre sua visão dos relacionamentos, mas, quando o sinal abre, ele comenta:

— Você está diferente hoje.

Ela leva a mão à cabeça.

— Argh. Eu sei. Preciso cortar o cabelo, e só tinha rímel...

— Não. Você não precisa de maquiagem. Você está... linda. Mais feliz.

Ela treme de leve.

— Não sei por quê. Não tenho nada do que é meu.

— Tem respeito próprio. Tem amigas. Tem a satisfação cotidiana de um trabalho bem-feito. Tem poder para agir sobre a própria vida. Não é pouca coisa.

— Você às vezes se dá um descanso desse papo cafona?

Ele sorri.

— Não.

Ela continua andando em silêncio, até que enfim acaba dizendo, em voz baixa:

— Não tenho meu filho.

Ele para.

— Para ser sincera... fico feliz por uns quinze minutos, até que lembro que estou sem meu filho. Ele está sozinho há tanto tempo... O pai dele... o pai dele acha que...

Ela engole em seco, respira fundo.

— A questão é que Ray, meu filho, passou por umas questões emocionais... talvez por ter passado tanto tempo sem os pais.

Ela olha para o lado. Aleks está de cabeça baixa, como se escutasse com atenção.

— Ray é só... ele é maravilhoso. Sério. Se você conhecesse ele, com certeza ia entender. Ele é inteligente, engraçado, lindo, gentil... Ele sabe das coisas... sabe várias coisas que eu nunca soube. Ele é ótimo com as pessoas. Entende todo mundo. Mas o pai dele acha que a sensibilidade de Ray e, sei lá, a orientação sexual dele são um reflexo negativo da sua habilidade enquanto pai. Carl é, tipo, um homem das cavernas. O tipo de cara que acredita que homens só podem ser héteros, duros e machões. Ele não deixa o Ray viajar com a gente há séculos, há pelo menos uns dois anos. Teve... teve um incidente um tempo atrás. Ray passou por um término difícil, primeiro amor, sabe? E também sofreu bullying na última escola, e aí isso, somado às dificuldades com o pai, acabou complicando tudo. Já é difícil por si só ter quinze anos, né? Mas o Ray, ele... ele meio que chegou ao fundo do poço. E para Carl, foi como... bem, foi a gota d'água. Ele viu isso como um sinal de fraqueza. E ele não suporta fraquezas.

Ela segue sem conseguir falar daquilo, do *incidente*, como chamaram por meses antes de Carl proibir qualquer menção ao fato. A ambulância, a lavagem estomacal, os sussurros para que passassem a trancar todos os objetos cortantes e medicações. Ela não consegue olhar para Aleks enquanto fala. As palavras vão simplesmente saindo, sem dar bola para o nó enorme na garganta de Nisha, e não param. Ela não presta atenção na chuva, no frio, nem nos carros parados soltando fumaça no ar ao lado da passarela. Pela primeira vez na vida, não consegue parar de falar. E percebe que Aleks pegou sua mão.

— Foi assustador. Muito assustador. E Ray acabou indo para uma escola para crianças com dificuldades, sabe? É muito boa. Tem muitos psiquiatras, médicos especiais e atividades para ajudar as crianças. Quer dizer, foi muito bem recomendada. É supercara. Metade dos filhos da Quinta Avenida já passaram por aquelas portas, é o tipo de coisa exclusiva que as famílias não admitem, mas que todo mundo cochicha. E a princípio eu não quis deixá-lo lá. Não quis mesmo. Só concordei porque achei que talvez fosse ser melhor para ele. O que eu sei sobre ser uma boa mãe, afinal? Venho de uma família de muitas gerações de fodidos. Não sou boa nem com amizades. Achei que, se ele estudasse lá, não teria que aguentar todo dia a rejeição de Carl, o mau humor dele. Achei que talvez eu pudesse amansar Carl aos poucos, convencê-lo, fazê-lo ver como o filho é incrível. Mas Carl nem queria falar dele depois que Ray foi embora. Simplesmente não falava dele. Quando percebeu que o filho não ia *deixar* de ser gay, foi como se Ray tivesse morrido para ele. E aí a vida ficou bem complicada, e acho que parei de prestar atenção nisso. Estava ocupada, viajando muito e com dificuldade de continuar bem com Carl. Achei que fosse só um momento difícil, sabe? Talvez uma crise de meia-idade, sei lá. Vi tantos casamentos desmoronarem, e achei que precisava me manter ao lado dele, me esforçar. Achei que isso daria estabilidade a Ray. Achei que isso... daria... estabilidade... a Ray.

Ela para quando um grupo de crianças tagarelas passa por eles em uma fila sinuosa, acompanhado de uma professora erguendo um bastão vermelho. Ela os vê atravessar a rua e balança a cabeça de leve.

— Quer saber? Na verdade, não. Isso foi só o que falei para mim mesma. Vou dizer uma coisa horrorosa. Horrenda. É provável que você não vá querer mais andar comigo depois de ouvir.

Ele não solta a mão dela, apenas a segura com a outra mão também.

— Para ser sincera, acho que não queria que minha vida mudasse. Queria que os problemas de Ray apenas desaparecessem. Achei que não conseguiria lidar com aquilo. Queria viver a vida que tinha conquistado, sabe? Já tinha me custado tanto... Eu estava com medo de voltar ao zero, caso perdesse Carl. Voltaria a ser aquela pessoinha triste e sem poder. Por isso, continuei torcendo para conseguirem consertar minha família. Para conseguirem consertar Ray.

Ela continuou:

— Eu ligava todos os dias. Quer dizer, ainda ligo todos os dias. Mas agora estou vendo tudo com novos olhos: quem precisa de conserto é o Carl. Ray só precisava... de mim. E eu me sinto muito culpada por isso, porque ele só precisava de mim. E agora, por causa dessa confusão toda, não posso... não posso nem estar com ele.

Ela percebe que ele a fita, seu olhar suave.

— Que mãe de merda eu sou, né?

Ele balança a cabeça em negativa.

Nem ouse me abraçar, pensa. *Nem ouse falar alguma coisa brega e compreensiva ou começar com um papo sentimental*. Ela já está sentindo o desconforto de sempre por ter se mostrado vulnerável, assim como uma vontade de fugir dele.

Mas ele não a abraça. Nem diz nada doce e meloso. Apenas continua de mão dada com ela e começa a andar.

— Você vai estar com seu filho — diz somente. — Daqui a pouco.

— Acha mesmo?

— Sei disso. Acho que...

Ele franze a testa ao falar, como se estivesse pensando nas palavras com cuidado.

— Acho que nunca conheci uma mulher com tão pouco medo de obstáculos. Acho que você vai recuperar seu filho logo, logo. E acho que ele tem muita sorte de ter você como mãe.

É esse último comentário que a deixa de olhos marejados.

— Por que você está sendo tão gentil comigo? — pergunta ela, e para no canteiro no meio da rua. — Não vou beijar você de novo.

— Por que eu diria essas coisas só para beijar você? Não sou do tipo... Como você falou? Toma lá, dá cá.

Ele dá de ombros, inclina a cabeça de lado.

— Se quisesse beijar você, simplesmente beijaria você — acrescenta Aleks.

Ele solta a mão de Nisha. Ela fica parada por vários minutos ali no canteiro de asfalto, em meio ao tráfego agitado, antes de perceber que não faz a menor ideia do que dizer.

28

Era muitíssimo previsível que o sono não viria, então, às seis, de olhos ardendo e um pouco enjoada de cansaço, Sam deixa o marido que talvez não seja mais marido, ignora as roupas do emprego que não tem mais, calça os tênis e vai à academia de boxe. Esse horário é mais tranquilo, e só os viciados em exercício estão lá, engajados nas próprias disputas, os socos e grunhidos ecoando pelo salão quase vazio. Um rádio murmura no canto. Sam se aquece na esteira antiga, sente as pernas começarem a protestar e a respiração forçar o peito, depois tenta usar alguns pesos, bem como Sid ensinara, repetições apenas para mexer os músculos, para fazer o ácido lático fluir, e se recusa a se sentir intimidada pelo tamanho inadequado dos halteres. Em seguida, sai dali, enfaixa as mãos, calça as luvas de boxe puídas e um pouco fedidas, puxando o velcro com os dentes, e segue para o saco de pancada.

O saco é preso ao chão para não balançar demais, e ela começa a socar (*um, dois, um, dois*), sentindo os músculos aquecidos, o abdômen tensionado a cada impacto. Vê um dos homens olhar para ela e se virar. Ela reconhece a expressão: é o desprezo de um homem que acha que ela está em um lugar ao qual não pertence, o olhar vazio que desmerece as mulheres que não são mais consideradas sexualmente desejáveis. Ela fita a nuca dele por um momento e então soca com força, até o impacto reverberar no ombro. É bom. Ela soca de novo, com força e determinação, e de repente vê o rosto de Simon, o tronco dele, quando os punhos encontram o couro vermelho gasto, e nota que está fazendo mais força, impulsionada pelo ombro, pelos pés (*um, dois*). Dá diretos e cruzados, com o rosto contorcido pelo esforço, suor pingando nos olhos a ponto de precisar secar com o braço, a respiração ofegante. Ela nem se importa se alguém está observando ou julgando sua técnica ruim. Soca todo mundo que explorou sua gentileza, todo mundo que a desprezou, que riu dela, que a ignorou. Soca o destino que a deixou sem emprego, o desdém da filha, o possível fim do casamento, e os socos vão ficando mais fortes. Soca as três mensagens, cada vez mais passivo-agressivas, que a mãe deixou na caixa postal, a última declarando que o pai está tentando arrumar o quarto de hóspedes sozinho para receber os afegãos e perguntando o que ela deve fazer se ele cair e morrer sufocado debaixo de tanta coisa. *Ficou óbvio que você decidiu ignorar nossos sentimentos, como ignora os de Phil.*

Soca o espectro de Miriam Price, a vergonha de virar alguém que *foi demitida*, e o emprego futuro sobre o qual não tem mais expectativas. Mesmo que Miriam entenda qual é a de Simon, de forma alguma a empresa dela ignoraria os motivos para a demissão de Sam e sua falta de referências. Bate nas próprias fraquezas e falhas, na exaustão e na tristeza, gostando de sentir os ombros ardendo, as batidas do coração, os músculos todos implorando para parar. Quando sente a força se esvair, a camiseta e o top empapados de suor, Sam arranca as luvas, desenrola as ataduras e joga tudo na cesta. Então, olhando os dedos arroxeados com certa satisfação, segue para o chuveiro.

Sam acompanha Andrea ao médico na sexta-feira. A amiga não protesta quando ela anuncia que irá junto. Sam pega o furgão, pois o próprio carro ainda está quebrado, e o de camping está funcionando, já que foi o foco da atenção de Phil por dias. Ela não quer pedir para Phil trocar a bateria do outro carro. Não quer pedir nada para Phil no momento. Não está pronta para lidar com o olhar frio dele, com ele dando de ombros e sugerindo que nada da vida dela é mais problema dele.

As duas fazem o trajeto em silêncio, e não só porque Sam precisa de mais concentração para dirigir o furgão pelas ruas estreitas, os nervos agitados quando tenta entrar na vaga com aquele trambolho maior e mais complicado do que o carro com que está acostumada. Sam não quer ser a pessoa que insiste que vai ficar tudo bem, que é óbvio que Andrea vai melhorar. *Você é uma guerreira! Vai superar essa!* Ela aprendeu, ainda no início, que não é assim que se fala com alguém que tem uma doença grave. Mais do que nunca, ela sabe que não há garantia.

Andrea está mais pálida que de costume, os dedos tremendo de leve ao tentar abrir o cinto com dificuldade, e Sam espera que não seja nenhum prenúncio terrível. Há meses, ela se pega analisando o rosto de Andrea sempre que a vê, procurando uma possível perda de peso, movimentos mais frágeis, qualquer indício de que *a coisa* está ganhando.

Ela toma café preto na sala de espera do hospital, virando as páginas de uma revista sem realmente olhar para elas, até o nome de Andrea ser chamado. E quando a amiga faz sinal para que a acompanhe, parte dela sente medo, e parte, alívio por não precisar ficar ali fora, sozinha com seus pensamentos.

Sentam-se na salinha sem nem tentar sorrir. Andrea apresenta Sam e pega sua mão, no que a outra aperta com força, tentando transmitir todo o amor que sente, tentando não pensar no que vai acontecer nos próximos minutos, em como a vida delas está prestes a passar por uma transformação. O médico, dr. Singh, é quem está presente desde o diagnóstico de Andrea, e seu modo autoritário e jeito avuncular e distante são os de um homem que já definiu o futuro de mil pessoas e precisou explicar o resultado provável para todas. Ele tem um bigode extravagante e está de camisa engomada e impecável, além de usar um anel de rubi grande e apertado no mindinho. Sam analisa o rosto dele, tentando deduzir o que vai dizer pela forma como se debruça para a frente e estuda com cuidado os exames diante de si.

— E como você tem se sentido? — pergunta ele, fechando a pasta e se recostando na cadeira.

— Não tão mal, só meio cansada — diz Andrea.

Sam a olha de relance. Andrea diria "não tão mal, só meio cansada" mesmo se um tubarão tivesse arrancado suas duas pernas.

— Alguma dor nova?

Andrea faz que não com a cabeça.

— Que bom. Que bom.

Só fala logo, pede Sam, em silêncio. Ela não consegue parar de olhar a cara dele. Acha que vai vomitar de tensão.

Ele abaixa um pouco o queixo.

— Bem, a imagem mostra que está tudo limpo. A cirurgia correu bem, como você sabe. E não parece haver desenvolvimento nos gânglios linfáticos, que era nossa maior preocupação.

— O que isso significa? — diz Sam.

— Não quero me precipitar, mas são indícios muito bons. Acho que, com a combinação de cirurgia e quimioterapia adequada, chegamos a um resultado encorajador.

— Encorajador? — repete Sam.

Ele a olha com simpatia.

— Não é uma ciência exata. Não gostamos de falar de resultados definitivos. Mas parece que o câncer foi removido com sucesso, e não há nenhum outro sinal aparente dele. Vamos continuar a monitorar por garantia, mas é o melhor resultado que poderíamos esperar neste momento.

A voz de Andrea sai hesitante.

— Então... acabou mesmo?

O dr. Singh junta as mãos. O anel de rubi reluz ao sol que de repente entra pela persiana.

— Espero muito que sim.

— E eu... tenho que fazer alguma coisa?

— Por enquanto, não. Seu tratamento acabou. Vamos monitorar, como falei. E você pode querer pensar em cirurgia reconstrutiva. Mas, por enquanto, eu me concentraria em recuperar as forças e voltar à vida mais normal possível.

Ninguém fala nada. Andrea se vira para Sam e, de repente, ela se mostra vulnerável, choque e alívio marcados em rugas profundas. Lágrimas escorrem pelo seu rosto. As duas se levantam, quase sem pensar, e Sam puxa Andrea para perto, a abraça com força, como se apenas agora se permitisse compreender o horror completo do que achou que precisasse encarar.

— Ai, meu Deus — dizem elas, uma por cima da outra.

Ai, meu Deus, ai, graças a Deus, graças a Deus, graças a Deus.

— Eu estava com tanto medo de perder você — admite Sam, soluçando no ombro ossudo de Andrea. — Não sabia como enfrentaria tudo sem você. Nem sei quem eu seria sem você. E sei que é idiota e egoísta pensar assim porque foi você quem passou por essa merda toda.

— Você estaria se afogando em merda sem mim, sem boia nem nada.

Andrea ri e chora, agarrando com força Sam, que sente as lágrimas quentes da amiga na pele.

— Uma inútil completa — continua.

— Seria isso mesmo. Mas quero que você saiba que você é uma vaca por fazer isso comigo — diz Sam. — Uma vaca, cem por cento.

Andrea ri. Seus olhos brilham, e ela os seca com a mão pálida.

— Tão egoísta! Fiz você passar por tanta coisa...

— Convenhamos. Nem sei por que ainda somos amigas.

Elas se abraçam de novo, rindo e chorando, antes de se afastarem e olharem para o dr. Singh, sentado diante delas. Ele ainda sorri, mas com a expressão um pouco desconfiada e instável de alguém que não entende direito o que está acontecendo.

— Eu te *amo*, dr. Singh! — exclama Andrea, e então as duas o abraçam, lhe agradecem e riem do protesto abafado dele por se recusarem a soltá-lo.

Sam está tão imersa em pensamentos na volta que não vê o sinal mudar. Ela e Andrea decidiram comemorar em uma cafeteria local, sentadas a uma mesinha frágil na área externa, onde, pela primeira vez em um ano, Sam olharia para a amiga e não sentiria um pânico vago e profundo de que a outra pegasse friagem, que a falta de apetite sugerisse algo sinistro, que inspirasse alguma bactéria aleatória flutuando no ar e fosse derrubada em seu estado frágil e debilitado. Elas comeram um pão doce em silêncio, contentes, aproveitando o sol.

Decidiram, por acordo tácito, adiar as discussões difíceis — sobre o casamento de Sam, as finanças de Andrea, a missão de recuperar os sapatos — e, em vez disso, conversam brevemente sobre a delícia do pão doce, a força gloriosa do café, o prazer simples do calor inesperado. Hoje Andrea está bem, e todo o resto se tornou pequeno e insignificante. Foi o melhor café de que Sam se lembra.

Até que ela olha para o sinal vermelho. Só percebe ao ouvir a buzina ultrajada, o pneu cantando quando o outro motorista é forçado a frear.

— Meu Deus! — exclama Andrea, agarrando o cinto. — Não é hora de me matar, Sammy!

Sam atravessa o cruzamento com o coração a mil e levanta a mão em desculpas para o outro motorista.

— Mil desculpas — diz, com o corpo frio e quente ao mesmo tempo, pelo choque do que ocorreu. — Eu... não estava...

— Assim, você podia me dar *um dia* bem e viva.

Elas riem com o olhar apavorado.

Até que Sam olha para o retrovisor e repara na luz azul.

— Ah, que bom.

Ela para o furgão na vaga mais próxima, com dificuldade de manobrar com segurança, e recua um pouquinho para o caso de os policiais dizerem que ela também estacionou mal. Pelo retrovisor, vê a viatura parar atrás dela, a luz azul ainda piscando. Uma policial sai do carro. O outro, que ela não vê com nitidez por causa do reflexo no para-brisa, continua no banco do carona.

Sam abaixa a janela quando a mulher se aproxima. Ela tem uns cinquenta e tantos anos, é corpulenta e caminha devagar e deliberadamente, com uma cara de quem já viu dezessete merdas diferentes só hoje e não está com saco para encarar mais essa.

— Mil desculpas — diz Sam, antes de a mulher falar. — Foi culpa minha.

— Você furou um sinal vermelho. Quase causou um acidente e tanto.

— Eu sei. Me desculpe.

A policial olha para Andrea. Ela se vira para Sam, olhando o interior da van de modo treinado, antes de se esticar para trás e ver o girassol enorme pintado na carroçaria. Ela semicerra os olhos.

— O veículo é seu, senhora?

— É — diz Sam. — Quer dizer, meu e do meu marido.

— E tem seguro? Está com os documentos em ordem?

— Foi vistoriado semana passada.

Phil não lhe contou isso. Ela só descobriu porque ele deixou os documentos na bancada da cozinha.

— O freio funciona?

— Sim.

— E sua vista é boa?

— É... é decente.

— Então pode me explicar por que acabou de furar o sinal vermelho?

— Não tenho nenhuma justificativa — diz Sam, balançando a cabeça. — Mas minha amiga aqui acabou de ser liberada do tratamento de câncer e eu... eu não dormi ontem de tanta preocupação com a consulta, e acho que estava tão feliz, e talvez cansada, não sei, que... perdi o foco por um momento.

A mulher olha para Andrea, nota o lenço, a pele pálida.

— É provável que parte da culpa seja minha — completa Andrea. — Estava falando sem parar. Sempre falo demais.

— Quer saber? — começa Sam. — Pode me multar. É justo. Eu deveria ter prestado mais atenção. Vamos acabar logo com isso.

A policial franze a testa.

— Você está me *pedindo* uma multa?

Sam não sabe o que deu nela. Levanta as palmas da mão e encara a policial.

— Estou.

Então, como ninguém diz mais nada, ela continua:

— Quer saber? Acabei de perder o emprego porque meu chefe acha que sou inútil. Minha filha não fala comigo. Meu marido vai me largar porque acha que tenho um amante. Na maior parte do tempo, eu queria mesmo ter. E devo estar na menopausa. Se não estiver na menopausa, o problema é grave, porque eu choro quase todo dia. Já estou há dois ciclos sem menstruar e quase sempre acordo com um peso imenso no peito. Mas agora consigo suportar isso tudo porque minha melhor amiga aqui sobreviveu ao câncer. O resto é besteira. Então pode me multar. Vamos acabar com isso.

A policial olha de uma para a outra. Abaixa a cabeça por um momento, pensa e ergue o rosto.

— Menopausa, é?

— Ainda dirijo com segurança — diz Sam, apressada. — Quer dizer, geralmente. Pode verificar meus documentos. É que... esses últimos dias foram muito esquisitos.

A policial continua a olhá-la com firmeza.

— Perdão — acrescenta Sam de novo.

A mulher se debruça na janela.

— Espera só até começar a suar em bicas de noite — comenta, abaixando a voz. — É uma *merda*.

Sam pisca.

— E esses escrotos não ajudam — diz, apontando com a cabeça para a viatura.

Ela volta ao meio-fio. Guarda o bloco no bolso.

— Vou deixar você seguir sem problemas — continua. — Só desta vez. Mas fica de olho na estrada e presta atenção, combinado?

— Jura? — pergunta Sam.

A policial já está indo embora. Então para e se vira por um momento, se abaixando para olhar Andrea.

— E parabéns. Por essa história de... câncer — diz, e faz uma pausa. — Da próxima vez, talvez seja melhor voltar de táxi.

Ela se vira de novo e volta à viatura, resmungando no rádio.

Kevin cagou no tapete do corredor. Ele vem até Sam quando ela abre a porta, de cabeça baixa, passos bambos e mostrando o branco do olho, como se pedisse desculpas. Phil não está, nem Cat, e ela não tem coragem de ficar irritada com ele. Talvez ele estivesse sozinho há horas.

— Tudo bem, meu velhinho. Não é culpa sua — diz, e enche um balde com detergente e água quente, calçando as luvas de borracha.

Ela está ajoelhada quando a filha chega. Cat hesita na porta, como se tentasse decidir se vai entrar ou sair, mas talvez seja difícil dar as costas a uma mãe que está limpando excremento canino do carpete bege, então a cumprimenta com um aceno e dá a volta ao redor da área afetada, como se tivesse algum efeito no trabalho de Sam.

— O papai está aí?

— Não — diz Sam, entre os dentes.

Acabou o xampu de carpete de boa qualidade, então agora ela está usando detergente de cozinha. Ela se inclina para trás, afastando o rosto e tentando não vomitar. Os acidentes do cachorro são sempre trabalho dela, e nunca ficam mais fáceis de limpar. Sam se pergunta em que momento a tarefa foi delegada a ela. Talvez tenha perdido a reunião de família por estar ocupada.

É então que percebe que Cat está atrás dela. Ela se vira. A filha está com uma expressão solene.

— Tudo bem? — pergunta Sam, apesar de achar que já sabe a resposta.

— Desculpa pelos sapatos.

Sam abaixa a esponja.

— Tudo bem. Você não sabia.

— Achei que você estivesse tendo um caso.

— Achou mesmo?

— Você e o papai pareciam tão infelizes. Não faziam mais nada juntos. Parece que... não gostam mais da companhia um do outro.

As palavras dela ressoam como uma série de golpes. Cat coça o nariz. Seus olhos não encontram os de Sam ao dizer a frase seguinte:

— E aí eu vi você com aquele homem.

— Joel é só meu amigo.

— Mas os sapa...

— Usei os sapatos porque... bem, porque às vezes a gente precisa se sentir diferente.

Então Cat olha para a mãe e Sam não sabe se o que detecta no rosto da filha é incompreensão ou desconfiança.

— Eu estou infeliz, Cat. É verdade. Faz muito tempo. Seu pai nem me vê mais. Na maior parte do tempo, sinto que nem existo. É difícil imaginar isso agora, enquanto você é jovem e linda e todo mundo nota tudo o que você faz. Mas hoje em dia eu pareço ser invisível, e quando nem o homem que eu amo me vê... bom, é devastador. Eu precisava me sentir outra versão de mim... e acho que os sapatos me ajudaram nisso. É difícil explicar. Nem sei se sei explicar para mim mesma. Mas sinto muito por você ter acabado envolvida nisso.

— Por que você precisa que um homem diga quem você é?

— Como assim?

Cat dá a volta na mancha escura do carpete.

— Por que precisa da validação de outra pessoa? O papai está na fossa, sim, mas não é por isso que você precisa se perder. Você ainda é você. Eu não deixaria homem nenhum determinar como me sinto.

— É. Bom, você sempre foi muito bem resolvida. Acho que você sabe quem é desde os três anos.

Ela olha para a filha, cuja geração parece entender tudo, com todo esse papo de autonomia, de repúdio ao *slut-shaming*, de sororidade e amor ao próprio corpo. Ela sente o aperto de tristeza que começou a se tornar frequente ao lembrar que em breve sua menina irá embora, para encarar a própria vida, e não entrará mais pela porta arrastando as botas pesadas.

Cat se larga no primeiro degrau da escada. Amarra o cadarço de uma das botas e espera um instante antes de falar.

— A mãe da Colleen largou o pai dela mês passado. Disse que estavam "seguindo caminhos diferentes".

Sam não sabe o que dizer, então força uma expressão neutra.

Cat de repente se mostra vulnerável, como uma criança.

— Você e o papai vão se separar?

Você sente alguma coisa pelo Joel?, Phil perguntou a Sam na noite anterior, enquanto ela escovava os dentes. Ela teve dificuldade de responder com sinceridade, e continuou a escovar por alguns segundos antes de cuspir a pasta. *Não o mesmo que sinto por você*, falou. Ele olhou o reflexo dela no espelho por um momento e foi se deitar.

— Acho que não — diz ela, e abraça a filha, aproveitando a proximidade breve.

Ela espera que a coisa tenha saído mais otimista do que se sente.

Joel mandou mensagem duas vezes. Uma mensagem longa e atrapalhada dizendo que contou para todos no escritório o que estava acontecendo, e que estavam tentando dar um jeito de resolver a situação. Marina se sentia péssima. Franklin já tinha feito besteira no projeto dos holandeses. Ela não deveria se preocupar. Sam deveria ligar para ele se precisasse de qualquer coisa, qualquer mesmo. Ele esperava que ela voltasse logo ao boxe, porque estava indo muito bem! A segunda mensagem, enviada vinte e quatro horas depois, dizia só: **Estou com saudades.** Ela lê a mensagem várias vezes por dia, quando está sozinha, e seu coração dá um pulo toda vez, como um motor tentando pegar no tranco.

29

Phil não consegue se sentar. Sempre que encosta no sofazinho, levanta de um salto como se levasse um choque, como se tivesse energia demais nele para ser contido por meros móveis. Ele anda de um lado para outro da saleta, as palavras saindo em explosões de escopeta.

— Quer dizer, ela basicamente admitiu! Mesmo que não tenha sido traição, ela *sente* alguma coisa por ele. O que eu faço com essa informação? Me diz? Porque não tenho resposta. Fico remoendo isso e não tenho resposta.

O dr. Kovitz está sentado, com o bloco no colo e uma expressão de paciência eterna. Phil tem vontade de socar a cara dele.

— Ela nem negou. Só falou que o que sentia por *ele* não era o mesmo que sentia por mim.

— O que você interpretou disso?

Phil o encara, incrédulo.

— O que você acha que interpretei? Minha mulher sente alguma coisa por outro homem!

— Eu sinto coisas por um monte de gente. Nem por isso vou fugir com elas.

— Não me venha com essa de brincar com as palavras, não hoje, por favor.

— Não é brincadeira, Phil. Ela falou que não está tendo um caso. E, visto que você disse que ela é uma pessoa honesta, devemos supor que está contando a verdade. Ela sentiu algo por outra pessoa. Você me falou, em uma das sessões anteriores, que até entenderia se ela fosse embora com alguém.

— Mas isso foi antes de ter uma chance real de acontecer!

Phil leva as mãos ao rosto e aperta os olhos com tanta força que sente pequenas explosões sob as pálpebras, querendo que os pensamentos parem, que tudo aquilo pare.

— O que ela disse, Phil? Sobre o que quer fazer?

Ele se larga com tudo.

— Não falamos disso.

O dr. Kovitz arqueia as sobrancelhas.

— Quer dizer, não assim. É que... não sei o que quero dizer. Sinto que não conheço mais ela.

— Bom, é possível que você não a conheça mais mesmo. Todo mundo muda. O tempo todo. Você mesmo admitiu que deixou sua esposa lidar com tudo sozinha por um longo período. Isso muda as pessoas. Muda o casamento.

Phil cruza os braços e se curva, encostando o peito nos joelhos. Alguns dias, a pressão é tanta que ele sente que precisa contê-la fisicamente.

— Um casamento não é o mesmo ano após ano, Phil. Você é casado há muito tempo. Sabe disso. É algo orgânico. Muda conforme as partes mudam. Talvez às vezes a gente só precise...

— E ela ainda está escondendo coisas de mim — solta Phil.

O dr. Kovitz se recosta na cadeira.

— Ok.

— Eu liguei para a empresa dela há dois dias, porque os pedreiros queriam uma informação sobre o seguro, e disseram... disseram que ela não trabalhava mais lá.

Há um longo silêncio.

— Ela não quer compartilhar nada comigo, né? — questionou Phil, soltando um suspiro demorado e derrotado. — Não valho mais nada na vida dela.

A vida com Sam costumava ser confiável, o pilar que o sustentava diante de todo o resto que ele precisou enfrentar. Agora, parece que viver com ela é uma sequência de explosões, como se nunca fosse possível saber o que virá a seguir.

— Phil — diz o dr. Kovitz, gentilmente —, quando estamos para baixo, pode ser fácil ver tudo pelo prisma da negatividade. Seres humanos são conhecidos por compreenderem mal as motivações de outras pessoas, mesmo que as conheçam muitíssimo bem. Criamos várias histórias sem embasamento na nossa cabeça.

O dr. Kovitz entrelaça os dedos.

— Posso sugerir uma versão alternativa? — propõe.

Phil espera.

— Pelo que você disse antes, sua esposa talvez tenha abandonado o emprego, um emprego que você disse que ela odiava. Ou ela pode ter sido demitida. Não sabemos. E se o motivo para ela esconder essa informação for apenas medo de contar para você? E se ela estiver tentando se proteger dessa conversa horrível, com todas as consequências para vocês dois?

Ele pausa.

— Você me disse que Sam tem consciência das suas dificuldades em relação à saúde mental já faz algum tempo. Já considerou a possibilidade de ela estar tentando proteger *você*?

Phil lembra que, quando o telefone de Sam tocava, ele sempre sabia quando era o chefe dela, porque ela fazia uma careta assim que via o nome.

— Então você basicamente acha que devo ignorar isso — diz Phil. — Fingir que não aconteceu nada.

— Nada disso. Acho que já passou da hora de você conversar com ela.

30

Nisha está tão perdida em pensamentos que dá um pulo quando Jasmine se aproxima. Ela está na varandinha, com vista para a cidade escura e cintilante, bem embrulhada no roupão que Jasmine lhe emprestou para se proteger do frio, com um cigarro que nem quer fumar, como se fazer algo tão horrível quanto fumar às seis da manhã fosse reafirmar o horror daquilo tudo. Certas manhãs, ela se sente tão distante do filho que parece que um fio conecta o coração dos dois, puxado com força e causando uma dor constante, quase insuportável. Ontem ele pareceu muito triste de novo, muito descrente quando ela disse que ia recuperar os sapatos, ia *mesmo*, Ray, *sério*, e que depois poderia buscá-lo. Ele a interrompeu quando ela tentou descrever o plano. Ele foi mal em uma prova de matemática, o pai ainda estava proibindo seu acesso ao dinheiro e sua amiga Zoë estava enchendo o Instagram de fotos de festas com umas meninas que ela sabia que ele não suportava. Ray soou muito desanimado, solitário. Ainda estava tomando os remédios, sim. Não estava com fome, não. Não estava dormindo, não. Sabia que ia ficar tudo bem, sim. Tanto faz.

— Quando você vem me buscar?

— Em breve, meu amor. Só tenho que levar esses sapatos para seu pai, e aí ele vai ter que me dar o dinheiro.

— Odeio ele — disse o filho, com veemência.

Quando ela tentou, sem muito afinco, falar que ele não deveria pensar assim, não deveria mesmo, ele perguntou por quê: o pai o amava, por acaso? Que dívida Ray tinha com ele? E ela não conseguiu pensar em uma boa resposta.

Os dois ficaram quietos por alguns longos momentos de angústia, e por fim ele disse, em voz baixa:

— Mãe? Lembra aquela música que você cantava para mim? Pode cantar de novo agora?

Ao cantar, a voz dela vacilou.

You are my sunshine, my only sunshine...

You make me happy, when skies are grey...

— Também não está conseguindo dormir, é? — pergunta Jasmine, oferecendo um café.

Um helicóptero da polícia passou horas circulando ali por perto, as vibrações emanando ondas de choque pelo céu noturno, enchendo a atmosfera com uma vaga sensação de ameaça. Nisha aceita o café e faz que sim.

Jasmine se senta na cadeirinha de armar que deixa na varanda e ajeita o roupão nos joelhos.

— Nem eu. Não paro de pensar se é loucura tentar fazer isso.

Nisha sabe que o que Jasmine quer dizer é que ela pode perder o emprego. Cada elemento do plano pode levar a uma demissão. Quando Jasmine descreveu a ideia para as outras, Nisha viu as duas ficarem boquiabertas, de verdade, como personagens de desenho animado. Ela passou horas tentando dar um jeito de proteger Jasmine: vai ser Nisha quem vai pegar a chave, Nisha quem vai pegar os sapatos, Nisha quem, no pior dos casos, vai botar as mãos para o alto e alegar que foi tudo culpa dela, que ela forçou Jasmine a colaborar. Ainda assim, é um risco.

— Você não precisa fazer isso — argumenta Nisha, pela quinta vez. — Já fez muita coisa por mim. Não quero botar você em…

— Nish. Eu lá pareço alguém que faz alguma coisa que não queira? Não. Já pensei nisso mil vezes. O que estamos fazendo é justo. Estamos recuperando o que é seu por direito. Vamos ajudar você. Sou sua amiga, e vou ajudar você — declara, olhando de soslaio para ela. — Além do mais, se você não sair do beliche da minha filha e arranjar logo uma casa própria, Gracie vai acabar comigo.

Elas sorriem. Por fim, a expressão de Jasmine murcha e ela toma um gole de café.

— Minha preocupação é sobre quando você entregar os sapatos. Se seu ex vai mesmo cumprir a parte dele do acordo.

— É, também ando pensando nisso.

Carl faria qualquer coisa para vencer. Se for tudo um jogo para ele (e é muitíssimo possível que seja o caso), ele apenas encontrará mais um obstáculo para impedir o acordo. É esse o maior medo de Nisha: que ele só a obrigue a ficar correndo em círculos sem fim nessa cidade estranha, sem qualquer poder, tampouco dinheiro, enquanto o filho dela fica sozinho naquela escola esquisita, cada vez mais triste, a milhares de quilômetros. Ela achava que sua posição a protegia. Achava que a lei a protegia. Mas descobriu que poderia perder tudo, simples assim, e só poderia contar com os próprios recursos, quaisquer que fossem, para se manter resistindo.

Elas bebem o café em silêncio, olhando as luzes da cidade, que ganham vida lentamente, os faróis vermelhos abrindo caminho pelo escuro.

You'll never know, dear, how much I love you...
Please don't take my sunshine away.

Nisha fecha os olhos. Sente o fio que a conecta ao filho repuxar ainda mais.

— Bem, sabe o que dizem? Um passo de cada vez — diz Jasmine, virando o fim do café e dando um tapinha no lenço que usa para prender o cabelo durante o sono.

— Vamos lá, gata — continua. — Vamos trabalhar. E depois pegamos seus sapatos. O resto a gente vê mais tarde. O primeiro passo é fazer umas torradas.

Ela entra em casa, e Nisha fica ali sentada, olhando para o céu. Por fim, pega o celular e digita uma mensagem.

JULIANA? Esse ainda é o seu número?

Ela hesita e acrescenta:

Aqui é a Anita.

Espera mais um instante e envia, vendo a mensagem piscar e ser lançada no éter.

Sam passeia com o cachorro no escuro, pela primeira vez se esquecendo de temer desconhecidos nas sombras da luz fraca da rua. Está pensando no dia que tem pela frente, na bizarrice com a qual concordou. Ela nunca fez nada disso na vida. Samantha Kemp: uma mulher de meia-idade, gerente de gráfica, casada, com uma filha, ainda morando no mesmo CEP em que foi criada. Está prestes a fazer algo completamente ridículo para devolver os sapatos de uma mulher que nem gosta dela. Esses fatos dão voltas na cabeça dela. Mas, na verdade, tudo em sua vida parece tão absurdo, tão irreal, que esse dia nem é tão diferente assim. Além do mais, o pior já aconteceu: ela perdeu, ou praticamente perdeu, tudo de importante para ela, exceto Andrea.

Enquanto Kevin cheira cada árvore e poste, interessadíssimo, ela pensa em Jasmine e Andrea, em como elas se deram bem logo de cara. Andrea faz isso com as pessoas: parece ter uma espécie de atalho, uma simpatia direta e aberta que acaba com os constrangimentos e deixa as pessoas admirarem seu brilho. Quando eram mais novas, ela nunca entendeu por que Andrea era amiga de alguém como ela. Sam nunca teve esse carisma, a aura indefinível que fazia todos quererem estar perto dela. Mas Andrea não iria hoje.

— Ela é muito fácil de identificar — declarou Jasmine.

— Droga. A Lencinho é boa nas artes dramáticas — comentou Nisha.

Sam fez uma careta, mas Andrea apenas riu e disse que talvez fosse verdade.

— É, você não iria querer ter o Gollum na lista de suspeitos. Esperem só minhas sobrancelhas crescerem, eu vou virar o Tom Cruise em *Missão Impossível*.

Nisha e Sam ainda se olhavam com desconfiança. Nisha parecia não ter limites, expressava uma ousadia que deixava Sam nervosa. Ela sempre se sentiu mais confortável com gente que segue as regras, como ela. E pressentia que algo nela também deixava Nisha desconfortável. As duas foram educadas, mas talvez as circunstâncias do encontro fossem estranhas e carregadas demais para se tornarem íntimas.

Não fazia diferença. Sam tinha perdido os sapatos de Nisha, portanto precisava ajudar a recuperá-los. É a coisa certa a se fazer em um momento em que mais nada é tão bem planejado. É a única coisa que ela pode fazer. Quando resolver isso, vai dar um jeito na própria vida e começar a se preocupar em arranjar um novo emprego.

A porta está destrancada quando ela e Kevin chegam em casa, o trânsito começando a tomar a rua aos poucos, tal como algumas pessoas já acordadas e na ativa, prontas para fazerem compras. Ao entrar na cozinha, sente um leve choque ao ver que Phil está acordado, fazendo café de costas para ela, já usando uma calça de moletom velha e um casaco. Ele se vira o mínimo possível e acena quando ela entra, o máximo que ele consegue oferecer como cumprimento nos últimos tempos. Para esconder a angústia enjoativa que isso lhe causa, Sam murmura que precisa tomar banho, antes de ele poder dizer qualquer coisa, e deixa que o marido dê comida para Kevin.

Ela toma um banho e seca o cabelo, notando, enquanto hidrata o rosto, que os cantos da boca parecem ter se firmado em sulcos apertados e virados para baixo. Ela tem certeza de que aquilo é novidade. Para de se olhar no espelho de aumento (convenhamos, isso deveria ser proibido para qualquer mulher de mais de trinta anos) e, conforme instrução de Jasmine, veste uma camiseta e uma calça jeans pretas, por cima das quais acrescenta um suéter cinza e uma parca azul-escura.

Ela está nos últimos degraus quando ele surge no corredor.

— Podemos... conversar?

Ela pisca.

— Agora?

— É. Agora.

Ela consulta o relógio.

— Eu... não é uma boa hora, Phil. Eu... eu preciso ir trabalhar.

— Trabalhar — diz ele, com o olhar morto. — No domingo.

— É... é um serviço especial. Não posso... Olha, podemos conversar quando eu voltar? Vou chegar meio tarde, mas com certeza...

Ele a encara como se ela fosse uma completa desconhecida. É bem então que o celular dela começa a tocar. Ela olha para baixo, esperando que seja Nisha ou Jasmine, mas é Joel. O nome dele pisca como uma granada. Ela fita o aparelho e fica ruborizada, desejando que ele desligue.

— Atende — diz Phil, que viu tudo.

— Eu...

— Atende.

Ela atende, desviando o rosto do marido, apesar de sentir o olhar dele na nuca. Quando fala, a voz sai aguda e falsa demais.

— Joel!

Joel responde em tom baixo e conspiratório.

— Desculpa incomodar no fim de semana, Sam. É que, olha, é meio esquisito, mas um cara israelense apareceu no escritório na sexta. Perguntou por você.

— Como assim? Israelense?

— É. Não entendi nada. Ele falou com Martin, que disse que você não estava mais trabalhando lá, e aí foi embora. Não sei o que ele perguntou, só... senti um clima esquisito. Martin acabou de me contar, e não quero deixar você assustada, mas ele disse que foi meio estranho. Achei melhor você saber.

— Que estranho. Ok. Obrigada.

Faz-se silêncio por um instante.

— E eu queria saber se...

— Tenho que ir — diz ela, animada. — Eu... vejo você no trabalho! Obrigada por dar o recado!

Ela desliga antes que Joel diga qualquer outra coisa. Enfia o celular no bolso e tenta expressar no rosto algo que não seja culpa, nem uma leve agitação.

— Então, a gente... a gente conversa mais tarde?

Phil olha para ela, e sua postura sugere que está carregando um peso quase insuportável.

— Conversa, sim, Phil. A gente conversa quando eu voltar. Eu só... preciso fazer isso.

— Eu vou embora — diz ele, se virando, e volta para a cozinha.

Sam congela.

— Como assim?

— Eu vou embora. Não dá... não aguento mais. Preciso me entender.

Ela atravessa o corredor para vê-lo parado de costas, apoiado na bancada.

— O que você... aonde você vai?

— Não sei.

— Phil, isso é ridículo! Você não pode simplesmente ir embora. Por favor. Temos que... Olha, eu volto hoje mais tarde e a gente conversa, está bem? Só deixa eu dar um jeito nisso hoje, e a gente se resolve.

Ele balança a cabeça. E, quando fala, parece genuinamente confuso.

— Vinte e três anos, Sam. O que a gente tem para conversar?

Michelle, da recepção, sempre gostou de Jasmine, então, quando ela se oferece para cuidar do serviço por dez minutos para Michelle sair para fumar um cigarro, fica evidente que ela considera aquilo apenas uma extensão da gentileza de Jasmine, da generosidade que dedica a todos os demais funcionários do Bentley. Além do mais, na maioria dos dias, Michelle deixa a recepção vazia sem nem pensar duas vezes quando sai para fumar um Marlboro Light, e assim ela tem menos chance de se meter em confusão com Frederik. A bancada da recepção é uma das poucas áreas do saguão sem monitoramento por câmera.

Nisha fica a poucos metros dali, com Sam, as duas na posição de vigia enquanto Jasmine lê a lista de reservas e encontra o que procura. Ela separa um quarto, faz umas mudanças rápidas na tela, rouba uma chave dos ganchos atrás da cabeça e já está meio afastada da bancada, sorrindo tranquila, quando Michelle volta, cheirando um pouco a cigarro. A recepcionista confere o batom em um espelhinho de bolso, o fecha e vai para trás do balcão.

— Você é um anjo, Jas. Não acredito que Lena faltou de novo. Olha, se me pedirem para fazer turno duplo outra vez, vou me demitir.

— Sempre que você precisar, meu bem. Só pedir — diz Jasmine e se afasta.

Michelle a olha, confusa.

— Que engraçado, não sabia que você vinha ho...

— Perfume. Frederick vai sentir o cheiro do cigarro.

Jasmine pega um frasco de perfume não identificado da bolsa e joga dois esguichos em Michelle, que, distraída, tosse e murmura um "obrigada", dando tempo de Jasmine guardar o frasco na bolsa e desaparecer.

Nisha e Jasmine levam Sam pela porta lateral e pela escada dos fundos até o vestiário, onde trocam as roupas pelo uniforme preto. Sam está quieta desde que apareceu, com o rosto pálido e tenso, e Nisha se pergunta se é por nervosismo. Ela vai precisar se controlar para resolver isso. É o tipo de mulher que tem toda a cara de ceder, de anunciar de repente que não sabe mentir ou cair no choro. *Por favor, que ela não foda com tudo*, roga a alguma divindade desconhecida. *Preciso dos meus sapatos.*

— Tudo bem? — pergunta, seca, para Sam, enquanto fecha a calça.

— Tudo — diz Sam, sentada no banco, suas mãos bem apertadas no colo e os dedos esbranquiçados.

— Você não vai furar com a gente.

— Não vou furar com vocês.

— Que tal passar uma maquiagem, gata? Você está meio pálida.

Jasmine quer muito arranjar algo para fazer, então leva Sam ao espelho, pega a bolsa grande de maquiagem e começa a passar blush e rímel nela. Sam está completamente sem expressão, presa naquele estado misterioso de zumbi. *Qual é o problema dela?*, pensa Nisha. É Nisha quem vai estar por trás disso tudo, afinal. É ela quem mais tem a perder.

— Pronto — conclui Jasmine, por fim. — De volta ao mundo dos vivos! Ela ri, gentilmente, e dá um tapinha no rosto de Sam.

Sam se olha no espelho.

— Obrigada — diz, distraída.

Os olhos dela estão delineados, e a pele brilha com o pó bronzeador. No dia a dia, ela usa tão pouca maquiagem que a transformação é quase chocante.

— Que horas são? — pergunta Nisha, olhando o relógio. — A gente já precisa ir para a recepção?

— O check-in é só às três — lembra Jasmine. — Vamos comer. Não dá para lutar de barriga vazia, né?

As três mulheres param no canto da cozinha. Jasmine comeu as panquecas, mas Sam nem tocou na comida, o que Nisha sabe que deixará Aleks nervoso. Ele fica assim quando percebe que alguém não está aproveitando a refeição que ele preparou. Às vezes, ela o vê olhando pelas janelinhas das portas vaivém, monitorando discretamente quem comeu quanto da omelete ou dos ovos Benedict, e estremece de infelicidade quando deixam mais de metade no prato.

— Não gostou? — pergunta, indicando o prato quase intocado de Sam. — Quer que eu faça outra coisa?

— Ah, não. Está ótimo — responde Sam, dando um meio sorriso. — Só não estou com fome.

— Você devia comer a comida do Aleks. Ele é incrível — comenta Nisha, se sentindo meio irritada com a recusa de Sam.

— Já falei que não estou com fome.

Elas passaram a manhã toda se alfinetando, a tensão trazendo à superfície os ressentimentos estranhos que ambas tentam suprimir.

Nisha está morrendo de fome. Ela se esqueceu de tomar café, pensando em todos os ângulos possíveis que precisava cobrir e distraída pelo telefone. Quando Aleks serviu um prato de panquecas para ela, cobertas de xarope de bordo e cercadas de blueberries, ela precisou conter um impulso quase irresistível de beijá-lo. Acabou de comer em questão de minutos, soltando gemidinhos de prazer com a fofura perfeita da massa, o xarope grudento e as fatias crocantes de bacon.

— Pronta? — pergunta ele, prendendo o pano de prato branco na cintura.

— Mais pronta impossível — diz ela, devolvendo o prato. — Obrigada pelas panquecas.

— Meu turno acaba às quatro, mas vou ficar por aqui. Para o caso de precisarem de mim.

— Não precisa. Quer dizer — acrescenta, por medo de ter soado antipática —, espero que a gente não precise. Mas é gentil da sua parte.

Ele nem hesita. Nunca.

— Fico aqui mesmo assim.

Aleks confere com Sam se ela não quer mesmo as panquecas e, mal segurando um suspiro, leva os pratos de volta à pia.

Às quinze para as três, Sam espera na recepção do hotel. Ela está sentada ali há quase meia hora, sentindo-se constrangida e deslocada naquela fortaleza de mármore de serenidade opressora. Hóspedes passam por ela, acompanhados de funcionários uniformizados que empurram carrinhos imensos cor de bronze cheios de bagagem ou puxando malas de mão para as estadias curtas. Há vasos enormes de orquídeas claras nos sofás acolchoados, e o perfume elegante de capim-de-cheiro toma o ar. Sam nem se lembra da última vez em que esteve em um hotel, muito menos um tão grandioso. Talvez naquela noite em Formby, quando ainda trabalhava para Henry e eles foram apresentar os serviços para uma variedade de programas de futebol. Ela tem vagas lembranças de uma chave que não funcionava e do cheiro incômodo de peixe.

Ela olha o relógio ornamentado e a porta atrás da qual sabe que Nisha aguarda, com a expressão tão tensa e determinada quanto esteve a manhã inteira. Sabe que Nisha acredita que ela não vai dar conta, e carrega a irritação que vem da suposição de Nisha e da leve desconfiança de que seja verdade. Todas as células de seu corpo a mandam fugir. Ainda assim, percebe, não tem motivo para voltar para casa. O que mais vai fazer? É então que as portas de vidro que levam à rua se abrem, e Sam os vê: Liz e Darren Frobisher, olhando ao redor daquele jeito de pessoas que chegam a um lugar ao qual nunca foram. Ela digita CHEGARAM no celular, respira fundo e se levanta, andando até eles antes de chegarem à recepção.

— Olá! Sr. e sra. Frobisher! Que prazer vê-los aqui!

Elas ensaiaram tudo diversas vezes. Michelle, a recepcionista, não daria nenhuma importância para um casal cumprimentado por outra hóspede no saguão, então Sam teria a liberdade de levá-los até o quarto designado. As pessoas usavam o saguão como ponto de encontro improvisado mesmo se não estivessem hospedadas no hotel: é glamouroso e tranquilo, fica no centro da cidade e é bom para selfies de Instagram tiradas pelo tipo de gente que quer sugerir que tem um estilo de vida que inclui hotéis chiques. A tagarelice incessante de Liz Frobisher cessa por um momento por conta do ambiente requintado de mármore, e o casal acompanha Sam até o elevador, enquanto ela fala sem parar, perguntando da viagem, falando do dia lindo, elogiando as roupas deles. Liz Frobisher não está usando os sapatos, mas o marido dela traz uma mala de mão de rodinha, e Sam sente a presença deles ali dentro, como se fossem radioativos.

A porta está destrancada quando chegam ao quarto 232, e Jasmine já está lá dentro, fingindo afofar os travesseiros.

— São esses nossos premiados? — pergunta, com um sorriso largo, e Liz Frobisher estende a mão com a palma para baixo, como uma rainha cumprimentando uma súdita.

Jasmine consegue se conter e levantar as sobrancelhas apenas um pouquinho. O quarto é da categoria Conforto Executivo Médio, com quarenta e dois metros quadrados, uma cama queen e um sofá pequeno abaixo da janela.

— Então — retoma Sam. — Eis o quarto. Um dos melhores do hotel. Espero que fiquem muito confortáveis.

Liz Frobisher dá uma volta lenta ao redor da cama, passando a mão na colcha e nas cortinas, como se testasse a qualidade. Olha para a decoração suntuosa, com as feições tingidas de uma leve decepção. É possível que o status de premiada tenha lhe subido à cabeça.

— Então, quando vamos tirar minhas fotos? — pergunta, se virando para Sam.

— Seria bom tirarmos daqui a pouco — diz Sam. — Sabe, para aproveitar a luz.

— Essa roupa está boa?

Liz Frobisher está usando um terno Chanel falsificado com barra propositalmente desfiada e um lenço com um nó extravagante no pescoço. Fez ondas com o fixador no cabelo ruivo, que agora Sam nota ser pintado, e a maquiagem indica que passou mais de uma hora diante da penteadeira.

— Linda! — dizem Jasmine e Sam ao mesmo tempo, e Liz se empertiga um pouco, como se fosse o esperado.

— E aí, a gente ganha alguma bebida grátis? — quer saber Darren.

— Darren, você sabe que não vamos beber — diz Liz, seca. — A gente só queria saber... bom... se tem mais alguma coisa inclusa na noite além de apenas o quarto.

O *apenas* paira no ar como uma vaga ameaça.

— Podemos com certeza arranjar mais alguma coisa para nossos premiados — diz Jasmine, tranquila, antes de escrever o número do celular no bloquinho ao lado da cama e entregá-lo. — Se tiverem qualquer problema, ou precisarem de qualquer coisa, liguem para este número. Sou a camareira sênior designada ao quarto de vocês. Podem me ligar diretamente. Será um prazer ajudar.

Nisha chega com uma batida rápida na porta, trazendo uma câmera que foi largada no Achados e Perdidos e ainda não tinha desaparecido, quem sabe porque nenhum dos funcionários conseguiu fazê-la funcionar. Ela cumprimenta o casal com o tipo de simpatia treinada que vem com facilidade aos americanos, e espera Liz abrir a mala. Sam vê Nisha arregalar os olhos ao notar os sapatos vermelhos Christian Louboutin devidamente apoiados em um suéter claro, e ao observar Liz tirá-los dali com cuidado e calçá-los. *Estão aqui*, pensa Sam, *a centímetros de nós*. Ela lança um olhar preocupado para Nisha, para o caso de ser o momento em que a companheira vai surtar e arrancar aquilo dos pés da mulher. No entanto, Nisha parece se recompor, e, apesar do sorriso ficar de repente mais frio, Sam acha que é só ela quem repara.

Darren, Jasmine e Sam esperam meio sem jeito, enquanto Nisha instrui Liz a posar perto da janela, sentada na mesinha, e depois ela e Darren juntos perto da porta, até Liz insistir que Darren não deveria aparecer porque ele não fez a barba. "E não foi ele quem comprou os sapatos, afinal." Darren, livre daquela obrigação, começa a mexer no controle remoto da TV.

— E aí, o que vocês vão fazer hoje? — pergunta Sam, enquanto Nisha dá vários cliques com a câmera inútil. — Vão jantar no restaurante do hotel?

— Ah, Darren deu uma olhada no cardápio e não gostou. Quer ir a outro lugar.

Liz levanta o queixo e faz biquinho.

— Não gostou de nada? Nem do hambúrguer? — indaga Sam.

— Vamos comer comida chinesa. Gosto de panquecas de pato crocante — diz ele.

— Aposto que não vai com esse salto — comenta Sam, casualmente. — É muito alto, né?

Liz olha os pés.

— Ah, estou acostumada com salto.

— Mas não vai querer andar com isso até a Leicester Square.

Liz dá de ombros.

— Sei lá. Depende da chuva, né, Darren?

— Esses são lindos — elogia a outra, apontando. — Os que você usou para vir. São os que eu usaria.

Nisha está focada nos pés de Liz, em silêncio. Se um olhar pudesse queimar os Louboutin, as tiras estariam soltando uma fumacinha.

— Ah, são da Russell and Bromley — diz Liz. — Mas não sei se combinam com o terno.

— Combinam, sim! Definitivamente. Ficam lindos — incentiva Sam.

— A calçada é bem irregular perto da Leicester Square — contribui Jasmine, afofando outra almofada. — Cuidado para não torcer o tornozelo se for de salto. Uma hóspede nossa se machucou feio semana passada. — Ela faz um gesto com a cabeça e acrescenta, séria: — Se machucou feio *mesmo*.

Liz se senta na beirada da cama.

— Não, provavelmente vou usar esses aqui mesmo. Agora são meus sapatos da sorte, né, Darren?

Ela vira o tornozelo, admirando o pé.

Jasmine e Sam se entreolham em um desespero silencioso.

— Claro — diz Sam, recuando. — Tudo bem, então. Vamos deixar vocês.

— Não se esqueçam — acrescenta Jasmine. — Liguem diretamente para mim se precisarem de qualquer coisa. Vai ser muito mais rápido do que passar pela central.

— Posso ver as fotos? — pede Liz, enquanto Nisha se dirige à porta.

Nisha pendura a câmera no ombro.

— Quando forem reveladas. Vou mandar uma cópia dos negativos.

As palavras "cópias dos negativos" parecem agradar Liz. As três mulheres ficam paradas perto da porta por um momento.

— Certo — diz Jasmine. — Bom, divirtam-se!

— É maravilhoso.... — comenta Sam, de repente — ... que você tenha acabado aqui. Apenas pela sua bondade com os gatos.

Não deu para controlar. Ela engole um grito quando Nisha dá uma cotovelada forte no seu rim. Por fim, as três saem para o corredor, e Jasmine fecha a porta.

— Ninguém vai usar sapatos abertos nesse clima — garante Jasmine, esperançosa. — Nem ela.

— Está bem frio — concorda Sam.

— Ela vai usar os *sapatos da sorte* — vocifera Nisha —, mesmo que neve.

— Não acredito que eles não bebem — comenta Jasmine, passando a mão no gargalo da garrafa de champanhe inútil. — Que tipo de gente não bebe? Seria tão mais fácil se eles se embebedassem!

São cinco e quinze, e a teoria de Jasmine é de que os Frobisher vão ser do tipo que janta cedo. É óbvio que Darren tem muito apetite. A princípio, elas planejavam esperar o casal sair, então Nisha entraria e roubaria os sapatos. Agora, ficam sentadas no vestiário dos funcionários, espreitando pela janelinha e refletindo sobre a escolha de calçado de Liz Frobisher, que pode mudar tudo.

— Chuva, sua filha da mãe — diz Nisha, olhando o céu cinzento. — Chove todo dia nessa porcaria de país. Seria tão difícil assim cair só um pouquinho de água hoje?

A mensagem que ela mandou para Juliana foi marcada como "Lida". Mas não teve resposta.

31

Os Frobisher enfim deixam o quarto 232 às seis e quinze, mais ou menos uma hora depois de as mulheres decidirem silenciosamente que o plano ia fracassar e ficarem desoladas. Jasmine está "arrumando" o escritório atrás da recepção e respondendo com comentários vagos às reclamações incessantes de Michelle a respeito do sistema injusto de escalas enquanto observa o movimento do saguão. Sam e Nisha esperam em silêncio no pequeno vestiário abafado, ignorando os olhares vagos dos funcionários que vêm buscar coisas nos armários ou trocar de roupa para voltar para casa. Para qualquer pessoa que passe por ali, elas são apenas funcionárias anônimas, que não merecem qualquer atenção. As duas ficam sentadas, ambas perdidas em pensamentos. Nisha se irrita com a cara desanimada de Sam, seu ar de derrota. Até que o celular apita, a arrancando do transe. Ela olha para a tela, de repente alerta.

— Eles estão saindo.

Nisha vê uma segunda mensagem chegar.

— Ai, meu Deus — acrescenta, mal acreditando no que lê. — Ela não está usando os sapatos.

— Jura? — retruca Sam, esperançosa.

— Está chovendo. Está mesmo chovendo. DEUS, OBRIGADA — diz Nisha, já se levantando. — Certo. Lembre o que combinamos. Saia atrás deles para garantir que estão longe, e eu vou subir e pegar os sapatos.

Nisha está de camisa e calça escura para se passar por funcionária do hotel, caso use o crachá, ou por uma hóspede vestida sem a menor graça, caso guarde o crachá no bolso. Jasmine lhe entregou uma chave de hóspede nova, e o coração dela está batendo forte. Pronto. Vai recuperar os sapatos. Finalmente.

Ela e Sam caminham em silêncio pelo corredor até chegarem à entrada lateral, por onde Sam sai, com o celular grudado na orelha para escutar as coordenadas de Jasmine. *Pegue a direita na direção da rua Regent. Ela ainda está de terninho vermelho. Sem sobretudo. Essa otária deve estar morrendo de frio.*

Nisha pega o elevador e aperta o botão do segundo andar. Conforme o elevador sobe, olha os próprios pés, os sapatos pretos e baixos de Sam, e gira a chave na mão sem parar. Pronto. O elevador chega ao segundo andar, as portas se abrem e ela sai. Está com a cabeça a mil, uma onda de triunfo antecipado inundando as veias. Vinte passos, dez passos, e os sapatos serão dela.

Até que ela vê Ari conversando com dois homens de terno no meio do corredor.

Ela dá meia-volta, entra no elevador de novo e para com o dedo no botão de abrir portas, tentando decidir o que fazer. Estica a cabeça para a frente, hesitante, para conferir se é mesmo ele, e logo recua. Ele está mostrando alguma coisa em um papel. Permanece parado ali, conversando com a maior tranquilidade, como se não tivesse aonde ir, nem o que fazer. Ela não tem como chegar ao quarto sem passar por ele, mas não acha que vai conseguir passar incólume uma segunda vez.

Ela sai do elevador e entra no almoxarifado, que alguma camareira deixou aberto. Entre as prateleiras de toalhas e lençóis, manda mensagem para Jasmine.

Não vou conseguir entrar no quarto. Ari está lá.

A resposta de Jasmine é imediata.

Não entre em pânico. Eu vou buscar.

Seguida de outra mensagem.

Vamos dar um jeito. RESPIRA.

Há algo de inesperadamente relaxante em perseguir alguém pelas ruas de Londres, pensa Sam, enquanto costura entre a multidão passeando pela rua Regent. Ela precisa de todo o foco possível para acompanhar os Frobisher, o terno vermelho-vivo de Liz reluzente, os passos cuidadosos, parando a cada poucos metros para apontar vitrines. Sam fica a dez metros deles, com o capuz da parca a protegendo da chuva fina, respirando em baforadas de vapor devido ao frio, e sente uma estranha gratidão por estar em uma missão possível de ser cumprida e pela necessidade de extrema concentração, que a impede de pensar em qualquer outra coisa.

Dá para ver que Liz Frobisher está se divertindo. Ela caminha rebolando de leve, como se esperasse ser admirada, *a vencedora do prêmio do brechó da Fundação Internacional de Gatos*, e vez ou outra levanta a mão para alisar o cabelo ou conferir a maquiagem em uma vitrine. Darren Frobisher, por outro lado, parece desanimado e exausto, mexendo no celular discretamente e suspirando sempre que a esposa para.

O celular de Sam toca. Ela atende na mesma hora.

— Ah, que bom saber que você está *viva*.

Sam vê os Frobisher continuarem pela Regent, se perderem por um momento em meio a um grupo amplo de adolescentes e aparecerem de novo.

— O que foi, mãe?

— O que foi? Olha só que simpatia. Você não encontrou os hinos!

— O quê?

— Seu pai agora está pensando em "For Those in Peril on the Sea". Diz que o resto é muito religioso. Eu falei que esse é de uma tristeza horrível. Fico enjoada só de pensar.

— Estou meio ocupada agora. Posso ligar de volta depois?

— E é muito patriarcal. Todos esses hinos são! — diz a mãe, antes de começar a cantar. — *Eternal Father, strong to save, Whose arm has bound the restless wave...* convenhamos, *Pai eterno, forte para salvar, cujos braços contiveram a onda inquieta do mar?* É praticamente chamar o Incrível Hulk. Mas ele está todo emburrado porque comentei isso.

O casal para e conversa um pouco, de cabeças próximas. Darren aponta para o leste, talvez para Chinatown, e faz uma careta. Liz levanta a mão, como se por fim notasse a chuva.

— Enfim. É óbvio que você não vai ajudar com os hinos. Então só quero saber quando você vai vir ajudar a arrumar a casa. Está em um estado deplorável. O banheiro do térreo já está entupido há dias. Seu pai se sente bastante abandonado. Não sei o que está acontecendo com você, mas...

— Não posso resolver isso agora, mãe.

— E não gosto que ele use o banheiro do segundo andar, porque é provável que vá entupir também. Você sabe o que aconteceu daquela vez que ele comeu ameixas.

— Mãe... ligo mais tarde.

— Mas quando...

Sam desliga e fica na entrada de uma loja, temendo que o casal a veja. Qualquer que seja o assunto da conversa daqueles dois, fica nítido que deixou Darren ainda menos feliz. Eles continuam a discussão acalorada por alguns momentos, entre o fluxo de gente que vem das compras ou do trabalho, e então começam a levantar a voz, até Sam ouvir trechos carregados pela brisa apesar do barulho do trânsito.

— Bem, eu não sabia que ia fazer tanto frio, né?

— Estou morrendo de fome, Liz. E está chovendo. Não quero voltar a pé até...

Sam não decifra o resto, mas vê Liz gesticular e Darren levantar os braços em sinal de exasperação. A mulher se vira e começa a andar na direção dela. Sam nota que os dois começam a caminhar na direção do hotel, ainda discutindo. Ela pega o celular e começa a digitar o número de Nisha... bem quando o aparelho morre. O coração dela para por um instante. Fica incrédula. Acabou a bateria. Nessa confusão toda, ela se esqueceu de carregar a porcaria do celular.

Sam olha na direção deles. Já contam com uns vinte metros de vantagem, estão apertando o passo no sentido do Bentley, e Darren balança a cabeça em resposta a algo que Liz disse.

Ai, meu Deus, ai, meu Deus.

Elas não se planejaram para isso. Não tem outro jeito. Sam se cobre bem com o capuz e começa a correr.

Jasmine está se dirigindo ao elevador quando escuta Frederik, o gerente, atrás dela, falando alto em meio ao barulho do saguão.

— Ah, Jasmine. Perfeito.

Ele está parado atrás da bancada de recepção e a chama.

Jasmine contém um palavrão e se vira, com um sorriso já estampando o rosto.

— Derramaram vinho no dois dezessete. Precisam que os lençóis sejam trocados. Pode resolver isso agora mesmo? Estão esperando no quarto.

Ela abre a boca para explicar que não está trabalhando nesse turno, mas se dá conta de que não pode fazer isso sem explicar o que estaria fazendo ali.

— Sem problema — diz, então, com um aceno de cabeça, e aperta o passo, se dirigindo ao segundo andar.

Enquanto anda, manda mensagem para Nisha.

Desculpa. Atraso. Me dá 5 min. Bj

* * *

Sam leva sete minutos para chegar ao hotel, se acotovelando entre as pessoas na rua cheia, desviando de guarda-chuvas e se desculpando quando alguém a xinga. Está ofegante devido ao exercício inesperado quando entra correndo pela lateral, desce o corredor estreito e para, derrapando, no pequeno vestiário. Tem um homem sentado no banco, polindo um par de sapatos sociais pretos brilhantes.

— Jasmine? — pergunta ela, sem fôlego.

Ele balança a cabeça em negativa.

Ela segue correndo, chamando por Jasmine até algumas camareiras se virarem para olhá-la, mas ninguém responde. Com um palavrão contido, Sam para e tenta pensar melhor. Jasmine pode estar em qualquer lugar no hotel. É um labirinto. O saguão. Jasmine estará no saguão. Óbvio que sim. Sam volta pelo corredor, tentando se lembrar de onde fica o elevador de serviço. Ela o vê na outra ponta e soca o botão, tremendo de ansiedade enquanto o elevador desce devagar do quarto andar. As portas se abrem em uma lerdeza insuportável. Ela aperta o botão que indica o térreo uma, duas, três vezes.

— Ah, *fala sério!* — reclama em voz alta, e o elevador parece pensar se vai obedecer ou não antes de enfim aceitar a contragosto, como um parente idoso ranzinza, e subir aos sacolejos.

Nisha espera no almoxarifado, escutando Ari conversar no corredor, às vezes levantando a voz grave e seca enquanto discute algo que ela não consegue decifrar. *Ai, ele está perto demais.* O corpo todo dela é tomado de tensão, os músculos retesados e alertas a qualquer som de movimento. *Tudo bem*, pensa. *Jasmine vai chegar em um minuto. Respira fundo.* Por fim, depois de várias décadas, ela ouve passos abafados pelo carpete. Vêm na sua direção, então ela fica imóvel, encolhida junto às prateleiras e de costas para a porta, parte dela ainda esperando que esta seja escancarada e ele a encontre, até que os passos se afastam e ela prende a respiração, se virando com cautela para abrir a porta e espreitar. Lá está Ari, as costas largas e sólidas naquele terno preto, sumindo ao fim do corredor, pelo visto focado na conversa com a pessoa que fala no seu fone de ouvido. Ela olha para o outro lado, e os dois homens com quem ele conversava estão caminhando no sentido oposto, se dirigindo ao elevador.

Nisha fecha os olhos e respira, tentando ignorar o tremor nos dedos, e então, quando tem certeza do silêncio, endireita os ombros, sai do armário e aperta o passo na direção do 232, com a postura de uma mulher que tem todo o direito de estar ali. Ela encosta o cartão-chave na porta e ouve um clique satisfatório. Finalmente entra.

Sam chega ao saguão bem a tempo de ver Jasmine desaparecer pelas portas do outro lado. Ela desacelera, caminhando a passos largos para atravessar o saguão, tentando não incomodar, e por fim começa a correr ao cruzar a porta.

— Jasmine! — grita, e a outra se vira, com a mão no peito. — Ela pegou os sapatos?

— Não sei. Tinha um capanga do marido dela no corredor. A ideia era que eu fosse lá buscar por ela, mas agora tenho que trocar um lençol.

É então que o celular dela apita.

Ela olha para Sam e sorri.

— *Ebaaa!* Ela entrou!

— Não, não, não! Eles estão voltando!

— Como assim?

— Os Frobisher. Eles brigaram e estão voltando para buscar o casaco da Liz. Manda ela sair de lá.

— Cacete. Que mulher idiota. Era óbvio que ela ia passar frio com aquele terninho — resmunga Jasmine, digitando uma mensagem para Nisha.

SAI! ELES ESTÃO VOLTANDO!

Nisha dá uma olhada ao redor do quarto, ofegante, sentindo o perfume forte e exageradamente doce de Liz Frobisher que ainda está no ar. Os sapatos estão aqui, cacete. Têm que estar. Ela vê a mala no suporte para bagagens e abre a tampa, revirando o conteúdo com cuidado, com a ponta dos dedos, tentando não pensar no nojo de encostar nas roupas de baixo de outras pessoas. Nada. Abre o armário. Também não estão ali. Ela se levanta, pensativa. Liz Frobisher não saiu com os sapatos, Jasmine tinha certeza. E Sam teria mandado mensagem... Afinal, ela seguiu o casal. Nisha levanta a saia da cama para olhar ali debaixo, no caso de terem sido chutados. Ela cogita a possibilidade de Liz Frobisher ter levado os sapatos para calçá-los quando chegasse ao destino e solta um palavrão. Alguém levaria sapatos de salto só para jantar comida chinesa? Por fim, ela olha para dentro do banheiro e solta um suspiro de alívio: lá estão, caídos no chão, as solas vermelhas refletidas no mármore. Vê-los causa nela um choque elétrico, como se todos os seus nervos tivessem ganhado vida de repente. Ela se abaixa, pega os sapatos e solta a respiração, que nem havia percebido que estava segurando. *Aí sim!* Até que o celular vibra. Ela olha.

SAI! ELES ESTÃO VOLTANDO!

Nisha olha ao redor do quarto, garantindo que está tudo em ordem, e corre até a porta. Ela já está com a mão na maçaneta quando ouve as vozes no corredor.

— É porque não saio vestido como se fosse a uma festa de verão em pleno inverno. Jesus.

— Por que você precisa ser tão escroto? Quer que eu fique resfriada?

— Não, Liz, só quero jantar. Você sabe como eu fico quando não como. E você poderia ter levado seu casaco e nos poupado dessa trabalheira de voltar.

As vozes param diante da porta. Nisha fita a madeira, horrorizada. Dá uma olhada ao redor do quarto e, com um clique, a porta é destrancada.

— Ela não está atendendo.

— Talvez esteja no elevador. Já não tem sinal — murmura Sam, e Jasmine concorda.

Elas estão no canto do saguão, duas pessoas aparentemente desconhecidas olhando vidradas o elevador. Sempre que ele se abre, cospe alguns hóspedes, mas nada de Nisha. Finalmente o celular vibra.

Estou no quarto. Eles voltaram. Me tirem daqui.

Jasmine digita, frenética, Sam olhando de trás dela para a tela.

Como assim, está no quarto? Onde você está?

Debaixo da cama. Eles estão brigando.

— Ai, minha nossa — murmura Jasmine, lendo a mensagem, horrorizada.

— O que a gente faz?

— Calma — diz Jasmine. — Se eles estiverem voltando só para pegar o casaco, vão embora rápido. Vai dar tudo certo.

Ela repete, como se quisesse se tranquilizar.

— Eles só voltaram para pegar o casaco, né? — insiste Jasmine.

— É. É. Isso mesmo. Vai dar tudo certo.

Nisha fica deitada debaixo da cama queen size, todas as células do corpo tensas de horror. Ela e Jasmine sempre empurram a cama para o lado para passar o aspirador lá embaixo, mas é óbvio que a responsável pelo segundo andar não se deu a esse trabalho. Tem pó para todo lado, fios de cabelo de desconhecidos, pele morta, um enorme miasma de restos fisiológicos microscópicos nojentos, *e ela está deitada bem no meio daquilo*. Pensar nisso faz com que sinta vontade de chorar. Ela não pode olhar para a direita, nem para a esquerda, porque ver o que a cerca vai lhe dar vontade de vomitar. Assim, fica bem parada, os olhos fechados com força, mãos na barriga para que o mínimo possível de pele tenha contato com o chão.

— Não estamos atrasados para o jantar. Não fizemos nenhuma reserva, Darren! Porque você... como de costume... não quis reservar. Você só está com pressa porque está louco para se empanturrar! Como sempre!

Passos ao redor da cama.

— Isso tudo é porque você queria ir para a casa da sua mãe? Jesus.

— Eu gosto de ir para a casa da minha mãe no domingo! Por que você acha isso tão ruim?

— Você gosta porque ela fica fazendo tudo para você e você não tem que levantar nem o mindinho! Não é de se espantar que você seja um inútil em casa.

Vão embora, pensa Nisha. *Vão embora e continuem essa discussão constrangedora no restaurante. Por favor, saiam desse quarto.*

— Quer saber? Perdi a vontade de sair. Vou pedir serviço de quarto.

— É o quê? — pergunta Liz Frobisher, incrédula.

— Você me escutou.

Nisha se retrai quando um peso cai na cama por cima dela. Agora a base da cama está a menos de três centímetros da cara dela. Ela ouve Darren (só pode ser ele) pegar o controle remoto e ligar a televisão. Um comentarista de futebol começa a berrar.

— Então vai ficar aqui? E me deixar jantar sozinha?
— Pode fazer o que quiser. Foi sua ideia vir para cá, então se vira.
— Minha irmã estava certa sobre você.
— Ah, sua irmã. Ótimo. Vamos meter sua irmã nisso.

Algo faz o nariz de Nisha coçar. Talvez seja pó deslocado pelo movimento do corpo largo de Darren. Ela leva a mão ao nariz e aperta com força. Vai espirrar. Ai, meu Deus. Não dá para segurar. Nisha acha que vai explodir. É inevitável…

No momento em que ela solta um espirro barulhento, o quarto irrompe em som repentino.

— *Gol!* Um gol espetacular do Kane! O goleiro não teve a menor chance! — berra o comentarista da televisão, antes de o som começar a diminuir.

Nisha está lacrimejando. Acha que vai gritar. Acima dela, Darren se mexe, e ela ouve o telefone do hotel ser erguido da mesa de cabeceira.

— Você vai mesmo ficar aqui.
— Vou — diz Darren. — Lá fora está a maior friaca. Vamos comer logo.
— Eu quero sair. A gente nunca sai para comer fora.
— A gente saiu sábado passado.
— É, mas foi com o seu irmão.

Nisha tenta se dissociar do corpo, de um jeito que já ouviu as pessoas descreverem. Ela se concentra na respiração, então percebe que, ao respirar fundo, tem mais probabilidade de inspirar os detritos debaixo da cama. Fecha os olhos com força e cobre a boca com a mão.

Ouve o barulho de passos e então silêncio, restando apenas o barulho do futebol na televisão.

Nisha abre os olhos e escuta soluços abafados vindo da poltrona no canto do quarto. A cama acima dela se movimenta um pouco, e ela vê Darren pisar no carpete a seu lado. A meia direita dele está furada, revelando parte de um calcanhar pálido.

— Você está chorando?
— Me deixa.

Um silêncio demorado. Mais soluços abafados.

— Só queria que fosse um dia especial. Ganhei um prêmio, Darren! Fiquei toda animada, e aí você estragou tudo.

Um suspiro.

— Nada está estragado. Vamos. Vem cá. Só estou com fome.

De repente, o celular de Nisha pisca com uma mensagem.

Saiu?

Ela responde:

Não!

Eles vão sair?

Não sei. Vou literalmente morrer debaixo dessa cama. SOCORRO

Três pontinhos e silêncio. Ela imagina Jasmine e Sam lá embaixo, tentando decidir o que fazer. Jasmine vai bolar alguma coisa. Tem que bolar.
— Está bom, amor. Vamos sair. Pega o casaco. — Ela o ouve vestir a própria jaqueta, um braço deslizando na manga, as chaves tilintando. — Deixei minha carteira na mesinha?
Vão, pensa ela. *Vão comer. Pelo amor de Deus.*
Por fim, ouve a voz arrastada de Liz:
— Não quero mais sair. — Nisha arregala os olhos. *Essa filha da puta está de sacanagem com a minha cara?* — Você estragou tudo.
A voz de Darren traz o tom conciliatório de um homem que já lidou com muitas, muitas conversas daquelas.
— Ah, não chora, meu bem. Você sabe que não aguento ver você assim.
Há mais algumas palavras abafadas indecifráveis para Nisha.
— Vem cá. Vem sentar comigo na cama. Me abraça.
Nisha prende a respiração e faz uma careta quando a cama range um pouco sob o peso que talvez seja de duas pessoas.
— Vem cá, meu docinho de coco. Vem.
As fungadas param. Isso é... *Ai, meu Deus. Não.* Ela sente calafrios. Ouve o som de beijos.
— Você nunca mais me chamou assim.
— Meu docinho de coco. Você fica linda nesse terno. Linda mesmo.
— Está falando só por falar.
— Está bem mais gostosa que um pratão de pato crocante.
Há uma risadinha relutante.
Ai, meu Deus, não, por favor. NÃO, NÃO, NÃO.

— Aah! Meu sutiã preferido! Você sabe que eu adoro esse aí.

Mais beijos, mais risadas. E então um gemido baixo. Seguido de um segundo gemido, mais alto e masculino.

Nisha digita de novo, mexendo os dedos de forma urgente.

JESUS ME TIREM DAQUI AGORA.

Nisha já passou por muitos estágios de sofrimento nesse último mês, mas todo o resto tinha sido apenas a entrada para esse prato principal de desgraça. Ela chegou ao fundo do poço. Parece que todos os seus piores pesadelos ganharam forma, materializando-se como um casal transando a centímetros da cara dela. Adentrou um novo espaço mental que requer cada resquício de sua concentração para respirar sem berrar, para ficar ali e não sair se arrastando pelo carpete nojento aos gritos e arranhões. Fecha os olhos e tenta pensar em Ray, mas associar o lindo rosto dele a essa imundície é um erro, então fica apenas deitada, com a mão cobrindo a boca, tentando se desconectar dos ruídos acima dela. *É isso*, pensa. *Vou morrer assim. Eles vão apagar em um coma pós-sexo, vou passar a noite toda presa aqui, e vão encontrar meu cadáver retorcido da próxima vez que alguma camareira do segundo andar decidir que não é o fim do mundo mexer o caralho de um móvel e passar aspirador debaixo dessa cama.*

Sempre que acha que não pode suportar mais um instante sequer, ela sobrevive. Um segundo de cada vez nesse pesadelo. É então que Darren decide caprichar. A cama começa a se mexer, as ripas cedendo acima dela, encostando no rosto dela várias vezes. Os arquejos e gritos de prazer ficam mais altos. Nisha está perdendo o controle. Está tremendo. Não consegue pensar em nada. É demais. É insuportável. É…

Sam e Jasmine estão no fim do corredor do segundo andar. Um pouco afastadas uma da outra, Jasmine com o carrinho da faxina, Sam de cabeça coberta pelo capuz, e Jasmine discretamente transmite as mensagens que chegam em seu celular, apoiado em uma pilha de toalhas.

Jasmine pega o celular e digita, hesitante:

TD BEM?

NÃO NADA BEM ELES ESTÃO TRANSANDO EM CIMA DE MIM

Jasmine arregala os olhos de pavor. Transmite o recado para Sam e solta uma gargalhada nervosa. Elas se aproximam da porta do 232. Em meio ao silêncio, escutam os sons distantes, os ruídos que, na melhor das circunstâncias, já fariam qualquer passante se encolher.

— Ela vai morrer — diz Jasmine, balançando a cabeça, e se empertiga.
— Ela vai morrer mesmo.

O celular apita outra vez.

TODO ESSE PÓ VOU ESPIRRAR

— Não, meu bem — murmura Jasmine, digitando.

Não espirre. NÃO ESPIRRE.

ESTOU TENDO UM ATAQUE DE PÂNICO

O celular continua a apitar.

ESTOU SUFOCADA SOCORRO

— O que a gente faz? — sibila Jasmine, angustiada.
Sam não aguenta mais. Abana as mãos, tentando pensar. Fecha e abre os olhos e desce o corredor devagar até encontrar o que procura. Olha para Jasmine, tira o sapato azul-marinho da Marks & Spencer do pé e bate com ele no botão do alarme de incêndio (duas, três vezes) até o vidro quebrar. Por fim, esmaga o botão com a mão. O barulho é imediato e ensurdecedor.

— O que você está fazendo? — grita Jasmine.
— Corre! — responde Sam, e segue com tudo para a saída de emergência.

32

A gravação soa alta em todos os 310 quartos do Bentley. *Por favor, não entrem em pânico. O alarme de incêndio foi acionado. Por favor, dirijam-se à saída de emergência mais próxima.*

Darren, interrompido no que se pode descrever como um momento inoportuno, leva um segundo a mais do que Liz para entender o que está acontecendo. Ela já saiu da cama e está descalça no chão.

— Incêndio? Darren, é um incêndio! Um incêndio!

— Vai ser alarme falso — responde ele, ofegante.

— Estou ouvindo as pessoas no corredor. Levanta, Darren! A gente tem que ir!

— Não acredito nisso...

Darren pisa no chão, ainda de meias, ao lado da cabeça de Nisha. Ela fica congelada, ensurdecida pelo barulho. Ela segura os sapatos perto da coxa direita, enroscando os dedos nas tiras. Ouve os Frobisher se vestirem com dificuldade, discutirem, recolherem a bagagem, as vozes e os passos urgentes no corredor. E, mais alto que tudo aquilo, o toque penetrante e intermitente do alarme.

— Bolsa, cadê minha bolsa?

— A gente vai chegar lá embaixo e vai parar, amor.

— Cadê os sapatos?

— Esquece essa porcaria de sapato. Pega...

— Darren, está todo mundo saindo do hotel. Vamos *logo*!

Ela ouve o pânico na voz de Liz Frobisher. Uma parte distante dela se pergunta se o incêndio é de verdade, se ela vai conseguir sair a tempo ou se vai morrer queimada aqui, debaixo da cama, e ser encontrada só depois, como os habitantes de Pompeia.

Ouve o clique da porta do hotel sendo aberta, o ruído abrupto de cem pessoas saindo dos quartos, atordoadas e confusas, o choro de um bebê. Por fim, a porta se fecha e o ruído fica abafado. Há um breve intervalo. Nisha espera alguns minutos antes de se arrastar de baixo da cama, tossindo e tirando o pó das roupas, lacrimejando e nauseada. A foto. Ela não pode esquecer a foto. Tira o print impresso, deixa na mesa de cabeceira, vai de fininho até a porta, olha para fora e, agarrando os sapatos junto ao peito, é na mesma hora carregada pela correnteza de hóspedes ansiosos a caminho das escadas de emergência, sem nem se preocupar com a possibilidade de ser consumida pelo fogo.

Seria um destino melhor que ficar naquele quarto.

Sam e Jasmine estão perto da porta dos fundos, pela qual os funcionários saem em pequenos grupos, ainda sem saber se deveriam abandonar o posto. Alguns acenderam cigarros, sem notar a ironia que há nisso, e um grupo de chefs de uniforme branco treme de frio, lamentando suflês estragados, peixes queimados e a fúria do maître.

— Ela não está respondendo as mensagens. Será que a gente liga?
— Vamos dar uns cinco minutos. Por via das dúvidas.
— Vou ligar para o Aleks. Talvez ele saiba.

O coração de Sam está batendo forte. Ela se sente ao mesmo tempo eufórica e apavorada. Foi ela quem provocou isso. Quem criou esse estado épico de caos e desordem. Ouve o alarme soando no ar, as vozes dos gerentes tentando entender onde é o incêndio. O hotel está se esvaziando, centenas de pessoas saindo pela porta da frente, pais tentando guiar crianças chorosas, turistas sonolentos pelo fuso horário piscando diante da luz artificial. A vida dela virou um caos, e agora ela própria criou outro. Com apenas uma das mãos, ela parou essa máquina enorme que é o hotel. Em meio ao ruído estridente, vê Jasmine falar com urgência ao telefone, tampando o outro ouvido para conseguir escutar. Ao redor dela, a rua para conforme os hóspedes, alguns de roupão, outros de casacos pegos às pressas, se espalham pela via, e taxistas buzinam ao dirigir ao redor deles no escuro.

Sam observa tudo, incrédula, e nota que algo estranho ocorre. Uma bolha de algo desconhecido sobe em seu peito, abrindo caminho, incontrolável. Sam começa a rir. Ela recosta a cabeça na parede, sente o frio do tijolo na pele, a textura áspera nas mãos, e começa a rir daquele caos insano. Sam ri até chorar, lágrimas escorrendo dos olhos, agarrada ao próprio tronco. Vê Jasmine olhar para ela, de testa franzida de incredulidade, e ri ainda mais.

— Você enlouqueceu? — pergunta a outra, metendo o celular no bolso.

Sam seca os olhos e faz que sim, ainda rindo.

— Talvez. É. Acho que talvez eu tenha enlouquecido, sim.

* * *

Nisha desce o corredor no meio da turba, desacelerando na entrada da escada de emergência, onde há um congestionamento diante da porta. Um grupo grande de jovens ri e faz piada, e atrás dela um casal idoso reclama do barulho, cobrindo as orelhas com as mãos. Ela segura os sapatos junto ao peito, sem acreditar que deu certo — finalmente os recuperou. Vê a multidão se afunilar devagar pela escada estreita e olha para trás, só para conferir se Jasmine e Sam estão por ali. E é então que ela o nota: Ari.

Ele fixa o olhar nos sapatos na frente do corpo dela e então repara no rosto e expressa uma pontada de choque ao perceber quem vê. Quase na mesma hora, ele começa a empurrar os hóspedes, apesar de seus protestos, para tentar alcançá-la. O coração de Nisha para. Ela se acotovela pela porta e escada abaixo, esbarrando nas pessoas que descem devagar, sabendo que ele virá logo atrás.

Cuidado! Você quase me derrubou!

Nisha nem tem fôlego para se desculpar. Não consegue respirar direito. Vai abrindo caminho aos empurrões e tropeça por três degraus, ouvindo exclamações que indicam que Ari faz o mesmo logo atrás. Ela faz um cálculo rápido e escapa da escada no primeiro andar, fazendo uma careta quando leva uma cotovelada forte no peito. As pessoas estão tão grudadas que ela sente o cheiro dos outros, sente o vago ar de pânico delas. Enfia-se entre dois homens grandes de terno e sai correndo, empurrando a corrente de pessoas que se dirigem à saída de emergência, e consegue chegar ao elevador de serviço.

A primeira regra da segurança contra incêndios é que não se deve usar o elevador, mas Nisha entra e aperta com força o botão do térreo, bem a tempo de ver Ari notá-la antes de as portas se fecharem. Ela grita, sem saber o que está gritando, e de repente o elevador sacoleja, descendo devagar. Ari vai falar com a equipe dele. Quantos seguranças será que vão aparecer? Para onde ele vai? As portas se abrem no térreo e ela corre pelo saguão lotado até ver a porta do restaurante. Ela a empurra e entra às pressas no ambiente, que está quase vazio, exceto por alguns hóspedes perturbados discutindo com funcionários porque querem seus casacos, e finalmente chega à cozinha.

Domingo à noite, as cozinhas do Bentley ficam uma bagunça com o barulho, o som de panelas, o vapor e coisas fritas em temperaturas impossíveis. Homens de uniforme branco e aparentemente irritados gritam uns com os outros, limpam manchas de pratos com panos de linho, e as portas se abrem e fecham sem parar, os garçons trazendo e levando pratos. No momento, porém, há apenas alguns funcionários da cozinha recuperando seus pertences, o cheiro de comida queimando enquanto as pessoas seguem para a porta de serviço. Ela o vê.

— Aleks!

Ele se vira e talvez repare em algo na sua expressão, porque se aproxima correndo.

— Ele está atrás de mim! Socorro! — grita ela, olhando para trás, e, sem hesitar, ele a segura pelo cotovelo e a empurra para além da área de preparo.

— Aqui — diz, digitando um código no painel ao lado de uma porta metálica.

Assim, eles entram no refrigerador, e ele logo puxa a porta pesada para fechá-la, antes de conduzir Nisha pelas cortinas de plástico até o fundo. As luzes se acendem no automático com o movimento, e ela olha ao redor para as bandejas imensas de carne, as carcaças penduradas ao longo das paredes de azulejos, as prateleiras de verduras e as caixas industriais de leite.

— Ali — indica ele. — No fim das prateleiras.

Ela se abaixa onde ele indica, atrás de uma pilha imensa de ovos, e eles se enfiam atrás de uma estante de latas altas de aço inox, de modo a não serem vistos.

O silêncio permeia o ambiente, exceto pelo zunido industrial da refrigeração. Ela está ofegante e sente o coração bater alto nos ouvidos conforme o ruído externo diminui. Sempre que fecha os olhos, vê Ari, o choque e a determinação no rosto dele ao persegui-la.

— Você conseguiu — diz Aleks.

Ela olha para baixo, se dá conta de que ainda está segurando os sapatos e confirma em silêncio que conseguiu mesmo, segurando-os com mais força. O alarme continua a berrar lá fora, mas ali a sirene está abafada, e os nervos dela aos poucos se acalmam. Ele sorri, a centímetros do rosto dela, e Nisha sorri de volta, porém nervosa. Parte dela ainda acredita que Ari vai aparecer ali e arrancar os sapatos de suas mãos.

— Ele não vai entrar — garante Aleks, como se lesse seus pensamentos. — Precisaria do código para abrir a porta.

— Tem algo pegando fogo mesmo?

— Não. Foi sua amiga Sam quem acionou o alarme. Jasmine me contou.

— Sam?

Ela fica incrédula. Olha o celular e vê a sequência de ligações perdidas e mensagens.

— Jasmine disse que você teve um ataque de pânico e ela tomou uma decisão crítica — diz ele, e afasta uma mecha de cabelo do rosto dela. — Está tudo bem? O que aconteceu?

— Você não acreditaria nem se eu contasse.

Ele sorri. O braço dele está na altura da cabeça dela, com a palma apoiada na parede, e ela vê os músculos do antebraço, os pelinhos loiros eriçados por causa do frio. De repente, agora que parou de se mexer, ela se dá conta da temperatura.

— Quanto tempo a gente deve ficar aqui?

— Até todo mundo voltar.

— Não acha melhor a gente sair agora? Enquanto estão lá fora?

Ele faz uma careta.

— Vai ser meio difícil. Essa porta não abre por dentro.

— Como assim?

— Ela tem um defeito mecânico. Nunca consertam nada por aqui. Tudo bem. Todo mundo vai voltar em vinte minutos, no máximo. Não vamos morrer congelados.

— Talvez eu morra.

Nisha já se sente arrependida de estar apenas de blusa e calça. A roupa não a protege nem um pouco do frio. Ela se abraça, começando a tremer.

Ele nota o desconforto dela e tira a jaqueta do uniforme, que põe nos ombros dela e abotoa debaixo do queixo.

— Melhor assim?

— Um pouco.

Ele está muito perto. Nisha sente o cheiro dele, o aroma de comida boa, o cheiro cítrico de sabão. De repente, se lembra do beijo, da vontade de derreter junto a Aleks e esquecer tudo à sua volta.

— Aqui — diz ele, e a abraça, a puxando para o peito.

Ela sente o calor do corpo dele pela camiseta e, encostando a cabeça ali, escuta de leve seu coração bater. Ela fecha os olhos, ouvindo o som distante das portas, o ruído incessante do alarme. Ele é a pessoa mais calma que ela já conheceu… e isso a tranquiliza. Vai dar tudo certo. Ela está em segurança. Ari não vai encontrá-la. Ela pegou os sapatos.

Mas.

No quase silêncio, em meio ao zumbido do refrigerador, ela presta mais atenção no batimento cardíaco dele. Com certeza está um pouco acelerado. As mãos dela estão frias, e ele pega uma delas e a leva à boca, soprando ar quente, fechando os dedos para aquecê-la. O coração acelera mais um pouco. Nisha desliza a outra mão por baixo da camiseta dele.

— Para esquentar — murmura, e a velocidade do coração dele aumenta ainda mais.

Algo muda dentro dela. Nisha ergue o rosto, ele a encara, e algo entre eles fica meio embaçado.

— Está muito frio aqui — diz ela, baixinho.

Há uma pausa. E então ela leva a boca à dele, ele acaricia o cabelo dela, e os dois se encostam na estante, os beijos quentes e infinitos, as mãos dele a agarrando, e Nisha acaba se esquecendo por completo da temperatura.

A porta é aberta vinte e oito minutos depois, o alarme já desligado e os funcionários finalmente voltando, resmungando e fazendo piada, retomando os postos. Nisha e Aleks esperam ao lado da porta, ela ainda usando a jaqueta do uniforme dele, os dois com expressões suspeitas de tão neutras. André abre a porta e olha as duas pessoas ali.

— Estava esquentando ela — diz Aleks ao notar que André não para de encarar.

— Ok — rebate André.

Eles já estão no beco quando notam que Aleks esqueceu o cinto e que Nisha tem dois ovos quebrados escorrendo pelas costas.

Eles saem pela porta lateral de um grande depósito de cadeiras e mesas, surgindo em um beco do outro lado do hotel, longe das multidões e do caos. Caminham de braços dados pelo último quilômetro que leva ao apartamento de Jasmine, mal se falando, mas o silêncio prolongado não deixa Nisha desconfortável nem ansiosa. Ela sente, talvez pela primeira vez na vida, uma paz profunda, uma calma quase inédita que lhe faz parecer entorpecida. O corpo todo dela está elétrico, hiperconsciente do homem que caminha a seu lado, mas ao mesmo tempo meloso e completamente relaxado. Aleks guardou os sapatos na mochila, pendurada em um de seus ombros. Ele anda com agilidade pelas ruas, os passos acompanhando os de Nisha, e ela fala apenas para dar direções. *A gente vira aqui* ou *É logo naquela esquina*, e às vezes ele a aperta de leve.

Esse aperto não é possessivo, é apenas reconfortante e agradável, um lembrete da presença dele. Também incentiva esporadicamente um eco da meia hora passada no refrigerador, e quando Nisha pensa nisso algo dentro dela fica quente e derretido. *Então é assim.* Há algo quase triste ali, a revelação do que ela normalizou pelos últimos vinte anos, a suposição de que vivia uma situação igualitária e respeitosa, sendo que tudo que Carl fazia na verdade reforçava seu desrespeito básico. Ele a admirava, sim, e a desejava, muitas vezes. Mas ele a amava? Não. Ela não sabia se ele era capaz de sentir isso. *Fica aqui comigo*, murmurou Aleks, os olhos perto dos de Nisha, e naquele momento vulnerável ela soube que tinha passado metade da vida com um homem que não se conectava nem um pouco com ela. Não estava nem no vocabulário dele. *Eu fui uma posse*, pensa ela. *Fui um objeto. Um troféu, uma acompanhante, e depois um inconveniente.* Ela fecha os olhos, tentando não sentir a vergonha e a tristeza que acompanham aquele estalo.

— Ela chegou!

Jasmine escancara a porta, deixando escapar um bafo quente de ar perfumado, e, ao entrar, Nisha vê que Sam, Andrea e Grace aguardam na cozinha, todas animadas e na expectativa.

— Você conseguiu! — Jasmine ri, a abraçando com força e obrigando Aleks a recuar. — Caramba, você conseguiu! Que arraso! Ai, meu Deus, eu não sei como sobrevivemos àquela última meia hora. Juro! Sabe o que você fez comigo? Achei que ia desmaiar umas cinquenta vezes.

Ela tranca a porta e os leva à cozinha.

— Para ser sincera, Nish — continua —, quando você me mandou aquelas mensagens, eu não sabia se devia rir ou ter um ataque de pânico com você.

Nisha estava tão envolvida no prazer silencioso da caminhada com Aleks que leva um instante para mudar de frequência.

— Vamos beber champanhe — oferece Andrea, abrindo uma garrafa. — Quer dizer, é prosecco, porque eu não tinha dinheiro para champanhe, mas dá na mesma.

Eles comemoram, e Jasmine pega copos em um dos armários, enquanto Grace despeja um saco de batata chips tamanho-família em uma tigela grande.

— Pega mais uma tigela, amor. Para aqueles chips de tortilha. Aqueles com queijo. Pego algum molho? Alguém quer molho?

Jasmine colocou uma música para tocar, e Aleks e Andrea se apresentam um para o outro. Grace passa a tigela de batata e pega discretamente algumas para si sempre que as oferece. Jasmine abraça Aleks duas, três vezes, o interroga sobre onde eles tinham ido parar e olha de soslaio para Nisha quando ele responde, entendendo tudo. A salinha é puro barulho, alívio e gargalhada. Nisha toma um gole de prosecco. É barato, doce demais e uma delícia. Ela nota que Sam, como sempre, está no canto observando todos os outros com um sorriso distante, mas há tristeza e receio em seus olhos.

Nisha atravessa o cômodo, dá a volta na mesa e vai até ela. A sala fica em silêncio de repente. Ela vê Sam ficar um pouco tensa, como se estivesse preparada para qualquer novo projétil verbal que lhe fosse dirigido. Elas se entreolham.

— Obrigada — diz Nisha. — Obrigada pelo que você fez.

E, sob o olhar um pouco incrédulo dos outros, Nisha se aproxima e abraça Sam, a puxando com força, apertando até sentir a outra mulher relaxar e, hesitante, mas com uma força surpreendente, retribuir.

Como toda boa festa improvisada, aquela ocorre com o mínimo de esforço possível. Eles acabam com o prosecco, e Aleks sai para buscar vinho. Às nove e meia, entre músicas e conversas, o pequeno apartamento virou um abrigo de calor e risadas. Andrea, cuja recuperação parece ter avançado em um bom ritmo desde a consulta, insiste que Nisha conte cada segundo do tempo que passou no quarto 232 e chora de rir, secando as lágrimas e deixando cair o lenço. Jasmine relata o que sentiu a cada instante e imita os gerentes tentando descobrir quem tinha tocado o alarme. A conclusão foi que a culpa era de algum encrenqueiro qualquer que veio da rua, só mais uma dessas coisas que acontecem em um hotel no centro da cidade. Ela parabeniza Sam por ficar de capuz dentro do hotel, e Sam não tem coragem de confessar que foi só porque esqueceu que ainda estava com o capuz levantado. Eles pensam nos Frobisher, de repente arrancados do interlúdio sensual ("Não conte essa história de novo, Nish. Vou acabar me mijando"), que no momento devem ter descoberto o print impresso que Nisha deixou no quarto deles, uma imagem do vídeo de Liz Frobisher jogando o gato na lixeira.

— Vão achar que foram justiceiros em defesa dos felinos! — exclama Grace, gargalhando de forma histérica.

— E se tiverem a cara de pau de reclamar dos sapatos desaparecidos depois disso, vão descobrir que nem estão registrados como hóspedes — diz Jasmine.

Que hotel vai levar a sério uma alegação de roubo de alguém que ocupa ilegalmente um dos quartos?

Um deles sai para comprar batata chips, que comem de uma tigela de plástico, mergulhando em um pote de ketchup. Do banquinho no canto, Sam fica impressionada com Nisha... Ela está diferente: mais leve, mais relaxada. Está sentada ao lado de Aleks no sofazinho e, às vezes, quando acham que ninguém está olhando, eles entrelaçam os dedos, sem se olhar. Sam fica triste. *Eu perdi isso*, pensa. *Eu tive isso e perdi*. Agora que cumpriu sua promessa, sua motivação e sua determinação se esvaíram. Ela ajudou Nisha a recuperar os sapatos, mas perdeu tudo. A noite fica turva e enevoada. Horas se passam em minutos. Eles estão bem bêbados, percebe Sam, e ela nem consegue se importar. Cat foi ficar na casa de Colleen, e só avisou por uma mensagem sem rodeios uma hora antes, na qual também informou que tinha levado o cachorro, "caso você tenha esquecido dele". Phil se foi, e ela não tem por que voltar para casa.

Ela sente a mão de Andrea no braço.

— Tudo bem, linda?

— Tudo — responde, tentando forçar um sorriso.

Andrea a fita.

— A gente conversa depois — diz, e dá um tapinha tranquilizador em seu braço.

— Posso ver os sapatos? — pergunta Grace.

— O quê?

— Quero ver o motivo desse escândalo todo — explica Grace, falando mais alto que a música.

Aleks sorri e pega a mochila.

— Pode — concorda. — Vamos comemorar o prêmio.

Nisha de repente parece incomodada. Ela espera Aleks tirar os dois saltos vermelhos da mochila e entregá-los a ela com cautela, então os posiciona um ao lado do outro na mesinha.

— São muito bonitos — diz Grace, e Jasmine aperta os ombros dela.

— Loucura, né? — comenta Andrea. — Isso tudo por um par de sapatos.

Sam leva um momento para registrar a expressão de Nisha ao olhá-los.

— Sabe o mais estranho? — diz Nisha. — Não estou nem aí.

— Para o quê? — pergunta Jasmine, abaixando a música.

— Para os sapatos. Olha só para eles.

Todos olham para os sapatos. E então, meio em dúvida, olham para Nisha.

— Para ele, são uma brincadeira. Um jeito de me fazer correr por aí. Acho que, na verdade, odeio esses sapatos. São o resumo perfeito do nosso casamento. Só pose. Eu correndo atrás dele que nem uma tonta, arrumada feito a porra de uma esposa-troféu, e ele dando as ordens. Sabiam que meu filho acha que nem são Louboutin de verdade?

— Mas agora você recuperou os sapatos — reforça Andrea, para tranquilizá-la —, então ele vai ter que dar o que você pediu. Vai precisar fechar o acordo do divórcio.

— Não — rebate Nisha. — Tem alguma coisa esquisita nisso tudo. Ainda não entendo por que ele é tão obcecado por esse par de sapatos.

— O motivo não faz diferença — diz Aleks. — Acordo é acordo. Você fez sua parte.

Nisha pega um dos sapatos, com uma raiva repentina, e o devolve à mesinha.

— Quer dizer, que merda é essa? Passei quase duas décadas casada com ele, pari o filho dele, dei minha vida para ele, dei tudo o que ele quis. Perdi a melhor amiga que já tive porque ele disse que eu não deveria ser amiga de alguém como ela e o deixei fazer minha cabeça. Deixei esse homem decidir de quem eu deveria ser amiga. E depois disso tudo ele me humilha, me faz correr atrás dos *meus próprios sapatos*?

Sam olha os sapatos reluzentes e o rosto contorcido de Nisha. A atmosfera na sala mudou de repente, e a alegria das últimas horas evapora. Jasmine e Andrea se entreolham. Todos ficaram sem palavras.

— Nem cabem nela, sabe, se é para isso que ele quer. Ela tem pé de palhaço. Pé de palhaça mesmo. Odeio esses sapatos! — exclama Nisha. — Quase tanto quanto odeio ele.

— Gata. Senta — diz Jasmine, esticando o braço. — Você está surtando. Está tudo bem.

Nisha olha para Aleks, ainda sentado. O rosto dele é compreensivo, pura compaixão.

— Os sapatos não têm significado nenhum — garante ele, tranquilizador. — Não são nada. São só os meios para um fim. Pense no seu futuro. No que vai ganhar com isso. É só isso que importa.

— Pega mais uma bebida para ela, Aleks — pede Andrea.

— Não quero mais uma bebida.

Nisha fita os sapatos na mesinha. E então, quase por impulso, pega um pé, o vira nas mãos e olha para ele, com a expressão sombria.

— Gata. Sério… — começa Jasmine.

— Ele disse que era para eu levar os sapatos, né? Foi esse o acordo. Mas não disse que precisavam estar *inteiros*.

Antes que alguém a impeça (entre protestos e gritos de *Para! Para!*), ela retorce o sapato, puxa, forçando-o contra o joelho até o salto sair, com um estalido. E, de dentro dele, derrama-se uma chuva cintilante de diamantes.

A sala cai em silêncio completo.

— Puta que pariu! — diz Jasmine.

Nisha olha, chocada, o salto oco. E depois o chão.

Aleks é o primeiro a se abaixar. Com cuidado, ele pega um punhado das pedrinhas e as deposita, uma a uma, na mesinha de centro, onde refletem a luz do teto, sujas de fios de carpete e farelos de tortilha. Nisha tenta falar, mas não sai nada.

— Ok — comenta Jasmine, inclinando a cabeça para o lado. — Bem, acho que ele queria mesmo os sapatos.

Há um grupo de crianças brincando de empinar bicicleta na passarela na frente do apartamento de Jasmine, se provocando aos gritos e jogando estalinhos na calçada. Um dos jovens tem uma lambretinha, e às vezes Nisha ouve o rugido do motor e o *tum tum tum* do motociclista descendo um lance curto de escadas de concreto, seguido dos gritos de algumas pedestres. Em geral, isso a deixaria louca de raiva, mas, hoje, ela mal registra. Fica deitada na cama estreita, a cabeça a mil enquanto pensa nas consequências do que estava nos sapatos, nas discussões que tiveram na última hora sóbria antes de todos irem embora.

Está tudo horrivelmente óbvio agora: a insistência de Carl para que ela os usasse nas viagens internacionais, apesar de serem desconfortáveis em voos; a raiva dele ao descobrir que não estavam mais sob os cuidados de Nisha. Ele a usou como mula. Quantas vezes ela transportou pedras preciosas por ele, sem saber? Eles tinham arrancado o salto do outro pé, e continha ainda mais diamantes. Ninguém sabia o valor, mas ela estimava que estivesse na casa das centenas de milhares de dólares, quiçá mais. Os diamantes têm um bom tamanho e um corte lindo; o maior é da largura da unha de seu polegar. Apesar de não terem lupa no pequeno apartamento, ela apostaria que a clareza é altíssima.

— Ai, meu Deus, gata. Olha aqui seu acordo de divórcio — disse Jasmine, apoiando as mãos nos joelhos e se inclinando para observá-los. — Aqui. Seu. Acordo.

— Parece até mentira — murmurou Andrea, baixinho. — Agora você pode mandar ele se ferrar.

Ela pensa nas viagens à África nos últimos anos e nos outros pares de sapato que ele comprou para ela: os escarpins azul-marinho da Gucci, as plataformas creme da Prada. Será que algum deles foi alterado do mesmo modo? Será que ela sempre foi uma mula, sem fazer a menor ideia? Eram diamantes de sangue? Roubados? Contrabandeados? E o pior é o seguinte: ela, a burra de carga, poderia ter sido pega a qualquer momento. Presa. Para ele, ela valia menos do que nada. Como um marido poderia se importar com alguém que usava de tal forma?

Ela desce do beliche, tomando cuidado para não acordar Grace, e veste o velho roupão lilás que se acostumou a usar. Tem o cheiro confortável da casa de Jasmine, do amaciante dela. São quase duas da manhã. Ela vai até a sala e abre devagar a porta da varanda, onde acende um cigarro. Olha a hora e disca um número.

— Ray?
— Oi, mãe.

A voz dele está baixa de um modo preocupante.

— Tudo bem?

Um breve silêncio. Ela traga o cigarro, ansiosa.

— Ray? Tudo bem?

Ele demora para responder.

— Tudo.
— Não está parecendo muito bem.
— Não quero mais ficar aqui, mãe.
— Não vou demorar muito. Prometo.
— Emily e Sasha foram embora, e só sobrei eu com o pessoal do transtorno alimentar. Todo mundo passa o fim de semana em casa. Eu fico só vendo televisão sozinho.

— Eu sei.

Ele dá um longo suspiro.

— Você vai dizer que ainda não está vindo, né?

Ela fecha os olhos.

— Daqui a pouco, amor. Peguei os sapatos. Peguei os sapatos, mesmo. As coisas estão andando. E tenho algumas questões a discutir com seu pai sobre... sobre o divórcio. E aí vou buscar você.

— Eu sinto que... — diz ele, com a voz leve, resignada. — Sinto que você nunca vai vir.

— Por que você acha isso?

— Quando eu fiquei doente... Aquela vez que você disse que viria, e o papai fez você ir para Toronto. Eu estava muito triste, mãe, e vocês foram para Toronto. Você simplesmente ficou do lado dele.

Ela se lembra da viagem, de chorar no avião e de Carl ficar cada vez mais irritado, dizendo que todos os adolescentes eram dramáticos. Que ela e Ray precisavam ser menos sensíveis e que o menino estava no melhor lugar possível, com psiquiatras e pessoas que sabiam lidar com aquelas coisas. Ele já tinha criado dois filhos adolescentes com a primeira esposa. Disse que com eles tinha sido igual e que ambos tinham superado, que o pior era ficar mimando. Ela tinha acreditado, apesar de os filhos adultos parecerem detestá-lo, a não ser que precisassem de dinheiro. Ela tinha mesmo acreditado. Afinal, o que ela sabia sobre criar filhos?

— Ray. Ray. Me escuta. Me dá só mais uns dias, tá? Eu prometo. Mesmo que tudo dê errado quando eu falar com seu pai, mesmo que eu tenha que tirar outro passaporte e pegar dinheiro emprestado com meus amigos. Mesmo se eu tiver que atravessar o Pacífico a nado, vou buscar você.

— É o Atlântico.

— Esse também.

Ele ri, relutante.

— E eu nado rápido. Você sabe.

— Odeio minha vida. Odeio viver assim. Parece que ninguém me quer e que eu fui largado aqui.

— Nada disso é verdade. Estou indo, amor.

Há um longo silêncio. Ela fecha os olhos e encosta a cabeça nos joelhos.

— Eu te amo tanto, lindo. Por favor, aguente só mais um pouco. Não vou decepcionar você de novo, prometo. Daqui em diante, vamos ser só eu e você, juntos.

Ela ouve a respiração dele, um milhão de pensamentos indesejados agitando a cabeça do filho.

— Quer que eu cante para você de novo? — oferece, quando não aguenta mais o silêncio. — *You are my sunsh...*

— Não quero — diz ele, e desliga.

E então, antes que o pânico a tome, o celular dela apita.

Ainda é meu número sim

Juliana.

33

— Oi.

— Oi — diz Nisha, e engole em seco. — Obrigada por atender.

— Tranquilo. Estou só... surpresa. Como você está?

O tom de Juliana é educado e desconfiado. É o jeito como ela falava com os chefes delas, disfarçando todo o lado de quem veio do Brooklyn para se mostrar mais profissional, mais *aceitável*. Ela se lembra de como Carl falava de Juliana, que Nisha não deveria mais andar com uma empregada agora que tinha casado, que Juliana era grosseira, ignorante, má influência, a fúria dele quando Nisha insistiu que Juliana fosse madrinha de Ray, em vez de uma das amigas mais ricas. O que ele queria dizer, ela agora entendia, era que Juliana era apenas *pobre demais*.

— Eu... Escuta. Não sei quanto crédito ainda tenho no celular. Mas preciso pedir um favor.

— Certo — responde Juliana, com a voz mais dura.

— Olha, sei que não mereço pedir nada, mas é por causa do seu afilhado. Do Ray.

— Ray? Ele está bem? — O tom de Juliana muda na mesma hora.

— Não muito. Sei que faz muito tempo, e é pedir muito, mas preciso que alguém de confiança vá vê-lo. Estou presa na Inglaterra, é uma longa história, e ele... Juliana, ele está muito mal. Ele passou por uns problemas graves, e em parte é minha culpa, e eu... eu preciso que alguém de confiança vá vê-lo. Para só, sei lá, dizer que estou a caminho. Dizer que vai ficar tudo bem.

Faz-se uma longa pausa.

— Me diz onde ele está.

— Você vai?

— Precisa mesmo perguntar?

Então Nisha começa a chorar. As lágrimas vêm do nada, lágrimas de alívio e de culpa. Ela cobre o rosto com a outra mão, tentando secar as lágrimas, controlar a voz.

— Jura? Você faria isso de verdade? Mesmo depois de tudo?

— Me manda o endereço por mensagem. Vou assim que sair do trabalho.
— Obrigada. Muito obrigada.
Nisha não consegue se conter. Está tremendo.
— Ele vai saber quem eu sou?
— Vai. A gente ainda fala de você.
— Ainda penso nele. O tempo todo. É um menino tão bonzinho...
Nisha fecha os olhos com força, os ombros tremendo enquanto tenta se recompor, esconder a emoção na voz. Elas discutem alguns detalhes, para Juliana ter uma ideia de aonde vai, o que deve esperar. Nisha acaba contando que não está mais com Carl. Que está fazendo o possível para voltar para o filho. Juliana, por sua vez, conta que está casada. Tem dois filhos, um de onze e outro de treze. O fato dessas mudanças sísmicas terem ocorrido na vida de Juliana sem Nisha ter nem ideia faz algo dentro dela se apertar, lhe provocando dor. E então uma mensagem gravada diz que ela está chegando ao limite do crédito.
— Mando mensagem, ok? — garante Juliana. — Quando estiver com ele.
O alívio é inacreditável. Juliana vai fazer mesmo aquilo. A pessoa mais honesta e direta que ela já conheceu. E as lágrimas voltam.
— Mil desculpas — diz Nisha, de forma abrupta. — Você estava certa. Sobre tudo. Que bagunça que eu fiz... Senti tanta saudade! Só me deixei levar por tudo. Quis ligar tantas vezes para você... Mil, mil desculpas.
Há um longo silêncio. Por um instante, ela se pergunta se não deveria ter feito aquilo. Afinal, que direito tem de pedir qualquer coisa para Juliana? Mas quando a voz da amiga volta, está carregada de emoção.
— Eu também. Estou aqui, meu bem. Ok? Vou ver seu menino.

Sam deixa a casa de Andrea, onde acabou dormindo, e caminha a distância curta até sua casa pelas ruas silenciosas da manhã. A cabeça dela ainda está vibrando com a conversa que teve com a amiga ontem, a constatação chocante do que ela andava carregando sob os pés. Elas riram alto de como aquilo era aleatório, mas sempre que Sam pensa no tipo de homem com quem Nisha se casou, acaba pensando em Phil. Na gentileza dele. Na ternura do marido. A loucura que seria se Phil se importasse tão pouco com ela a ponto de fazer algo assim. Ela viu a compreensão surgir no rosto de Nisha enquanto todo mundo se animava com o tesouro... e o que Sam viu, sem mais ninguém notar, foi tristeza, horror, a injúria final sobre uma pilha já ardente de ofensas.

Depois de irem embora, ela e Andrea tinham ficado acordadas na salinha de estar da amiga até de madrugada, animadas com a conversa e a adrenalina, e ela acabou contando para a outra sobre a partida de Phil. Andrea a abraçou e disse que ele voltaria, óbvio que voltaria. Sam volta a conferir o celular, se perguntando se deveria mandar mensagem para ele, mas está muito cedo, e ela não sabe o que dizer. Nem quão honesta deve ser. Ela quer que as coisas voltem ao que eram, quando os dois eram uma equipe. Quando ela sentia que estava casada com o melhor amigo, antes de o pai dele adoecer, de ele perder o emprego e de ela ficar a fim da única pessoa que a escutava. Seria razoável pedir isso? Seria possível ressuscitar um casamento depois de tantos danos?

Óbvio que seria, disse Andrea, firme, mas ela se divorciou duas vezes e tinha bebido quatro taças de vinho, e Andrea ama Sam a ponto de sempre dizer que vai ficar tudo bem, de tanto que quer que tudo fique bem com ela.

Sam vira na rua, notando como é diferente saber que está se encaminhando para uma casa vazia. Desanimada, se pergunta se vai ser sempre assim daqui para a frente. Sem Phil. Cat cada vez mais ausente até, enfim, abandonar o ninho. Nem Kevin durará tanto tempo. Ele já tem treze anos, um idoso para os padrões caninos. Será só ela, sozinha naquela casinha, vendo novelas e procurando empregos ruins nos classificados do jornal, convocada duas vezes por semana para fazer faxina na casa dos pais cada vez mais ranzinzas.

Chega, ela diz a si mesma, firme. Ela para de andar e respira. *Inspire contando até um, segure enquanto conta até quatro, expire contando até sete.* Era para expirar contando até sete? Ou segurar contando até sete? Faz tanto tempo que não faz isso que nem lembra. Ela se força a pensar no novo grupo de amigas improváveis, no comportamento caloroso de Jasmine, no abraço de Nisha, como se ela talvez gostasse mesmo de Sam. Ela ajudou Nisha a recuperar os sapatos. Fez um hotel inteiro parar, num solavanco, e mudou a vida de alguém. Sam foi capaz de *algo*, mesmo que tenha sido apenas caos.

Ela para na frente de casa, olhando para cima antes de abrir o portão, parte dela ainda esperando que uma luz pisque no segundo andar, que Phil tenha decidido voltar. É então que vê: o brilho leve no corredor do segundo andar. Eles nunca deixam aquela luz acesa ao sair. Ela sobe, de repente cheia de expectativa, escancara a porta... e para, piscando incrédula diante dos fragmentos cintilantes de vidro, da cadeira quebrada e da televisão destruída no chão da sala.

34

— Cat?

Sam está tremendo no quintal. Ela percorreu a cozinha, pisando nos montes de cereais e grãos derramados e de louças destruídas, depois se virou e saiu apressada, de repente temendo que os invasores ainda estivessem lá dentro. Ela já está esperando há dez minutos no quintal, e não há nenhum movimento na casa, mas não se sente segura lá dentro.

— Mãe? — escuta a voz de Cat, arrastada e pesada de sono.

Sam leva a mão à boca.

— Ah, graças a Deus.

— Por que está ligando às... nove e meia da manhã?

— Nossa casa foi assaltada, amor. Eu só... não queria que você voltasse e acabasse descobrindo assim que chegasse aqui.

Ela não conta a verdade: que de repente foi devastada pelo medo de que Cat estivesse, sim, em casa, que tivesse acontecido algo muito pior que um assalto.

— O quê?

— Pois é. Está... está tudo uma bagunça. Não se preocupa. Vamos resolver. Você está com o Kevin, né?

— Estou. Ai. Ele acabou de peidar. *Kevin.*

Ela suspira mais uma vez. Ouve Cat se levantar com dificuldade.

— O que roubaram? É melhor eu voltar?

— Não sei. Já chamei a polícia. Mas não. Fique aí por enquanto. Eu não... não quero que você veja a casa assim.

— Você ligou para o papai?

Sam olha a porta, ainda entreaberta.

— Eu... eu não sei se ele quer que eu ligue. Está tudo bem. Vou me virar.

— Mãe...

— Preciso ir, linda. A gente se fala mais tarde. Não volte até eu avisar, combinado?

* * *

No fim, ela entra e se senta no furgão. Parece menos horrível do que ficar em casa. Acomoda-se no banco do carona e olha pelo para-brisa, sem saber o que fazer. A polícia disse que mandaria alguém, mas comentaram que estavam bem ocupados e que talvez fosse bom chamar um chaveiro para proteger a propriedade. Não mencionaram nada a respeito de digitais ou de qualquer tipo de investigação.

— Tem sido recorrente no seu bairro — disse a atendente, em tom resignado.

Queria que você estivesse aqui, pensa ela sobre Phil, em silêncio. Telefona para Andrea, que avisa que já vai. Quando conta para a amiga da bagunça, do estrago, finalmente entende que é verdade, e não um delírio estranho. A casa dela parece uma zona de guerra, e não sabe como vai ter dinheiro para uma televisão nova. Antes de desligar, Andrea diz:

— Você não acha que é por causa dos sapatos, né?

— Como assim?

— A invasão. Será que alguém foi atrás dos sapatos?

Sam congela. Quando entra depois de novo, de repente alerta, analisa os cômodos com novos olhos e nota que todos os objetos mais cobiçados (as televisões, os iPads) ainda estão lá, apesar de quebrados. Mas a casa foi implacavelmente revirada, todas as caixas e embalagens derrubadas e esvaziadas, todas as gavetas arrancadas.

Quando Andrea chega, Sam está sentada no degrau da frente, coberta pelo casaco acolchoado, segurando a caixa de joias entre os joelhos. Tudo ainda está lá. Ela sabe que aquelas coisinhas douradas não têm valor (colares folhados a ouro, brincos que Phil comprou para ela antes de Cat nascer), mas também são prova de que quem entrou ali não era um ladrão, nem um drogado em busca de algo que pudesse trocar pela próxima dose. Os invasores procuravam algo específico.

— Sammy.

Andrea sai do carro antes mesmo de o motor desligar, com um gorro de lã macio no lugar do lenço. Ela vem meio andando, meio correndo, e, quando Sam se levanta, as duas se abraçam. É então, pela primeira vez, que Sam se sente chorosa. Ela se entrega ao abraço apertado de Andrea.

— A casa está um horror. Um desastre completo — reclama, encostada no ombro da amiga. — Nem sei por onde começar.

— Que bom que viemos, né?

Sam levanta o olhar, e Jasmine está atrás de Andrea na entrada, carregando uma bolsa grande de produtos de limpeza e um rolo de sacos de lixo.

— Não adianta esperar a polícia, gata — continua Jasmine. — Só oligarcas e políticos arranjam ajuda da polícia para um roubo desses hoje em dia. Acredite, eu sei *bem*.

Nisha sai do banco de trás do carro, trazendo um balde e um esfregão, e do outro lado do veículo surge Grace, na retaguarda, carregando com cuidado um suporte de papelão com copos de café.

— Andrea ligou — comenta Jasmine. — Trocamos os turnos para ir mais tarde. Achamos que você não deveria enfrentar isso sozinha.

Sam nem consegue falar. O alívio que sente ao vê-las faz seus joelhos bambearem. Nisha para e olha pela porta da frente. Quieta, observa por um momento, depois se volta para Sam.

— Eu odeio ele. Mil desculpas, de verdade.

Nisha agora é especialista em arrumação e limpeza, mas algo neste trabalho em específico a endurece, tensiona um músculo em seu maxilar enquanto varre e esfrega tudo. Em meio ao vidro estilhaçado e os objetos lascados, ela vê a estrutura daquela casinha, um lar de família, cheio de amor: há fotos de casamento e retratos de família em molduras tortas espalhadas ao seu redor, como se nenhum critério de estilo importasse, apenas o fato de estarem juntos. O sofá puído reflete um milhão de noites de aconchego, e parece que ninguém tem coragem de tirar do corredor aquelas pinturas infantis desbotadas. Carl maculou essa casa. Ela se agacha, varrendo os fragmentos minúsculos de vidro e limpando a geleia no chão da cozinha, e pensa que foram raras as vezes em que odiou Carl mais do que neste momento. E ela é campeã olímpica de ódio a Carl. Uma coisa é ele atacar os inimigos profissionais ou até a própria Nisha. Eram oponentes que poderiam ter alguma chance de revidar. Mas esmagar uma pequena família que obviamente não tem nada (nem mesmo muito bom gosto, admite ela, culpada) é pura crueldade. No rosto pálido como giz de Sam, nota que ela não se sentirá mais segura em casa, que as coisas quebradas não serão fáceis de substituir. Ele quebrou a coisa mais frágil de todas: a calma e o santuário que um lar deve oferecer.

— Ai, meu Deus.

Nisha olha para Sam, que está encarando o celular enquanto segura um saco de lixo. Jasmine e Andrea estão cuidando do segundo andar, e ela ouve o zumbido do aspirador sendo empurrado de um lado para outro.

— O que foi?
— Miriam Price, uma mulher com quem eu trabalhei, acabou de ligar. Quer saber por que não confirmei uma entrevista de emprego que eu teria com ela.
— Ah, sim. O que você falou?
— Que achei que não deveria, já que fui demitida. E por causa dessa história toda de, sabe, roubo. Achei que ela não fosse querer falar comigo. Quer dizer, ela me chamou para a entrevista, mas, depois do que aconteceu, achei que não fizesse mais sentido, então nem...
— Está bom, mas e daí? O que ela disse?
— Ela quer que eu vá para a entrevista do mesmo jeito.
Nisha faz uma careta.
— Que bom, né? Você precisa de emprego.
Sam está angustiada.
— Mas é hoje. Ao meio-dia. E olha para mim! Fui assaltada. Minha casa está destruída. Meu marido me abandonou. Faz dois dias que eu mal durmo. Como vou encarar uma entrevista hoje?
Nisha seca o rosto com a manga da blusa. Abaixa o esfregão.
— Liga para ela. Diz que vai ser um prazer.

Jasmine e Nisha escolhem a roupa enquanto ela toma banho. Quando Sam aparece, de cabelo enrolado na toalha e corpo envolto em uma nuvem de timidez, Jasmine está entrando no quarto, trazendo num cabide uma blusa azul-clara recém-passada.
— Você cabe nisso? — pergunta Nisha, mostrando uma calça escura.
— Acho que sim — responde Sam.
Ela mal comeu nos últimos dias.
— Certo. Calça escura, blusa clara, não tem erro. Encontrei essa jaqueta no quarto da sua filha. Acho que cabe.
— Mas...
— Suas jaquetas são todas um horror. Sem ofensa. Essa daqui é da Zara, mas parece mais cara. Não, não, não, não! Larga esse suéter. Você quer transmitir autoridade, não parecer que acabou de fugir de um asilo.
Nisha pega o par de sapatos que Sam usou para o casamento da prima há três anos.
— E isso aqui — acrescenta.
— Mas é muito azul. E tem... salto.

— Você precisa de alguma coisa de destaque. A roupa não é nada demais. Mostra que você é séria e profissional. Mas o sapato sugere que talvez tenha alguma coisa um pouco mais interessante aí. O sapato indica confiança. Vamos lá, Sam, entra no jogo! Essa gente vai julgar você no instante em que aparecer. Isso aqui é sua armadura, seu cartão de visitas. Você precisa se projetar.

Sam hesita, e Nisha parece se irritar. Ela bota a jaqueta na cama e diz:
— Como você se sentiu com meus sapatos?
Sam se pergunta se é uma pegadinha, mas Nisha aguarda, na expectativa.
— Hum... meio desajeitada?
— E depois?
— E depois... poderosa?
— Isso. Poderosa. Uma força da natureza. E agora, o que está sentindo? Olha para você. Quem está vendo?
— Hum... além de eu mesma?
— Está vendo uma executiva de gráfica. Ou o que quer que seja esse seu trabalho. Está vendo uma mulher que dá conta do recado. Uma mulher que *arrasa*.

Sam se senta, e Jasmine começa a secar o cabelo dela com a toalha.
— Cadê sua maquiagem?
— No armário do banheiro. Aqui do lado.
— É, isso eu vi. Não. Mas e a sua maquiagem de verdade?
— Só tenho isso.
As duas mulheres param o que estão fazendo e a encaram.
— Sam — começa Nisha, ríspida. — Aquelas coisas têm idade para sair andando sozinhas do seu banheiro. Você é um animal?
— Talvez?
— Mas você tem uma pele bonita, gata. Dá para ver que cuida bem — elogia Jasmine, começando a pentear o cabelo dela, usando um dos muitos produtos de Cat.
— Uso só um pouquinho de Nivea.
As duas mulheres riem. Nisha dá uma cutucada nela.
— É. Ahã. É o que as modelos sempre dizem.
— *E fico magra assim só de correr atrás dos meus filhos o dia inteiro.*
As duas caem na gargalhada. Sam, que de fato usa só um pouquinho de Nivea, abre um sorriso fraco e decide não dizer mais nada.

* * *

Meia hora depois, ela para na frente do espelho no quarto agora arrumado.

— Ombros para trás — instrui Nisha.

Sam se empertiga e levanta o queixo. Jasmine secou o cabelo dela e fez babyliss, até ficar volumoso e mais brilhante. A maquiagem foi feita por Nisha, que, num passe de mágica, acabou com as olheiras e fez alguma coisa com as pálpebras que as deixou mais largas e definidas. Ela não parece consigo mesma. Parece alguém que talvez arranje um emprego. Abre um sorrisinho.

— *Issooooo* — incentiva Nisha. — Aí! Aí nossa poderosa!

— Queixo para cima, peito para fora? — diz Sam, e se vira para elas.

— Não exagera. Esse sutiã é um horror. Que foi?... Que foi? — diz Nisha, quando leva um golpe de Jasmine.

— Lembra, Sam. Você é capaz de parar um hotel inteiro em um instante! Essas mãos aí têm poder! — diz Jasmine.

— É. Têm mesmo — concorda Nisha, esfregando o braço, arrependida do comentário anterior.

— Eu levo você — oferece Andrea. — Elas vão ficar aqui para acabar a arrumação.

Sam fica ali, olhando aquelas três mulheres tão diferentes. De repente, fica insegura de novo.

— Não fica nervosa — diz Andrea. — Tudo bem se essa entrevista não der certo. Pensa que é um treino para você se acostumar a entrevistas de novo.

Sam ainda parece incomodada.

— Por que vocês fariam isso por mim? — solta.

Nisha puxa e ajeita uma das lapelas da jaqueta de Sam.

— Porque... porque você me ajudou. E porque, sabe, você é uma pessoa legal. Você é legal, Sam.

Sam começa a lacrimejar.

— Mas vocês fizeram tanta coisa! Todas vocês. Mudaram tudo hoje. A faxina. As roupas. As... Eu nunca vi ninguém ser tão... tão...

— Não — interrompe Nisha, firme, a pegando pelo cotovelo e a empurrando porta afora. — Você não vai ficar sentimental assim agora. E com certeza não vai estragar minha maquiagem excelente com seu choro. Esse delineador não apareceu aí sem querer. Vai, Andrea. Leva ela. Arranja esse emprego. Vamos esperar aqui.

* * *

Nisha, Jasmine e Grace escutam o carrinho de Andrea sair. Quando tem certeza de que ela se foi, Nisha se abaixa para pegar as embalagens sujas e as paletas de maquiagem espalhadas na cama de Sam. *Nossa senhora, que edredom horroroso. Qual é a dessas inglesas com essas estampas florais horríveis?* Ela ergue o rosto e vê que Jasmine sorri para ela, com uma expressão de quem sabe de alguma coisa, um toque de malícia.

— O que foi?

Jasmine olha para a filha, depois assente.

— Você é uma boa pessoa — diz.

— O quê? Não sou, não. Eu, hein.

Ela pega o resto dos tubinhos imundos, para levar de volta ao quarto de Cat, embora fosse um favor para as duas jogar tudo no lixo.

— Você fez uma coisa legal. Tem um coração aí. E não dá para esconder.

— Ai. Só... arruma suas coisas.

— *Ela é uma boa pessoa. Nisha é uma boa pessoa* — soam as vozes de Grace e Jasmine, cantarolando em implicância.

Nisha continua mandando as duas calarem a boca, mas elas seguem cantando até descerem.

Uma hora e meia depois, Sam sai do escritório da Harlon & Lewis. Andrea está esperando no estacionamento, e Sam anda devagar pelo asfalto, por causa dos saltos, com a bolsa encaixada debaixo do braço. É possível que a amiga estivesse cochilando — ela toma um susto quando Sam abre a porta do Micra, entra e a fecha com um baque.

— E aí?

A outra tira os sapatos. Olha para a frente e se vira para a amiga. Ela parece ter levado vários choques elétricos.

— Consegui — diz, a voz tremendo de leve. — O emprego é meu.

Elas se entreolham.

— Vou trabalhar diretamente abaixo de Miriam Price. E é mais dinheiro do que eu ganhava na Uberprint. Começo semana que vem.

Miriam Price sai do escritório cinco minutos depois. Ela passa pelo Nissan Micra azul a caminho do próprio carro e vê duas mulheres de meia-idade quicando sem parar nos bancos da frente, se abraçando e gritando que nem adolescentes. Para e observa, dá um sorrisinho e se vira para encontrar as próprias chaves.

35

Carl já tentou ligar para Nisha dezessete vezes, e toda vez que ela vê o nome dele sente algo percorrer seu corpo, não sabe bem se calor ou frio. Deitada no beliche de cima, observa o celular vibrando, insistente, e espera que pare. Aquilo vai deixar Carl furioso — ninguém o ignora. E ele sabe que ela está com os sapatos, porque Ari viu. Mas Aleks sugeriu que ela não atenda, porque pode revelar sua localização, mas Ari não vai demorar para encontrá-la. Afinal, ele chegou à casa de Sam.

No entanto, ela não quer falar com ele até saber o que fazer. As outras disseram que ela deve ficar com os diamantes e recomeçar a vida em outro lugar. *Você vai estar com a vida ganha! Aposto que valem muito mais do que o que ele vai oferecer!* Mas Nisha conhece Carl. A questão nem será o valor das pedras, e sim o fato de que ele achará insuportável ela ter saído com uma vitória contra ele. E o dilema é o seguinte: se ela ficar com os diamantes, ao menos terá alguma segurança financeira, já que ainda é possível que ele não cumpra o acordo e evite pagá-la mesmo que ela devolva os sapatos; porém, ele nunca vai deixá-la em paz. Vai passar o resto da vida tentando revidar.

Ela se lembra de uma das conhecidas, Rosemary, uma esposa traída furiosa, de olhar duro, que brigou no tribunal até receber uma pensão de mais de 750 mil dólares por ano. O valor era uma mixaria para o marido, quase o que ele gastava no almoço. No entanto, enraivecido com a decisão do juiz, ele se recusou a pagar e mexeu os bens para tudo quanto era canto, gastando com advogados ano após ano para rebater aquela decisão, até ela acabar exausta, uma década depois, e os dois, falidos. Alguns homens não suportavam perder nada. À tarde, Nisha foi até um lugar em Hatton Garden onde um homem sugeriu que conversassem na sala dos fundos, não perguntou de onde vinham os diamantes e disse que poderia comprar todos por oitenta mil libras. Disso, ela deduziu que valiam pelo menos dez vezes esse valor. Ela o viu fitar a jaqueta barata e supor na mesma hora que eram roubados.

— Posso comprar uns dois por vez, se facilitar — tinha dito ele, quando ela foi embora.

O celular dela vibra de novo. Ela olha.

E finalmente atende.

— Peguei os sapatos — diz ela. — Devolvo quando você me mostrar o acordo de divórcio.

— Não é você quem dita os termos.

— Os termos são seus, Carl, já esqueceu?

Ele se cala por um instante. Pressente a raiva mal contida do outro lado da linha, e um calafrio vago percorre seu corpo.

— Cadê você?

— Levo amanhã — diz ela. — Ao hotel. No saguão.

— Meio-dia. Vou direto para o aeroporto depois. Então sem joguinhos. Se não aparecer, vai ficar aqui sem pensão nenhuma e apodrecer.

Ele desliga antes que ela responda.

Nisha ainda estremece um pouco ao ouvir a voz dele. Fica deitada, regulando a respiração por um tempo, e se vira de lado. Tentou ligar para Ray duas vezes hoje, mas o filho não atendeu. Está prestes a mandar mais uma mensagem quando nota a coleção de bijuterias de Grace penduradas no espelho, os colares de contas e cristais falsos. E Nisha começa a pensar.

Sam está limpando as bancadas da cozinha dos pais. Não é a ocupação simples que seria em casa, pois limpar mais de quarenta centímetros quadrados da fórmica antiga e arranhada exige empurrar potes, montes de documentos, caixas de leite velhas e pilhas soltas que talvez não tenham mais uso, mas não serão jogadas no lixo porque "faz mal para o meio-ambiente jogar no lixão". Até agora, ela levou quatro horas para tentar devolver a casa a algo que se assemelhe à ordem, e ainda não acabou a cozinha.

— Mas por que Cat está com Andrea? A casa não é segura? É muito preocupante isso. Já faz anos que falei para seu pai que a gente deveria comprar um alarme.

— Você falou para não comprar o alarme porque não queria que tocasse e fizesse estardalhaço — replica ele, da sala, onde está completando um quebra-cabeças de duas mil peças que talvez tenham se misturado a peças da caixa de outro.

— Pare de ser ridículo. Eu queria o alarme. Você que foi mão de vaca e não quis pagar.

A mãe cobriu o rosto com as mãos quando Sam contou do roubo, e sua aparente negligência com a falta de faxina foi esquecida por um momento enquanto aquela transgressão mais grave era analisada. Ela quis saber tudo: o que tinham roubado (nada), se algum vizinho tinha sofrido o mesmo (não), se a polícia estava fazendo alguma coisa (ainda não tinham dado as caras), e pareceu um pouco decepcionada com todas as respostas.

— Mas se a casa já está segura, por que Cat está com a Andrea?

Sam torce o pano sujo na pia.

— Porque Phil não está em casa, e eu não quis que ela ficasse sozinha.

Na verdade, tinha sido ideia de Nisha. Ela disse que era melhor ficar longe da casa. Ari conhecia gente barra-pesada. Nisha tinha feito uma cara pesarosa ao falar aquilo.

— Bem, e cadê o Phil? Ai, meu deus, não machucaram ele, né? Ele está no hospital?

— Não, mãe — diz Sam, fazendo uma careta ao mexer um pote e encontrar atrás dele um pedaço grande de cheddar mofado. — Ele... ele foi viajar um pouco.

Mesmo distraída pela possibilidade de crimes violentos, a mãe dela tem os instintos de um pombo-correio.

— Vocês ainda estão com problemas?

Sam joga o queijo no lixo e lava a mão na pia, de rosto virado.

— Ele só precisa desanuviar.

— Eu falei, Tom. Não falei? É esse o problema de uma mulher trabalhar que nem você. *Não faz bem* para o casamento. Os homens precisam de um pouquinho de orgulho, e você tirou o orgulho dele porque é a única provedora. Olha só o que aconteceu com a Judy Garland.

Sam larga o pano de prato. Apoia as mãos na pia.

— Você está pensando em *Nasce uma Estrela*, mãe. E, na verdade, ele foi embora porque achou que eu estava tendo um caso com um colega do trabalho.

— Não seja ridícula. Você jogou esse queijo todo no lixo? Que desperdício. Era só cortar as pontas fora.

Sam fica imóvel por um momento. Em seguida, abre a lixeira, tira o queijo e põe na mão da mãe.

— Mãe — começa, tirando o avental. — É a última vez que faço faxina para vocês. Amo muito você e o papai, mas estou prestes a começar um emprego novo que vai exigir bastante de mim. No tempo limitado que tenho livre, preciso me concentrar na minha família, ou ao menos no que resta dela. Bem como você recomendou. Liguei para três agências de faxina, e todas têm disponibilidade, e, agora que a casa está mais ajeitada, tenho certeza de que elas terão o maior prazer em ajudar. Os números estão aqui. A segunda, por sinal, é a mais barata. É possível que explorem os trabalhadores. Talvez sejam afegãos. Melhor confirmar com o sindicato. Agora, licença.

Ela beija o rosto chocado da mãe, aperta o braço do pai e pega o casaco na cadeira, onde um deles o largou quando ela chegou.

— Foi ótimo ver vocês dois. Estou bem, sim, obrigada. Ainda um pouco assustada e, para ser sincera, exausta. Muito, muito triste com o fim do meu casamento. Mas nada que quatro horas de faxina sem remuneração não resolva. Pronto! Estou indo. Dou notícias do trabalho novo.

Ela bate a porta com força, sabendo que vai irritá-los, e sai sem olhar para trás.

Joel já está esperando no café quando ela chega. Ela o vê de cabeça abaixada, olhando o celular, e quando ergue o olhar ao ouvir o som da porta, seu sorriso é hesitante e lindo. Sam vacila por um instante, depois entra e se senta de frente para ele à mesa de madeira.

— Pedi um cappuccino para você — diz ele, empurrando a xícara.
— Não sabia o que você ia querer.

Ela sorri e toma um gole. Joel a observa e tamborila de leve na mesa com os dedos. Ele tem unhas lindas, bem-cortadas e limpinhas. Ela se pergunta se ele as lixa. Talvez vá à manicure, que nem Ben, amigo de Cat. Ela não sabe nada sobre ele, na verdade. Pode ter projetado tudo quanto é ideia sobre ele. Até onde sabe, Joel pode ser apaixonado por música de alaúde bizantino ou ter uma coleção de bonecas antigas no quarto de hóspedes. Pensar nisso a faz rir, e a risada vira uma espécie de soluço esquisito. Afinal, o que eles sabem um do outro?

— Tudo bem?

Ela fica séria e engole em seco.

— Acho que sim. E você?

— Tudo. Tudo.

Ela toma mais um gole.

— Então, conversei com a Marina — começa ele. — A gente acha que consegue fazer você recuperar seu emprego. Ela pediu orientação para uma amiga de RH, e parece que Simon deveria ter dado um aviso formal, e, já que a gente pode provar que você não roubou os sapatos, se aquela mulher escrever...

— Joel, eu não vou voltar. Consegui o emprego. Com a Miriam Price.

Joel arregala os olhos.

— Harlon & Lewis! Uau!

Ele se recosta na cadeira, processando a informação. Está usando uma camisa que ela nunca viu, cujo tecido estica nos ombros quando ele se mexe.

— Eu... eu não posso voltar — diz ela, balançando a cabeça. — Não é mais um bom lugar para mim. Não com...

A voz dela se perde.

Ele pensa naquilo. Contrai os cantos da boca e faz que sim com a cabeça.

— Mas a gente ainda se vê no boxe, né? — pergunta ele.

Do outro lado do café, um casal balança um bebê no joelho do pai. A cabeça do neném balança de alegria enquanto a mãe faz barulhinhos para ele.

— Não sei.

Ela quer muito pegar a mão de Joel, mas fecha os dedos na alça da xícara para não fazer isso.

— Não sei o que está acontecendo com meu casamento — continua. — Mas preciso tentar e... não posso... isso... — Ela aperta a xícara com mais força. — Acho que não posso mais encontrar você. Preciso me sentir uma boa pessoa, e isso... isso me faz sentir bem, mas não como uma boa pessoa. Faz sentido?

Pronto, ela disse aquilo em voz alta. A coisa que ruminou mentalmente nas noites insones. O reconhecimento de que há algo entre eles e de que esse algo não pode continuar. A única coisa à qual ela consegue se ater é a sensação de que pode voltar a ser uma boa pessoa. Ela encontra o olhar dele. É triste e compreensivo, e faz algo dentro dela se revirar.

— Vocês... voltaram?

— Não. Não sei... — Ela suspira. — Estamos casados há muito tempo. É difícil só... Quer dizer, ele não é má pessoa. É difícil abandonar toda a história que temos sem olhar para trás. Sei lá. Talvez ele próprio tenha abandonado. Talvez eu precise ficar um pouco sozinha e descobrir quem eu sou sem ele. Mas é difícil porque nunca estive... sem ele.

Eles ficam um momento em silêncio.

— É complicado, né? — pergunta ela.

Ele faz que sim.

— É mesmo.
— Achei que nessa idade eu já teria resolvido tudo.
Ele solta uma gargalhada breve. Em seguida, fica sério de novo.
— Espero que ele valorize você, Sam. Você... você é especial.
— Não sou. No fundo eu não sou, não. Talvez seja melhor você ficar com alguém menos... complicado. Mas obrigada. Por me dar...

Ele se inclina para a frente e estica a mão por cima da mesa, encostando com gentileza no rosto dela. Ele a beija de leve e, por um instante, descansa a testa na dela, deixando Sam sentir o calor de sua pele, a respiração entre eles. Ficam assim, sem notar o ruído da cafeteira, das cadeiras sendo empurradas e do bebê na mesa ao lado, e ela ouve o que talvez seja um suspiro.

Sam encosta na mão dele e a tira devagar do rosto, se recostando aos poucos na cadeira. Observa a mão dele na dela e a vira, analisando as cicatrizes nos dedos, as unhas um pouco mais claras que a pele. Quando o olha, o sorriso que ambos abrem é triste e sincero, repleto de coisas que nenhum dos dois pode dizer.

Joel interrompe o momento. Aperta a mão dela por um instante, se levanta e a solta. Ela não sabe o que lê no rosto dele. Orgulho? Decepção? Resignação? Ele se vira e, sem falar mais nada, pega a jaqueta do encosto da cadeira, acena com a cabeça para ela e vai embora.

Sam entra com o furgão na rua estreita até em casa e estaciona na frente, notando que os pedreiros finalmente acabaram o muro. Ela precisa pegar mais roupas para ela e para Cat, que parece trocar de roupa três vezes ao dia. Elas vão voltar para casa amanhã, depois que Nisha resolver tudo com Carl. Mas, nos momentos em que se permite pensar, ela não sabe como vai se sentir se ficar ali. O ar ainda parece conter o eco da invasão, com um ou outro estalido de um caco de alguma coisa debaixo dos pés, bem enterrada no carpete. Quando fecha os olhos, ela vê a devastação de sua casa. Fica pensando nisso a noite toda.

— Pelo menos você tem um cão de guarda apavorante — disse Andrea, olhando para Kevin, que roncava de pernas abertas no chão.

Sam sente a perda da antiga vida como se fosse uma ferida aberta, e não é a primeira vez. *O mundo é cheio de últimos momentos*, pensa. A última vez que pega o filho no colo. A última vez que abraça seus pais. A última vez que prepara o jantar em uma casa repleta de pessoas amadas. A última vez que faz amor com o marido que um dia adorou e que vai deixá-la porque você virou uma idiota louca, ressentida e movida a hormônios. E nunca dá para saber quando será o último, senão seríamos dominados pela potência de cada um, nos agarraríamos a ele como loucos, enterraríamos a cara ali e nunca o deixaríamos ir. Sam pensa na última vez que se aconchegou junto ao corpo de Phil. Se soubesse que era a última vez, teria agido diferente? Tido mais paciência? Ficado com menos raiva? Diante da possibilidade de nunca mais abraçá-lo, um buraco se abre dentro dela, fazendo-a sentir como se estivesse prestes a se desfazer.

Inspire contando até seis, segure enquanto conta até três, expire contando até sete.

Sam se prepara para abrir a porta. O que Nisha faria? Criaria coragem, seria prática, bolaria uma estratégia. Então amanhã ela vai comprar coisas novas para substituir o que quebrou. Pelo menos dali a um mês vai entrar dinheiro. Até lá, vai viver de crédito. Talvez em determinado momento tenha até um pouco de sobra para ajudar Andrea. Ela recua ao ouvir um barulho lá dentro e para de repente, antes de dar uma olhada, o coração a mil. *Os capangas de Carl Cantor.* O coração dela sobe à boca. Ela sente um leve suor se espalhar pela pele.

Dá a volta pela casa de fininho, indo até a porta dos fundos, e pega devagar a chave atrás do gnomo de jardim coberto de musgo. Devem ter arrombado uma porta, mas ela não vê qual: não há nenhum sinal óbvio. Lógico. São profissionais, como disse Nisha. Mas nem por isso podem entrar assim. A adrenalina começa a percorrer o corpo dela e, ouvindo o som do movimento lá dentro, ela constata que, em vez de medo, sente apenas uma fúria gelada. Há alguém na casa dela, no lar dela. Agindo como se pudesse andar ali, tirar o que quiser. Bom, não vão tirar mais nada dela. E ela não vai mais ser pisoteada assim. Sam visualiza o gato na lixeira, o sorriso irônico de Simon, a cozinha quebrada e desrespeitada, as fotos queridas da família destruídas no chão, as horas que levou para arrumar tudo. Sam Kemp chegou ao limite.

Ela encosta na maçaneta devagar, vê a sombra atrás da janela, e lá está ele, o homem, abaixado. Fazendo o quê? Revirando o que já quebrou? Terminando aquela tarefa?

Sam não tem plano nenhum. Sabe que há um milhão de motivos para não ser aconselhável interromper o invasor da casa dela, mas algo em seu corpo a impulsiona com um rugido que parece vir do fundo do estômago e a faz tomar impulso com o punho direito para trás. Então, com um *jab* que faria Sid comemorar com vontade, ela soca o invasor bem na cara, o jogando no chão.

— Mas o que... o que você estava fazendo?!
— Arrumando as coisas.

A voz de Phil sai abafada. Ele ainda está segurando alguns parafusos com a mão esquerda e, enquanto ela segura o gelo contra o nariz dele, os solta. Os parafusos deixaram marcas na pele dele, talvez do tanto que os apertou.

— Cat me contou o que aconteceu — continua ele. — Vim ajudar.

Ela gostaria de saber o que mais Cat contou, mas não quer perguntar. Afasta o gelo por um momento e encosta o dedo no nariz dele, agora com um hematoma já arroxeado e um pequeno corte que ela cobriu cuidadosamente com antisséptico. O rosto dele, tão familiar e ao mesmo tempo tão estranho ao toque... Ela aplica gelo de novo, desesperada para ter o que fazer com as mãos. É então que vê a televisão apoiada no canto.

— Ah, é. Ela falou que quebraram a nossa, então liguei para meus amigos e perguntei se alguém tinha uma televisão sobrando para emprestar. É do Jim. Ele disse que ficava na garagem porque a esposa prefere que ele veja as corridas lá. Parece que ele faz muito barulho quando aposta em algum cavalo.

— Achei que você não gostasse de pedir nada para os seus amigos.
— Me pareceu besteira não pedir. Fiquei com a impressão de que... de que foi um estrago e tanto.
— É — diz ela. — Foi, mesmo.

Ele está diferente, de algum modo. Mesmo debaixo do gelo. Sam percebe que ele fez a barba. Está de calça jeans e camisa limpa, em vez de moletom. E tem mais alguma coisa... ele parece menos acuado, como se tivesse mais certeza do espaço que ocupa.

— Pelo visto, está indo bem no boxe, então — comenta o marido, tocando o nariz com cuidado.
— Mil desculpas. Se eu tivesse imaginado que era você, não teria...
— Foi um soco e tanto.

Ela se sente meio fraca, o resto da adrenalina se esvaindo, e se larga, pesada, no sofá. Eles sorriem, sem jeito. Sam olha os dedos. O do meio está um pouco roxo, a pele arranhada, provavelmente por ter entrado em contato com os dentes de Phil.

— Eu... eu não sabia que conseguia dar um soco com essa força toda — diz ela.

Ele a olha com certo pesar.

— É. Pois é. Você sempre foi mais forte do que imagina.

Os dois ficam sentados por um instante, as palavras dele pairando no ar. Phil se recosta ao lado dela. Passa a mão na própria cabeça. Eles não se olham.

— Eu errei, Sam — começa ele.

— Você não errou. Eu...

— Por favor. Me deixe falar. Eu errei. Eu só... me perdi um pouco. E não queria admitir. Mas comecei a tomar antidepressivo... o remedinho da felicidade. Devem começar a fazer efeito logo — diz ele, com um sorrisinho —, e ando conversando com alguém. Com um terapeuta. Pois é, *eu* — confirma, diante da expressão de choque dela. — Deveria ter contado, mas sabia que você estava preocupada com dinheiro e, bem, simplesmente não contei. Não contei muita coisa... — Ele suspira. — Não sei por quê, mas estou contando agora. Estou fazendo de tudo.

— Phil...

— Sam. Não sei se quero conversar sobre o que aconteceu ainda. Não sei se quero saber. Mas... mas você e Cat são a minha vida. Nesses dias na casa da minha mãe, sem vocês, soube que cometi um erro enorme. Não culpo você, Sammy. Não culpo, pelo que quer que seja. Só sei que quero melhorar. Quero minha esposa de volta. Quero ter a gente de volta. Quero... quero sentir que tenho um lar de novo — confessa ele, e engole em seco. — Se... se eu ainda tiver um lar.

Ela então o abraça. Ouviu as palavras dele, parte de si achando que deveria ficar na sua e talvez argumentar em defesa própria, mas ele fala com tanta doçura no rosto, uma esperança e vulnerabilidade, que faz algo nela ceder. Ela o abraça pela cintura firme, sentindo o abraço dele de volta, a boca do marido encostada no seu cabelo, e pensa: *Esse é o meu lugar.*

— Eu te amo tanto, Sammy. Não vou te perder de novo. Prometo — diz ele, a voz falhando.

— É melhor não mesmo — replica ela, encostada em Phil.

Ela não consegue soltá-lo. Talvez nunca solte. Eles ficam abraçados, e de repente ela percebe que vai crescendo dentro de si uma sensação de gratidão e esperança, duas emoções que lhe parecem extremamente, completamente desconhecidas. Talvez às vezes as coisas deem mesmo certo, pensa ela, e lhe parece uma ideia radical.

Eles ainda estão assim quando a porta se abre. Ouvem o latido de Kevin antes de verem Cat, que está parada no corredor, um pouco receosa, olhando pela porta da sala. Phil faz sinal de recuar, mas Sam não o solta. Ela acha que vai passar o resto da vida assim.

— Arranjei uma televisão nova — comenta Phil, quando não pensam em mais nada a dizer, e aponta para o aparelho.

— O papai vai consertar tudo — acrescenta Sam, encostada no peito dele.

Faz-se um breve silêncio.

— Ah, não. Quer dizer que não vou ter dois Natais? — diz Cat. — Que pena.

Mas ela está sorrindo ao seguir para a cozinha.

36

A mensagem de Juliana chega à 1h43 da manhã.

Ele está bem. Falei que você está vindo. E vou todo dia até você chegar.

Uma segunda mensagem chega, uns poucos minutos depois.

Ele me lembra muito você. Bjs

Há algo no cheiro de Aleks que Nisha poderia inspirar para sempre. Não é a loção pós-barba: Carl usava uma colônia ao mesmo tempo cara e forte, e sempre dava para saber onde ele tinha estado meia hora depois de ele ter ido embora. O cheiro de Aleks é indefinível, mas reconfortante, e ela gosta de enterrar o rosto no pescoço dele e inspirar fundo.
— Não consegue dormir? — vem a voz dele no escuro.
— Não.
— Tudo bem?
— Acho que sim.
Ele passa as mãos no tronco dela, e Nisha fecha os olhos, gostando do peso gentil e errante da palma quente. Ele mora em um prédio a duas ruas do rio, um antigo conjunto habitacional de baixa renda cujos apartamentos foram, em sua maioria, comprados depois pelos residentes, que transmitem certo orgulho disso. O apartamento de Aleks é caiado e vazio, como se refletisse a estética do dono. Ele instalou um piso de madeira antirruído (instalou com as próprias mãos, contou para ela, demonstrando uma satisfação discreta), e, com exceção do quarto da filha, cheio de cores e prateleiras de bibelôs multicoloridos, há poucas distrações visuais em cada cômodo. Ali chega tão pouco som que é difícil lembrar que estão no centro de Londres. O quarto dele contém apenas uma cama baixa, sem cabeceira, uma cômoda velha e dois cartazes antigos de filmes poloneses na parede. Na sala, há apenas dois sofás e uma estante imensa embutida, cheia de livros. Ela se sente tomada pela calma, como se a sensação a tivesse invadido por osmose ao entrar ali.

— Você não tem muita coisa — disse ela.
— Não preciso de muita coisa.

É a primeira vez em quase vinte anos que ela dorme na cama de outro homem. É a primeira vez em semanas que dorme em uma cama de casal, e a combinação de espaço, lençol de algodão limpo e liberdade de se enroscar no corpo firme e gostoso de Aleks parece um grande luxo. Ele não parece querer nada dela, não a enche de perguntas nem exige respostas. Não tem expectativas quanto a quem ela deve ser com ele. Parece apenas avaliar em silêncio os humores e as vontades dela e decidir como reagir. Ela o deseja, é evidente. Mal consegue olhar para ele sem desejá-lo. É como se o corpo dela fosse atraído para o dele por magnetismo; precisa sentir a pele de Aleks na dela, o calor da sua boca — não suporta que esteja tão próximo, mas fisicamente separado. Quanto menos ele parece precisar dela, mais ela o deseja. Porém isso muda quando se beijam: é nesse momento que ela sente algo diferente surgir. Ele deixa de ser lacônico e cauteloso e a traga com avidez, usando as mãos para acariciá-la, agarrá-la, segurá-la, idolatrá-la. O corpo todo dele insiste que ela se mantenha conectada. Aleks concentra seu olhar no dela, e esse tipo de intimidade, tão vulnerável e profunda, quase a assusta.

— Está pensando em amanhã? — pergunta ele, a puxando para perto.
— Talvez.
— No seu filho?
— Sempre. Mas talvez... com menos ansiedade.
— Essa Juliana parece legal. Que bom que vocês se reencontraram.

Ele beija a testa de Nisha, afunda os dedos no cabelo dela. Se Carl fizesse isso, pareceria o prenúncio de uma agressão. Com Aleks, é uma delícia, como se fossem um nó impossível de desatar. Ela enrosca a perna na cintura dele, o puxando mais para si.

— Sua cabeça ainda está a mil — comenta ele, sonolento. — Dá para ouvir.
— Jura?
— Sim, parece um motor.

Ela ouve o sorriso nas palavras dele. Ergue o rosto para olhá-lo, inclina o quadril contra o dele.

— Se você fosse um cavalheiro, daria um jeito de me distrair.
— Ah — diz ele, achando graça. — Entendi. Você acha que não sou um cavalheiro.
— Espero muito que não seja.

Então ele se posiciona acima dela, encosta a boca em sua pele, ela inspira o cheiro dele e, pouco tempo depois, não pensa em mais nada.

— Então você vai entregar todos.

Andrea balança a cabeça, de braços cruzados no peito. Pega o chá na mesa e solta um suspiro baixo de decepção.

— Não tenho escolha. Se não entregar, ele vai vir atrás de mim... e pode ir atrás de vocês também. Não quero que se envolvam nessa bagunça. A questão não é mais só a pensão, sabe?

— Mas e se ele não topar a pensão? Você vai ficar sem nada. Sem ter nada para usar como vantagem na negociação.

Nisha afasta o cabelo do rosto e olha para Aleks a seu lado.

— Faz vinte e quatro horas que só penso nisso. Ele não sabe que eu sei dos diamantes, e isso é o mais seguro para a gente. Vou devolver os sapatos antes que ele cause mais estrago, torcer para o Carl cumprir a palavra, e aí... sei lá. Acho que estou livre.

Andrea dá de ombros.

— Talvez ele queira se casar com essa outra mulher — sugere. — Aí vai ser do interesse dele tirar você de cena o mais rápido possível.

— Não sei — intervém Sam. — Depois de tudo que você falou? Acho que não dá para confiar que ele vai fazer a coisa certa.

Elas estão na cozinha de Sam, quase irreconhecível se comparada à zona do fim de semana, graças ao esforço de Phil, que trocou as persianas e consertou as prateleiras. Ele está fervendo água para fazer mais chá, recostado na bancada e observando o grupinho ao redor da mesa. Sam percebe que ele está intrigado com as mulheres, com a participação repentina da esposa em uma história que ele não conhece. Phil a vê olhando para ele e abre um sorrisinho, que fica só entre os dois.

— Você precisa fazer com que ele assine o divórcio antes de entregar os sapatos — aconselha Andrea. — É o único jeito.

— Encontre ele em um lugar público. Para ele não ter como roubar os saltos.

— E cadê os sapatos, afinal? — pergunta Andrea.

Não tinha ocorrido a Sam perguntar.

— Em um lugar seguro — diz Nisha, sugerindo que a conversa acabou.

— Não gosto disso — solta Andrea. — Queria que a Jasmine não estivesse trabalhando de manhã. Não gosto da ideia de você fazer isso sozinha.

— Vou estar na cozinha — lembra Aleks, em voz baixa. — Se precisar. Não é tão longe.

— Ela não vai sozinha — declara Sam, e todos se viram para ela. — Eu vou. Vou com ela.

Elas seguem em silêncio no furgão (Cat pegou o carro emprestado, agora que Phil trocou a bateria). Sam sabe que Nisha está nervosa, porque não reclamou do transporte nenhuma vez, nem quando ela virou a esquina em uma curva fechada demais e alguma coisa caiu com estardalhaço no fundo. Ela reage ao ver a guarda de trânsito na menopausa em uma blitz perto do hotel e conta para Nisha a história do que aconteceu quando furou o sinal, mas a outra mal parece prestar atenção. No fim, Sam desiste de falar.

Estaciona em uma vaga de parquímetro que parece cobrar o PIB de um pequeno país, e elas fazem o trajeto a pé de alguns minutos até o Bentley, entrando pela lateral na esperança de não serem incomodadas no vestiário dos funcionários.

Nisha está perdida em pensamentos desde que saíram de casa, e insistiu em sair cedo, para chegar ao hotel com quase uma hora de antecedência. Jasmine contou para Sam um pouco sobre o filho de Nisha, sobre como ele está infeliz e sozinho, e de como ela precisa que isso dê certo para reencontrá-lo. Sam se pega olhando para ela ali, sentada naquele banco, e se perguntando como seria estar a continentes de distância de um filho vulnerável.

Nisha olha para ela.

— Tudo bem? Você está mais nervosa do que eu!

— Acho que é esquisito, né? Sabendo que esse cara foi responsável por... sabe. O que aconteceu. E a gente vai só sentar para falar com ele.

— Tenho certeza de que ele já fez coisa muito pior.

— Isso foi para me acalmar?

Passa meia hora. Nisha, conferindo o relógio de maneira compulsiva, decide que precisa de um cigarro, e faz Sam acompanhá-la.

— É um hábito nojento — comenta, parada perto da lixeira, e dá uma tragada profunda. — Vou largar.

Ela não para de olhar o beco, como se estivesse procurando Ari.

— Vou fumar só mais um.

Quando termina, sugere:

— Vamos para o saguão? Só para decidir onde sentar?

É óbvio que Nisha está agitada, e Sam concluiu que o mais útil é obedecer. Ela entra com a outra pela porta lateral que dá no saguão e tem um vago pressentimento de que pode ser reconhecida por alguém. Nota Michelle, a recepcionista loira de maquiagem pesada, conversando no telefone. Jasmine está perto do concierge. Ela as vê e arqueia as sobrancelhas. Em seguida, aponta o fundo do ambiente com a cabeça, e Nisha se vira para acompanhar.

— Merda. Ele já chegou.

Sam sente uma pontada de adrenalina. Ela olha para uma mesa baixa, cercada por três sofás felpudos e curvados, à qual um grupo de executivos de terno tomam café. Uma jovem loira está sentada ao lado de Carl, digitando no iPad. Ela é magra, bonita e parece um pouco possessiva. Sam se volta para Nisha, que os encara com um olhar intenso e os pensamentos perceptivelmente distantes.

Sam volta a olhar o homem no meio. Mesmo de longe, dá para notar que aquele é Carl: ele é maior, mais largo e mais velho que o resto, e emana um ar sutil de autoridade, um rei presidindo a corte. O único homem maior que ele está às suas costas, de fone de ouvido.

— Eu o conheço de vista.

— É, ele já apareceu em muitas revistas de negócios. Ama ser fotografado. Difícil acreditar, né?

Sam não consegue parar de olhá-lo. O cabelo grisalho, penteado para trás da orelha, a barriga volumosa. É então que entende. E encosta no braço de Nisha.

— Nisha. Preciso ir.

— O quê?

— Tenho que buscar uma coisa. Já volto.

Nisha se vira para ela, incrédula.

— Você vai… me largar aqui?

Sam já está abrindo caminho de volta pelo corredor de serviço.

— Sério? Você está indo embora?

Ela ouve o protesto de Nisha (*Vai me deixar fazer isso tudo sozinha?*) e se vai, correndo o mais rápido que pode até o furgão.

— Como assim, ela fugiu?

Aleks está cozinhando, mas se vira para ela, com um pano de prato branco pendurado no ombro. Nisha anda de um lado para outro diante da área do café da manhã, sem dar atenção aos olhares furiosos dos sous-chefs.

— Ela olhou para ele e os capangas e deu no pé. Fugiu. Sinceramente? Eu deveria ter adivinhado. Ela é acanhada demais. Está muito assustada com o roubo. Eu deveria ter chamado a Andrea.

Aleks dá uma sacudida rápida na panela. Atrás dele, a cozinha está a toda, barulho de panelas e instruções aos berros correndo pelo ar.

— Pode pedir para a Jasmine ficar no saguão? De olho em você? Não vou poder sair daqui por pelo menos uma hora.

— Vai dar tudo certo — tranquiliza ela, e se estica para lhe dar um beijo no rosto. — Sério. Estou só... com raiva dela. Só precisei desabafar. Posso pegar lá?

Ele tira do bolso uma chave de armário. Ela a pega e segue para o vestiário. Na salinha quieta e bolorenta, acompanha os armários na parede até encontrar o quarenta e dois, e então abre a porta. Lá dentro estão uma calça jeans e uma camiseta limpa (os cozinheiros sempre cheiram a fritura depois do expediente). Ela levanta a camiseta com cuidado e inspira fundo o cheiro do sabão em pó dele, transportada por um momento para a noite anterior. Ao colocá-la de volta no lugar, nota a foto na porta: uma imagem pequena e desbotada dele abraçado a uma menininha loira, que o olha com adoração. Nisha estuda a foto por um minuto e pensa em Ray na mesma idade. *Estou indo buscar você, amor*, diz a ele, em pensamento. E então, do fundo do armário, pega o saco plástico preto contendo os sapatos, antes de fechar a porta.

— Estarei aqui, Nisha — diz Aleks, quando ela lhe devolve a chave.

— Me liga quando acabar.

Ele abaixa a panela, a abraça e a beija, sem se incomodar em ser visto pelos outros cozinheiros.

— Vai dar tudo certo. Você vai conseguir. Porque você é magnífica, de verdade.

Ela fecha os olhos por um momento, deixando-o murmurar aquelas palavras ao pé de seu ouvido.

— Obrigada — diz ela, e ajeita a jaqueta Chanel.

Ela fuma mais dois cigarros perto da lixeira, vai duas vezes ao banheiro dos funcionários (qual é a correlação entre nervosismo e bexiga?) e, por último, escova os dentes e arruma o cabelo, prendendo-o e soltando só três ou quatro vezes. Olha o celular e respira fundo mais algumas vezes. Faltam cinco minutos para o meio-dia.

37

Os executivos estão indo embora quando Nisha se aproxima da mesinha. Ela espera a alguns metros até ter certeza de que ele a viu, e Carl faz questão de se demorar se despedindo deles. É uma jogada de poder. Ela já o viu fazer isso um milhão de vezes: obrigar alguém a esperar, dando a entender que a pessoa é menos importante que ele mesmo. A raiva que a energizou no último encontro parece ter se dissipado, e agora Nisha sente um frio na barriga, as pernas um pouco bambas.

Ela mantém o semblante neutro, ciente dos olhares curiosos dos homens e da proximidade de Charlotte, que chega ainda um pouquinho mais perto de Carl, seja para indicar o próprio poder ou porque também está meio nervosa por conta de Nisha. Depois de uma espera interminável, ele a cumprimenta.

— Ah. Nisha — diz, e faz sinal para ela se sentar.

Ele não se levanta.

— Com ela, não — declara Nisha.

Ele sustenta o olhar dela, como se tentasse avaliar se vale a pena discutir. Por fim, se vira para Charlotte.

— Dá um minutinho pra gente, querida. Talvez você possa verificar se estão arrumando as malas direito lá no quarto.

— Menos minhas roupas — diz Nisha. — Querida — acrescenta, com malícia.

Charlotte, talvez irritada por ser impedida de viver aquele momento de triunfo, olha com acidez e ressentimento para Nisha ao se levantar. Então segue para o elevador, jogando o cabelo.

— Cadê o Ari? — pergunta Nisha, se sentando.

— Por que quer saber?

— Só queria confirmar que ele não está arrombando a casa de ninguém. Como um serviço de utilidade pública, sabe.

— Nem imagino do que você está falando — retruca ele, com um sorriso vazio.

Ele nota o saco plástico perto dos pés dela.

— Então agora você anda por aí carregando uma sacola em vez de bolsa Chanel. Que chique.

— Achei que o momento não merecia nada melhor.

Ele ri.

— Nisha, Nisha. Sempre gostei dessa sua língua afiada. Então... estão aí?

Ele estica a mão, mas ela empurra a sacola para trás dos pés.

— Quero ver o contrato. Imagino que esteja pronto.

— Quero os sapatos primeiro.

— Por que eu viria se não trouxesse os sapatos?

— Não sei, meu bem. Os motivos por trás do seu comportamento sempre foram um mistério para mim.

— Você vai receber os sapatos quando eu tiver lido o contrato de divórcio.

Ele suspira, balança a cabeça. Faz sinal para um homem de terno e óculos que ela não havia notado antes, mas que aguardava em uma mesa próxima. O homem vem correndo e entrega folhas de papel para Nisha. Ela olha. Um acordo digitado de várias páginas, a primeira com o título de *Acordo de separação*.

— Então? — diz Carl.

— Preciso ler.

Ela ergue o queixo e vê Ari no canto, observando. Nisha se vira para o restante da sala. Frederik, o gerente, está conversando com um recepcionista, um homem que ela não reconhece. Enquanto fala, olha para ela duas vezes. Ele também deve ter recebido instruções sobre aquele encontro. Ela não vê Jasmine e se empertiga, determinada a não deixá-lo perceber como ela está se sentindo solitária.

Este documento declara, de acordo com as leis do estado de Nova York, que o relacionamento do autor e da contestante foi finalizado há no mínimo seis meses e que o autor declara o fato sob juramento.

— Espera aí — diz ela, de repente. — Este documento está datado de seis meses atrás.

— É. Foi quando você assinou.

Ela passa as páginas até ver: a assinatura, um pouco trêmula, mas com certeza semelhante à dela.

— Como assim? Nunca assinei isso. Isso diz que estamos separados há meses. Todas as questões financeiras já estão acertadas. Diz que estamos praticamente divorciados.

— Achei melhor adiantar as coisas. Alistair preparou os documentos com antecedência.

Ela lê a parte financeira. A quantia necessária para pagar por um apartamento de dois quartos na cidade da escolha dela, chegando a, no máximo, um milhão e meio de dólares. As mensalidades da universidade do Ray. Uma pensão mensal de dez mil dólares até que ele vá para a faculdade.

— Não aceitei isso. Você... você falsificou minha assinatura.

— Não, meu bem. Você só não lembra de ter assinado. Sempre andou com a cabeça nas nuvens.

Ela olha para Alistair, que vira o rosto, meio sem jeito.

— Mas isso não é nem cinco por cento do que você me deveria em um divórcio justo.

— É bem justo. Se analisar as contas da empresa, vai ver que passamos por uns anos muito difíceis. Precisamos vender todo tipo de bem para pagar as dívidas. Isso... é metade do que me resta. Pelo visto, o juiz achou bem equilibrado.

Ela pensa no que o advogado contou, que Carl teria se ocupado escondendo os bens em diversas contas *offshore* secretas. Pensa na casa de Londres que ele vendeu sem lhe contar. Ele vem planejando isso há meses.

— Esse acordo não é justo, Carl, e você sabe muito bem disso.

— É infinitamente mais do que você teria conseguido na sua cidadezinha caipira em Ohio.

Ele se recosta no sofá.

— Enfim. Você estava muito satisfeita quando assinou isso aqui em Saint-Tropez.

Ela pensa, de repente, em uma noite no Hôtel du Cap. Ele insistiu que tomassem uns drinques, mesmo sabendo que ela era fraca para destilados. À noite, bem quando Nisha disse que precisava muito dormir, já tonta, ele falou que ela precisava assinar alguns documentos, e ficou do lado dela enquanto assinava sem ler. Não era raro: ela estava acostumada a assinar documentos que ajudassem com os negócios dele. Foi uma diretora, uma esposa, uma secretária da empresa, uma forma de sonegar impostos. Papéis que iam e vinham de acordo com o que o contador de Carl dizia ser necessário. Era o que ela fazia. A esposa perfeita para os negócios.

— Você me enganou para eu assinar meu próprio divórcio?

Ele olha o relógio.

— A oferta vale por dez minutos. Depois disso, pode me processar pelo que achar que vai conseguir ganhar. Vou mijar.

Ele se levanta e Ari aparece de repente a seu lado, acompanhando-o a uns vinte metros de distância até o banheiro do saguão. Jasmine, que é evidente que estava por ali enquanto tirava o pó devagar das superfícies do saguão, dá a volta no sofá correndo e senta ao lado dela.

— O que está rolando?

Ela pega os papéis, ignorando o leve protesto de Alistair, que não entende por que uma camareira acabou de pegar esse documento financeiro tão confidencial.

— Não — diz Jasmine, lendo por alto e largando as folhas. — Não, gata. Isso não é nem o que ele paga para manter a reserva da cobertura do hotel. Uma vez vi a conta — diz, e dá de ombros, quando Nisha a encara. — Não pode deixar ele dar esse golpe em você.

— Mas, se não aceitar, posso acabar sem nada. É óbvio que ele planejou tudo.

— Você não pode assinar isso. Pronto. Certo? — pergunta Jasmine, se virando para Alistair. — Se ela assinar o resto dos documentos, não pode pedir mais nada?

Alistair pisca.

— Não pode, não. Correto. Eles já estariam tecnicamente divorciados daí em diante.

As duas mulheres se encaram. Nisha continua sentada, com a cabeça a mil.

Jasmine toca o braço dela.

— Gata. Você não pode fazer isso.

— Ele me deixou a ver navios — diz Nisha, baixinho.

Carl está voltando do banheiro, escutando algo que Ari diz. Ele começa a rir, relaxado e alegre, como se estivesse saindo de um almoço maravilhoso. Charlotte surge do elevador e vai atrás dele, saltitando. Ela lhe fala algo com urgência e ele encosta a mão na barriga dela antes de fazer que sim com a cabeça. Sob o olhar de Nisha, que digere a cena, Charlotte o acompanha de volta à mesa, já com um sorriso no rosto.

Ele passou a perna nela de novo, percebe Nisha. Em vários aspectos. Ela não tinha a menor chance. Ergue o queixo e mantém a compostura enquanto Charlotte estica as pernas extravagantemente compridas ao lado das de Carl.

Bem neste momento, a atenção de Nisha é atraída por uma vaga comoção no ambiente. Ela olha para a direita e se depara com Sam, que vem correndo, escorregando de leve no chão de mármore.

— Nisha! Nisha!

Ela está de mão levantada. Ao ver Carl, para e faz um gesto frenético.

Carl olha para Sam, para a parca, a calça jeans larga, os tênis velhos dela. Sorri com ironia para Nisha. *Agora é com gente assim que você anda metida?*

— Nisha. *Por favor.* Preciso falar com você.

Nisha olha para a expressão de súplica de Sam.

— Me dá um minuto.

— Vamos embora em cinco — diz Carl, e se recosta, fazendo sinal para Ari trazer água.

Charlotte passa a mão na coxa dele, as unhas bem-feitas, e permanece ali.

— Eu reconheci ele — declara Sam, sem fôlego, puxando Nisha para um canto do saguão. — Reconheci o seu marido. A versão original está em um lugar seguro, mas fiz Phil baixar para o meu celular.

Nisha a encara, tentando entender do que Sam está falando. Olha para o celular da outra, que, sem jeito, clica em um pequeno vídeo que ganha vida. E lá está ele: Carl, nu em pelo, em forma pixelada preto e branca, com Charlotte agachada em cima dele.

— O que é isso? — pergunta Jasmine, olhando por cima do ombro de Nisha.

— Ah... ah — diz Nisha, hipnotizada por um instante. — *Aaah. Ah, não.*

Ela pisca, faz uma careta. Então olha para Sam, que a observa com atenção.

— Na noite em que eu usei os sapatos, um homem me entregou isso no pub. Olhei rapidinho com a Andrea e a gente... bem, a gente pensou só... *Eca*... e achou que fosse uma pegadinha. Desculpa, sem ofensa.

— Justíssimo — concorda Jasmine.

— Aí eu enfiei numa gaveta e esqueci. Só que percebi quando nós chegamos. É seu marido, né? É ele! No vídeo.

Nisha olha para Sam.

— Meu seguro — murmura. — Eu tinha esquecido!

— Já mandei por mensagem para você. Achei que ia precisar de cópias.

Nisha checa o próprio celular. Vê a notificação que diz que o vídeo está ali, à espera.

— Ok — diz, ofegante. — Ok.

— Agora você pode acabar com esse homem vergonhoso — incentiva Jasmine. — *Aeeee!*

Então Sam abre um sorriso abrupto e imenso, de felicidade e orgulho.

— Pode, sim. Aí está seu trunfo. Seu novo acordo de divórcio. — Então, sem resistir a mais um comentário: — Viu? Eu falei que entendia de negociação...

Carl fica um pouco perplexo quando as duas mulheres se sentam no sofá. Mal contendo o nojo, ele estuda a aparência desgrenhada de Sam, o ar de expectativa trêmula dela. Então, adota uma expressão entediada quase teatral. Ele suspira, consulta o relógio e diz, arrastado:

— Acabaram?

Nisha se inclina para a frente e analisa o documento.

— Então, de acordo com esse documento, nos separamos há seis meses. Apesar de nós dois sabermos que não é verdade.

— Isso mesmo.

Ele toma um gole d'água e se recosta no assento.

— E você vai transferir esse dinheiro... quando? Agora?

— Nish... espera! — começa Sam, mas Nisha levanta a mão.

Carl confirma com a cabeça.

— Alistair vai transferir. Mas quero ver os sapatos primeiro.

Nisha estica o braço, pega a sacola e tira um dos saltos. Ela os colou de volta com cuidado na véspera, usando a cola quente de Grace. Vira o sapato de um lado para o outro, tira o outro pé, para ele ver os dois, e os guarda de volta na sacola.

— Então quer dizer que... me fazer correr por aí atrás dos meus próprios sapatos foi só uma brincadeira mesmo, né? Um jeito de me manter ocupada enquanto preparava isso aqui.

A expressão de Carl nem muda.

— Talvez. Faz diferença?

— Você sabia que esses sapatos não cabem nela? Ela tem pés grandes demais.

Nisha aponta com a cabeça para Charlotte, que abre a boca, e em seguida dá um sorriso doce para Carl.

— Tem certeza *mesmo de* que quer os sapatos? — continua.

Eles se encaram e, num estalo, fica evidente. Eles se detestam. Nisha não acredita que já viveu com esse homem.

— Me dá os sapatos — diz ele, o tom de voz baixo e perigoso.

— Sam... me passe seus dados bancários — pede Nisha.

— O quê?

— Não tenho conta aqui. Como ele bem sabe. Me passe seus dados.

Sam digita devagar no celular e o entrega. Nisha passa o aparelho para Alistair.

— Nisha... — protesta Sam, mas Nisha a interrompe com um gesto.

— Quero ver o dinheiro chegar a essa conta. Ah, pelo amor de Deus, Carl — reclama ela, quando ele hesita. — Não tenho como fugir agora. Sei que Ari botou segurança em todas as portas. Não sou burra.

— Isso não é uma boa ideia — sussurra Sam, com urgência. — Nisha. Não faça isso.

— Vá em frente — ordena Carl.

Eles esperam a transação ser feita on-line. Sam, relutante, mostra a Nisha o extrato do banco, e a outra faz sinal para Jasmine, que espera ali por perto.

— Pode buscar minhas coisas na cobertura, por favor? E trazer até a entrada?

— Seus pertences, senhora. Claro! — exclama Jasmine, e corre para o elevador.

Nisha espera Jasmine entrar no elevador e só então estica a mão, pedindo uma caneta.

— Está bem. Vou assinar.

— Nisha — diz Sam, agarrando o braço dela —, *você não precisa disso. Você tem aquele negócio. Pode conseguir o que te devem!*

Mas Nisha se desvencilha dela. Assina com atenção cada documento, devolve e espera Alistair assinar como testemunha. Ele lhe entrega uma cópia completa. Nisha a pega e dobra bem antes de guardar na jaqueta. Em seguida, solta um suspiro demorado.

— Então é isso. Acabou. Assinamos e pronto.

— Acabou — concorda Carl.

Então ela se levanta e oferece o saco com os sapatos. Ela vê que Carl não quer tocar no saco plástico (é óbvio que é algo muito inferior a ele), então o ex faz sinal para Ari, que pega a sacola e olha lá dentro. Ao lado de Nisha, Sam está boquiaberta, com uma expressão de angústia incontida.

Ari assente. Carl se vira para ela.

— Certo, meu bem. Bom, você me saiu barata do início ao fim.

— Que simpático, Carl — retruca Nisha.

Ela começa a sair de trás da mesa. Quando está a poucos metros, para.

— Ah. Quase esqueci. Acabei de mandar uma coisinha para você — diz, com um sorrisinho. — Um presente de despedida.

Carl se levanta, ajeitando o paletó. Ela o espera checar o celular e ouve o pequeno toque que indica a chegada do arquivo.

— Daqui em diante, nós não nos conhecemos. Você vai nos deixar em paz. Se você ou seus capangas vierem atrás de mim ou do Ray, ou se mais alguma coisa acontecer com alguma amiga minha, isso vai acabar na internet. Ou nos tabloides, quem sabe. O que for mais... adequado. Tenho várias cópias, então nem pense em fazer nenhuma besteira.

— Do que você está falando?

— Só uma coisinha para o casalzinho aí assistir na volta para casa. Ah! E Charlotte? Um conselho: algumas mulheres não conseguem mesmo usar Yves Saint Laurent. Em você, fica parecendo que é... Qual é o nome mesmo? — pergunta, olhando para Sam antes de cuspir as palavras. — Ah, é, *Primark*.

Com isso, Nisha atravessa o saguão e sai para o sol de inverno, ouvindo o grito de ultraje abafado bem quando as portas se abrem.

Nisha anda tão rápido que Sam precisa correr para alcançá-la. Ela está tonta, e as palavras saem jorrando agora que estão longe da mesa.

— O que você *fez*? Poderia ter conseguido um acordo decente. Poderia estar com a vida ganha. Eu dei o que você precisava!

— Não importa — diz Nisha, se afastando do hotel. — Não quero. Cadê o furgão?

Ela se vira, distraída, e olha para a porta dos fundos.

Sam a puxa de frente.

— Mas você estava com todas as cartas na manga. Todas! Com aquele vídeo, você o teria feito concordar com qualquer coisa.

— E aí eu seria um ser humano tão nojento quanto ele. Cacete, cadê a Jasmine?

Nisha olha para a entrada.

Leva um instante para notarem a amiga saindo pela lateral. Ela e Viktor puxam um imenso carrinho cor de bronze, carregado de roupas de Nisha. Ao vê-las, os dois mudam de sentido e o empurram até lá.

— Podem levar para o furgão? — grita Sam. — Está ali na esquina.
— O que aconteceu, gata?

Jasmine está um pouco sem fôlego. Ela pendura a bolsa no ombro quando Nisha pega o outro canto do carrinho.

— Não estou entendendo! — exclama Sam.

Nisha não parece prestar atenção. Pelo visto, só quer chegar ao furgão e nem vira para trás. Sam olha para Jasmine, que balança a cabeça como se também não entendesse.

Quando chegam ao veículo, estão todas sem fôlego. Viktor as ajuda a botar as roupas no carro e aperta a mão de Nisha quando ela o entrega uma nota de dez libras.

— Ok — diz ela, enquanto o vê empurrar o carrinho vazio de volta ao hotel. — Vamos.

Sam acaba explodindo.

— Você está louca! — grita. — Passou esse tempo todo falando que tinha que conseguir o que te deviam, e fez a gente acreditar nisso também. Fala sem parar que as pessoas precisam se impor. Aí, quando chega na hora, você só... você só abriu mão de tudo! Meu Deus, Nisha. Você fez eu me sentir que nem uma alface murcha por semanas. Por que eu deveria ter prestado atenção em qualquer coisa do que você disse?

Ela sobe no banco do motorista. Jasmine toma o lugar entre as duas no banco, e Nisha vem por último, fechando a porta.

— Por favor... me fala que pelo menos escondeu os diamantes em algum lugar — diz Sam.

— Não. Estão nos saltos.

— Você podia ter ficado com eles!

— E aí eu não seria melhor do que o Carl.

— Aquele homem destruiu minha casa. Botou medo em todas nós. Tirou vinte anos da sua vida, abandonou seu filho. E você vai dar o que ele quer e ir embora? E ainda me fez assistir? Não entendo, Nisha. Não entendo mesmo.

— Parece que alguém encontrou a própria voz — brinca Jasmine.

— Eu tenho o suficiente — diz Nisha, calma. — Se eu tiver um teto, meu filho e meus amigos, é o suficiente. Fico mais feliz. Está bem? Fico mais feliz assim.

Sam arranca com o furgão. As duas outras mulheres ficam em silêncio, Nisha pelo visto perdida em pensamentos, e Jasmine quieta por um momento por conta da reviravolta. Tentando se concentrar em dirigir o veículo pesado, Sam decide não pensar naquilo agora. Ela não pode sentir tanta raiva. Os últimos dias foram perturbadores demais. Ela só quer voltar para casa e encontrar Phil. Quer estar com quem a entende.

— Cadê a guarda de trânsito? — pergunta Nisha.
— O quê?
— A policial que você mostrou no caminho. Cadê ela?

Sam olha para Jasmine, que retruca com a expressão sutil e universal que indica: *Também não saquei.*

— Não vou furar outro sinal — declara ela, irritada. — Vou dirigir com cuidado. Ok?
— Passa perto da guarda. Ali. Ela está ali.

Sam dá sinal para a esquerda, apesar de ser um trajeto mais longo, e dirige a exatos trinta por hora até chegar à policial.

— Desacelera — diz Nisha. — E para aqui.

Confusa, Sam para o furgão, ignorando a buzina atrás dela. Nisha acena vigorosamente pela janela. A guarda olha e inclina a cabeça para o lado, sem saber o que está vendo. Anda até o furgão, notando o girassol enorme na lateral.

— Você de novo, não! — exclama, quando vê Sam.
— Mil desculpas — começa a outra. — Não sei por que minha amiga...

Nisha se estica para fora da janela do lado do carona.

— Tenho uma dica que vai mudar sua vida. Anote essa placa: PYF 483V. Nesse carro, vai estar um homem com um par de sapatos Christian Louboutin falsificados. Os saltos contêm mais de um milhão de dólares em diamantes que foram trazidos para o país de forma ilegal. Não é a primeira vez que ele faz isso.

A policial olha para Nisha e depois para Sam.

— Isso é brincadeira? — pergunta.
— Não — diz Nisha. — Não estou brincando.
— E por que eu deveria acreditar em você?
— Eu pareço estar mentindo?

As duas mulheres se entreolham por um minuto. Parece ocorrer uma compreensão específica que surge apenas entre duas mulheres de certa idade.

— Diamantes ilegais.
— Se isso não fizer você ser promovida, volto aqui para você me prender.

Jasmine e Sam não dizem nada. A policial fita Nisha.

— Qual era a placa mesmo?

— PYF 483V. O carro vai sair do Hotel Bentley a caminho do aeroporto. Daqui a uns cinco minutos.

A mulher semicerra os olhos.

— É verdade — confirma Sam.

— E sua amiga, como está? — pergunta a policial, de repente.

— Muito bem, obrigada — diz Sam. — O cabelo dela está crescendo.

— Ah. Que bom.

A policial acena com a cabeça, satisfeita.

— Cinco minutos — repete Nisha. — No máximo.

Ela olha para as três, pensando. Enquanto esperam, leva o rádio à boca, devagar, sem parar de encarar Nisha.

— Central? É, preciso de atenção a um veículo que talvez contenha diamantes contrabandeados. Placa PYF 483V. Isso. Agora mesmo. Saindo do Hotel Bentley a caminho do aeroporto. Sim, quantidades grandes de diamantes ilegais a bordo.

Ela abaixa o rádio.

— E de onde vem essa dica?

— Ah, só de uma cidadã anônima.

A policial olha a mão esquerda de Nisha.

— Uma ex-esposa furiosa anônima?

— Gostei de você, policial 43555. Você deveria ser detetive.

— Marjorie — apresenta-se a guarda. — E nos últimos cinco anos fui preterida em promoções quatro vezes.

— Depois dessa, não vai mais ser. Tenha um ótimo dia, Marjorie — despede-se Nisha.

Quando a policial volta ao rádio, Sam retorna para a estrada. Dirige por alguns minutos, com a cabeça a mil. Ela não para de olhar de relance para Nisha, que está sentada no canto, de olhos fechados, mãos no colo, como se um tormento imenso por fim passasse.

— Acabei de entender. Você estava à frente dele esse tempo todo.

— Ele não teria me deixado em paz. Nem vocês. Nem o Ray — diz Nisha, abrindo os olhos, porém ainda virada para a frente. — Mas ele acha que a gente não sabe dos diamantes. Então não vai associar a gente ao que está prestes a acontecer com ele.

Ela acende um cigarro.

— Esta foi a única coisa útil que meu pai já me deu — continua, tragando. — As pessoas decidem do que você é capaz com base na sua aparência, e isso é ainda mais verdadeiro quando se trata de mulheres. Mulheres de uma certa idade, então, o mundo decide que não são praticamente nada. No meu caso, Carl acha que sou apenas uma desesperada raivosa e ultrapassada que só se preocupa com roupas.

Sam balança a cabeça.

— Você é esperta mesmo — elogia.

Nisha solta uma baforada de fumaça.

— E, como agora tudo indica que estou divorciada, parece que nada na lei me impedirá de testemunhar contra ele.

Faz-se um breve silêncio. Então Jasmine solta um grito de comemoração. Sam começa a rir. Não consegue se conter. Ri tanto que erra ao passar a marcha e tem que desviar rápido para não bater em um poste.

Nisha limpa uma sujeira imaginária da calça.

— Viu? — diz para Jasmine, com um sorriso doce. — Falei que eu não tinha nada de "boa".

38

Por causa da greve dos funcionários das companhias aéreas no terminal 5, as filas mal-humoradas chegam quase até as portas do aeroporto de Heathrow. Nisha não se incomoda, nem com o filho da família atrás dela, que bate sem parar a mala de rodinhas em suas pernas conforme a fila de segurança avança milímetros. Ela está atrás de Aleks, que vez ou outra encosta a mão na lombar dela ou ajeita a bolsa grande da Prada na outra mão. Da primeira vez que ele se ofereceu para carregar a bolsa, ela riu, incrédula: Carl teria preferido morrer a carregar uma bolsa feminina. No entanto, Aleks não parece achar nada de mais na oferta. *Parece pesada. Posso carregar para você.*

Ela está usando o casaco de pele de ovelha Chloé, pronta para o inverno dos Estados Unidos. Apesar de hoje em dia tentar pensar que não é uma pessoa superficial, sempre que sente a maciez luxuosa da gola algo nela derrete de prazer. É possível mudar, mas deve existir um limite.

Ela se lembra da noite anterior, na casa da Sam. A amiga fez o jantar para todo mundo (frango assado com vários acompanhamentos, uma despedida *de responsa*, segundo ela). Ficaram até de madrugada sentados ao redor da mesinha da cozinha, conversando e rindo. Sam estava reluzente: maquiada do jeito que Nisha ensinou (mesmo que, na opinião de Nisha, o delineado ainda não estivesse bom) e sorrindo, rindo fácil e olhando muito para o marido. Estava animada com o novo emprego. Miriam tinha ligado duas vezes só para confirmar se tinha todas as informações necessárias e sugeriu que fossem beber alguma coisa depois do primeiro dia para conversar. Arranjou uma vaga só para ela no estacionamento.

— Vai ter meu nome! Meu nome na vaga!

Nisha avaliou que trinta centímetros de letras plásticas em uma vaga em White City não deveria ser o auge da própria ambição, mas, poxa, fazia Sam feliz, então sorriu e disse que parecia incrível.

Andrea passou a noite toda de cabeça descoberta. Usou brincos grandes e um lenço vermelho e macio no pescoço, disfarçando a magreza pronunciada, e disse que ia comer dois pedaços de frango, porque parecia estar retomando o apetite. Ela estava sem emprego, e também não tinha um parceiro.

— Mas por enquanto tudo bem — disse, filosófica. — É o que dá para ser, né? Por enquanto, tudo bem.

Todos brindaram àquela pérola de sabedoria, que, depois de três garrafas de vinho, parecia infinitamente mais sábia.

Grace se sentou à cabeceira, perto de Cat. Elas conversaram daquele jeito hesitante de adolescentes que não se conhecem mas se identificam em meio a um monte de adultos. Às vezes, Nisha as olhava e se perguntava como seria ter Ray ali. Ele gostaria de Cat, que era atrevida e interessante. Ela não seria tão mole quanto a mãe havia sido. Mas seria Grace quem o *entenderia*, reflete Nisha. Grace, com aquela natureza atenta e a leve malícia.

— Está animada? — pergunta Aleks, interrompendo seus pensamentos.

Ela não consegue falar, pensando no filho. Então apenas o fita, sorrindo, e ele a aperta de leve.

Aleks não saiu do lado dela a noite toda. Ele é uma pessoa fácil de se conviver, conversando com Phil sobre a procura por emprego, discutindo literatura com Grace, que quer estudar Letras, se oferecendo para ajudar com o molho e elogiando de forma exagerada a comida de Sam. Parece ao mesmo tempo novo e velho, alguém tão tranquilo de se estar ao lado que às vezes Nisha se pergunta se é mesmo real. À noite, deitados juntos na penumbra, ela um pouco tonta depois do vinho, ele pegou sua mão e beijou todos os dedos, um por vez, antes de dizer, com grande solenidade, que ela era extraordinária, linda, corajosa e engraçada. E que, quando ele fechava os olhos, ela tinha ocupado todo o seu ser, fazendo-o se sentir completamente alterado por ela, da melhor forma possível. Nisha o olhou.

— Acho que essa é a coisa mais linda que alguém já me disse — comentou, titubeando, o que não era muito o seu perfil.

— Ah, não — disse ele, e beijou seu polegar. — Tem muitas outras pela frente ainda.

— Isso só pode ser um negócio sexual — afirmou ela, cautelosa. — Quer dizer, passei muito tempo em um relacionamento. Não sei bem... quem eu sou fora disso. Quer dizer, talvez eu só esteja usando você para sexo.

— E que horror isso seria para mim — retrucou ele, semicerrando os olhos, com vontade de rir.

Eles não falam do futuro. Agora Nisha entende que, não importa quantos planos se faça, tudo pode acabar indo por água abaixo.

Jasmine chorou por meia hora na porta da casa de Sam, se recusando a soltar Nisha.

— Você vai voltar, né? Quer dizer, vamos manter contato? Você não vai esquecer a gente?

— Vou ligar assim que pousar.

— Não vai ficar toda metida e largar a gente agora que está cheia da grana?

Nisha inclinou a cabeça e fez a mesma cara que Jasmine teria feito se ela deixasse o aquecedor ligado, até a outra abanar as mãos.

— Eu sei, gata. Eu sei. Só vou sentir muita saudade.

Elas trocaram um abraço apertado, e Nisha sussurrou:

— Para de sentimentalismo. É só um intervalo rápido, ok? A gente tem um monte de coisas para fazer juntas. Preciso ver você inaugurar seu ateliê de costura, por exemplo.

— Passaporte. — O segurança estende a mão, entediado, de volta ao presente.

Ela entrega o documento enquanto ele confere a passagem e então, quando aceita o passaporte de volta, carimbado e pronto, sai para a lateral da fila. Aleks entrega a bolsa, sério.

— Então — diz ele.

— Ligo quando pousar.

Ele faz que sim.

— Ah — solta ela. — Quase esqueci. Me faz um favor? Entrega isso? Não quero botar no correio.

Ele olha os endereços nos pequenos envelopes pardos e diz:

— Sem problemas. Esqueceu de entregar ontem?

— Tipo isso.

Ele a puxa para um abraço e a aperta, em silêncio, sem dar atenção aos resmungos da multidão, ao movimento de centenas de pessoas a seu redor. Ela pressiona o rosto contra o peito dele, de olhos fechados, e, em meio ao barulho, detecta o batimento do seu coração.

— Liga quando quiser — murmura ele, encostando no cabelo dela.

— Estarei esperando.

Acho que vai estar mesmo, pensa Nisha. E é o pensamento que finalmente a ajuda a decidir se desvencilhar. Ela pega a bagagem e segue, conduzida pelos funcionários do aeroporto, misturando-se ao fluxo de passageiros seguindo pelas portas de vidro opacas que levam ao portão de embarque.

Nove horas depois, Nisha está em um táxi amarelo, atravessando a toda o brilho aguado do sol de dezembro em direção a Westchester, o carro sacolejando e pulando ao atravessar a estrada esburacada. Nisha se acostumou a muitas coisas em suas novas circunstâncias sem recursos, mas voar de econômica não está entre elas. Ela massageia o pescoço ao se aprumar no banco de trás, depois de cochilar um pouco, e solta um resmungo involuntário quando aperta um tendão muito infeliz. O avião estava lotado, teve muita turbulência, e os ajustes de assento incessantes do passageiro na frente dela, assim como a discussão murmurada entre os dois à direita, fizeram com que Nisha chegasse exausta, amarrotada e irritada, em vez de renovada e radiante, como esperava.

— Aqui, moça?

O motorista bate no vidro entre eles com um dedo grande.

Ela olha a placa.

— Isso. Você poderia esperar?

— Se você pagar, eu espero — diz ele, sem sorrir, e vira para a entrada comprida, acelerando um pouco.

Ela está a quatrocentos metros do prédio quando vê as silhuetas no degrau. Então se estica para a frente, tentando enxergar melhor pelo para-brisa, e, quando o táxi vai se aproximando, a silhueta mais magra se levanta. Com o fundo de tijolos brancos e elegantes da escola, ela nota o cabelo escuro bagunçado e o corpo desajeitado, mesmo de longe. Alguma coisa começa a percorrer o corpo dela, uma energia de que não se deu conta nos últimos anos, um fio tão retesado que parece que vai arrebentar. Ao lado dele, Juliana se levanta e fala algo ao pé do ouvido do garoto, antes de encostar a mão em seu ombro. Nisha sai do táxi antes mesmo de o carro parar, ignorando o grito de alerta do motorista, o fato de que torceu o tornozelo com aquele salto, a bolsa caída no chão, o conteúdo todo espalhado no cascalho claro.

Lá está ele, se aproximando em seu corpo adolescente desengonçado, primeiro a passos hesitantes e depois as pernas tropeçando ao correr escada abaixo. Ele corre, ela corre, e os dois se alcançam perto dos leões de pedra imensos. Ela abraça o filho, seu menino lindo, esperto e gentil, sente os braços dele e, de repente, Nisha Cantor, que raramente chora, começa a soluçar, agarrando a cabeça dele, encostando o rosto no dele enquanto se permite reconhecer a saudade que sentiu.

— Mãe — diz Ray, também chorando, a abraçando tanto que ela mal consegue respirar.

Ela aperta os olhos com força, inspirando o cheiro do filho, alegre e finalmente, finalmente em casa.

— Meu amor. *Cheguei.*

Epílogo

O caso da Receita Federal do Reino Unido contra o sr. Carl Cantor é surpreendentemente simples, apesar do batalhão de advogados que ele contrata para obstruir informações e enfrentar o processo jurídico iniciado com a descoberta de pedras preciosas irregulares no valor de 21 milhões de libras em sua posse. Documentos adquiridos após o conselheiro de segurança sr. Ari Peretz decidir entregar provas contra o acusado mostram que é a décima quarta operação de contrabando semelhante que o sr. Cantor completa em cinco anos, transportando diamantes brutos e sem certificação para o Reino Unido, onde são polidos e devolvidos aos Estados Unidos, e então vendidos por meio de contatos no tráfico de diamantes da África do Sul e da Rússia. Apesar das alegações de inocência do sr. Cantor, ele é declarado culpado e condenado a encarceramento nos Estados Unidos seguindo um acordo de extradição, com duração da pena ainda pendente.

Os tabloides demonstram interesse especial, e um pouco triunfante, na observação do juiz de que o sr. Cantor parece ter sido enganado pelos próprios contatos. Os documentos da operação de contrabando que levaram à sua derrocada parecem ser enganosos. Descobertas entre as pedras preciosas grandes removidas de dentro de um par de sapatos femininos adaptados especificamente para isso, muitas das quais avaliadas em vários milhões de dólares, estão três pedrinhas de plástico barato, como aquelas usadas para fazer bijuterias de crianças. Os jornalistas notam que o sr. Cantor parece tão furioso com essa aparente enganação quanto pela perspectiva de um tempo longo na prisão (uma possibilidade que ele se recusa terminantemente a aceitar, apesar do esforço dos advogados).

Andrea acorda de ressaca e observa, com desgosto, que sentir que está morrendo por virar quase uma garrafa de vinho inteira com as amigas não é muito melhor do que sentir que está morrendo de verdade. Ela sorri com essa ironia enquanto desce devagar a escada de casa para fazer o que se promete ser uma xícara bem grande de seu café muito bom, a última cápsula antes de ter que enfim admitir a derrota financeira e mudar para a marca instantânea do supermercado. Ela alimenta o gato que dá voltas ao redor de seus pés e, enquanto a cafeteira está em ação, pega a xícara listrada preferida no armário. É então que nota o envelope no capacho. O horário costumeiro do correio (isso quando o correio passa) é só daqui a várias horas, e, quando ela se aproxima, repara que não há selo no envelope.

Tranquilizada por um momento pelo fato de que, pelo menos, é improvável que seja outra cobrança, olha a letra, que não reconhece, e então, depois de um gole de café, abre o envelope pardo com cuidado, forçando a vista para conseguir ler, os olhos ainda um pouco sonolentos.

Precisa tentar duas vezes até conseguir decifrar o bilhete.

Leve isso ao endereço a seguir em Hatton Garden. Ele vai pagar menos do que vale, mas deve ser suficiente para você se sustentar até se recuperar.
Beijos, N
P.S.: Não fale para Sam nem Jasmine. Elas vão ficar todas esquisitas.

Abaixo do endereço, preso ao cartão com fita adesiva, está o que parece ser um diamante quadrado, grande e cintilante.

Vai demorar três semanas até que Nisha volte com o filho, pronta para as apresentações e os encontros alegres que iniciarão o próximo estágio de suas vidas. Vai demorar três meses e onze noitadas (a última para comemorar a inauguração do novo negócio de Jasmine) até que Sam, Jasmine e Andrea descubram, em uma conversa a princípio hesitante e depois animada, que cada uma recebeu um bilhete idêntico.

— Bonita a jaqueta.

Miriam chegou atrasada e está um pouco sem fôlego ao entrar na sala de reunião. Ela ligou para Sam para avisar que houve uma emergência com o hamster: precisou levar o bichinho da filha para o veterinário especializado em animais pequenos, do outro lado da cidade. Miriam valoriza a flexibilidade no trabalho, por quaisquer que sejam os motivos. Ela diz que, desde que a pessoa faça o próprio trabalho e traga resultados, pode trabalhar até de madrugada, se preferir. Sam se instala à mesa. Tinha comprado um café para Miriam, que o aceita, agradecida.

— Obrigada. É só da Zara — diz Sam —, mas achei bonita.

— É mesmo. Você deveria usar mais cores fortes. Ei, você e o Phil querem almoçar domingo? Queremos comemorar o fim da obra lá em casa. Vai ter um pessoal de quem acho que você vai gostar. Prometo que não vamos falar de trabalho.

— Parece ótimo. Obrigada!

Phil e Sam estão tentando fazer uma coisa nova a cada fim de semana. É uma sugestão que Sam leu em uma revista, em um artigo sobre como fazer seu casamento ficar mais divertido. Ela acha que vai gostar mais de almoçar com Miriam e Irena do que da parede de escalada à qual Phil insistiu que fossem na semana anterior. Depois da experiência, eles infelizmente concordaram que escalada talvez não fosse a praia deles, enquanto massageavam os braços doloridos de meia-idade.

— Ah. E aqui — diz Miriam, arrumando os documentos diante dela em uma pilha ordenada, antes de sorrir para Sam. — Então, essa é a empresa que vamos adquirir. Eu não podia falar muito até a questão jurídica ter sido resolvida, mas achei que você gostaria de dirigir o projeto. Para começo de conversa, vamos precisar cortar alguns funcionários. Acho que você não vai ter nenhuma dificuldade em identificar quem demitir. Minha impressão é a de que precisam de alguém como você na liderança.

— Na liderança?

— É. O conselho gostaria que você pensasse na possibilidade de pegar a direção dessa empresa. Ou, digamos, dessa nova divisão da Harlon & Lewis.

Sam olha para a porta, pela qual Emma, a recepcionista, traz dois homens jovens, ambos carregando pastas. Sam pisca diante dos sapatos um pouco pontudos que lhe são familiares, antes de registrar o terno reluzente e o desconforto repentino visível no homem quando Simon a reconhece.

Ela olha para a chefe, boquiaberta.

Miriam arqueia as sobrancelhas. Sorri.

— Como eu disse, achei que você gostaria dessa primeira reunião. Mais tarde podemos discutir o aspecto formal da sua mudança de cargo.

Sam apoia as mãos na mesa por um momento. Em seguida, pega a caneta e respira fundo.

— Bem — diz ela, chamando ambos —, isso vai ser divertido.

Agradecimentos

Todo livro é um trabalho em equipe, então agradeço, como sempre, a minhas editoras maravilhosas: Louise Moore e Maxine Hitchcock, da Penguin Michael Joseph; Pamela Dorman, da Pamela Dorman Books, Penguin Random House, nos Estados Unidos; Katharina Dornhofer, da Rowohlt, na Alemanha; e os demais editores mundo afora que continuam a me apoiar, me ajudar e me orientar. É um privilégio ser publicada por editoras tão excelentes, e nunca me esqueço disso.

Obrigada à minha agente incansável, Sheila Crowley, da Curtis Brown; à equipe antiga e atual de direitos internacionais, incluindo Katie McGowan, Grace Robinson e Claire Nozieres; e também a Jonny Geller, Nick Marston e todo o resto da agência. Obrigada, do outro lado do oceano, a Bob Bookman, da Bob Bookman Management, pela energia e pelo apoio sem fim, e por me deixar experimentar vinhos um pouco acima do meu orçamento.

Obrigada de novo a Clare Parker, Liz Smith e Marie Michels, e às equipes todas, dos dois lados do Atlântico, pelo talento incrível para ajudar minhas histórias a chegarem às pessoas. Em maior escala, obrigada a Tom Weldon e Brian Tart e, na Alemanha, a Anoukh Ferg.

Muito obrigada a Catherine Bedford, da Harbottle and Lewis, que foi de uma ajuda inestimável com os meandros de divórcio dos super-ricos (todas as histórias contadas com devidos discrição e anonimato, lógico). Ainda fico horrorizada quando penso em algumas das coisas que me contou. Qualquer desvio de práticas jurídicas normais foi tomado por necessidades um pouco complicadas da história, e qualquer erro é inteiramente meu.

Sob uma perspectiva mais pessoal, nesses últimos anos estranhos, agradeço de novo a Jackie Tearne pela ajuda administrativa e pela amizade, a Sarah Phelps por planejar a história tomando café no pátio, a Emily White pelo apoio, a Cathy Runciman, Alice Ross, minhas amigas da Litmix, Maddy Wickham, Jenny Colgan e Lisa Jewell, Glenys Plummer e Lydia Thomson por manterem minha cabeça funcionando, Lee Child e Ol

Parker pelos conselhos inestimáveis quando mais precisava, Becky McGrath e, por último, mas não menos importante, John Hopkins, por me encorajar nas partes mais difíceis do processo de escrita deste livro, e muito mais.

Agradeço também infinitamente à minha família: Jim Moyes, Brian Sanders e, em especial, Saskia, Harry e Lu, por serem sempre tão compreensivos em relação às partes mais estranhas desse trabalho.

Amo muito vocês.

1ª edição	JULHO DE 2023
impressão	IMPRENSA DA FÉ
papel de miolo	IVORY SLIM 65G/M²
papel de capa	CARTÃO SUPREMO ALTA ALVURA 250G/M²
tipografia	FAIRFIELD